DIE FAXEN DICKE

Vom Sauerland ins Paradies ... und zurück

Ein Urlaubsroman

WOLLVerlag

1. Auflage Juni 2014
Copyright © by WOLL-Verlag Hermann-J. Hoffe
Schmallenberg
Umschlaggestaltung: Aileen Albaum
DTP-Aufbau/-satz: Aileen Albaum | HOFFE MARKENMANUFAKTUR
Cover-Illustrationen: Anke Hänsch
Lektorat: Carina Middel
Druck und Bindung – CPI books GmbH, Leck
Printed in Germany
ISBN 978-3-943681-48-2

„Urlaub? Na gut.
Man muss sich eben dran gewöhnen."
Alex Knippschild

"Bügeleisen aus?"
Steffi Knippschild

„Fahr doch mal zum Pimmelfelsen!"
Max Knippschild

„Isch glaub, isch hob se net olle!"
Cherry (Cherestulama Hiradokinam)

Inhalt

7

Urlaub – muss dat sein?

Die einen sagen so, die anderen so. Auf jeden Fall scheint der Urlaub wohl den einzigartigen Effekt zu haben, dass man hinterher nicht mehr der ist, der man vorher war. Urlaub verändert also den Menschen, wie es aussieht. Und *das* könnte doch gut sein. Aber: Es sieht nicht immer gut *aus*.

In der Ankunftshalle eines beliebigen deutschen Flughafens bekommen wir sie manchmal zu Gesicht. Die Urlauber. Sie sind gar nicht scheu. Mehr als zutraulich sogar. Man kann sie eigentlich kaum übersehen. Ledergegerbt, rotverbrannt, manchmal noch qualmend und versalbt oder verpflastert und soeben wieder brutal in der unwirtlichen Heimat ausgesetzt – aber noch nicht angekommen.

„Boah, is dat kalt hier bei euch!"

Klar, wenn man vierzehn Tage Thailand hinter sich hat, dann hat man überhaupt keine Erinnerung mehr an dieses Land im Norden der Welt, wo sozusagen ganzjährig und recht zuverlässig schockfrostige und nasse sieben Grad herrschen.

Und „bei euch!" sagen sie, so, als gehörten sie schon gar nicht mehr dazu – zu uns, den armselig Zurückgebliebenen. So, als seien sie schon längst selbst und selbstverständlich Südländer, Wüstenbewohner, Muscheltaucher oder neuguineische Einbaumfahrer geworden und noch ganz eins mit dieser anderen verheißungsvollen Welt. So, als könnten sie sich keinesfalls mehr in die harten und widrigen Lebensumstände eines ganz normal miesepetrigen, fröstelnden Nordhalbkugelbewohners hineinversetzen. Einige von ihnen haben es nicht einmal geschafft, sich die Neon-Badelatschen von den Füßen zu ziehen, oder Bermudas, T-Shirts und Sonnenbrillen gegen dicke Mäntel, lange Unterhosen und Schneebrillen einzutauschen. So sieht's aus.

Wir sehen re-integrationsunfähige Gestalten mit großflächig abgelösten und teilweise auch schon wieder nachgewachsenen

Hautfetzen und fast verheilten Narben im Gesichts- und Schulterbereich. Wie gesagt, es sieht nicht gut aus, aber tatsächlich so, als hätte er was gebracht – der Urlaub. Veränderung.

Zumindest schon mal äußerlich.

Aber abgesehen von den sehr deutlichen und sicherlich auch schmerzhaften körperlichen Versehrungen, scheinen sie trotzdem ganz glücklich zu sein – unsere Zurückgekehrten.

Und kaum haben sie uns farblose, totenbleiche Nachtschattengewächse des ewigen Eises entdeckt, schmettern sie uns atemlos die Erfolgsmeldungen „Spitzenhotäll!“, „Super-Büffeh!“, „Fümf Stärne!“ und „Wätter einmalich!“ entgegen. "Ach, war dat härrlich!" darf natürlich auch nicht fehlen

Ja, ein wenig beneiden wir sie schon, diese Aussätzigen, diese Gezeichneten. Sie sind so anders.

Wir wollen auch mal Urlaub!

Aber wir sind ja auch bald dran. Bald schon ist es soweit und dann geht es auch für uns los in das letzte wirklich große Abenteuer der Menschheit, das dann vielleicht „Zwai Woch'n Oll Inkel Dom Räpp achthundatfümmenneunzich Euro" heißt oder für manche auch vielleicht nur „Zelten am Steinhuder Meer – deutlich billiger".

Urlaub – der nackte Kampf ums Überleben.

Ach, wird das schön. Die wochenlange Planung, das ewige Umschmeißen und Ändern dieser großartigen Pläne und Termine, weil alles so ja gar nicht geht. Ein kleiner erster Streit. Und dann das ganze schöne Gefreue vorher, bis es dann endlich, endlich soweit ist: Um vier Uhr nachts aufstehen, ohne eine einzige Sekunde von dem wirklich notwendigen Schlaf bekommen zu haben, Taxiabholung in der allerletzten Minute vor dem Herzanfall, dann zum Flughafen in der viel zu weit entfernten bösen Großstadt, Ladegerät und Deoroller vergessen, fast zu spät zum Gate gekommen, Koffer zu schwer, ein weiterer kleiner, ganz unbedeutender Familienstreit in der Abflughalle, kein Frühstück, schlechte Plätze in der zwanzigsten Reihe, von den Kindern getrennt, Handgepäck passt nicht in die verdammte Klappe über dem Sitz. Dann wieder anschnallen, heftige Turbulenzen, vierzehn Stunden Flug mit Übelkeit und Erbrechen, Toiletten ständig besetzt ... ach, wird das herrlich!

Und dann erst: Ankommen, wo man noch nie war und wo man nix kennt, sich alles ganz anders vorgestellt hat, wieder ein wenig Familienstreit hat, außerdem Kopfschmerzen und kotzende Kinder. Wunderbar! Hitze, Mücken, fremde Währung, Diebe, Betrüger und schlechtes Essen, Krankheiten, Seuchen, Verletzungen, Entstellungen und erste Todesfälle. Die Reihen lichten sich. Vierzehn Tage! Das ist nur was für die ganz Harten. Doch wir kämpfen Tag für Tag unerbittlich. Dieser scheiß Urlaub wird uns nicht kleinkriegen. Nein. Uns nicht!

Und dann ... geht es doch so schnell und unerwartet dem plötzlichen Ende entgegen und wir sagen „schade!"

Warum?

Ernste drängende Fragen und Unsicherheiten tauchen plötzlich in der letzten Minute auf. Alles gesehen? Nichts verpasst? Genug gekauft? Braun geworden? Bin ich erholt? Alles gemacht?

Denn man *macht* ja den Urlaub, das Land, die Region. „Lätz's Johr homma Ägüppten gemocht! Soogenhofft! Näch's Johr moch mer Dailond!"

Und jeder *macht* ja anders Urlaub. Man kann sogar nach Nationalitäten unterscheiden. Die Japaner zum Beispiel schaffen es locker, in fünf Tagen die Highlights Europas zu machen. Klar, da wird es schon mal etwas hektisch. Das ist aber kein Problem für das ohnehin recht emsige asiatische Völkchen. Ein durchschnittlicher Sauerländer zum Vergleich macht in vierzehn Tagen gerade mal Neuharlingersiel und drei Fischbuden. Er urlaubt einfach intensiver und auch akribischer, wie es scheint. Die Japaner bekommen ja während ihrer Überfall-Blitztour überhaupt nichts mit. Eiffelturm, Brandenburger Tor, Colosseum. Sashimi Futomaki. Nix gesehen! Brauchen sie ja auch nicht. Sie fotografieren einfach alles und schauen gar nicht erst hin. Das spart richtig Zeit und hinschauen kann man ja dann hinterher zuhause hinter dem Papierparavent in Tokio bei einem schönen Glas Sake. Ist ja viel bequemer. Jaja, die Japaner saufen also. Aber in dezenter Zurückhaltung erst zuhause wieder.

Aber im Urlaub und ohne Zurückhaltung da saufen die alten Schweden und sind dementsprechend auch zwei Wochen ohne eigentliche Besinnung. Die Italiener machen Krach, streiten sich ständig und saufen natürlich auch. Auch die Engländer saufen, sind aber außerdem noch tätowiert, haben erst gar keine T-Shirts in den Urlaub mitgenommen und sind einfach eben asi. Und die Russen … naja, also die Russen … die saufen natürlich … aber nee, lassen wir die Russen mal lieber ganz außen vor.

Ach, ist das schön mit den Vorurteilen! Herrlich. Und meistens stimmt ja alles. Wir zum Beispiel, die Deutschen, saufen selbstverständlich auch und tragen außerdem noch weiße Socken in Sandalen. Wir legen abends Handtücher auf die morgendlichen Pool-Liegen und würden am liebsten auch einen Zaun drum bauen. Und wir haben in den urläublichen Speisesälen als Erste einen riesigen, äußerst belastbaren, hochrandigen Teller in der Hand und sind durchaus in der Lage, ganze Buffets leerzufressen, bevor die anderen kommen. Weil ja alles bezahlt ist. Oll Inkel eben. Nee, nee, wir haben alles unter Kontrolle und alles im Griff. Und wir verstehen nicht viel Spaß im heiligen Urlaub. Es muss eben alles geregelt sein. Man ist ja schließlich nicht zum Vergnügen hier.

Und dann spuckt uns endlich der unbarmherzige Urlaubsmoloch doch wieder aus – irgendwo auf einem heimatlichen fernen, fast vergessenen Flughafen. Und nun sind wir die Gezeichneten, die Anderen, die Urlauber. Fremde Wesen, zurück aus einer unwirklichen Zwischenwelt.

„Boah, is dat kalt hier! Komm, Hättwich, lass we schnell widder umdreh'n, woll!"

Ja, ja, das alles wollen wir erleben.

Also, Urlaub: Das *muss* sein!

Und jetzt fängt es an!

Oktober im Sauerland:
Et plästert und man plant

„Was heißt denn SupZiDuTeKliMe?", frage ich Steffi, die neben mir auf dem Teppich unseres großen, schönen Wohnzimmers inmitten der ausgebreiteten Prospekte liegt und mit lüsternen Blicken und bereits leicht geröteten Augen durch die Angebote der Urlaubsparadies-Kataloge hechelt.

„Superior-Zimmer mit Dusche, Terrasse, Klimaanlage und Meeresblick. Ist doch klar, Alex!", wirft sie mir kopfschüttelnd meine Ahnungslosigkeit vor.

Hach. Ja. Ist ja schon gut.

„Und StaziRadVenoDu?", wage ich trotzdem noch zu fragen.

„Standardzimmer mit Radio, Ventilator, ohne Dusche. O-Du! ALEX! Das Allerletzte! Du denkst doch wohl noch nicht mal im Traum dran! Keine Dusche, keine Air Con! Ts, ts, ts", entrüstet sie sich fassungslos, schüttelt noch mal ihren hübschen Kopf mit der neuen Frisur, die sie seit gestern hat, die aber der seit Wochen andauernde Sauerländer Scheißregen auf dem Weg vom Friseur nach Hause leider wieder komplett zerstört hat. Sie sieht aber auch ohne Frisur schön aus. Natürlich.

Meine Steffi.

Doch jetzt funkelt sie mich geradezu böse an. Nein, nein, liebe Steffi, ein StazioDu und ohne Air Con käme natürlich nicht in Frage. Obwohl es recht günstig zu sein scheint, wenn man durch die hochwissenschaftlich aufgebauten Preiskategorie-Tabellen erst mal durchsteigt und die Preise dann auch wirklich lesen kann. Also weiter.

Urlaub?! Muss das sein? Nach Meinung meiner Kollegen in der Redaktion unbedingt.

Ich bin Redaktionsleiter einer kleinen Zeitung, dem wöchentlich erscheinenden, kostenlosen *Sauerlandbeobachter* mit Sitz in Leckede-Hintersten mitten, nein, leider ganz hinten im besagten Sauerland eben. Wir sind ein bescheidenes Anzeigenblättchen mit immer schon ein paar Tage alten Neuigkeiten und Berichten aus der Region. Mit mir im Ausguck beobachtet unser Blatt schon seit ungefähr vier Jahren äußerst kritisch und aufmerksam das gesamte Sauerland – und hat meistens leider nichts Bemerkenswertes zu berichten.

Natürlich könnte ich es mir zwischen Schützenfestreportagen, Fotos von preisgekürten Kühen und dem dramatisch sinkenden Milchpreis gemütlich machen, aber das will ich nicht. Nein, ich will aus diesem Heftchen eine richtige Zeitung machen. Mit Anspruch, Richtung und Haltung.

Das muss gehen!

Leider passiert eben nur meistens wirklich so rein gar nichts, was Anspruch, Richtung und Haltung überhaupt verlangt. Ungerechtfertigte Spritpreiserhöhungen und hemmungslos bejubelte und überbewertete Aufführungen der Volksbühne sind hier zwar brandheiße Themen, die die Bevölkerung aufwühlen, aber ich hoffe sehr, dass mal wirklich was passiert.

Wenn ich mir was wünschen dürfte, dann wäre das ein korrupter Politiker oder so. Unser Bürgermeister Blömecke würde sich dafür gut eignen. Er ist ein aufgeblasenes Großmaul und hat irgendwie schon so was Korruptes an sich.

Aber es tut sich nichts. Rein gar nichts.

Ich bin unzufrieden, gelangweilt und frustriert – und seit einiger Zeit auch nicht mehr richtig nett. Und das war ich doch eigentlich immer. Oder?

Besonders meine lieben Kollegen haben schwer unter mir zu leiden. Ich glaube, dass sie tagelang feiern, wenn ich mal für eine Weile verschwinde. Seit einiger Zeit bin ich einfach leicht widerlich zu ihnen. Ein echter Kotzbrocken sozusagen. Voll die Pest. Die Seuche. Man meidet mich wie einen Leprakranken.

Ich gehe allen so richtig auf den Sack, nehme ich mal an. Weil ich aber auch so richtig die Faxen dicke habe. Das ist so was wie der Sauerländer Burn-out. Alles regt mich auf.

Letzte Woche hat mir einer mit einem dicken, schwarzen Marker das Wort „URLAUB!" mit (!) Ausrufezeichen auf meinen Planer an der Bürotür geschrieben. Und vor ein paar Tagen habe ich zwischen meinem Durcheinander auf dem Schreibtisch einen buntglänzenden Urlaubsprospekt gefunden, auf dem die beiden glücklichen Menschen an einem Palmenstrand mit einem roten Filzer umrandet waren. „MACH DAT!", hat jemand daneben gekritzelt. Und als ich dann immer noch nicht einsichtig war, da haben sie mich quasi rausgeschmissen. Ausgesperrt. Mein Büro war eines Tages abgeschlossen und an meiner Tür klebte ein Zettel mit der Aufschrift „ALEX MACHT URLAUB!".

Das war deutlich. Naja, wahrscheinlich haben sie recht. Und jetzt wollen wir's dann auch machen. Steffi, Max und ich. Max ist unser Sohn. Elf.

Urlaub. Och ja …

Was war das eigentlich noch? Viel zu lange nicht mehr gemacht. Weiß ich eigentlich noch, wie das so geht?

Naja, im Prinzip natürlich schon: Man fährt irgendwohin, wo man noch nie war, und das dauert meistens schon mal sehr, sehr lange und ist nicht ungefährlich. Und dann kennt man sich dort nicht aus, wo man ankommt, weil man ja noch nie da war, und irrt also planlos herum, ist auch gefährlich, man spricht die Sprache nicht, aber alle sind freundlich zu einem, doch im Grunde wollen sie doch nur dein Geld … oder dein Leben. Oder beides. Man muss auf jeden Fall auf beides besonders gut aufpassen. Das Essen da, wo man noch nie war, ist voller gemeiner Killerbakterien, die … naja, ist ja klar, was die wollen. Und meistens ist es dann da auch noch furchtbar heiß, unerträglich heiß. Mephistopheles-Mücken, oder wie die heißen, wollen dein Blut … und auch wieder dein Leben. In den warmen Gewässern lauert giftiges Getier, das dich ebenfalls am liebsten töten will. Oft fahren auch noch die Autos auf der falschen Straßenseite, so dass auch hier eine tödliche, nicht zu unterschätzende Gefahr lauert ... überall Tod und Verzweiflung, also ... aber ... naja, man könnte es ja mal versuchen.

„Welches Land nehmen wir eigentlich, Steffi?", frage ich mal so ganz beiläufig. „Die Hotels sehen ja alle gleich aus. Strand, Pool, Bettenklotz ... immer dasselbe, man weiß ja gar nicht, wo man gerade ist."

Das gefällt mir auch nicht so richtig an diesen Prospekten, und Hauptsache Sonne und Strand ist mir irgendwie zu wenig.

„Und überhaupt, Steffi. Pauschal? Ist das denn das Richtige für uns?"

Sie atmet tief durch und sieht mich leicht bissig an. Ich darf nicht zu viele Fragen stellen. Ich muss etwas vorsichtiger sein. Naja, ich mein ja nur, ich bin doch früher immer in alten Autos mit ein paar Freunden einfach so losgebrettert, wir sind auch irgendwo angekommen und hatten die schönsten Urlaube, die man sich denken kann. Für ganz wenig Geld, weil wir ja auch gar keins hatten.

Na gut, jetzt so weit mit dem Auto zu fahren, bis man dann endlich die Palmen erreicht, und dann mit unserem Sohn Max, wie gesagt, elfjährig und etwas ungeduldig ... okay, sehe ich ein. Diesmal dann eben pauschal. Machen Millionen andere ja schließlich auch. Es muss also gehen.

„Was hältst du von Mauritius?" Steffi schließt die Augen, und ich schwöre, sie hört gerade die Wellen rauschen.

„Oooch", sage ich etwas gedehnt, denn gerade habe ich nach einem Blick auf die Hotelpreise diese unverschämte Insel wieder erschrocken aus der Liste unserer möglichen Ziele gestrichen.

„Dominikanische Republik!", werfe ich jetzt meinerseits und auch durchaus preisbewusst in die Debatte, ernte aber nur ein Naserümpfen und heruntergezogene Mundwinkel meiner lieben Frau.

„Da waren letztes Jahr die Görkes", meint sie abfällig und schüttelt entsetzt den Kopf. Ja, da hat sie natürlich recht, wo die Görkes mal waren, da will ich auch nicht hin. Ich kann mich auch noch gut erinnern, dass diese Inselrepublik bei ihnen immer „Dom Räpp" hieß und angeblich sogar Lokale habe, die deutsche Bratwürste mit Düsseldorfer Senf führen. Also, das geht ja nun wirklich nicht.

„Sri Lanka", sagt Steffi.

„Singapur!", sage ich.

„Bali!"

„Neuseeland!"

„Australien!"

„Madagaskar!"

Die Welt ist groß.

Wir entscheiden uns nach einem langen, anstrengenden, aber eigentlich auch sehr schönen Abend und anderthalb Flaschen Rotwein für ein DelBefrAppBasepDuMinibSaTerKliKoch, also, ein Deluxe-BeachfrontAppartement mit Bad und separater Dusche, Minibar, Sat-TV, Terrasse, Klimaanlage und Kochgelegenheit in einem Hotel namens Coral Beach Resort. Jou, das isses. Hört sich doch ganz ordentlich an. Wenn nicht sogar fantastisch!

Dieses Traumasyl liegt auf der wunderbaren Insel Phuket im fernen, schönen, warmen Thailand.

Erschöpft, aber voller Genugtuung wie nach einer schweren, harten Arbeit sinken wir an diesem Abend in unsere leicht quietschenden Betten in unserem DoZi, oDu, oKli, oMiniB, oSat, ohne alles. Wie hält man das nur aus?

Och, ja, ich glaube, ich freue mich doch schon ein wenig auf unseren baldigen Luxusaufenthalt im Paradies.

***

„Dat geht nich!"

Frau Gantenbrink vom Reisebüro des Unternehmens *Töffte*

Reisen (so was gibt's, Inhaber Werner Töffte) in Schmallenberg ist gnadenlos und von unerwarteter, brutaler Härte. Sie war doch ganz nett, denke ich, als ich vorgestern diese Prospekte von ihr bekommen habe. Aber jetzt?

Ich stelle den klitschnassen Schirm in den dafür vorgesehenen Ständer, schüttele mich noch einmal kurz wie ein Hund und nässe auf den feinen Teppichboden.

„Alles ausgebucht, woll!", sagt sie und schüttelt sogar ein wenig vorwurfsvoll und scheinbar ohne jegliches Verständnis ihren wuscheligen Kopf. Und ‚woll' sagt sie, weil wir eben mitten im Sauerland sind.

„Schade, Frau … äh … Gantenbrink", wie ich schnell noch mal auf ihrem Schildchen nachlesen muss, das sie an ihre wogende Brust geheftet hat. „Na, dann nehmen wir ein anderes Hotel. Macht ja nichts, liebe Frau … äh … Gantenbrink", antworte ich zwar etwas enttäuscht, aber dennoch guter Hoffnung, ein anderes, ebenso schönes Hotel zu finden. Diese Hoffnung nimmt Frau Gantenbrink mir aber dann mit den Worten „ALLES ausgebucht".

„Ja, wie? Alles?" frage ich sie, ungläubig die Augen zusammenkneifend und zweifelnd die Hände hebend. Sollte es denn unter den sicherlich tausenden Hotels auf dieser thailändischen Paradies-Insel nicht eines geben, das uns als wirklich nicht übertrieben große dreiköpfige Familie aufnehmen will?

Ein HOTEL würde sich schon noch finden lassen, meint sie da gnädig. Na, bitte! Es geht doch.

„Aber keine FLÜGE … Herräh …!"

„Knippschild!"

„Herr Knippschild! Nich zu diesen TÄR-MIE-NEN, woll!" Na klar, wie kann ich nur so unverschämt sein, einen Urlaub zu Weihnachten und Silvester zu planen. Also, das geht doch nun wirklich nicht.

„Unmöchlich", sagt sie, und es hört sich so an, als meine sie mich damit. „Da müss'n Se im Frühjahr oder spätestens im Sommer komm'n, woll", sagt sie vorwurfsvoll und will den schönen Katalog schon wieder zuklappen, der all die wunderbaren Strandlandschaften zeigt, die ich doch so gerne mit meinen beiden Lieben besuchen würde.

„Aber im Sommer ist es doch auch hier schön", werfe ich aufmüpfig ein, um meinen Wunsch nach Sonne im Winter zu erklären. Scheint ja was ganz Ungewöhnliches zu sein.

„Herräh …"

„Knippschild."

„Herräh Knippschild", sagt sie jetzt bestimmt und sehr, sehr ernst, und macht danach eine Pause voller Bedeutung, „ich notier mir Ihr'n Fall hier und will sehn, wattich mach'n kann, woll."

Damit klappt sie den Prospekt endgültig und etwas übertrieben theatralisch zu, und ich spüre, dass unser Gespräch schon zu Ende ist. Vielleicht ist ja damit alles zu Ende.

Aus der Traum!

„Ja, … gut, äh, Sie rufen mich also an?"

„Ja, Herräh … Knippschild, ich ruf Sie an, wenn sich IRG'NDWAT ergeb'n SOLLTE", sagt sie und schüttelt mir mitleidig die Hand, um mich schnell zu entlassen.

‚SOLLTE'. Dat wird nix.

„Darwet auch woanders sein?" fragt sie dann aber doch noch, weil sie sieht, wie enttäuscht ich bin.

„Sonne! Strand! Palmen!", wiederhole ich meine ursprüngliche Forderung von vorgestern, unterstreiche sie dieses Mal meinerseits noch mit einem Schuss Gnadenlosigkeit und gehe dann einfach.

Da hab ich doch schon wieder sooo die Faxen dicke!

Wie kann man nur? Da kommt dieser Kerl Ende Oktober ins Reisebüro und will Weihnachten in der Sonne sitzen! Das grenzt ja an Missachtung der allseits bekannten Urlaubsgesetze. Das geht doch nicht! Hat der Kerl denn noch nie Urlaub gemacht? So was will von langer Hand vorbereitet sein. Von ganz langer Hand, Herräh … Knippschild! Ts, ts, ts.

Ich mache mir ehrlich gesagt nicht viel Hoffnung und sehe mich schon am Heiligabend in der Redaktion sitzen und einen bösen Artikel über die Überheblichkeit in gewissen Sauerländer Reisebüros schreiben.

Tja, es geht also nicht. Kein Urlaub. Ich komme nicht an Frau Gantenbrink vorbei!

***

In den nächsten Tagen läuft in der Redaktion alles ganz normal wie immer. Ich darf zwar wieder in mein Büro, aber die Kollegen gehen mir, so gut es geht, aus dem Weg.

Unser größter Kunde, der großkotzige Schlüter mit dem gleichnamigen Autohaus kommt, auch wie immer, in der letzten Minute, um seine doppelseitige Riesenanzeige reinzudrücken, der FC Leckede-Hintersten ist wieder nicht in die Bezirksoberliga aufgestiegen und die Kuh von Hermann-Josef Brinkmann ist die schönste im ganzen Sauerland.

Und Alex Knippschild hält einfach mal die Klappe. Was ihm von den restlichen Mitgliedern der Redaktion zutiefst gedankt wird. Ich drehe mich nachdenklich zum Fenster um, aber das bringt auch nichts. Rein gar nichts. Draußen regnet es schon wieder den ganzen schrecklichen Tag lang. Eine graue, dichte Suppe aus kaltem Nass klatscht bösartig an die Fenster unserer kleinen Redaktion. Ich kann kaum die Leuchttafeln der Raiffeisen-Tankstelle gegenüber sehen und weiß also auch nicht, ob der Spritpreis mal wieder gestiegen ist und ob ich daraus mal wieder eine heiße Titelstory machen könnte. Ist mir auch egal jetzt.

So einen schlimmen Oktober hatten wir doch noch nie. Was ist denn jetzt auch noch mit dem Wetter los?

Heute ist ein ganz normaler Drecksmontag und ich kehre erschöpft von meiner sinnlosen Schreibertätigkeit nach Hause zurück. Immer noch regnet es aus Eimern. Ich hinterlasse eine große Pfütze im Flur und stelle meine nassen Schuhe gedemütigt an der Garderobe ab.

Scheißlaune. Das Leben ist nicht schön.

Doch Steffi empfängt mich mit einem seltsamen Glänzen in den Augen. Sie ist nicht beim Friseur gewesen und schwanger scheint sie auch nicht zu sein. Es muss etwas Größeres, etwas Bedeutenderes sein, das sie mir zu eröffnen hat.

„Koshamui", stößt sie dann atemlos hervor und wiederholt es gleich noch mal. „Koshamui!" Dann ist sie auch schon am Ende ihrer Kräfte und sinkt erschöpft aufs Sofa.

Asiatisch, denke ich. Ein neues Gericht beim Schnellchinesen? Ein Kampfkunstausruf?

„Die Gantenbrink hat angerufen", stößt sie mit allerletzter Kraft hervor. „Sie hat was für uns. Setz dich! Los, setz dich, Alex!"

Also, Frau Gantenbrink hat tatsächlich angerufen und ihr mitgeteilt, dass sich da in allerallerletzter Minute etwas ergeben hätte. Kunden hätten storniert. Schlimmer Verkehrsunfall. Die fünfundachtzigjährige Großmutter der Familie wäre leider dabei draufgegangen. Noch auf dem Weg ins Krankenhaus verstorben, aber die wollte auch sowieso nicht mit. Ts, ts, ts. Dennoch: Tragisch, tragisch. Die Eltern hätten komplizierte Arm- und Beinbrüche, Knochensplitterungen, Entstellungen. Das Kind bloß Schürfwunden und Blutergüsse am ganzen Körper … na, und die Omma wär eben tot.

Super! Was für ein verdammtes Glück! Vier Flüge frei. Und wir brauchen nur drei!

Einen Tag vor Weihnachten könnten wir also nun an Stelle dieser gebeutelten und leicht dezimierten Familie in ein Flugzeug steigen und hätten für zwei Wochen Sonne, Strand, Palmen auf der Trauminsel Ko Samui in Thailand. Steffi hat es nur falsch ausgesprochen.

Sie musste sich dann auch auf die Schnelle für ein Hotel entscheiden, was sie auch spontan gemacht hat. Na, sie wird sicherlich das richtige ausgesucht haben.

Jetzt haben wir es also tatsächlich geschafft. Nur noch ein paar Wochen in stiller Vorfreude die Schnauze halten und ab und zu mal einen bunten Reiseführer durchblättern.

Und wenn ich dann die Augen schließe und mich ganz doll konzentriere, was ich in der letzten Zeit öfter mal tue, dann höre auch ich die sanft heranrauschenden Wellen mit dem warmen Wasser des Mittelmeeres, des Pazifiks, der Südsee ... ich weiß gar nicht genau. Ein paar giftige Tiere lauern auch auf mich, aber naja ... kann man vernachlässigen.

Und den Strand sehe ich ganz deutlich vor mir. Ja. Endlos weit und weiß, Palmen, Hütten, freundliche Eingeborene, die uns leckere Früchte und Kokosnüsse anbieten, ohne allzu viel Geld dafür haben zu wollen. Fröhliche Fischer, die ihren bunt schillernden Fang frisch und zappelnd an die Strandrestaurants verkaufen. Gleich werden wir in einem dieser Restaurants sitzen und eine dieser herrlichen Kostbarkeiten verspeisen, während unser Junge friedlich im Sand spielt und Muscheln nach Größe und Farbe sortiert.

Naja, vielleicht hat er aber auch seinen Game Boy vor der Nase und sitzt irgendwo im Schatten, weil es ihm viel zu heiß ist.

Egal, es ist so schön ...

Wir werden also Urlaub machen!

24.12. Ko Samui – erster Tach:
Pelledei Lock Lissoh
(Paradise Rock Resort)

„WÄLLKAMM TO THAILÄNN! WÄLLKAMM TO THAI-LÄNN!"

Da. Ich kann sie sehen! Mitten im stürmischen Meer der hilflos herumtreibenden Touristen und anderer Gestrandeter, die alle wie wir aus der Ankunftshalle des fernen Flughafens im Paradies geschwemmt werden, entdecke ich sie als Erster. Die thailändische Außendienstmitarbeiterin von *Töffte Reisen*. Sie ist ganz klein und man sieht sie nur, weil sie die leuchtend rote Pappe mit der typischen, markanten Aufschrift „Töffte Reisen" ganz hochhält. Und die kleine Frau selbst kann man nur sehen, weil sie ab und zu einen lustigen Hüpfer macht, um ihrerseits auch mal über das wogende Meer der erschöpften Touris gucken zu können. Wie eine rote, auf den Wellen hüpfende Rettungsboje in ganz schwerer See.

Aber sie ist da. Nur für uns. Wir sind angekommen.

Es ist unerträglich heiß für uns arme Menschen, die direkt aus dem deutschen Winter kommen – und es regnet in Strömen. Wie zu Hause.

Nein, falsch. Völlig falsch. Es regnet nicht, sondern ein tropischer Wasserfall ergießt sich aus einer Milliarde Himmelseimern prasselnd auf das Dach des offenen, im lockeren rustikalen Urwaldstil erbauten Ankunftsgebäudes und macht die Verständigung schwierig.

„DA!", brülle ich meinen Leuten durch das Unwetter zu.

„WAAAS?", Steffi ist nach dem langen Flug etwas gereizt.

„ACH, EINFACH MITKOMMEN!" Ich bin auch nicht mehr derselbe. Ja, ja, der Urlaub macht sich schon bemerkbar.

Ganz unauffällig und in der Hoffnung, dass vor allem Steffi es nicht bemerkt, ziehe ich kurz mein Handy aus der Hosentasche und schalte es an. Es dauert eine Weile, aber dann meldet sich das kleine Wunderwerk mit voller Beleuchtung und fünf Ladebalken. Oh, ich muss sparsam sein. Und als ich es direkt wieder ausschalten will, da klingelt es doch tatsächlich. „Tätäätätäätätäätää!" Erschrocken drehe ich mich nach Steffi um, aber sie hat in dem allgemeinen Lärm nichts gehört. Also gehe ich eben dran. Es ist Ulli. Mein lieber Kollege aus der Redaktion unserer Zeitung im fernen Sauerland.

„Ja?"

„Hömma, Don Camillo, … pchch … halt dich fest …", quäkt das Handy mit Ulli drin schon los.

„Ich bin nicht …"

„Ja, halt ma die Klappe, Don … pchch …, ich muss dir wat … pchch … erzählen, … pchch … glaubsses nich'."

Schlimme Störungen.

Tja, da hat der Ulli sich wohl verwählt und denkt, ich sei Don Camillo. Don Camillo, müssen Sie wissen, ist mein Partner und der Herr der Finanzen unserer kleinen Zeitung. Heinz-Josef Camillo Montebello heißt er mit ganzem Namen. Sein Vater war Italiener. Bei uns heißt er natürlich nur Don Camillo. Bietet sich ja an.

„Der Blömecke", krächzt das Handy weiter … pchch … Großkotz Schlüter … pchch … Riesensauerei … pch … pch …"

„Ulli, ich bin's, Alex, was ist da los bei euch?"

„Alex?", fragt das Handy erschrocken. „Scheiße!"

Und dann ist die Verbindung tot. Was wollte er denn da so Wichtiges an Don Camillo berichten. Blömecke, Schlüter, Riesensauerei? Ich muss ihn unbedingt sofort noch mal zurückrufen.

Aber da steht Steffi schon direkt neben mir und hat diesen Blick drauf, der Telefongespräche momentan nicht duldet.

„Abschalten! Urlaub!", sagt sie nur und das reicht dann auch schon. Ich schalte es also schnell wieder aus und lasse es mit unschuldigen Gesicht wieder in die Tasche flutschen. Später.

Jetzt nähern wir uns erst mal voller Hoffnung und völlig erschöpft dieser so sympathisch lächelnden, hübschen, kleinen

Person mit all unseren Habseligkeiten, die wir mit viel Fantasie und Mühe auf zwei quietschenden Gepäckkarren untergebracht haben, und sehen sie leer und kraftlos an.

Hilf uns! Erbarme dich unser!

„Ah ju Missa änn Missi Leichenhalle?", fragt sie uns mit einer recht hohen, leicht kieksigen Stimme, die sich an einem sehr gewagten Englisch versucht.

Leichenhalle? Nein. Das sind wir nicht. Das ist ja gruselig.

„Ah JU Missa änn Missi Leichenhalle?", versucht die kleine rote Bojenfrau es weiter und wendet sich jetzt an ein älteres, etwas verkrampft und irgendwie unzufrieden wirkendes Paar. Bayern, wie wir schon vorher an ihrem niedlichen Dialekt eindeutig erkannt haben.

„Schorsch, jetzt moch holt! Du Hirsch, du dammischer!"

Die Reise hat auch bei ihnen ihre Spuren hinterlassen, und sie scheinen jetzt schon alles zu bereuen. Beim Aussteigen haben sie ein gehöriges Tempo vorgelegt, das ich den beiden in ihrem Alter gar nicht mehr zugetraut hätte. Sie wollen wohl auf jeden Fall die ersten sein, die hier in die trügerische Freiheit des Flughafens von Ko Samui entlassen werden, haben es aber leider nicht ganz geschafft, obwohl die stämmige Frau ihren Gatten durch kasernenhofähnliche Anfeuerungen immer wieder zu Höchstleistungen angetrieben hat.

Aber unsere Koffer waren einfach schneller. Sie waren nur Zweite. Ätsch. Die Bayern müssen nicht immer gewinnen. Und jetzt steht dieser unzufriedene, gebeutelte, bayrische Mann mit seiner noch unzufriedeneren Gattin direkt neben uns, und sie klammern sich, schon sichtlich geschwächt, an die rettende Boje, um nicht doch noch in letzter Minute abzusaufen.

„Jetzt sog halt wos!", sagt sie.

Und er sagt dann artig: „Na. Des san mir a net! Mir hoaß'n Reichenhaller!", mit der letzten verbliebenen Würde.

„Yes, Leichenhalle", sagte die freundliche, mandeläugige Boje und zeigt auf ihre zerknitterten Papiere, die sie fröhlich in der linken Hand schwenkt. „Here look, Lei-chen-hal-le, two Pörs-sen."

Der wuchtige Bayernmann wirkt zunächst verwirrt und wischt sich den strömenden Schweiß von der breiten Stirn, aber nach so einer Tortur von Flug scheint er mit jedem Namen einverstanden. Also nimmt er den neuen Namen, nach kurzer, demütigender Rücksprache mit seiner Gattin, an und die beiden setzen sich erschöpft und dankbar in die Richtung in Bewegung, in die die freundliche Rettungsboje zeigt. Frau Leichenhalle allerdings nicht, ohne sich noch mal demonstrativ nach uns umzudrehen und dann mit triumphierenden Blicken zum wartenden Bus zu schippern. Die Bayern sind wieder vorne.

Doch wo sind wir?

Wir haben schließlich auch einen Namen und einen Anspruch darauf, jetzt endlich erlöst zu werden aus der Hölle unserer vor über zwanzig Stunden begonnenen Traumreise, alle Zwischenstopps und Verspätungen mitgerechnet. Der angekündigte Abflug in Düsseldorf sollte zwar erst um die sehr moderate Zeit von elf Uhr fünfundvierzig stattfinden, aber wir mussten natürlich trotzdem schon in unmenschlicher Frühe aufstehen, um den fernen Flughafen zu erreichen, weil das Sauerland ja schließlich nicht direkt zu Düsseldorf gehört. Außerdem mussten wir noch mal und noch mal überprüfen, ob wir denn auch wirklich alles dabei haben.

Unser Tag begann praktisch gegen sechs Uhr heute Morgen, nein, das war ja schon gestern. Wir haben ja Zeit und Raum überwunden, sämtliche physikalischen Gesetze außer Kraft gesetzt und sind ja gewissermaßen in die Zukunft geflogen. Wir erleben ja jetzt hier, weit im Osten, eine Zeit, die in unserem alten, kalten, nassen Deutschland erst in sechs Stunden stattfinden soll. Da blickt man kaum noch durch.

Ich denke kurz an meine Kollegen in der Redaktion, wo es gestern sicher noch eine kleine Weihnachtsfeier gegeben hat. Vielleicht ist die Feier ja auch noch gar nicht vorbei. Im sauerländischen Leckede-Hintersten ist es ja jetzt erst sechs Uhr morgens, und vielleicht hat man ohne den ätzenden Chef einfach mal etwas länger und ausgiebiger gefeiert. Gut möglich.

Ich habe vor dem Abflug noch mal in der Redaktion angerufen und mit Don Camillo gesprochen, um ihm zu sagen, dass es eben jetzt mal zwei Wochen ohne mich gehen müsse.

„Ja, ja", hat er nur gesagt, „dat geht schon." Und weil er im Sauerland geboren ist, sagt er noch: „Getz ärholsse dich ärsma, wo." ‚Wo', ganz kurz gesprochen, ist eine der durchaus gebräuchlichen Sonderformen von ‚woll'. Ich kann mir vorstellen, dass er dabei vor den Kollegen eine alberne Fratze gezogen hat. Die sind so froh, dass sie mich endlich für eine ganze Weile los sind.

Don Camillo und ich verstehen uns prima, aber auch er hat mir dringend zum Urlaub geraten.

Naja. Jetzt bin ich ja weg.

Und wir sind dann heute … also gestern, ach egal, alle ganz früh wach gewesen und haben uns in den Zug nach Düsseldorf gesetzt. Das Auto sollte zu Hause bleiben. Ganz stressfrei dieses Mal. Und im Zug haben wir dann sogar noch ein wenig schlafen können.

Wir sind dann in das Taxi gestiegen, das uns zum Flughafen bringen sollte und konnten immer noch nicht recht glauben, dass wir wirklich in den Urlaub fuhren. Noch waren wir ja auch in Düsseldorf. Und als wir dann noch mal unser Gepäck ansahen, das wir da soeben hinten im Kofferraum des beigen Mercedesbusses verstaut hatten, konnten wir auch nicht glauben, dass das wirklich alles war. Es kann eigentlich nicht sein, dass man mit vier Schrankkoffern und sechs großen Taschen und Beuteln als Handgepäck vierzehn Tage im Paradies überleben kann. Wir mussten was vergessen haben.

„Abgeschlossen?", eröffnete meine liebe Steffi dann im Taxi ein spannendes Match, und ich konterte gelassen per Rückhand mit „Jou!"

Die nächste Ballangabe hieß dann „Gas aus?"

29

Ich parierte wieder locker mit „Jou!"

„Heizung runter?"

„Jou!"

„Pässe?"

„Jou!"

„Kreditkarten?"

„Jou?"

„Sonnenbrille?"

„Jou!"

„Badehose?"

„Jou!"

Dann ging es immer weiter ins Detail und verlor sich irgendwann im Unwichtigen wie zum Beispiel „Schwarze Socken?". Darauf antwortete ich dann gar nicht mehr, während der Taxifahrer schon seit einigen Minuten auf den Befehl „Umdrehen!" zu warten schien und mich unsicher von der Seite anschielte.

Dafür dachte ich mir dann aber selbst eine Frage aus dem „Checked-Roger-Over-Peep-Pilotenspiel" aus, die heute Morgen (oder eben gestern) „BÜGELEISEN?" lautete.

Damit hatte ich sie. Ha! Spiel, Satz und Sieg.

Meine liebe Steffi hatte nämlich am Morgen, also eigentlich ja mitten in der Nacht – sie ist dafür schon um halb vier aufgestanden, weil sie sowieso nicht schlafen konnte – noch ihr kleines Schwarzes gebügelt, weil sie angeblich davon geträumt hat, mit mir auf einer besonders schicken Party im Paradies zu sein mit lauter berühmten und bekannten Leuten. Und als Sky Dumont sie dann fragte, ob er ihr einen scharfen Sex-on-the-Beach anbieten oder auch nur einen gewöhnlichen Banana-Cocktail von der Bar mitbringen dürfe, da bemerkte sie, dass sie nichts anhatte. Nichts. Sie war nackt. SIE HATTE EBEN NICHTS AN-ZU-ZIE-HEN!, wie sie ja auch selbst immer sagte. Auch wenn *ich* immer sagte: „Wozu willst du *das* denn mitnehmen, das brauchst du doch nie!". Aber da haben wir den Beweis: Für diese schicke Party mit Sky Dumont hatte sie eben nichts. Gar nichts.

Also bügelte sie mitten in der Nacht.

Ich hatte sie! Mit „Bügeleisen?" hatte sie nicht gerechnet. Ohrenbetäubende minutenlange Stille aus dem Halbdunkel des dem Flughafen entgegenrasenden Mercedes-Rücksitzes. Entsetztes, endloses Schweigen, schockgeweitete Augen. Der Taxifahrer verminderte dann auch schon mal prophylaktisch die Geschwindigkeit, wir fuhren plötzlich fast nur noch Schritttempo, und immer wieder schaute er lauernd und abwartend zu mir herüber.

„Bü-gel-ei-sen", quälte meine arme Steffi sich hinter mir. „Bü-gel-ei-sen ... verdammt."

Natürlich war das Bügeleisen aus. Ich hatte es extra noch mal überprüft, weil es ihr schon einmal, ein einziges, dummes Mal passiert war, es nicht auszuschalten. Zum Glück fuhren wir da nicht gerade ans andere Ende der Welt in den Urlaub, sondern nur zu Tante Hedi ins Bergische, und konnten also locker umdrehen und die Katastrophe verhindern.

Ich ließ meine Steffi aber boshafterweise noch ein wenig zappeln. Das war fies. Ja. Vielleicht lag es an der allgemeinen Erregung, am so genannten Reisefieber ... ich will es auch nie wieder tun.

Der Taxifahrer wurde noch langsamer und einige Fahrzeuge rasten böse hupend an uns vorbei ... nein, ich konnte nicht riskieren, dass wir deswegen zu spät zum Flughafen kamen, also sagte ich schließlich: „Bügeleisen ist aus, mein Schatz. Ich hab selbst nachgesehn."

„Oh, du mieser Kerl, und es WAR auch aus. Ich HATTE es ausgeschaltet. Das WEIß ich doch!" Steffi war echt sauer.

„Nein, du weißt es eben NICHT, sonst hättest du jetzt ja nicht so lange überlegt, OB es aus ist. Du warst dir nicht sicher."

Das hätte ich wohl besser nicht sagen sollen, ich alter Klugscheißer, denn jetzt war sie auch noch beleidigt, aber ich kann es ja auch nicht lassen. Sie drehte sich demonstrativ zur Seite und kümmerte sich dann intensivst um Max, der seit gestern Abend etwas Temperatur hatte. Ausgerechnet. Um mich kümmerte die liebe Steffi sich erst mal gar nicht mehr. So, das hatte ich davon.

„Weiter!", sagte ich kurz ab zum Taxifahrer, und der gab achselzuckend wieder richtig Gas Richtung Flughafen. Ich meine auch, ein leichtes Kopfschütteln bemerkt zu haben. Unverschämter Kerl.

Und da fiel es mir ein.

Ich hatte gestern noch lange danach gesucht, aber dann hatte ich es aufgegeben und irgendwie auch vergessen. ICH habe etwas vergessen. Ich habe kein Ladegerät für mein Handy! Verdammt. Das ist schlimm! Zwei Wochen ohne Verbindung mit der richtigen Welt? Zwei Wochen, ohne mit der Redaktion zu telefonieren? Das geht ja gar nicht. Naja, die werden sicher im Hotel ein passendes Ladekabel für mich haben. Sicher. Ist ja schließlich 'n Traumhotel!

„Wott jo nehm?", fragt mich jetzt die kleine, rote, rettende Boje auf dem Ko-Samui-Flughafen und sieht uns sehr freundlich lächelnd dabei an.

Wott jo nehm? Man muss sich erst mal an diese extravagante und selbstbewusste Art gewöhnen, so locker mit der englischen Sprache umzugehen. „Wott jo nehm?" kann eigentlich nur heißen „What's your name?", kombiniere ich messerscharf, während wir uns zum wiederholten Male den Schweiß abwischen und die am Leib klebenden Kleider lösen, um wenigstens etwas von der zwar heißen, aber immerhin ventilatorisch gequirlten Luft an die nach Kühlung schreiende, schwitzende, schon Blasen werfende Haut kommen zu lassen.

„Our name is Knippschild", sage ich freundlich, sehr deutlich und überaus bestimmt zu der netten Boje und denke, dass damit endlich Fahrt in die verfahrene Angelegenheit kommen müsste, wir erkannt und gescannt werden vom allmächtigen Urlaubsmoloch und wieder wie richtige Urlauber überhaupt existieren.

Doch damit liege ich leider falsch. Die kleine freundliche Boje findet unseren Namen leider nicht auf ihrer zerknitterten

Liste, sieht uns aber trotzdem weiter freundlich an. Wahrscheinlich wird sie uns gleich mit demselben freundlichen Gesicht wieder zurück nach Deutschland schicken.

„Missa and Missi Lotze?", fragt die kleine freundliche Frau stattdessen und blickt geduldig abwartend in die Runde. Lotze? Wenn ich die bis jetzt gelernten thailändischen Eigenarten bei der Aussprache auf diesen Namen anwende, dann ist ein deutsches ‚R' so was wie ein thailändisches ‚L', und das gesuchte Ehepaar hieße dann also … Nein, das kann ich mir nicht vorstellen. Vielleicht hießen sie ja doch Lotze. Hoffentlich.

„Missa and Missi Lotze?" wiederholt sie, und der ganz sympathisch wirkende baumlange Mann von Reihe vierzehn nähert sich jetzt etwas unsicher und zögerlich der winzigen Bojenfrau. Sie blickt nach ganz oben zu ihm auf und ruft ihm noch mal versuchsweise ein freundliches „Lotze?" zu.

Ich lächele dem Großen aufmunternd, aber auch etwas neidisch zu. Scheinbar ist er schon dran.

Er murmelt irgendwas, reicht der kleinen thailändischen Töffte-Frau einen Zettel runter, sie liest ihn, vergleicht, und reicht ihn dann nach oben zurück. Und dann nickt der lange Mann. Er scheint mit seinem Namen einverstanden zu sein, winkt seiner eigenen netten, normalwüchsigen Frau, und die beiden ziehen überglücklich, aber erschöpft Richtung Bus. Die haben's schon mal geschafft.

Steffi sieht mich vorwurfsvoll an, als ob es jetzt an mir läge, dass hier nichts passiert, weil ich die Lage nicht im Griff habe, weil ich nicht mal einer kleinen, freundlichen thailändischen Frau, die uns offensichtlich nichts Böses will, klarmachen kann, wer wir sind und dass wir ein verdammtes Recht auf diesen Urlaub haben, den wir uns so schwer verdient haben.

„Papa, jetzt mach mal!", ruft da auch noch der schwerkranke Max von seinem Kofferthron herunter, auf dem er seit einiger Zeit sitzt und heftig schwitzt.

Bitte, liebe Trägerin des roten Sonnen-Abzeichens von *Töffte-*

Reisen, schick uns nicht wieder weg. Vertreibe uns nicht aus dem Paradies, in dem wir ja gerade erst angekommen sind. Lass uns hier im gelobten Land unseren verdienten Urlaub machen, bitte. Nur zwei Wochen! Tu es für mich und meine Familie.

Inzwischen wanken mehr und mehr Mitreisende mit neuen fantastischen Namen ermattet, aber glücklich an uns vorbei, immer in die Richtung, in die die Boje sie schickt.

Alle haben jetzt einen Namen, alle haben bald ein Zuhause für die nächsten zwei Wochen. *Sie* können jetzt Urlaub machen, sie sind alle erfasst von der unbestechlichen Urlaubsmaschinerie. Sie sind endlich eingerastet ins Räderwerk des allmächtigen Pauschaltourismus. Die Glücklichen.

Ich probiere es also noch mal mit leicht veränderter, versuchsweise frei ans Thailändische angepasster Aussprache unseres Namens und sage: „Knippssild".

Nein, auch „Knippssild" kommt in der Liste unserer freundlichen Betreuerin nicht vor.

„Kanippessilll!" Zweiter Versuch.

Nein. Freundliches Kopfschütteln.

Was kann man noch machen? „Kniiipp…". Nein. Mir fällt nichts mehr ein, aber die freundliche Frau findet keine Gnade. Es gibt uns einfach nicht.

„Zeig ihr endlich unsere Zettel!", ruft Steffi mir zu. Sie sitzt inzwischen zusammengesunken und ohne Hoffnung auf unserem gigantischen Kofferensemble und macht einen erbärmlichen Eindruck. Max ist eingeschlafen.

Die Zettel! Ja, warum eigentlich nicht. Manchmal haben Frauen ja ganz gute, bestechend einfache und praktische Ideen. Ich wühle also in der kleinen, schwarzen Tasche herum, die ich mir als Dokumentenmappe auserkoren habe, und die auch nur ich tragen darf, der ich darüber wache, dass auch alles zusammenbleibt. Ich finde endlich unsere Zettel, die Urlaubsberechtigungsscheine, unter Kennern auch „Wautschers" genannt, und zeige sie der kleinen, roten Frau. Hier ist ja schließlich unser

Name klar und deutlich in Druckschrift zu lesen. Hier kann man sehen, wer wir sind, was wir eigentlich hier wollen, wohin, wie lange und warum, und so.

Sie sieht die Wautschers interessiert an, blättert wichtig darin herum und löst dann das Rätsel um unseren Namen ganz einfach und in Sekundenschnelle mit einem freundlichen „NIPSI!"

Na, bitte, es geht doch.

Von mir aus!

Wir sind jetzt die Familie Nipsi aus Germany und freuen uns mächtig über unseren neuen Namen. Wir haben es geschafft. Wir sind durch! Endlich, endlich gilt jetzt auch für uns die befreiende Handbewegung zum Haltepunkt des Busses und ich trommele fröhlich, aber erschöpft meine kleine Familie Nipsi zusammen.

Die gesamte Mannschaft der anderen Getriebenen ist schon längst vollständig in einem silbernen Toyota-Kleinbus älteren Baujahrs versammelt, und vorwurfsvolle Blicke treffen die Familie Nipsi, die noch nicht mal ihren richtigen Namen kennt und damit den Beginn des ganzen Urlaubsvergnügens unfairerweise erheblich verzögert. Nur Herr Lotze-oder-so lächelt uns verständnisvoll an. Kann ja passieren. Er muss ein wenig seinen Kopf einziehen, denn der Bus ist nicht für mitteleuropäische Scheinriesen ausgelegt.

Ich lächele achselzuckend zurück und dann verteilen wir uns mit auf die restlichen engen Sitze. Ich komme neben einem schwitzenden, ganz dicken Menschen zu sitzen, der schon kaltlächelnd die Oberherrschaft über die Mittellehne gewonnen hat und auch nicht bereit ist, diese Macht zu teilen. Und ich bin zu schwach, um darum zu kämpfen.

Und so rattern wir in diesem stark klimatisierten, das heißt eigentlich kühlschrankmäßig tiefgefrosteten Toyota-Bus dahin. Alle zittern, Max niest, und wir alle hoffen, dass diese Tour nur sehr kurz sein wird.

Das wird sie aber nicht.

Die ersten beiden Aussteiger haben es richtig gut. Jedenfalls denken wir das zuerst, denn schon nach etwa fünf Minuten Fahrt wirft man das Pärchen aus Dresden an ihrem Hotel raus. „Lägünä Lötsch", davon haben sie schon die ganze Zeit geschwärmt und sich kindlich darauf gefreut.

Es ist ein fünfstöckiger, furchterregender gelber Kasten direkt an der belebten Hauptstraße und in der Einflugschneise des Flughafens. Also sehr verkehrsgünstig gelegen, wie die bunten Urlaubsprospekte so was ja immer gerne anpreisen. Ich frage mich ängstlich, wer sich diesen verheißungsvollen Namen für den grauenhaften Siebziger-Jahre-Bunker ausdenken durfte – und wie er damit auch noch durchgekommen ist. Laguna Lodge. Sagenhaft.

Wir sind überglücklich, dass der Toyota uns noch nicht ausspuckt und wir weiterrattern dürfen und schnattern dafür auch gerne noch ein wenig länger. Als wir zurückblicken und die beiden armen Dresdner im erbarmungslosen Tropenregen inmitten ihrer zahlreichen, neuen, roten Hartschalenkoffer stehen sehen, tun sie uns unendlich leid.

Ich müsste dringend noch mal Ulli zurückrufen. Der verwählte Anruf von ihm hat mir doch zu denken gegeben. Irgendwas scheint da zu passieren im Sauerland. Riesensauerei, hat er gesagt. Aber ich komme jetzt nicht an das Handy dran, weil Steffi mich leicht säuerlich anlächelt. Aber immerhin lächelt sie schon wieder und das sollte man nicht aufs Spiel setzen.

Der Toyota pflügt sich seinen Weg durch Wasserlachen, die in etwa die Größe unserer heimischen Talsperren haben, und man denkt bei jeder neuen Stauanlage, dass der Wagen unweigerlich darin versinken müsse.

Ein paarmal gibt Max ein fassungsloses „Boah!" ab, dann zittert er wieder. Der heutige Regenguss ist wohl keineswegs der erste oder gar einzige der Wintersaison auf dieser schönen Insel. Regen scheint hier wohl eher typisch zu sein. Wo kommt das ganze Wasser her? Was haben dieses Land und seine Menschen verbrochen, um so bestraft zu werden?

Der Fahrer vermindert zwar freundlicherweise ein wenig die Geschwindigkeit, wenn die Hütten der Ko-Samuianer zu dicht an der Straße und den Stauseen stehen, aber als dann *nur* noch Hütten dicht an der Straße stehen, da lässt es sich einfach nicht mehr vermeiden, dass auch schon mal die eine oder andere Hütte samt zunächst noch freundlich lächelnder Bewohner mit einer gewaltigen Fontäne schmutzig-brauner Regensuppe eingenässt wird. Auch einheimische Moped- und Rollerfahrer, die die riesigen Seen umsichtigerweise mit angezogenen Beinen vorsichtig durchschiffen, haben gegen unseren Fahrer keine Chance und werden erbarmungslos fontänisiert.

Land ohne Gnade.

Die Familie mit dem ewig plärrenden Blag ist jetzt endlich auch raus, als wir vor einer weiteren, überaus schäbigen Absteige anhalten, die uns allen das blanke Entsetzen ins Gesicht treibt. Den dicken schwitzenden Kerl neben mir hat es auch erwischt. Er muss raus! Alle beten, dass der Fahrer jetzt bloß nicht ihren neuen thailändischen Namen aufruft, und auch wir flehen darum, weiter im herrlich kühlen Toyota schockgefroren zu werden.

Nein. Der Name „Nipsi" fällt nicht. Wir dürfen also weiter auf eine angemessene Unterkunft hoffen. Die Bayern und die Lotzes-oder-so sind auch noch da. Sollte das Schicksal Leichenhalle, Lotze und Nipsi füreinander bestimmt haben?

„Papa, wie lange noch?", stöhnt Max und Steffis schöne Augen blicken mich aus leeren Höhlen an. Mein Gott.

Der Bus rattert weiter und weiter, herrliche, braune Spritzwasserfontänen nach beiden Seiten steigen lassend, und wir haben fast eine ganze Inselumrundung hinter uns, als der Toyota in eine enge Gasse abbiegt, die an der hinteren Seite mehrerer Restaurants, zwielichtiger Bars und dunkler Kaschemmen vorbeiführt. Der Fahrer bahnt sich hupend und fluchend einen Weg durch Menschen, Müll und Ruinen.

Es gießt noch immer in Strömen, ein paar unfreundliche Hunde bellen uns an, ich blicke in finstere Hinterhöfe, sehe Steffi leicht irritiert an, versuche zwar genügend Gleichgültigkeit zu verbreiten, aber ich weiß, dass auch sie sich gerade fragt, ob das Ganze vielleicht eine Falle ist, in die man uns hinterhältig gelockt hat – und ob Frau Gantenbrink vielleicht hinter all dem steckt.

Dann wird der Urwald wieder dichter, wir haben die Gasse verlassen und es wird dunkel. Richtig dunkel. Nicht nur wegen der dichten Urwaldbeblätterung, sondern auch, weil die Sonne, die wir den ganzen Tag noch nicht gesehen haben, jetzt auch schon hinter den dichten nassen Wolken langsam untergeht. Es ist inzwischen siebzehn Uhr hier in Thailand, da verabschiedet sich die Sonne eben. So ist das im Paradies!

Wir sind jetzt fast neunundzwanzig Stunden unterwegs, fast ganz ohne Schlaf ...

„Laaast Christmas, I gave you my heart ..." knödelt es aus dem Toyota-Radio und ich weiß schlagartig auch wieder warum.

Heute ist Heiligabend!

Jaaaa, heute ist ja der Tag der Tage oder der Abend der Abende. Heiligabend. Ach du Scheiße!

Millionen, nein Milliarden, ach was, ALLE Menschen sitzen jetzt mit ihren Lieben unter den festlich geschmückten, glitzernden, nadeligen Grüngewächsen im Warmen, haben Tränen der Rührung in den Augen und sie trinken Glühwein oder wenigstens Tee mit Rum.

Ja, heute ist Heiligabend, und wir haben es alle vergessen – außer mir natürlich wieder mal. Wann und wie sollen wir denn jetzt die unausweichliche Bescherung machen? Heiligabend ohne Bescherung geht doch gar nicht. Na, vielleicht gleich nach unserer Ankunft im „Paradise Rock Resort". Da müsste es doch gehen, da werden wir es uns dann noch so richtig feierlich gestalten. Ganz sicher. Max hat zum Glück noch gar nicht bemerkt, welchen besonderen Tag wir da gerade in einem eisgekühlten

Toyota Kleinbus am Ende der Welt vertrödeln.

Und dann bleibt der Wagen einfach stehen. Nein, jetzt noch nicht. Nein. Bitte weiterfahren. Nur noch eine Stunde vielleicht, oder so. Nicht hier!

Doch es gibt kein Weiter, hier muss es sein. Wir sind da.

„Pelledei Lock Lissoh" sagt der Fahrer, und das muss es also sein. Eindeutig.

„Paradise Rock Resort", er hat es ja gesagt. Dann sagt er auch noch „Nipsi", „Lotze" und „Leichenhalle", und damit ist unser aller Schicksal besiegelt. Wir haben es geschafft, wir sind am Ziel unserer Träume und am Ende unserer Kräfte. Dankbar, aber einer unsicheren Zukunft entgegensehend, steigen wir also aus.

Ich drücke dem Fahrer kraftlos einen Schein des neuen Geldes in die Hand, von dem ich nicht genau weiß, wie viel er eigentlich wert ist, und er bedankt sich überschwänglich. Naja, die Thais sind eben sehr höfliche und dankbare Menschen. Sie freuen sich auch über Kleinigkeiten, das habe ich schon gemerkt.

Wir sehen uns an. Glücklich? Vielleicht. Auf jeden Fall erschöpft und ergeben in unser ungewisses Schicksal. Unser Leiden soll also vorerst ein Ende haben.

Der Bayer sagt „Pfüeti!" zu unserem Fahrer, der auch die tonnenschweren bayerischen Koffer aus dem Toyota gewuchtet hat, und gibt ihm nichts von dem neuen Geld. Er will es lieber für sich behalten. Frau Leichenhalle nickt uns noch mal gehässig zu und dann verschwinden beide eilig mit ihren zwei rollenden Riesenkoffern in Richtung einer schwachen Lampe, die wohl den Eingang unserer Endstation Sehnsucht beleuchtet. Jedenfalls ist es das einzige Licht, das uns in dieser tropischen Dunkelheit etwas Hoffnung gibt. Das Ehepaar Lotze-oder-so folgt den beiden, nachdem der große Herr Lotze dem Fahrer nach langer Prüfung seines neuen ausländischen Geldbestandes einen eher rötlichen Schein heruntergereicht hat. Soso.

„Ja, dann woll'n we ma!", sagt Herr Lotze und nickt uns noch mal freundlich zu. „Schön' Urlaub, woll?"

Woll? Wo kommt *der* denn her?

Tja, da stehen wir also nun inmitten unserer Kofferberge triefend nass im warmen Regen und heulen fast.

„Sah in dem Prospekt aber ganz anders aus", sagt Steffi schlecht gelaunt, schwer enttäuscht und am Ende ihrer Kräfte.

„Naja, man sieht ja fast nichts", versuche ich den ersten Eindruck etwas aufzubessern.

Man sieht aber auch wirklich kaum etwas. Ich kann neben den Mülltonnen, aus denen eine magere Katze gerade etwas schleimig Gelbliches zieht und damit verschwindet, den Eingang zu einer Küche entdecken, in der offensichtlich irgendeine Art von menschlichem Leben auszumachen ist. Man hört Stimmen und das Klappern von Geschirr. Ich verschweige Steffi aber, dass ich auch sehe, wie da gerade ein haariges Tier, größer als eine Maus, kleiner als eine Katze aus der offenen Küchentür in die schwarze Dschungelnacht hinausflüchtet. Vielleicht habe ich gerade eine neue Tierart entdeckt.

Hinter uns lässt sich die Einfahrt zu einer Art Autowerkstatt oder auch Autofriedhof erkennen. Ein leichter Öl- und Dieselgeruch mischt sich mit dem schweren Aroma des Urwalds. Ein Hund bellt, aber sonst sieht man keine Menschenseele. Es scheint das wahre Ende der Welt zu sein, und so weit sind wir ja schließlich auch gefahren. Nur dass es dann da wirklich auch so aussieht, wie man sich das Ende der Welt immer vorstellt, das hätten wir nicht gedacht.

Der Urwald um uns herum fabriziert eine Menge exotischer und unheimlicher, nie gehörter Geräusche, und ein tropischer Vogel sitzt irgendwo über uns und macht: „Ts, ts, ts", als wolle er uns einen Vorwurf machen.

Ja, wem soll man jetzt einen Vorwurf machen? Uns selbst, weil wir unbedingt und sofort Urlaub haben wollten und *alles* genommen hätten? Oder vielleicht Frau Gantenbrink vom Reisebüro *Töffte*, weil sie sicher wusste, wie gruselig es hier am Ende der Welt aussieht, und uns trotzdem hingeschickt hat?

Es hilft ja nichts, unsere Sachen werden nass, und da sich kein Schatten aus dem Dunkel schält, um uns irgendwas abzunehmen, ergreife ich voller Verzweiflung die Initiative und den ersten Koffer und schleppe ihn Richtung Glühbirne der Hoffnung. Steffi nimmt mutlos den zweiten und auch Max kann zwei der Taschen tragen, obwohl er vor Müdigkeit fast umkippt.

In der offenen, hölzernen Urwald-Empfangshalle des „Paradise Rock Resorts" sehen wir die Bayern schon wässerige, gelbe Getränke schlürfen. Die Lotzes sitzen erschöpft auf ihren Koffern und das Ehepaar Leichenhalle redet auf einen einzelnen verunsicherten Eingeborenen hinter der Rezeptionstheke ein. Offensichtlich sind die beiden mit ihrem Zimmer nicht zufrieden, das sie noch gar nicht gesehen haben. Superior Double Deluxe Beachview Senator Suite, also SupDoubDelBeSeSui, hätten sie schließlich bestellt und keinen einfachen popeligen SupHiBung, also Superior Hillside Bungalow, ohne Senator und Deluxe und Suite und so weiter. Frau Leichenhalle macht einen Riesenaufstand deswegen. Ihr Mann wäre vielleicht sogar mit SupHiBung einverstanden. Dem ist heute alles egal.

Ich mische mich vorsichtig in das Gespräch ein und bedränge meinerseits den Eingeborenen mit der vorsichtigen Frage, ob denn noch mit jemandem zu rechnen sei, der sich auch um uns Gestrandete kümmern und uns zum Beispiel bei den Koffern helfen könne.

„Wann Minnit, pliess!", sagt der thailändische junge Mann lächelnd zu mir und widmet sich erst mal wieder den aufständischen Bayern.

Steffi sieht mich an und knurrt böse. Tja, bevor die Koffer ganz durchgeweicht sind und wir auch die nächsten Tage keinen trockenen Faden am Leib haben, gehe ich also wieder hinaus in die tropische Katastrophe und rette so viele Koffer wie möglich, während Steffi sich um Max kümmert, der inzwischen fest eingeschlafen ist und zwischendurch ein paarmal heftig niest und, verdammt noch mal, immer noch Temperatur hat.

Ermattet sinke ich nach dem letzten Koffertransfer in einen der aufgestellten Korbsessel, stiere glasig in das Prasseln des gnadenlosen Regens hinaus, schütte den wässrigen Orangensaft, den eine plötzlich aus dem unheimlichen Nichts doch noch aufgetauchte, lächelnde thailändische Fee mir reicht, in mich hinein wie ein Verdurstender, sehe meine arme, kleine Familie traurig an, weil ich es so endlos bereue, sie in eine solch bedauernswerte Lage gebracht zu haben, und mache mich ergeben an das Ausfüllen der Anmeldeformulare.

Das Ehepaar Leichenhalle ist verschwunden. Die Lotzes auch.

Dann warten wir nur noch etwa fünfzehn Minuten auf das Ausstellen der „Bläckfäss-Kuhponns", Breakfast Coupons, ohne die wir am nächsten Morgen zweifellos verhungern würden, wie man uns versichert, und als die freundliche Frau uns die Coupons mit den Worten „Wällkamm to Pelledei!", Welcome to Paradise!, überreicht, haben wir es geschafft und sind dem Koma nahe.

Wir nehmen noch schemenhaft wahr, wie aus dem undurchdringlichen, lärmenden Grün eine hölzerne Hütte vor uns auftaucht, wie drei Betten vor uns erscheinen, ich registriere noch, wie ich automatisch in die Tasche greife, um dem Helferlein, das uns dann doch noch die Koffer hinterhergeschleift hat, einen weiteren grünen Schein in die Hand drücke, dessen Wert ich immer noch nicht kenne – und dann brechen wir kraftlos zusammen.

Es ist Heiligabend, die Matratzen sind bretthart und unser schönes Sauerland ist ganz weit weg.

Und an den Rückruf bei Ulli habe ich auch nicht mehr gedacht.

25.12. Zweiter Tach: Well done

„Ts, ts, ts", macht der Vorwurfsvogel. Er sitzt direkt vor meinem Fenster auf der Rückenlehne einer abgewetzten Sonnenliege und sieht mich frech und erwartungsvoll an. Ich weiß nicht, wie lange er mir schon Vorwürfe macht, bis ich endlich wach geworden bin, und ich weiß auch nicht warum, aber jetzt hat er es endlich geschafft, mich aus dem finsteren Totenreich der Langstreckenurlauber zurückzuholen. Ich sehe ihn ebenso interessiert an wie er mich. Er sieht prächtig aus, eigentlich besser als ich, ist recht groß, hat schwarzes Gefieder, das um die Beine herum weiß ist und an den Wangen fetzige, gelbe Streifen hat. Ich habe noch nicht einmal weißes Gefieder an den Beinen.

Um ihn besser zu sehen, muss ich gegen die Sonne anblinzeln. Ja, die Sonne. Es muss *die* Sonne sein, von der wir so lange geträumt haben. Die tropische, warme, glücklich machende Sonne. Sie blitzt durch das dichte, grüne Blätterwerk, das uns am Abend zuvor noch so unheimlich und abweisend vorkam, so als wollte der mächtige Urwald uns lästige, widerliche Eindringlinge wieder angeekelt ausspucken oder gar verschlingen. Diese Sonne entwickelt selbst durch die zerkratzten und ungeputzten Scheiben der kleinen Fenster unserer Hütte eine enorme Kraft.

Das Paradies? Haben wir es wirklich gefunden?

Max hustet im Schlaf. Er liegt in einem Bett, das quer zu unserem Doppelbett an der gegenüberliegenden Wand unserer Behausung steht. Es ist eng, winzig und schäbig hier.

Wo sind wir? Strafgefangenenlager oder tropisches Obdachlosenasyl? Der optimistische Reisekatalog hat diese Behausung als SupHiBung, Superior Hillside Bungalow, angepriesen. Hört sich doch weitaus besser an, als es aussieht.

Max' Husten hört sich jetzt allerdings schon fast so an wie das

Bellen eines Seehundes, und das ist gefährlich. Wir kennen diese bösartige Art von Husten nur zu gut von hunderten durchwachten Nächten mit heißen und kalten Umschlägen, Tröpfchen, Zäpfchen, Säftchen und Wärmfläschchen. Oh, nein, bitte nicht. Bitte, nicht jetzt, wo wir doch im Paradies sind. Dieser Husten gehört ins Sauerland.

Steffi sitzt augenblicklich aufrecht im Bett. Den frechlauten Vorwurfsvogel hat sie nicht gehört, aber ihr Kind kann sie hören, wenn es am anderen Ende der Welt hustet. Sie *fühlt* ihn husten. Das war schon immer so. Während ich meistens aufwendig geweckt werden musste, wenn Max in seiner früheren Kindheit solche Hustenanfälle bekam, und mir dafür oft schwere Vorhaltungen machen lassen musste, war Vogelmama Steffi immer sofort da, wenn ihr Junges sie brauchte. Er ist eben immer noch ein Teil von ihr, weil er ja mal in ihr drin war. Das Ei. Ein großes Wunder. Mein Anteil an diesem Wunder ist da wohl eher zu vernachlässigen.

Steffi springt auf und der Vorwurfsvogel verschwindet ärgerlich krächzend.

„Der arme Kerl“, sagt sie. „Jetzt kriegt er auch noch diese Pest. Ausgerechnet jetzt. Warum sag ich denn immer, er soll den obersten Knopf zumachen, wenn er rausgeht, warum sag ich denn immer, er soll mit nassen Haaren überhaupt nicht rausgehen, warum sag ich das denn alles, wenn mir sowieso keiner zuhört?“

„Ach, wird schon wieder“, sage ich, aber das ist nicht unbedingt das Richtige.

„Wird schon wieder, wird schon wieder! Was Besseres fällt dir dazu auch nie ein“, schimpft sie weiter, und ich weiß, dass ich jetzt besser erst mal eine Weile die Klappe halte. Wenn sie in diesem Zustand ist, sollte ich lieber gar keine eigene Meinung haben. Das könnte sehr gefährlich werden. Für mich, für uns, für alle. Das kann für einen Außenstehenden schon mal so aussehen, als sei der Weiterbestand der ganzen Familie Knippschild, jetzt Nipsi, in Gefahr, was natürlich niemals so ist.

Steffi wühlt auch schon wütend in ihrer mitgebrachten Apothekentasche, die allein schon fast einen der riesigen Schrankkoffer füllt, und sucht das geeignete Gegengift für diesen verdammten Urlaubsversauer.

„Mist, ich hab doch an alles gedacht, aber den hab ich doch glatt vergessen. Der dämliche Prospan-Saft steht bestimmt noch auf der Kommode im Bad. Wenn man nicht an alles denkt!"

Steffi müsste jetzt eigentlich noch sagen: „Und du denkst sowieso an nichts", aber das sagt sie dann nicht.

Sie blickt aus dem Fenster und sieht die Sonne. Und da wird sie still und verwandelt sich augenblicklich in ein staunendes, hübsches, kleines Mädchen. Ach, ich liebe sie doch sehr. Sie sieht die Sonne, nach der wir uns schon so lange gesehnt haben, die den finsteren, alles verschlingenden Dschungel vor dem Fenster in einen prachtvollen, tropischen Garten verwandelt hat.

„Ja, schön, nä", sage ich, während ich sie so beobachte und lächle zufrieden und ziemlich blödsinnig dahin.

„Ja, schöön."

Max bellt wieder und wacht auf.

„Cool", sagt er statt „Guten Morgen", als er aus dem Fenster blickt und bellt gleich noch mal. Wir verziehen die Gesichter und zucken bei jedem Huster rhythmisch zusammen.

Max bekommt erst mal irgendeinen Saft und eine Pille, und dann sieht sich die Familie Nipsi erstmalig in ihrem neuen Asyl um, das sie ja gestern Nacht überhaupt nicht wahrgenommen hat. Und man muss schon voller Anerkennung sagen: Es sieht absolut erbärmlich aus. Klein, eng, windschief mit enormem Renovierungsstau, einem rostigen, gefährlich eiernden und ächzenden Ventilator unter der Decke und vielen, vielen Ritzen in den dünnen Bretter- und Bambuswänden, durch die man sogar ein wenig von der gewaltigen Dschungelpracht sehen kann.

Ein Gecko klebt unter der Decke und schüttelt seinen Kopf. Nein, ich glaube, es sieht nur so aus. In Wirklichkeit bewegt er sich überhaupt nicht und wartet auf Fliegen. Auf uns hat er sicher nicht gewartet.

„Sah im Prospekt auch ganz anders aus", sagt Steffi wieder und ihre Enttäuschung ist unüberhörbar. Sie hat aber durchaus recht. So haben wir es uns nicht unbedingt vorgestellt, das „Paradise Rock Resort" aus dem Katalog „Traumziele der Erde" auf der Trauminsel Ko Samui. So nicht.

O-Kli, o-Minib, o-TV … kein „Comfort", kein „Senator", kein „Deluxe" und kein „Suite". Bloß ein „Superior", nach dem wir aber später noch suchen wollen.

„Wie viele Sterne hat denn der Schuppen?", frage ich meine liebe Frau, weil ich's einfach nur mal so wissen will.

„Keine Sterne", antwortet sie bedrückt.

„Wie, gar keine Sterne?"

Das kann doch nicht sein. Selbst die allerübelste Absteige hat in den Katalogen immerhin noch fünf bis sechs Sterne, allerdings in der Landeskategorie, wie es immer so schön heißt, damit auch hinterher keiner den schwarzen Peter bekommt, wenn jemand vergeblich die Sterne gesucht hat.

„Drei *Töffte*-Sonnen", sagt Steffi ganz traurig, als fühle sie sich allein verantwortlich für dieses Fiasko.

„Drei *Töffte*-Sonnen, Donnerwetter! Das hört sich doch gut an", versprühe ich gut gelaunt etwas Optimismus, der aber leider sofort versickert.

Aus dem Wasserhahn tropft eine braune Brühe, die kaum eine Viertelstunde braucht, um wenigstens so klar zu werden, dass man sich trauen kann, einen Finger oder – für ganz Waghalsige – sogar die ganze Hand drunterzuhalten. Rüdiger Nehberg, der große Survival-Guru, hätte sich sicher auch noch das Gesicht damit gewaschen, die Zähne geputzt und hinterher noch einen köstlichen Tee damit aufgesetzt. Wir tun es erst mal nicht. Wir sind noch nicht so weit.

Ich werde gleich mal an der Lobby so richtig Wind machen. Nicht mit uns, Leute! So nicht. Da muss ein anderer Bungalow her. Wir wollen einen SupZiDuTeKliMe. Mindestens. Wenn nicht gar „Senator" oder „Deluxe" mit Minibar, TVSat, mit ALLEM!

„NICHT auf die Zahnbürste!", bremst Steffi im letzten Moment unseren kränklichen, schwächelnden Max aus, der sich ganz artig die Zähne putzen will.

„Nicht auf die Zahnbürste! Hier ist extra Mineralwasser dafür", ruft sie und reicht ihm eine der Plastikflaschen, die wohl freundlicherweise eigens für diesen Zweck bereitstehen.

„Mmh." Missmutig und achselzuckend lässt Max es über seine Zahnbürste laufen und putzt nachlässig und ohne Kraft und rechten Eifer seine Zähne.

„Fröhliche Weihnachten!", rufe ich effektvoll meinen Leuten zu, als sie gemeinsam aus dem Bad kommen, und weise geheimnisvoll mit den Armen rudernd und etwas albern winkend auf die Päckchen, die ich in Windeseile auf dem Bett ausgebreitet und einigermaßen weihnachtlich zu drapieren versucht habe.

„Bescheeerung!"

„Ach du Scheiße", sagt Steffi. Das finde ich jetzt nicht sehr weihnachtlich und ich sehe sie dafür auch einigermaßen vorwurfsvoll an.

„Weihnachten. Hab ich total vergessen."

„Geil", sagt Max, der Weihnachten zwar auch vergessen hat, aber das wichtigste Geschenk schon längst an seiner Form ausgemacht und brutal aufgerissen hat.

„Geil, ein Advance SP!"

Damit meint er die neueste Version eines Game Boys, von der er schon lange sehr dringend schwärmt. Die anderen winzigen Päckchen enthalten vier dazu passende Editionen, wie man die Software dafür nennt, und er ist glücklich. Volltreffer.

„Und das ist für dich", säusele ich und halte Steffi ein kleines, ehemals im fernen Leckede-Hintersten liebevoll eingepacktes, aber nach fast zehntausend Kilometern Transport hoffnungslos zerknittertes Päckchen hin.

„Ich hab nix für dich!", empört sie sich, „ich will nix", und weist mein Päckchen entschlossen zurück.

„Ach, Steffi, ist doch nur 'ne Kleinigkeit, mach doch kein

Geschiss draus", spiele ich die ganze Sache runter, obwohl ich es doch ein klein wenig genieße, diesmal ein Geschenk für *sie* zu haben, wo sie offenbar keins für *mich* hat, denn meistens ist es andersherum. Ich drücke ihr das Päckchen gönnerhaft in die Hand. Sie nimmt es peinlich lächelnd an und öffnet es ganz vorsichtig und umsichtig.

„Ooooch, schööön, Oooohrringe!"

„Ja, schön, nä."

Sie gefallen ihr also. Na bitte. So einfach ist das. Kurz nachgedacht und – schwupp – das richtige Geschenk ausgewählt.

„Aber ich hab doch gar keine Löcher", meint sie dann ganz schüchtern und auch ehrlich bedauernd, dass sie mir jetzt doch noch das tolle Geschenk vermasseln muss.

„KEINE LÖCHER?"

Ich kann es gar nicht glauben und sehe sofort erst mal nach. Stimmt. Sie hat keine Löcher in den Ohrläppchen. Ja, hat denn nicht jede Frau Löcher in den Ohren? Mmh, meine jedenfalls nicht, und ich kann mich jetzt auch sehr dunkel erinnern, dass sie mir mal erzählt hat, dass es zu Entzündungen gekommen sei und dass sie dann die Sache mit den Löchern lieber gelassen hat. Es gäbe ja schließlich auch hübsche Clips.

„Naja … aber sie gefallen dir, ja?"

„Ja, seeehr schööön", sagt sie höflich, und dann ist das Thema Geschenke und Weihnachten erst mal durch. Ist mir auch ganz lieb so. Tja, Clips. Naja.

„Zehn vor zehn", stoße ich dann erschrocken mit Blick auf meine Uhr hervor und wühle schon panisch in meinen Taschen auf der Suche nach den Bläckfäss-Kuhponns.

„Wo hab ich die verdammten Zettel nur hingesteckt?"

Unser Leben scheint nur noch von Zetteln bestimmt zu sein.

Und wir brauchen sie ja unbedingt, um heute, am ersten Morgen im Paradies, nicht zu verhungern. Das hatte man uns ja noch eingeschärft. Da, ich habe sie. Ganz unten in den tiefsten, bisher unerforschten Tiefen der Tausend-Taschen-Hose.

So nenne ich meine geliebte grünbraune Expeditionshose, die ich so gerne trage, weil alles reinpasst, was man braucht oder auch nicht unbedingt braucht, aber erst mal lieber noch aufheben will. Manchmal dauert es bis zu einem halben Jahr, bis verschiedene sorgfältig, ausgewählte, aufgehobene seltene und unwiederbringliche Erinnerungsstücke wie Tankquittungen, Strafzettel oder Notizzettel mit wichtigen Adressen und Telefonnummern als zusammengeklumpte Papiermasse wieder auftauchen, weil meine Steffi natürlich nie die Taschen durchforstet, bevor sie meine Sachen brutal in die Waschmaschine stopft. Ts, ts, ts.

Die Bläckfäss-Kuhponns sind jedenfalls noch nicht zerfasert oder irgendwie beschädigt, nur leicht zerknittert, und das ist auch gut so, denn schließlich sind sie überlebenswichtig. Rüdiger Nehberg hat sicher keine.

Nur bis „tännäclock ey ämm"* gäbe es Frühstück. Auch das hat man uns gestern Abend noch eindringlich ins Koma geflüstert und außerdem steht es auch auf den Coupons drauf.

Jaja, Urlaub ist nicht einfach so rumhängen. Es gibt feste und eindeutige, ernsthafte Spielregeln, an die man sich auch halten muss. Wer mogelt, fliegt raus! Schließlich sind wir nicht zum Vergnügen hier. Der reibungslose Ablauf des durchorganisierten Urlaubsvergnügens muss einwandfrei gewährleistet sein, und wie ich das Räderwerk des Pauschalurlaubs kennengelernt habe, könnte ich mir durchaus vorstellen, dass man auch hier im Paradies keine Gnade kennt.

Also hüllen wir uns, soweit noch nicht geschehen, in weitere sommerliche Kleidungsstücke wie kurze Hose, T-Shirt und leichte Bluse.

Ach, ist das schön, endlich mal die Jacken, Unterhemden, Schals, Pullover, Wollmützen, Mäntel, Thermojacken, Moonboots … also praktisch die gesamte Antarktis-Ausrüstung und vor allem die Schirme und Gummistiefel weglassen zu können! Und so eilen wir befreit aus der knarzenden Tür unserer Armenhütte in die sonnige, tropische Freiheit.

* Die härtesten Dialekt- und Fremdsprachen-Übersetzungen ab Seite 340

Ist das schön hier! Alles grün und dazwischen niedliche, halb zusammengebrochene Hütten wie unsere, aus denen sich wieder ganz andere Menschen aus ganz anderen Teilen der Welt quälen und ebenfalls ohne braunes Wasser im Gesicht den Tag begrüßen wollen und offensichtlich in Richtung Frühstücks-Arena hasten. Wahrscheinlich habe ich recht und das Frühstückszeitfenster schließt exakt um zehn Uhr. Ey ämm.

„Morng!", ruft uns jemand aus der Nachbarhütte zu. Wir drehen uns erschrocken um und sehen Herrn Lotze-oder-so freundlich übers ganze Gesicht grinsen. In der rechten Hand eine dicke qualmende Zigarre.

„Na, wie isses? Chut cheschlaf'n? Schön hoite, woll?"

Etwas irritiert antworte ich: „Morgen! Gut. Ja … und ja."

„Iss dat nich häärlich hia? Äntlich aus'm usseligen Doitschland raus, woll?", sagt unser Nachbar und nuckelt an seiner dicken Zigarre.

‚Woll', sagt der? Ich wette, er kommt ungefähr da her, wo wir auch herkommen.

„Un so schön waam, woll!"

Noch mal ‚woll'. Ich winke irritiert, aber einigermaßen freundlich zurück.

„Pädder, getz mach den scheiß Stumpen aus! Wir müssen los!", höre ich da noch hinten aus der Lotze-Baracke.

„Wo sind meine Schuhe?", fragt Max und bellt noch mal, dass wir wieder rhythmisch mitzucken. Es tut uns jedes Mal selber weh und wir sehen uns mitleidend, aber auch genervt an. Zum einen natürlich wegen des verdammten Hustens, zum anderen aber wegen der Frage. Max weiß wirklich nie, wo seine Sachen liegen, und es scheint ihm auch egal zu sein. Seine Mutter wird ihm schon alles bringen. Ich sei angeblich genauso, er hätte das von mir. Aber das ist nur Steffis unverbindliche Meinung.

„Geh ohne Schuhe", antworte ich ihm fröhlich und aufmunternd und fühle mich schon wie der ausgemachte Naturbursche, der entschlossen ist, endlich zum wahren, einfachen Leben zurückzufinden.

„Einfach so!"

Rüdiger Nehberg.

„Baarfuuß?", fragt er mit blankem Entsetzen in den Augen.

„Ja, das geht hier. Barfuß. Natur, verstehst du? Wie Robin Kruse. Schon mal gehört?"

Ich weiß, dass er eigentlich Crusoe und Robinson heißt, aber Kruse hießen mal unsere Nachbarn, und die haben ihren Sohn Robin genannt. Das fand ich mutig.

Wir schaffen es nur bis etwa hundert Meter vor das Frühstücksgebiet – man kann es schon sehen – als Max in einen Nagel tritt, der im Paradies eigentlich gar nicht vorkommen sollte.

„Aua, aua", jammert er, hüpft auf einem Bein und hält den vernagelten Fuß mit schmerzverzerrtem Gesicht. „Au, verdammt, tut das weh, tut das weh."

Ich bin kurz davor ‚Stell dich nicht so an!' zu sagen, aber ein Blick von Steffi genügt, diesen Ratschlag noch mal gründlich zu überdenken. Also wird im Handumdrehen daraus ein mürrisches „Lass mal sehen!"

Ich sehe mir fachkundig die Bescherung an und komme zu der halbwegs fundierten Meinung, dass es nur halb so schlimm sei. Der Nagel steckt ja noch nicht mal im Fuß drin. Er hat ja nur eine kleine, rote Delle hinterlassen, die in der Mitte einen winzigen Blutstropfen bildet. Wirklich winzig. Ich doziere aber trotzdem wissenschaftlich-pseudomedizinisch und absolut klugscheißerisch wie immer, dass man aber erst mal abwarten müsse, ob sich daraus eventuell eine Blutvergiftung ergeben würde. Ich kann's eben nicht lassen. Das sähe man ja ganz einfach, indem die Vene (oder ist es die Ader?), die zum Herzen führt, nach einer Weile rot wird. Dann wäre es immer noch Zeit, etwas zu unternehmen.

„Blutvergiftung?" – Steffi ist außer sich. Ich hätte dieses böse Wort einfach nicht benutzen sollen, es könnte mich um das heutige Frühstück gebracht haben. „‚Blutvergiftung', sagst du? Weißt du, was das heißt? Der Junge stirbt!"

„Jaaa, sicher … also, nein! Nein! … Es ist ja keine Blutvergiftung, es blutet ja noch nicht einmal", versuche ich, das Unheil abzuwenden und das Frühstück zu retten. „Es ist auf jeden Fall KEINE BLUTVERGIFTUNG, Steffi, bitte, glaub mir."

„Ach was, aber du hast ja gerade selbst gesagt, das kann man erst sehen, wenn die Vene zum Herzen rot wird. Willst du etwa so lange warten und Brötchen essen?", schnauzt Steffi mich an und ist jetzt richtig wütend geworden. Ich bezweifle außerdem, dass es hier Brötchen geben wird, sage darüber aber erst mal nichts.

„Wir gehen jetzt zurück zu unserem Bungalow und ich wasche das auf jeden Fall aus, bevor ich in mein Brötchen beiße", sagt sie mit einer Bestimmtheit, der man lieber nicht widersprechen sollte. Und dass sie unsere verfallene Baracke jetzt schon offiziell Bungalow nennt, finde ich richtig süß. Superior Hillside Bungalow, um genau zu sein.

„Nimm aber das Mineralwasser dafür", gebe ich ihr noch als gut gemeinten Tipp mit auf den Weg, bin aber jetzt natürlich in einen ausgewachsenen Gewissenskonflikt geraten. Einfach und egoistisch den Weg zum nahen Frühstücksgelände antreten und meine Familie dem Schicksal überlassen, das kann ich ja nun auch nicht bringen. Was mache ich?

„Ach, es tut schon nicht mehr weh", sagt da glücklicherweise der hungrige Max und steht auch schon wieder vorsichtig auf beiden Füßen. „Lass uns lieber frühstücken gehn. Is schon wieder gut, ehrlich"

Steffi sieht ihn kritisch und zweifelnd an, aber vielleicht ist es auch bei ihr der Hunger, der sie magenknurrend einlenken lässt, nicht aber, ohne zu sagen: „Gut, dann machen wir's eben am Tisch MIT MINERALWASSER!"

Und dann stiefeln wir los. Max humpelt ein wenig.

Es ist fünf Minuten nach zehn. Wir sind wohl die Letzten. Alle sind schon da, alle Tische besetzt, und die Bayern lächeln uns in Siegerpose zu. Erster! Sie haben sich den schönsten Platz auf dem hölzernen Deck gesucht, ganz vorne neben einer krummen Palme mit Blick auf das Meer.

Das Meer! Wir können es sehen und riechen. Oh, ist das schön. Herrlich blau und weit liegt es vor und etwas unter uns und noch etwa zwei-, dreihundert Meter entfernt. Aber es ist da und glitzert in der tropischen Sonne Ko Samuis, unseres Paradieses für die nächsten zwei Wochen. Die dicke schwarze Regenwolke, die sich von hinten energisch und bedrohlich ins Bild schiebt, ignorieren wir erst mal einfach. Die ist ja noch so weit weg.

„Melli Klissmä! Hau ah ju, Sir Missa Nipsi. Gutt molning, Madam Missi Nipsi. Hello Boy, wott jo nehm? Jo Bläckfäss-Kuhponns, pliess", schiebt sich einer der Bediensteten sprechend und von rechts in das traumhafte Bild. Ich stutze noch einen kleinen Moment über „Melli Klissmä", aber dann ist es mir auch schon klar, wir haben ja heute Weihnachten.

„Merry Christmas!", antworte ich also fröhlich und reiche ihm lächelnd, aber etwas nervös, da wir die Zeit um fünf Minuten verpasst haben, den Coupon. Wenn das mal keinen Ärger gibt!

Aber er weist uns nur noch mal höflich darauf hin, dass es nur bis „tännäclock ey ämm Bläckfäss" gäbe, dann gibt er uns den letzten noch freien Tisch – direkt neben der Toilette – ohne Sicht, ohne Palme, ohne Hoffnung. Verlierer.

Die Bayern grinsen hämisch. Na, wartet, denke ich. Morgen sind wir früher da. Die Sauerländer kommen noch!

Steffi sieht sich die fast tödliche Verletzung von Max jetzt genauestens an, gibt dann aber zögerlich Ruhe, weil wirklich nichts mehr zu sehen ist. Und von einer roten Spur des Todes bis zum Herzen schon gar nicht. Sie prüft das aber alle zwei bis drei Minuten mit einem sorgfältigen Blick auf den Fuß nach.

„Wott ju wont, Sir", verneigt sich der nette, junge thailändische Mann, der eine Art folkloristische, landesübliche Tracht zu tragen scheint, die aber schon leicht zerschlissen, farb- und freudlos und teilweise auch in Fetzen an ihm herunterhängt und ihre besten Tage schon lange hinter sich hat. Er ist sehr freundlich und reicht mir bedenkenlos eine zerfledderte, laminierte Speisekarte, die sicher schon Generationen von Touris nachdenklich und interessiert auf der Suche nach der richtigen Essensentscheidung in ihren sonnenölverschmierten Händen gewendet, geknetet und bearbeitet haben müssen und deren Preise alle mit kleinen Schildchen überklebt und sicherlich speziell für uns saftig erhöht worden sind. Aber wir sind ja Pauschalis Bläckfäss inkluussiff.

„Wott ju häv?", frage ich zurück, schon recht gewandt, wie ich meine, mit der neuen Thai-Englisch-Sprache umgehend.

„Koffie, tii, tooss, sklämbel ägg, boil ägg, flei ägg, orän dschuu."

Das hört sich doch nach einer gewaltigen Auswahl an, und ich nicke ihm wohlwollend und anerkennend zu. Meine liebe Steffi frage ich allerdings etwas nörgelig: „Gibt's kein Buffet hier?" Steffi zuckt mit den Achseln. Dann frage ich eben den freundlichen, jungen Mann: „No buffet?"

„No baffej", bestätigt er mir freundlich lächelnd, schüttelt eifrig den Kopf und wartet höflich und weiterhin lächelnd auf unsere Entscheidungen betreffs der etwas eierspeisenlastigen Frühstückskarte. Ich entscheide mich spontan und locker für „flei ägg", also Fried Eggs, jaja, ich habe schon verstanden, „Koffie" und „Orän Dschuu". Steffi nimmt fatalistisch ergeben das gleiche plus Mineralwasser und Max nur Tooss und Marmelade.

„Mmh, kein Buffet, schade, kein Käse, keine Wurst und leider auch keine typischen thailändischen kleinen Schweinereien", bemerke ich nur so nebenbei, und das ist auch wirklich schon alles.

Aber Steffi fühlt sich durch diese so dahingesagten, nichts Böses wollenden Worte dermaßen angegriffen, dass sie aufgebracht kontert: „Ach, und dafür willst du MICH jetzt wohl verantwortlich machen? Weil ICH den Prospekt nicht sorgfältig genug studiert habe, was DU natürlich gemacht hättest. Das willst du doch damit sagen, oder etwa nicht?"

„Aber Steffi, ich meine doch nur ‚schade'. Mehr nicht. Ist doch egal. Das Beste ist doch: Wir haben uns und sind gesund."

Das sagen wir immer, wenn was wirklich Schlimmes passiert ist und man froh sein darf, überhaupt noch am Leben zu sein.

Ist also eher falsch.

Steffi ist den Tränen nahe und schluckt schwer. Max holt seinen neuen Game Boy Advance SP heraus und vertieft sich in ein unglaubliches Hundespiel, bei dem man junge Hunde aufziehen, füttern und trainieren muss. Es ist so realistisch, dass sie sogar auf Teppiche pinkeln oder auf den Rasen kacken. Sagenhaft.

„Wir hätten alles ganz anders machen müssen, ich weiß", schluchzt sie, „aber es musste ja alles so schnell gehen und da hab ich gedacht …"

„Ist doch alles gut, Steffi, ich find's prima hier, wir haben doch alles, was wir brauchen, man gibt uns zu essen und ist freundlich zu uns und besonders teuer ist es auch nicht, obwohl wir uns etwas mehr schon hätten leisten können. Zum Beispiel ein tolles Frühstücksbuffet."

Das war's.

Sie bricht regelrecht zusammen, schluchzt laut los und ist nicht mehr aufzuhalten. Das Ehepaar Leichenhalle sieht interessiert zu uns herüber und steckt die Köpfe zusammen, und auch die anderen Gäste scheinen eine aufregende, abwechslungsreiche Szene zu erwarten. Ehestreit im Urlaub ist ein besonders beliebtes Betätigungsfeld für gerade angekommene Neu-Touris, und wird von allen immer wieder gern als willkommene Abwechslung im langweiligen Urlaubsalltag angenommen. Der Stress der Anreise steckt noch in allen Knochen und das unerwartete Freizeitloch, das sich plötzlich vor einem auftut, ist so groß und tief, dass es einem Angst macht, und da öffnen sich schon mal die Ventile.

Es ist augenblicklich still und sogar die Wiener Caféhausmusik, die die ganze Szenerie bisher geradezu gespenstisch untermalt hat, verstummt. Die folkloristischen Bedienungen halten erschrocken inne mit dem freundlichen Ausschank von Koffie oder Tii und dem Ausliefern der drei verschiedenen Zubereitungsarten von Ägg.

Steffi verschwindet in der Toilette, von daher ist unser Platz strategisch durchaus günstig gewählt, und ich lächle den Leuten freundlich zu und warte sehnsüchtig auf Steffis Rückkehr und meine Flei Ägg.

Eins ist jetzt schon klar: Wir sind in einer ganz üblen Absteige gelandet. Darüber kann auch die Freundlichkeit des bemühten Folklore-Personals nicht hinwegtäuschen. Das „Paradise Rock Resort" liegt in den letzten Zügen und man nimmt noch mit, was so an bekloppten Touristen angespült wird.

Was soll's, wir sind jetzt hier und machen Urlaub. Jetzt erst recht!

Das Frühstücksareal selbst ist eine gefährlich wippende, knarrende, nach drei Seiten offene Holzebene, die dem Deck eines abgewrackten Bananenfrachters gleicht. Es ist alles zerschunden und zerrieben von Millionen von Touristen, die hier schon seit Jahrhunderten durchgeschleust worden sind und sich auf diesen Brettern von Koffie, Flei Ägg und Orän Dschuu ernährt haben, beziehungsweise knapp dem Hungertod entgangen sind, denn wirklich genießen kann man weder den Koffie noch die Flei Ägg. Der Kaffee ist eine üble, braunschwarze Brühe, die dem Aussehen nach eher dem ähnelt, was aus unserem Wasserhahn kommt. Es gibt nur eine vage Erinnerung an das aromatische Heißgetränk aus Südamerika, wenn man vorsichtig daran riecht. Den Rest überdeckt, wenigstens auf unserem Platz, der Gestank aus der Toilette. Die Flei Ägg sind unten verbrannt und das Gelbe ist hart. Schlimmer kann man Spiegeleier nicht versauen. Und der Toast ist eben einfach Toast, nicht einmal langweilig genug, um verdient zu haben, hier überhaupt erwähnt zu werden. Marmelade gibt's auch. Die Lasche der Verpackung bekommt man aber nur mit den Zähnen auf.

Das ist also Urlaub? Na gut. Man muss sich eben dran gewöhnen. Aber: Ich habe bis jetzt noch ein nicht einziges Mal an meine Zeitung im Sauerland gedacht. Ob's die wohl noch gibt? Für mich jedenfalls die nächsten zwei Wochen nicht. Aber Ulli oder Don Camillo muss ich später trotzdem unbedingt anrufen. Vielleicht brauchen sie mich ja doch. Es könnte ja doch was passiert sein – endlich mal. Ach ja, das Handy ohne Ladegerät …

Ich ziehe es vorsichtig aus meiner Tausend-Taschen-Hose und registriere noch vier Ladebalken. Könnte also noch eine Weile funktionieren. Schaltens wir's also lieber erst mal aus.

Dann nippe ich an meiner braunen Brühe, schnibbele ein wenig am Toast herum und nutze die sinnlose Zeit des Wartens – mit Max kann man jetzt nicht reden, sein Hund hat gerade auf den Teppich gekackt –, um mir ein Bild von unseren Mitgefangenen zu machen. Schließlich ist es nicht unwichtig zu wissen, mit welchen Menschen man gemeinsam die Zeit der Verbannung verbringen wird, und ob es schon jetzt Anzeichen für mögliche spätere Spannungen und Auseinandersetzungen mit anderen Inhaftierten geben könnte.

Es gilt schon jetzt im Vorfeld, klug zu bewerten, wem man lieber aus dem Weg gehen soll und mit wem man sich möglicherweise zusammentun kann, um hier im tropischen Straflager Verbündete zu haben, mit denen man vielleicht sogar Ausbruchspläne in die Tat umsetzen kann. *Papillon* – Steve McQueen, Dustin Hoffman.

Direkt am Nebentisch vegetiert eine Familie vor sich hin, die sämtlich zusammengesackt vor den Herrlichkeiten des Frühstücks hockt und still und verzweifelt alles in sich hineinmampft. Das männliche Leittier dieser Gruppe taucht, tief auf seinen haarigen Arm gestützt, fast mit dem Gesicht ins Rührei und schlürft es laut und unappetitlich in sich hinein. Er hängt so tief über der Eimasse, dass man weder sein Gesicht erkennen noch die geschickte Schaufelbewegung der rechten Hand bewundern kann. Jeff Goldblum – *Die Fliege*, denke ich, der gerade nach dem misslungenen

Selbstversuch mit seinem neugewachsenen Insektenrüssel eine Suppe schlürft. Bäh. Ich widme ihm meine ganze Verachtung.

Der Tisch auf der anderen Seite ist belebt von einem munteren Völkchen aus dem Norden. Zweifellos. Alle blond, recht groß und mit scharfkantigen Gesichtern versehen. Das Leben im Norden scheint wahrlich nicht einfach zu sein, aber man macht das Beste daraus. Gelegentliche herüberflatternde Wortfetzen wie „Oukohänstalasyönytlyijykynähämäläinen" oder so was Ähnliches stützen meine nordische Theorie. Ich tippe auf Norwegisch, Finnisch, Läppisch … Keine Ahnung.

Ihr etwa vier- bis fünfjähriger, blonder Sohn, der in einem vollständigen Superman-Outfit am Frühstück teilnimmt, wird andauernd und lautstark mit „Osgary!" ermahnt, weil er eben nur Mist baut. Soeben hat er seinem Vater, der irgendwie abwesend wirkt und nicht am Leben der Familie teilzunehmen scheint, beide Toasts geklaut, um sie an die rund um uns herum lauernden Vorwurfsvögel zu verfüttern. Der Mann hat es aber in seinem Kummer nicht bemerkt, wundert sich jetzt nur traurig über das heute wohl etwas mager ausgefallene Frühstück. Neidisch blickt er auf die vollen Teller seiner läppischen Restfamilie.

Er ist scheinbar ein Mann, der sich Fragen stellt. Wie er zu dieser Familie gekommen ist, oder wie er in dieses Land gekommen ist. Möglicherweise ist er ein Professor, der an einem nicht lösbaren Problem verzweifelt, das er seit Jahren mit sich herumschleppt. Ein Virenforscher vielleicht, der mit dem Gedanken spielt, mit dem tödlichen Virus doch endlich einen Selbstversuch zu wagen, auch wenn er es mit dem eigenen Leben oder schrecklichen Entstellungen bezahlen muss, um endlich das dunkle Geheimnis lösen zu können. Ein unheimlicher Mann. Ich beschließe, ihn „Dr. Mabuse" zu nennen.

Dann gibt's da noch eine überaus laute sechsköpfige Primatenfamilie, die von einem gefährlichen Silberrücken beherrscht wird. Der Silberrücken, ein grauhaariger, groß- und grobgewachsener Mann von enormem Umfang, lacht ständig laut und rücksichtslos, offensichtlich über seine eigenen Brüller, und seine Familie lacht mit. Sie müssen wohl. Nach außen hin aber sind sie ein kreischender, fröhlicher Haufen, der mir jetzt schon gewaltig auf den Keks geht. Louis scheint der Silberrücken zu heißen. Jedenfalls nennt ihn seine Frau so. Also, King Louie. Alles klar.

Ganz hinten sehe ich unseren neuen Nachbarn mit seiner Frau. Das Ehepaar Lotze-oder-so. Sie sind auch eben erst angekommen. Trödler! Er winkt uns freundlich zu, während Frau Lotze traumatisiert auf ihr Spiegelei stiert, ohne es zu essen.

Da kommt Steffi aus der Toilette zurück und hat sich wohl einigermaßen gefangen. Sie sieht mich an, ist gestärkt und wieder hergestellt. Woraus man in einer stinkenden Toilette so viel Kraft schöpfen kann, ist mir zwar nicht klar, aber es hat offensichtlich funktioniert. Die Spuren ihrer bitteren Tränen sind beseitigt. Hat sie womöglich das gefährliche Wasser für ihr Gesicht benutzt? Kommt es hier aus allen Wasserhähnen? Ist sie schon so weit? Rüdiger Nehberg?

„Steffi", sage ich und drücke ihre schönen, schmalen Hände, die ich so sehr mag, ach, eigentlich mag ich ja alles an ihr. Sie ist so perfekt, das wird mir erst jetzt mal wieder so richtig klar, auch ohne Löcher in den Ohren. „Ich wär auch drauf reingefallen, bestimmt."

Sie lacht leise und sagt: „Okay, dann lass uns jetzt den verdammten Urlaub genießen. Ich mein's ernst."

„Okay, ich auch!"

Den ersten richtigen, bei vollem Bewusstsein erlebten Tag im Paradies wollen wir ganz langsam angehen lassen. Und nachdem wir Max mehrmals gefragt haben, wie es ihm denn so gehe, und er jedes Mal „alles cool" gesagt hat, obwohl er immer noch etwas Temperatur hat und laut bellt, beschließen wir, es ihm zwar nicht zu glauben, aber es trotzdem erst mal zu versuchen.

„Ich muss noch mal schnell zur Rezeption", sage ich unverfänglich und so wie ganz nebenbei, aber Steffi schaut mich skeptisch an.

„Was willst'n da?"

„Ach, äh … nur mal so informieren", sage ich noch und bin auch schon weg. „Drei Minuten!", rufe ich noch. Ich will sie ja schließlich überraschen mit einem tollen neuen Luxusbungalow mit Minibar und allem. Na, die werden staunen.

Leider, erklärt man mir in der Rezeption freundlich lächelnd, seien alle Bungalows belegt. Tausch nicht möglich. Und warum auch? Alle Bungalows seien ja schließlich gleich. Ja, aber es gäbe doch „Senator" und „Deluxe" und so, bringe ich entrüstet vor.

„No, no, all the same."

Aha. Ein Ladegerät für mein Handymodell gäbe es auch nicht und man hätte auch keine Ahnung, wo man so etwas bekommen könnte.

Nicht. Aah so. Na gut. Dann eben nicht.

Aber man hätte ja schließlich hier in der Rezeption ein tadellos funktionierendes Hoteltelefon.

Ja. Er zeigt mir, wo es hängt, und ich sehe einen veralteten Münzfernsprecher. Und auf die Frage, warum denn in unseren Bruchbuden kein Telefon wäre, zuckt er nur mit den Schultern und lächelt.

Man kann diesen freundlichen Menschen ja nicht so richtig böse sein.

„Also, dann lasst uns doch mal sehen, wie es hier so ist", rufe ich meinen beiden fröhlich zu, als ich unverrichteter Dinge wieder zurück auf dem Frühstücksdeck bin, und klatsche albern und unternehmungslustig dabei in die Hände.

Erst mal so rumgucken, denke ich. Von mir aus auch blöd. Egal. Wir sind im Urlaub. Alle und alles kennenlernen, sich orientieren. Wo bin ich, wer bin ich, wo komme ich her, wo will ich hin, und was will ich hier überhaupt?

„Strand!", ruft Max und er hat verdammt recht.

Natürlich. Genau. Erst mal zum Strand. Wenn der Strand gut ist, dann ist alles andere nur noch halb so schlimm. Dann erträgt man sogar Essen mit erheblichem Optimierungsbedarf und tödlich-braunes Leitungswasser. Also traben wir erwartungsfroh los – immer den fröhlichen „Beach"-Schildern nach.

Sie führen uns zunächst einmal runter zur belebten Straße, die man dann leider erst mal überqueren muss. Das ist nicht ganz so romantisch, wie es der Katalog laut Steffis Aussagen verkündete.

Im Prospekt stand „direkt am traumhaften Strand von Chaweng Beach" und auf jeden Fall nichts von irren Geschwindigkeitsrekorden, die wahnsinnige Selbstmörder auf dieser Piste zu brechen versuchen. Das Traumhotel liegt aber, wie es der Name ja auch schon diskret andeutet, etwas oberhalb auf einem Felsen, den man aber nicht sieht, weil er von diesem Dschungelgrün total überwuchert ist. Egal. Wir haben Zeit und Urlaub, und schon nach einer angemessenen Weile haben wir auch raus, wie schnell die sich teilweise schleudernd und mit quietschenden Reifen annähernden Fahrzeuge in gefährlicher Distanz zu uns sind, und wenn die Lücke uns groß genug erscheint, dann wollen wir es wagen, erst mal einen von uns probeweise durch diese Hölle zu schicken.

Leider sind die braunen Stauseen der letzten Nacht noch längst nicht weggetrocknet, und so müssen wir immer wieder den gewaltigen, großartigen thailändischen Wasserspielen ausweichen, die die vorbeirasenden Fahrzeuge auslösen, und die Überquerung verschieben, auch wenn der Zeitpunkt verkehrstechnisch gerade sehr günstig scheint. Ich melde mich natürlich als mutiger, erster freiwilliger Kandidat dieses Himmelfahrtskommandos, und suche meine Lücke.

Und als ich lebend, einigermaßen trocken und somit zumindest äußerlich unbeschadet auf der anderen Seite ankomme, und glücklich winke, macht es meine Familie mir mutig nach.

Ich weiß nicht, ob es gerade die Rush-Hour oder die Normalität ist, einfach ist es jedenfalls nicht. Aber wir haben unser erstes Abenteuer bestanden, und der Strand ist schon zu sehen. Gleich wird das Urlaubsfeeling aber schlagartig und mit voller Wucht einsetzen, da sind wir uns jetzt ganz sicher. Und so streben wir in großer, freudiger Erwartung dem weißen, leuchtenden Sand entgegen. Die Hitze dieses Morgens ist schon beachtlich.

Nun gut, es müssen nur noch ein paar wenige Hindernisse umgangen werden, wie ein Haufen alter Bretter – „Achte auf die Nägel, Max!" – und zwei oder drei Schrottmopeds, die hier, sicherlich unabsichtlicherweise, vergessen worden sind, aber dann sind wir auch schon da. Schuhe aus und den Sand fühlen.

Max und ich sind ja sowieso schon barfuß, was bei der Straßenüberquerung nicht unbedingt von Vorteil war, man ist so einfach nicht schnell genug, und Steffi wollte schon wieder umkehren, um aus unserem Superior Hillside Bungalow erst mal die geeignete Expeditionsausrüstung zu beschaffen. Aber mit „Ach was, jetzt lass uns erst mal gucken gehen. Sind ja nur 'n paar Meter" kann ich die knurrende Steffi dann doch noch überreden, was sie allerdings hinterher als einen großen Fehler bezeichnen wird.

Strand. Ja, das ist es doch.

Ach, ist das herrlich. Natur, Palmen, Kokosnüsse, Bacardi, alles eben. Es sind halt nur viele, viele Menschen hier, die man auf den Bacardi-Filmen nie sieht, weil sie wahrscheinlich alle hinter die Kamera gejagt wurden, aber das ist ja hier auch das richtige Leben. Das ist eben Urlaub.

Tja, was fehlt jetzt noch zum absoluten Glücklichsein? Eine Liege. Na klar. Sonst geht's ja nicht. Aber die Liegen, die wir sehen, sind leider alle belegt. Und wenn sie nicht mit echten Menschen tatsächlich und im richtigen Sinne des Wortes belegt sind, dann sind sie stellvertretend für die wahrscheinlich erst später eintreffenden dazugehörigen Menschen durch die braunen Frottee-Handtücher unseres Hotels belegt. „Paradise Rock Resort" ist kunstvoll und in edel geschwungenen Lettern auf die Handtücher gestickt, die uns sagen: „Ätsch, zu spät. Das wäre Ihre Liege gewesen!"

Ach, brauchen wir eine blöde Liege? Soll unser Urlaubsvergnügen von zwei Metern parallel vernagelten Holzlatten auf vier wackeligen Beinen abhängen? Nein, wir brauchen keine Liege. Lächerlich. Wir doch nicht.

Neidisch schielt Steffi zu all den bereits gebräunten und relaxten, geschmeidigen Körpern hinüber, die mit Buch, gar nichts oder Kaltgetränk wie selbstverständlich mit ihrer Liege verschmelzen und schadenfroh zu uns Neuen herübersehen. Dass das Ehepaar Leichenhalle auch schon bräsig in der Sonne brät, brauche ich nicht zu erwähnen. Naja, also eigentlich brät nur sie in der Sonne. Der Gatte Schorsch wird noch ein wenig herumgeschickt, um dies und das herbeizuschaffen.

„Egal", sage ich, „legen wir uns in den Sand. Was brauchen wir eine verdammte Liege? Hatten Adam und Eva eine Liege, oder Robin Kruse?"

Ich weiß nicht, was in mich gefahren ist, dass ich so auf den Naturtrip komme – Rüdiger Nehberg –, aber ich sehe keinen anderen Ausweg, als ganz weit runter bis in die Anfänge der Menschheit zu gehen, um mir dieses bis jetzt so erbärmliche Urlaubsdasein irgendwie schönzureden.

„Liegen sind doch was für Weicheier", sage ich, etwas zu laut vielleicht, weil es mir einige böse, unverständige Blicke einbringt, werfe mich einfach der Länge nach in den Sand und wälze mich auch noch eifrig darin herum, als würde es mir Spaß machen.

„Eine blöde Erfindung der durch Jahrtausende hindurch verweichlichten Menschen. SCHEIß LIEGE BRAUCHT KEIN MENSCH!", brülle ich jetzt über den ganzen Strand mit seinen schockierten Bewohnern.

Max und Steffi sehen mich fassungslos an und können es nicht glauben, dass ich mich da wie ein BSE-kranker Bulle im Sand suhle, wenden sich angewidert ab und trotten zielsicher und findig der kleinen Holzbude entgegen, die den Namen unseres paradiesischen Resorts trägt. Dort gibt es diverse Getränke, Sportgeräte, Plastik-Kajaks zum Selberpaddeln – und braune Handtücher. An den Ecken schon etwas ausgefranst.

Als meine Familie sich dann auf ihren braunen Paradies-Lappen in angemessener Entfernung von mir niederlässt – nicht ohne vorher wenigstens einige der angeschwemmten Plastikrohre und Autoreifen außer Sichtweite zu tragen –, stehe ich beleidigt wieder auf und fühle mich wie ein paniertes Schnitzel kurz vor der Pfanne. Feinster Sand in allen Poren.

Vielleicht ist das einfache Strandleben doch nichts für mich. Vielleicht brauche ich doch etwas zwischen mir und dem fremden, menschenfeindlichen Element Sand. Ich schlurfe also möglichst lässig hinüber zu der Bude, die ich immer interessanter finde und begutachte erst mal ganz unverbindlich das Angebot der Außenbarfiliale unseres tollen Hotels.

„Wott ju want, Sir?"

„Mmmmmmmh."

Ich entscheide mich nach langer, reiflicher Überlegung, gründlichem Abwägen verschiedener Faktoren und einem kurzen, verstohlenen Blick auf meine Familie und meine Armbanduhr für ein einfaches Bier. Der Blick auf die Uhr, nur so, um zu sehen, ob es für ein wenig Alkohol schon spät genug ist. Ist es natürlich nicht.

Ja. Ein Bier soll es sein. Ein einfaches Bier. Keine aufwendigen, schnöseligen Drinks mit albernen Fruchtverzierungen und lächerlich gebogenen, bunten Trinkhalmen mit Papierrosetten und Zitronenscheibchen mit Nationalflagge, oder so was. Nein, nein, nur ein Bier. „Singha" heißt das hier, wird einfach direkt in der braunen Flasche serviert und auch direkt daraus getrunken, und es schmeckt herrlich.

Dafür ist es erstaunlich preiswert. Es kostet nur ganze sechzig Baht. Das ist hier die offizielle Währung, und es wächst so ein dumpfes Gefühl in mir, gestern doch etwas Entscheidendes falsch gemacht zu haben, als es um die Verteilung der Trinkgelder ging.

Ein Baht, das ist ja nur … nein, das ist zu wenig, das kann man gar nicht ausrechnen, aber hundert Baht, das sind in etwa – irgendwo in meiner Tausend-Taschen-Hose habe ich doch diesen Zettel versenkt, auf dem ich alles schon mal ausgerechnet habe – ach, da ist er ja schon. Also, hundert Baht, das sind so in etwa zwei Euro fünfzig, also sechzig Baht dann etwa ein Euro fünfzig. Dann ist das Bier zwar doch nicht ganz so preiswert, wie ich erst dachte, aber es geht ja noch.

Aber tausend Baht, und das sind ja diese schwach grünlichen Scheine, die ich gestern dem Toyota-Fontänen-Fahrer und auch dem hoteleigenen Kofferträger im Halbschlaf lässig überreicht habe, das sind ja dann ungefähr fünfundzwanzig Euro! Das ist selbst für einen mitteleuropäischen Kofferträger ein mehr als angemessenes Salär und wahrscheinlich mehr als ein Wochengehalt für einen hier arbeitenden Einheimischen in derselben Berufssparte.

Naja, gut, ich will das mal schnell wieder vergessen und meiner Familie auch erst mal nichts über meine eben erst entdeckte Freigiebigkeit sagen, aber ich sollte in Zukunft vielleicht etwas besser aufpassen!

Ach ja, das ist schön. Ich konzentriere mich jetzt wieder ganz auf mein kühles Bier. Damit sind vom ersten Schluck an die Gesetze der Zivilisation ganz einfach außer Kraft gesetzt.

Es ist Viertel nach elf vormittags, es ist heiß, ich sitze im Schatten neben einer schiefen Palme irgendwo ganz weit weg und trinke Bier, ohne mich seltsam dabei zu fühlen oder gar Schuldgefühle zu haben. Alle trinken Bier. Alle Männer jedenfalls.

Wurde ich soeben noch von allen als „der bekloppte Neue" beargwöhnt und eher ungern geduldet als zum Beispiel freundlich begrüßt, so ändert sich das, was die Urlaubs-Männer angeht, schlagartig mit dem ersten Singha. Man prostet mir fröhlich zu und nimmt mich mit offenen Armen in die Gemeinschaft der anonymen Urlaubs-Alkoholiker auf. Auch der tätowierte Herr in Sichtweite mit dem wunderschönen Wildrosengesteck auf der breiten Brust und der gefährlich zischenden Schlange auf dem muskulösen Oberarm, die aus offensichtlich einer anderen Schaffensperiode des Tätowierkünstlers zu stammen scheint, prostet mir aufmunternd zu.

„Well done!", sagt er und bestärkt mich damit in meiner Entscheidung für ausgerechnet dieses offensichtlich hier sehr beliebte Kaltgetränk. Ich fühle mich gut, eigentlich sogar schon großartig, sehe mich interessiert um und beobachte das bunte Treiben auf und neben den Liegen.

Da stakst der lange Lotze-oder-so heran.

„Darwich Ihnen Chesällschaft laist'n?", fragt er höflich, und als ich etwas unentschieden, aber dennoch freundlich nicke, setzt er sich neben mich und bestellt sich mit einem Wink zur Hotelbarholzbarackenbude ebenfalls ein Bier.

„Au' kaine Liege, wonnich?", fragt er mich bedauernd.

Ich zucke mit den Schultern und sage: „Was soll's? Ich brauch keine."

„Ich aunich, un maine Frau is in unsere Bretterbude verschwund'n. Is dat hia nich 'n fuachbares Barack'nlager, hönn' Se ma? Ham' Se au' vierzehn Tage ohne Bewährung? Ha, ha, ha!"

„Jou, zwei Wochen!", proste ich ihm zu, und wir lachen beide herzlich. Ist doch 'n ganz sympathischer Kerl, dieser Lotze-oder-so. Wo der wohl genau herkommt?

„Prost, ich bin der Pädder aus A"endorn!", sagt er. A"endorn ohne „t". „Nachnamen sin ja egal."

Und ich weiß ja schon, dass er Lotze heißt.

Aus Attendorn, also. Wusste ich's doch. Sauerland. Ich antworte wahrheitsgemäß mit „Alex" – Nachnamen sin ja egal – „aus Leckede-Hintersten".

„Wat? Dat gibbs donnich!", brüllt er da und dann lassen wir es gluckern.

Zwei Sauerländer im Paradies! Das gibt's ja nun wirklich nicht. Tja, Leckede-Hintersten. Wie bin ich da bloß hingekommen? Vorher Köln. Die schöne Stadt am Rhein ist zwar auch nicht gerade die Mega-City, aber es ist schon deutlich mehr Bewegung dort.

In den acht Kölner Jahren war ich Redakteur beim *Kölschen Rundblick*. Und beim intensiven Rundblicken habe ich neben 'ner ganzen Menge berichtenswerter Dinge auch meine Steffi entdeckt. Meine liebe, tolle, schöne Frau Steffi. Die hat beim *Kölschen Rundblick* versucht, in der Buchhaltung alles richtig zu machen und ich musste plötzlich oft bei ihr vorbei. Sehr oft. Übertrieben viele Spesenbelege, unzählige Benzinquittungen und bunte Taxirechnungen habe ich ihr dargebracht, wie manche Vogelmänner ihren angebeteten Vogelweibchen farbige, schillernde geklaute Dinge anschleppen, um sie zu beeindrucken. Steffi war beeindruckt und dann haben wir endlich geheiratet, Vogelhochzeit, und ich musste los und voller Vorfreude Wolle für unser Nest suchen.

Naja, als dann unser Küken Max seine Eierschale durchbrach, hat sich das fröhliche Leben der beiden lustigen Vögel Alex und Steffi Knippschild radikal geändert.

Für so einen kleinen Kerl muss man kräftig ranschleppen, leiden und auch Zeit haben, wenn er nun schon mal da ist. Und Max war da. Und wie! Nächte ohne Schlaf, Tage ohne Saft und Kraft. Oft haben wir ihn schreiend aus dem Bettchen genommen – also, *geschrien* hat er –, schön warm eingepackt und behutsam ins Auto getragen, um dann mit ihm Richtung Holland zu fahren. Holland musste nicht unbedingt sein. Holland interessierte unseren Max eigentlich überhaupt noch nicht. Aber das Motorengeräusch war ein ganz großer Zauber. Max ist immer sofort eingeschlafen, sobald der erste Zündfunke die Kolben in Bewegung setzte. Der Verbrennungsmotor ist eine wunderbare Erfindung.

So eine Tour Richtung Holland dauerte dann schon mal eine oder auch eineinhalb bis zwei Stunden und fand eben mitten in der Nacht statt, wenn die ganze Welt schläft und für die Wachenden alle Probleme groß und deutlich werden. Und unser Problem war der flotte Dreier, zu dem unsere kleine Schicksalsgemeinschaft ja nun herangewachsen war. Wir waren noch nicht so richtig glücklich. Und das wollten wir unbedingt sein, wir lustigen Knippschildvögel.

Steffi hatte ihren Buchhaltungsjob in der Welt der Neuigkeiten inzwischen aufgegeben, weil sie sich ja um unsere ganz persönliche Neuigkeit, den Knirps, kümmern musste. Und ich steckte immer noch voll drin. Voll.

Bin aber auch selber schuld! Ich knie mich eben immer bis zum Hals rein. Egal in was. Ich kann nicht anders. Aber wenn wir irgendwann nach unserem Beziehungsstatus gefragt worden wären, dann hätten wir eigentlich ein Kreuzchen bei „getrennt lebend" machen müssen. Das konnte nicht lange gut gehen.

Wenn ich schwer genervt und schwer spät aus der noch brodelnden Redaktion kam wie das Ding aus einer anderen Welt mit aufregenden Berichten aus dem Leben da draußen, dann bekam ich im Austausch die neuesten Windelberichte zu hören. Doch ich wollte beim Thema „wunde Popos" nicht so recht anbeißen und Muttervogel Steffi interessierte sich nicht für meine korrupten Kommunalpolitiker, die schamlos abkassierten, wenn ihr Jungvogel Dünnschiss hatte und keine Würmer mehr fraß.

Und so beschlossen wir auf einer dieser längeren Holland-Nachtfahrten, etwas zu ändern. Möglichst schnell. Jedenfalls, bevor Max in die Schule kommen sollte.

Und so gingen wir schon bald ins Sauerland.

Da komme ich auch eigentlich her. Ich bin da geboren. Und eines Tages erzählte mir ein alter, zurückgebliebener Freund von dem freien Posten als Redaktionsleiter, also quasi CHEF, dieses kleinen Käseblattes, das ich noch aus meiner Kindheit kannte und auch da schon heftig verachtet hatte. Als ich dann Steffi davon berichtete, waren wir beide nach einer Weile ganz sicher, dass das der schönste Job der Welt sei. Käseblatt hin oder her.

Und ich hab den Job bekommen.

Der Verdienst sollte nicht gerade üppig sein, doch dafür schien es das zu geben, was wir dringend brauchten: Zeit. Jede Menge Zeit für uns, für unsere kleine, junge Vogelfamilie. Und ich könnte außerdem wieder weiter an meinem Buch schreiben, dass schon seit Jahren sehnsüchtig auf neue Kapitel wartet.

Und dann das Sauerland selbst. Ein schönes Fleckchen Erde, wenn man an den Misthaufen vorbeiguckt. Ich kenne es ja gut. Tausend Berge, tausend Täler, jede Menge Natur, weit weg von der bösen Stadt … ja, ja, das wollten wir machen. Und so kauften wir ein altes Fachwerkgehöft in Leckede-Hintersten.

Ja, ja, is nich Köln.

„Ooch, ist das schön!", hauchte Steffi mit fiebrigen Wangen, als wir es zum ersten Mal im Immoscout entdeckten. Bilderbuch. Einfach toll. Als der erregte Makler es uns dann schweißgebadet präsentierte, erklärte sich auch schnell der relativ günstige Preis durch feuchte Wände und morsche Balken … naja, man kann nicht alles haben. Aber darum kümmerte sich händereibend das ortsansässige Bauunternehmen *Biggemann* und nach ein paar langen Wochen und einem gewaltigen Stapel Rechnungen konnten wir dann tatsächlich unsere paar Möbel zwischen das alte Ständerwerk stellen – und anfangen zu leben.

Natürlich habe ich auch die Arbeit beim anfänglich verachteten *Sauerlandbeobachter* richtig ernstgenommen. Das kann man wohl auch erwarten.

Der Pädder aus Attendorn holt eine Zigarre aus einem schön ziselierten silbernen Etui und entzündet sie ritualisch. Und dann unterhalten wir uns prima über dies und das – aber nicht über unsere Jobs. Auf keinen Fall. Nein, das gehört hier nicht hin. Ich will auch nicht wissen, was der Pädder so macht und der Pädder wohl auch nicht, was ich mache.

„Ich hol nomma Bier, woll", sagt Pädder dann und strebt auf die Strandbude zu. Ich halte zwischendurch ein paarmal nach meiner Familie Ausschau.

Verdammt, ich habe ja immer noch nicht angerufen! Meine Güte, was macht dieser Urlaub bloß aus mir? Hastig ziehe ich mein Handy aus der Tasche. Es hat noch drei Balken.

Ich wähle die Nummer von Ulli, es klingelt ein paarmal … ich warte … aber da fällt mir ein, dass ja heute Weihnachten ist.

Naja, da kann *ich* ja eigentlich nicht stören. Außerdem ist die Redaktion ja auch gar nicht besetzt. Und *außerdem* (!) ist es jetzt im Sauerland erst Viertel nach fünf morgens. Ach, du lieber Himmel. Schnell drücke ich die rote Taste und lege das Handy kopfschüttelnd weg. Immer noch drei Balken.

Am Strand kann ich Steffi entdecken. Sie ist offensichtlich auf ihrem braunen Paradies-Frottee eingeschlafen, und Max sitzt mit dem Game Boy im dunklen Schatten einer hohen Mauer, die den Bereich des Paradise-Hotelstrandes gegen das unsichere Gelände abgrenzt, auf dem einige echte Eingeborenenhütten mit echten Eingeborenen stehen, die man vom Hotelstrand lieber nicht sehen soll. Alles hat seine Ordnung und Pädder ist mit dem neuem Bier zurück.

Ich trinke eigentlich nie Bier und schon gar nicht um Viertel vor zwölf vormittags, sondern meistens roten Wein, aber den auch erst, wenn es draußen schon dunkel ist. Aber heute trinke ich halt im Hellen mal Bier für sechzig Baht. Es ist ja schließlich ein besonderer Tag. Der erste richtige Urlaubstag, und da ist alles möglich.

Pädder, also Peter heißt er ja sicher, erzählt mir, dass seine Frau diese „schäbbige Baracke hia" gebucht hätte. Und er sich „eing'klich auch wat Bässeres laist'n" könnte: „Abba man muss de Kohle ja nich zum Fenster rausschmeißen. Immer schön au'm Teppich bleiben, woll!"

Aber jetzt wäre er nun mal hier und es würde ihm sogar irgendwie gefallen. Hauptsache mal Urlaub. Er wäre ganz zufrieden. Außerdem wäre er hier, um sich mit dem ganzen „Wällness-Quatsch ma so richtich zu befass'n, woll". Und da hätten die in Thailand ja richtig Ahnung von.

Wellness. Och nä.

Pädder und ich beobachten interessiert und angewidert zugleich einen dicklichen, älteren Herrn, der sich gerade von einer, vielleicht seiner, jungen Thai-Frau von oben bis unten mit Sonnenöl einreiben lässt und es offensichtlich sehr genießt. Sonnenöl, hahaha, das haben wir ganz vergessen, mit an den Strand zu nehmen. Wie lustig. Wir haben ja alles vergessen oder gar nicht erst mitgenommen, weil wir ja nur mal eben so gucken wollten, wie's am Strand so ist.

Und so ist es: Pädder und ich trinken gemütlich unsere Biere, und die schwarze Wolke, die vor einer Stunde noch weit hinten und ganz ungefährlich über einer anderen kleinen Nebeninsel schwebte, nähert sich mit jetzt schon messbarer Geschwindigkeit. Die Sonne verschwindet beleidigt und die ersten Ausläufer der Wolke sondern schon mal drohend einige noch vorsichtige Tropfen ab, was aber die meisten der anderen gerade noch lässig faulenzenden Strandbewohner veranlasst, augenblicklich aufzuspringen, ihre Habseligkeiten in panischer Eile zusammenzuraffen und den Strand ohne ein Wort des Grußes fluchtartig zu verlassen.

„Waichaier", sagt Pädder und wir nehmen beide noch einen ordentlichen Schluck Singha.

Habe ich schon fünf Bier getrunken?

Plötzlich steht Steffi vor uns, hat noch ganz verschlafene Augen und irgendwas an ihr erinnert mich an eine fast verglühte Raumkapsel beim Eintritt in die Erdatmosphäre. Es dampft regelrecht, wenn die dicken Regentropfen auf ihre Lobsterlike-gerötete Haut platschen, und ich meine auch, es zischen zu hören. Pädder sieht sie mit offenem Mund an.

„Tach zusammen!", sagt Steffi und: „Is was?"

„Das ist Pädder", sage ich, ohne die Augen von ihr zu nehmen, mit einem Wink auf meinen neuen, Zigarren rauchenden Freund, aber der interessiert Steffi nicht sonderlich. „Pädder kommt aus Att'ndorn. Kannssu das glaub'n?"

„Wo ist Max?", fragt sie stattdessen besorgt, ich deute nur stumm, kraft- und fassungslos in Richtung Mauer, und er kommt auch just in diesem Moment angerannt und flucht.

„Scheiß Regen, schon wieder!", sagt er, als er uns erreicht, sich zu uns unter das kleine Holzdach gesellt und sich wieder in seinen Game Boy vertieft. Er nimmt um sich herum wenig bis nichts wahr.

„Ihr trinkt Bier?", fragt Steffi, als hätte sie kein, oder zumindest nicht genügend Verständnis für unsere kleine private Feier aus Anlass des ersten Urlaubstages hier vor der Holzhütte der Paradies-Filiale. Wir sehen uns unsicher und schuldbewusst an und Pädder sagt: „Singha! Chanz lecker. Wolln se au ains?" Dann steht er auf und verbeugt sich leicht und ziemlich altmodisch zu Steffi hin.

„Pädder."

Auf den fragenden Blick von Steffi hin verbessert er seine nachlässige Aussprache: „Peetäär."

„Aha", meint Steffi nur, verrät aber ihren eigenen Namen noch nicht.

Da zuckt ein Blitz in Weltuntergangsgröße über den bereits verdunkelten Strand, und es donnert, dass uns all unsere Sünden einfallen. Ich nehme schnell noch einen letzten Schluck Singha, verabschiede mich von Pädder, der jetzt auch seine Baracke aufsuchen will, und dann rennen wir durch das Unwetter zurück zur Straße, die man gar nicht mehr findet, weil sie sich inzwischen in einen riesigen See verwandelt hat, dessen brodelndes, braunes Wasser uns fast bis zur Hüfte geht. Wir durchschwimmen ihn todesmutig und flüchten völlig durchnässt und erschöpft in die Sicherheit unserer Superior-Hillside-Urlaubsbude.

Erst da wird die ganze Katastrophe des spontanen, auf mein Drängen so ganz ohne Planung und Vorbereitung begonnenen Urlaubsvormittages sichtbar. Max zittert am ganzen Körper, er friert und ihm ist schlecht, außerdem bellt er noch immer wie ein Seehund und hat Temperatur. Steffi schickt ihn sofort ins Bett, wühlt jetzt schon wieder wütend in ihrer Apothekentasche und scheint auch irgend was Fieses gefunden zu haben, das sie ihm unter heftiger Gegenwehr eintrichtert, während sie mir giftige Blicke und ganz üble Schwingungen sendet.

Sie selbst bekommt ihren schweren Schock erst etwas später, als sie sich im halbblinden Spiegel unserer Hütte selbst kaum wiedererkennt. Ich kann meine vorsorgliche Blockade der Toilette leider nicht mehr aufrechterhalten und es so leider auch nicht mehr verhindern, dass sie ins Bad kommt und sich spiegeln will.

„HA!" Ihr Schrei übertönt sogar das erbarmungslose Prasseln des Dschungelregens.

„WIE SEHE ICH DENN AUS?", brüllt sie, und Max wird wieder wach und bellt.

Ich wusste ja schon, wie sie aussieht. Ihr Gesicht ist schon leicht geschwollen und so shrimpsrot und heiß, dass es praktisch kocht. Es haben sich zwar noch keine Brandblasen gebildet, aber in der nächsten Viertelstunde in der erbarmungslosen Hitze des traumhaften Chaweng Beach wären sie sicherlich erschienen. Ich bin schuld.

Ich wäre verantwortlich gewesen für die leibliche Unversehrtheit meiner Familie. Ich hätte Steffi in den Schatten zerren oder einem der Liegeninhaber den Sonnenschirm entreißen müssen, um ihn über meiner armen Frau aufzustellen, oder ich hätte sie wenigstens aufwecken müssen. Unseren armen Sohn hätte ich schon heute Morgen in ein Hospital bringen müssen, auch ohne Frühstück, die besten Ärzte der Insel zu einer Begutachtung seines Zustandes und einer Besprechung über die wirksamste Heilmethode der Seehundkrankheit zusammenrufen müssen und ihn, mit den besten Medikamenten versorgt, in einer Privatklinik unterbringen oder ihn mit dem ADAC-Hubschrauber nach Deutschland ausfliegen lassen müssen.

Aber nein, ich trinke lieber Bier mit neuen Freunden und freue mich des Lebens. Ich gebe mich einer so trügerischen, flüchtigen Freude hin und setze damit unser aller Leben aufs Spiel. Max, erst elf Jahre mit bleibenden Lungenschäden, Steffi für immer entstellt.

Diesmal wühle ich selbst unaufgefordert in der Apothekentasche und finde nach einer Weile auch die Brandsalbe, die ich ihr schweigend und schwer bereuend hinhalte.

Sie würde nie wieder einen Schritt vor die Tür setzen, sagt sie und legt sich ebenfalls vorsichtig, um die verbrannte Haut nicht zu reizen, ins Bett. Sie sagt kein Wort mehr, dreht sich zur Wand und stöhnt. Max schläft wieder ein und Steffi etwa eine halbe Stunde später. Meine Familie ist vernichtet. Es riecht nach verbranntem Fleisch und mir ist schlecht. Der Rest des Tages fällt einfach aus.

Bis jetzt ist der Urlaub voll daneben.

Von der Nachbarterrasse höre ich Pädder Lotze mit seinem Handy schimpfen. Ich bekomme nur Wortfetzen wie „Tuppes", „Döskopp" und sogar „Heiopeis" mit. Scheint sich wohl um was Ernstes zu handeln.

Irgendwann überfällt auch mich eine bleierne Müdigkeit. Ich falle in einen unruhigen Schlaf und träume von einer gewaltigen Minibar voller Singha-Bier, zu der ich aber den Schlüssel verloren habe, weil alle Taschen meiner Tausend-Taschen-Hose riesige Löcher haben, durch die ich in einen dunklen, schwarzen Abgrund sehen kann, aus dem mich eine eklige Schlange anzischt und „Well done" sagt. Und ich habe total vergessen, im Sauerland anzurufen.

26.12. Dritter Tach:
Elefantenmensch

Um zwei Uhr nachts bin ich wach. Irgendwann hat man einfach genug geschlafen, wenn man schon gegen Mittag bewusstlos ins Bett fällt, auch wenn man einen mehrtägigen Flug und fünf Flaschen Singha-Bier hinter sich hat.

Steffi schnarcht laut und heftig, was bedeutet, dass es ihr den Umständen entsprechend gut geht und sie noch nicht verglüht ist. Max redet im Schlaf, aber es hört sich nicht nach tropischen Albtraumphantasien an, sondern nur nach dem ganz normalen Alltagshorror, den er sich wohl mit ins Paradies gebracht hat. Man kann Fetzen wie „Keine Fünf, Herr Görtz, bitte, keine Fünf" und „Mathe ist ein Arsch!" verstehen. Herr Görtz ist Max' Mathelehrer und die Fünf ist leider kein Traum. Allerdings natürlich nur ein vorweihnachtlicher Ausrutscher, wie wir alle hoffen. Max ist sonst richtig gut in der Schule. Auch in Mathe.

Meine Familie scheint also wohlauf und ich bin hellwach und nach dem Zustand des ekligen, klebrigen Inneren meines Rachenraumes zu urteilen, kurz vor dem Austrocknen. Ich könnte saufen wie ein Kamel kurz nach einer siebentägigen Wüstentour und habe einen Geschmack im Hals, als hätte ich einen Stapel schnapsgetränkter Bierdeckel zerkaut. Benommen schleppe ich mich zu den Flaschen mit dem warmen Mineralwasser und leere eine davon in einem einzigen lebensrettenden Zug. Dann sehe ich noch mal gründlich nach, ob wir nicht doch eine versteckte Minibar mit Kühlung in der Bambusschrankwand übersehen haben, haben wir aber nicht. Schade.

Es ist eben nur „Hillside" ohne „Senator" und „Deluxe" und so weiter. Ob Leichenhalle oder Lotze eine Minibar haben?

Ich verlasse leise seufzend die Hütte, versuche das Quietschen der Tür und das Knarzen eines Brettes in erträglichen Grenzen zu halten, um meine Leute nicht zu wecken, und lasse mich auf die schäbige Liege auf unserer gefährlich schwankenden Holzterrasse sinken.

Ach, ist das herrlich. Der Regen hat endlich aufgehört und der Dschungel um mich herum lebt. Und wie. Ist das eine Symphonie der nie gehörten Klänge und Geräusche! Es raschelt, gluckst, schreit, bölkt und quakt – ja, es scheint auch Frösche hier zu geben – kein Wunder bei der Feuchtigkeit – und auch der prächtige Vorwurfsvogel spielt in diesem Orchester eine wichtige Solorolle. Ich höre ihn deutlich heraus.

Tätäätätäätätäätätää! Da trötet doch tatsächlich mein Handy im Inneren unserer Urlaubsbaracke. Verdammt. Habe ich es denn nicht ausgeschaltet? Ich springe also wieder auf, hechte durch die Knarz-Tür zurück und fische das Teil hektisch aus meiner Tausend-Taschen-Hose, um meine Familie bloß nicht aus dem wohlverdienten Heilschlaf zu reißen. Tätäätätäätätäätätää! Das Display signalisiert mir: „Ulli". Ach ja, natürlich. Ulli! Den musste ich ja unbedingt zurückrufen. Ja aber, ist der denn verrückt geworden, jetzt um diese Zeit bei mir anzurufen?

„Bist du bekloppt, Ulli …klopptulli?", zische ich in das Gerät, als ich wieder draußen auf der wackeligen Terrasse stehe. „Weißt du, wie spät es ist …ätesist?" Das Echo meiner eigenen Stimme im Handy macht mich etwas nervös.

„Reech dich doch nich auf", sagt er beleidigt, „ich weiß schon. Zeitverschiebung! Ihr seid sechs Stunden zurück, woll."

„Nein, du Blödmann …ödmann. Wir sind sechs Stunden VOR …undenvor! Es ist zwei Uhr nachts …uhrnachts!"

„Ah so … na egal, du biss ja wach", antwortet Ulli da einigermaßen unberührt.

„Jaaa, ich bin wach …inwach. Also, was ist da los bei euch … osbeieuch?"

„Tja, nix eigentlich … ich hatte nur gesehen, dat du angerufen hass", sagt er.

Oh, Mann.

„Ja, Ulli … ich hab mich vertan …ichvertan. Aber egal jetzt,

Ulli, … etztulli … was ist passiert … assiert? Blömecke, Schlüter, Riesensauerei … was bedeutet das denn … asdenn?

„Oooch …", sagt er nur langgezogen, „war ja nich für dich. Wollte ja Don Camillo anruf'n, woll. Happ mich verwählt. Du hass ja Urlaub."

„Was ist los, Ulli …slosulli?" Er will mich schonen.

„Ach, ei'ngklich nix."

„Eigentlich? Jetzt sag schon …agschon!"

Er windet sich und stöhnt.

„Also … die Ute Ziegenhagen, woll, kennze ja, woll, die inne Führerscheinstelle im Rathaus sitzt, woll …"

Dreimal ‚woll'. Es ist was Schlimmes passiert.

„Ja, ja, Ulli, was ist mit ihr …stmitihr?"

„Die Ute, die hat da so wat mitgekriegt. Hat se mir vor de Kirche gesacht, woll."

„Du warst in der Kirche …inderkirche?"

„Nee, ich happ nur de Winterraifen aufgezog'n und 'ne klaine Probetour gemacht und da habbich se getroff'n, woll."

„Hat's denn geschneit bei euch …eitbeieuch?"

„Nä, immer noch nich, komisch dies Jahr, aber sicher is sicher", meint er. „Also, da is irgendwas im Busch, glaubt die Ute. Der Blömecke un der Schlüter, woll, die hecken wat aus, meint se. Schlüter war wohl die Tage in Blömeckes Büro und da hätte se wat … naja … eben so mitgekricht. Dat ging wohl um irgend 'n krummes Bauvorhaben oder so wat."

Blömecke. Bauvorhaben. Ich halte die Luft an. Unser selbstsüchtiger und karrieregeiler Bürgermeister Carsten Blömecke, heckt also was aus. Mit meinem speziellen Freund und Großkotz Auto-Schlüter. Es passiert also was … und ich bin nicht da.

Na, super.

„Und weiter, Ulli, was noch …liwasnoch?"

„Ja nix. Dat war's. Ging wohl auch um Geld und so. Aber mehr is noch nich passiert. Abba ich bleib dran, woll."

„Ja, mach das, Ulli. Mach das …achdas! Auf jeden Fall …edenfall."

„Ja sicher."

„Und halt mich bitte auf dem Laufenden …aufenden. Und wenn irgendwas passiert, dann ruf an, ja …ufanja?"

„Jaja, mach ich."

„Egal wann …alwann!"

„Ja, ja, tschüss dann, Alex, woll."

„Ja, tschüss, Ulli …üssulli!"

Blödes Echo!

Tja, so sieht's aus. Da scheint also endlich, endlich wirklich mal was zu passieren in Leckede-Hintersten … und ich bin am Arsch der Welt.

Scheiß Urlaub. Zwei Balken.

Es liegt sich richtig gut in dieser abgewetzten Liege. Besser als in dem verdammten, harten Bett. Sehr bequem, die Nacht ist so angenehm warm, ein leichtes Lüftchen weht, die unerträgliche, feuchte Hitze des tropischen Tages ist erst morgen früh wieder zu erwarten, und ich sehe vor dem sicheren Einschlafen noch den Sternenhimmel. Den ganzen.

In dieser Pracht ist er eigentlich nur ganz im Süden zu sehen. Ganz weit weg eben. Vielleicht ist es ja das, was uns immer wieder in die Ferne treibt, weil wir es in Leckede-Hintersten, Schmallenberg oder Wipperfürth selbst in ganz klaren Nächten niemals so zu sehen bekommen, diese himmlische Pracht, dieses Wunder des Universums, bei dem man ganz, ganz klein und demütig wird und wo alle Blömeckes und Schlüters dieser Welt einem gestohlen bleiben können. Vielleicht ist es das.

Und so gebe ich mich ganz dem wohlverdienten Koma des geschundenen Urlaubers hin. Ab und zu meine ich, ein sirrendes Geräusch zu hören, das sich gefährlich nähert und dann aber plötzlich verstummt, aber das kann ich mir auch nur einbilden.

***

Die knarzende Hüttentür öffnet sich, die Morgensonne bahnt sich ihren Weg durch den Paradies-Blätterwald. Ich erwache und sehe einen Menschen aus unserer Hütte kommen, der mich entfernt an meine liebe Frau Steffi erinnert. Aber nur sehr entfernt, denn das Gesicht dieses mir ansonsten unbekannten weiblichen Menschen ist geschwollen und so rot wie ein fast rohes Steak – well done, nicht mehr blutig. Der fremde und doch so vertraut wirkende Mensch nähert sich mir mit offenem Mund und starrt mich fassungslos an.

„HA, HAAAA!", brüllt der Mensch. Es ist doch Steffi, ich erkenne sie eindeutig an der Stimme, auch wenn das, was sie jetzt gerade von sich gibt, nicht unbedingt aus ihrem normalen Sprachschatz zu kommen scheint, eher aus den dunklen Tiefen ihres verschütteten Unbewussten oder irgendeiner Urangst. Oder haben die Verbrennungen sie so verändert? Ist sie schon am zweiten Tage unseres Traumurlaubes schlichtweg wahnsinnig geworden?

„Morng, Steffi", sage ich etwas klebrig und muss mich im Gesicht kratzen, weil es so juckt.

„HA!", bölkt die arme, kranke Steffi wieder und zeigt mit dem bloßen Finger auf mich. „HA!"

Ich schüttele nur traurig den Kopf und will sie tröstend in den Arm nehmen.

„HAU AB, DU MONSTER!", schreit sie da panisch, und im Nachbar-Hillside-Bungalow der Lotzes – oder ist es doch ein Deluxe-Hillside-Bungalow MIT Minibar? – öffnet sich vorsichtig eine quietschende Tür. Dass meine Steffi mich gleich Monster nennt, bloß weil ich gestern nicht so richtig gut auf meine kleine Familie aufgepasst habe, das habe ich doch auch nicht verdient.

„Na, gomm", sage ich versöhnlich, „ess dud mir auch lleid wehng gesst'rn."

Das Sprechen fällt mir seltsamerweise etwas schwerer als gestern noch, so als wollten meine Wangenmuskeln sich nicht so recht biegen lassen, als wären sie ein wenig störrisch. Dabei braucht man nicht so viele Wangenmuskeln zum Sprechen. Sie müssen einfach nur locker sein.

„Hau ab!", fleht sie mich an, „du bist so hässlich!"

Na, na, das geht jetzt aber wirklich zu weit. Ich bin zwar nicht gerade ein Adonis, und George Clooney sieht vielleicht in wenigen einzelnen Passagen seiner Filme etwas besser aus als ich, aber schlecht sehe ich nicht aus. Steffi findet mich sogar sehr attraktiv, was sie mir manchmal auch sagt. Und das habe ich ihr auch immer geglaubt.

Kann eine einzige schlechte Tat einen Menschen gleich hässlich machen? Sieht man das sofort? Nein. Ich finde, sie treibt es etwas zu weit mit mir, deshalb lasse ich sie auch beleidigt stehen und gehe auf die Tür der Hütte zu, um einzutreten und mich für den neuen Tag bereitzumachen. Steffi schnellt zur Seite, als gelte es, Jack the Ripper noch mal von der Schüppe zu springen.

Max wird gerade wach und ich lächele ihn mühsam an. Die Wangenmuskeln machen nicht so recht mit. Sein Schrei ist furchterregend und markerschütternd.

„UUWAAH!"

Jetzt ist der Hotelgarten mit all seinen tropischen Schläfern erwacht. Es kommt Leben in die Bretterbuden. Der Dschungel hält einen Moment die Luft an und die Symphonie macht eine Generalpause. Ich höre viele Holztüren knarzen und viele Terrassenbretter quietschen, und aufgeregte Stimmen rätseln über die geheimnisvollen Vorgänge in Hütte 506. *Was geschah wirklich an diesem zweiten Weihnachtstag?* Welches menschliche Drama spielt sich dort zwischen Bambus und Kokosnüssen ab? Gleich wird man uns die Dschungelpolizei auf den Hals hetzen und doch noch aus dem Paradies vertreiben oder, schlimmer noch, lebenslanges Urlaubsverbot erteilen.

„Sseid ihr d'nn allle v'rrüggt gewor'n? Was solll d'nn d's Dheader?", frage ich die beiden in meiner neuen Sprache, lasse auch meinen kreischenden Sohn Max jetzt einfach links liegen und gehe zielstrebig ins Bad.

Was das Theater soll, sagt mir dann der Blick in den Badezimmerspiegel. HAAA! Ich wische mit den Handtuch und den bloßen Händen verzweifelt an dem verdammten Spiegel herum, denn das Bild, das er mir da zeigt, kann ja nicht stimmen.

Das bin nicht ich, Alex Knippschild aus Leckede-Hintersten, das ist ein gemeines, mongolisches Supermonster, das über Nacht von meinem Körper Besitz ergriffen haben muss. HAAA! Meine, nein, *seine* Augen sind nur noch als unförmige Schlitze zu erkennen, die unter dick geschwollenen Lidern böse hervorblitzen, die Stirn ein einziges Beulenpestkatastrophengebiet, die Wangen verquollen und verformt, und sogar an den Ohren haben sich rote Pocken gebildet, die aussehen wie Blumenkohlwucherungen. Auch meine ehemals so formschönen, langen Beine sehen aus wie blatterige Stempel aus einem verlassenen Bergwerksstollen.

Ich überwinde mich heroisch und fasse dieses fremde Gesicht an. Ich suche verzweifelt nach der Lasche für die Maske, um diesen üblen Scherz von meinen sonst so männlich markant geschnittenen Zügen abzuziehen, aber die Maske bin ich. Ich habe mich verändert – und nicht unbedingt zu meinem Vorteil.

„Mein Gott", sagt Steffi, „so was hab ich noch nicht gesehen." Sie ist mir dann doch mutig ins Bad gefolgt, und hat wohl jetzt ihre Angst vor diesem Körperfressermonster überwunden.

„Mein Gott, sieht das aus!"

Die Mücken haben ganze Arbeit geleistet. Myriaden von Schwärmen scheinen sich auf mir in der Nacht niedergelassen zu haben und ausgiebig auf dem bekloppten Touri aus Germany ein Gelage gefeiert zu haben, wie man es nicht oft serviert bekommt. Wahrscheinlich hat man noch schnell die Mücken der Nachbarinsel benachrichtigt, denn Haut, um ihre giftigen Stachel darin zu versenken, habe ich ihnen genug geboten. Ich habe ja nicht mal ein Hemd, ja noch nicht mal eine Hose an. Lediglich ein schwarzes Dreiecksunterhöschen bedeckt meine Männlichkeit, und an das chemische Mückenabwehrsystem aus unserem Apothekenkoffer habe ich natürlich überhaupt nicht gedacht.

Fasziniert von mir selbst, stehe ich minutenlang vor dem Spiegel und starre hinein. Meine Güte, was für ein Horrorwesen ist aus mir geworden!

Auch mein gesamter Oberkörper ist verformt und widerlich. Er ist verunstaltet von Millionen dicker Beulen, die jetzt langsam auch anfangen, teuflisch zu jucken. Ich widerstehe dem Drang, mich zu kratzen noch eine Weile und denke lieber über mein weiteres Leben nach. Ich muss es schaffen, mein neues Äußeres anzunehmen, mit der schweren Katastrophe und den Entstellungen weiter zu leben, wenigstens noch eine Weile, bis ich alles geregelt habe, nochmals meine Lebensversicherungen überprüft und das wirklich gute Gefühl habe, meine Familie nicht im Elend zurückzulassen, während ich in abgedunkelten Hinterzimmern ein einsames, vor der Welt verstecktes Dasein friste.

Man muss sich in solchen Fällen den Tatsachen stellen, auch wenn es noch so schwer scheint, man muss lernen zu akzeptieren, dass sich da etwas verändert hat, das sich auf alles auswirken kann.

Ich will gleich nach dem Bläckfäss auf dem schwarzen Brett in der Hotel-Lobby nachsehen, ob eine Gesprächstherapie oder eine Selbsthilfegruppe angeboten wird, die mir helfen kann. Wenn man mit anderen darüber redet, wird es vielleicht leichter.

„Du gehst mir heute nicht aus der Hütte", befiehlt Steffi, und eigentlich hat sie recht damit. Wer will schon von so einem Monster zum Frühstück begleitet werden. Auf jeden Fall bekämen wir einen schönen Tisch. Wahrscheinlich den besten. Dann taucht so etwas wie Mitleid in ihrem verbrannten Hummergesicht auf und sie sagt: „Du armer Kerl."

Na, wenigstens bedauert sie mich schon wieder. Mein gestriges, völlig inakzeptables, egoistisches und selbstsüchtiges Verhalten scheint also so gut wie vergessen zu sein. Man spricht ja angesichts der neuen zugespitzten Lage an der tropischen Front schon gar nicht mehr darüber.

„Boah, sieht das scheiße aus!"

Max ist fasziniert. So was kommt sonst nur auf seinen Monsterkarten vor. Und da sind es die ganz üblen Burschen, die so aussehen wie ich, die muss man sofort vernichten, sonst ist man für ewige Zeiten erledigt, wie er sich immer ausdrückt.

Ich blicke durch meine gemeinen Sehschlitze auf meine Armbanduhr. Das ganze Ziffernblatt kann ich kaum erfassen, dafür reicht das verengte Sehfeld nicht mehr aus, aber dass es Viertel vor zehn ist, kann ich sehen. Höchste Bläckfäss-Time. Mein Magen knurrt. Ja, auch übernatürliche Monster haben ganz normalen Hunger wie andere Menschen auch und freuen sich auf einen Toast mit Marmelade.

„Nä, nä", schüttelt Steffi ihren geschwollenen krebsroten Kopf, als sie mein Ansinnen erkennt, „du bleibst schön hier."

Und trotzdem spiele ich mit dem Gedanken, vielleicht mit einer Skimaske, die wir natürlich nicht dabei haben, oder einem braunen Paradies-Handtuch, schick um dem Kopf gewickelt, doch am Frühstück teilzunehmen. Vielleicht kann es auch so ein Sack sein, wie ihn immer John Merrick, der so genannte „Elefantenmensch" übergezogen hat, aus dem dann nur ein Auge herausguckt. Aber eins meiner Augen wäre auch schon schlimm genug, um halb Thailand in Horror zu versetzen. Vielleicht sollte ich überhaupt mal über eine Karriere auf den Jahrmärkten Asiens als der ‚Homo Sauerlandiensis monstrosis' nachdenken. Damit wäre meine Familie auf jeden Fall für alle Zeiten abgesichert.

„Nä, nä, du bleibst hier", sagt Steffi wieder bestimmt und Max nickt zustimmend dazu. „Wir bringen dir was mit. Hier, nimm das erst mal!"

Mit diesen Worten reicht sie mir eine rötliche Tube, auf der die blutrünstigen Ungeheuer abgebildet sind, die mich diese Nacht so brutal überfallen haben.

„Schön dick draufschmieren. Das kühlt. UND NICHT KRATZEN!"

Das ist leichter gesagt als getan, denn es juckt höllisch, und das Verlangen, mir alles rot und bis auf die Knochen blutig zu kratzen, ist übermenschlich. Dann überlassen die beiden mich meinem traurigen Schicksal, ziehen einen weiteren Bläckfäss-Kuhpon aus meiner Tausend-Hosen-Tasche, lassen mich in der schwarzen Dreiecksunterhose und mit meinen Entstellungen in der Einsamkeit der Hütte stehen und verschwinden.

Steffi hat dabei offensichtlich völlig vergessen, dass sie heute auch nicht gerade an einem Schönheitswettbewerb teilnehmen sollte, auch wenn nicht unbedingt zu erwarten ist, dass kreischende Menschenmengen vor ihr flüchten, wie das bei meinem Auftritt sicherlich der Fall wäre. Sie hat mit einer überdimensionierten Sonnenbrille, die fast um den ganzen Kopf herumgebogen ist, von der Sorte, die auch Victoria Beckham besitzt, die am übelsten zugerichteten Teile ihres Gesichts verborgen. Den Rest versucht ein neckisches Tüchlein zu verdecken.

Um Max' Zustand hat sich heute Morgen gar keiner gekümmert, es scheint ihm aber wieder ganz gut zu gehen. Er hat nicht mehr gebellt. Angesichts meines unfassbaren Unglücks ist alles andere nur noch Killefit.

Ich gehe zurück in die Hütte, starre wieder fasziniert in den Badezimmerspiegel und komme zu dem Entschluss, dass man, bevor überhaupt irgendwelche Heilmethoden angewandt würden, die diese Fratze des Todes wieder in ein mitteleuropäisches Gesicht zurückverwandeln könnten – sofern das überhaupt jemals gelingen sollte –, zuerst einmal das ganze Dilemma für eine staunende Nachwelt oder auch für wissenschaftliche Forschungen festhalten müsse.

Ja, ja, es ist doch so: Im ersten Moment ist es für alle noch ein großer Schock, wenn das Leben plötzlich eine so grausame Wendung nimmt, aber später, wenn es erstaunlicherweise dann doch irgendwie weitergegangen ist und der ganze ferne Urlaub nur noch ein böser, langsam verblassender Albtraum ist, dann führt man den Freunden und Schwiegereltern zu Hause stolz die Dia-Serie *Thailand – Ko Samui: Menschen, Monster und Moneten* vor, und dann freut man sich doch, noch etwas ganz Besonderes in der Hinterhand zu haben. Etwas, das auf jeden Fall ein echter

Brüller zwischen den ewigen Bildern von schwankenden Palmen und grinsenden Familienmenschen vor Tempeln ist.

Später ist man dann heilfroh, dass es solche realistischen Dokumente gibt, die einen an das Grauen erinnern, das man mutig überwunden hat. Bilder, die einem klar machen, welches wunderbare Glück man doch gehabt hat, weiterleben zu dürfen.

Ich reiße mich von dem sagenhaften Anblick im Badezimmerspiegel los und krame in einer der Taschen nach meiner neuen Digitalkamera, die bis jetzt noch gar nicht zum Einsatz gekommen ist. Mit diesem Bild soll der Apparat seine schockierende Premiere haben. Hoffentlich wird er danach nicht sein Objektiv für immer verschließen. Ich suche eine Weile nach dem Selbstauslösersymbol, und als ich es gefunden habe, postiere ich die Kamera auf dem kleinen Tischchen auf unserer Terrasse, löse aus und positioniere mich in aller Eile in der Liege.

Um dem Bild noch einen gewissen Mördertouch zu geben, beiße ich mit bloßgelegten Zähnen quer auf ein Brotmesser und verziehe mein Monstergesicht, soweit das mit den Schwellungen möglich ist, zu der ultimativ grauenhaftesten Fratze, zu der ich fähig bin. Ich bin mir sicher, dass ich mit diesem Bild noch Generationen von Kindern als Abbild des Bösen gelten kann. Man könnte mich in Schulen aushängen und brauchte nur drohend mit dem Finger darauf zu weisen, wenn die Kinder mal wieder nicht richtig gehorchen.

Klick. Ich grinse zufrieden. Das wird ein schönes Bild!

Weitere Schreie zerreißen die morgendliche Ruhe und ich sehe eine blassbleiche japanische Frühstücksgesellschaft in Todesangst vor mir durch den Urwald Richtung Lobby flüchten. Ich grinse ihnen nur böse hinterher.

„Um zwölf Uhr treffen wir Cherry in der Lobby", sagt Steffi, als sie mir mit einer Ladung Toast und Marmelade, in Servietten eingepackt und offensichtlich so aus dem schwer bewachten

Frühstücksgelände herausgeschmuggelt, gegenübersteht.

„Du siehst immer noch grauenhaft aus. Hast du dich eingeschmiert?", fragt sie besorgt und kopfschüttelnd.

„Ja, habbich. Wird schon", sage ich gleichgültig und so gelassen wie möglich und nehme ihr ihre Beute ab, um alles hungrig und vorsichtig zwischen die geschwollenen Lippen zu schieben.

„W'r is d'nn Schärry?", frage ich mit vollem Mund.

„Unsere Reiseleiterin. Sie will sich mit uns treffen."

„Warum? W's will die denn? Hab'n wir denn w's falsch gemacht?"

„Phh, vielleicht wollen WIR ja was von ihr, vielleicht wollen wir ja was wissen, wie's hier so ist und was man so machen kann. Wie viel ein Baht ist, oder so was.

„Hundert Baht sind zwei Euro fünfzig", sagt Max, und ich bin sehr stolz auf ihn und nicke ihm zufrieden zu.

„Ich w'll niggs wiss'n", maule ich, und dass wir eine Reiseleiterin haben, ist mir überhaupt nicht bekannt. Wozu? Wir kommen schon klar. Wir brauchen so was nicht.

„Du siehst AUS!", sagt Steffi und kann sich gar nicht sattsehen an mir. Naja, SOOO viel besser sieht sie meiner Meinung nach auch nicht aus, aber ich sage lieber erst mal nichts. Wir sehen ALLE nicht so besonders aus heute. Max ist blass und hat dunkle Ringe unter den Augen, Steffi ist krebsrot und geschwollen, und ich … naja.

„Um zw'lf?", frage ich, ohne den Mund eigentlich wirklich zu bewegen.

„Ja, in der Lobby. Ich weiß nur nicht, wie wir dich bis dahin hinkriegen sollen", meint Steffi, aber ich ahne, dass sie schon Pläne für meinen geplanten Auftritt hat.

***

Ich bin anders als die anderen.

Sie tragen kurze Hosen, T-Shirts und lockere Kleiderfetzchen und unterhalten sich angeregt über ihre bisherigen Erfahrungen im fremden Land. *Ich* stecke in langen Hosen, trage ein langärmeliges Hemd, bis unten zugeknöpft, eine Baseballkappe, tief in das Gesicht gezogen, für das Steffi extra noch eine superlarge Sonnenbrille im Hotelshop besorgt hat. Damit ist der obere Teil meiner Visage halbwegs sicher abgedeckt. So. Für die Abdeckung der unteren Hälfte gibt sie mir ein Arafat-Halstuch – weiß der Teufel, wo sie das her hat –, das ich mir am Hals möglichst hoch ziehen soll, und sie empfiehlt mir, ständig eine Hand vor den Mund zu halten, um die hässlichen Pocken im mittleren Bereich meiner Mörderfresse zu verdecken. Das würde sicherlich ganz intellektuell interessiert wirken und überhaupt nicht auffallen. Außerdem soll ich auf jeden Fall nichts sagen, sie würde schon alles regeln.

Steffi trägt ihre schon erprobte Frühstückstarnung, und im Übrigen bedient auch sie sich des raffinierten Tricks, ihre rechte Hand immer, auch beim Sprechen, intellektuell vor den Mund zu halten. Max hat keine Lust auf den Quatsch und bleibt in der Hütte.

Sechs weitere Personen, drei Paare, bevölkern mit uns die Sitzlandschaft aus geflochtenem Korb. Auch die Lotzes sind dabei – und erkennen uns nicht. Ich kann es kaum glauben, aber ich belasse es erst mal dabei.

Wir werden allerseits schon wieder gewaltig beargwöhnt. Ich spüre, wie man uns als eindeutig verdächtige Personen einstuft. Terroristen oder Bombenleger. Ganz bestimmt. Vielleicht sollte man jetzt schon den Hotelmanager informieren, um Schlimmeres zu verhindern. Ja, ja, man denkt immer, solche Dinge passieren woanders, aber dann sitzt man plötzlich mittendrin und abends kommt man als Opfer in den Nachrichten vor.

Der Arafat-Schal tut seine Wirkung. Man rückt allgemein etwas von uns ab. Wir geben uns terroristisch cool und warten geduldig, im jetzt wieder heftig einsetzenden Regen, auf Cherry, unsere Reiseleiterin.

Und da kommt sie schon.

„Na, oisch hat abbäh velly bös erwischt, gell?", begrüßt Cherry uns dann nach einer Weile und schüttelt mir herzlich ohne Berührungsängste die zerstochenen, geschwollenen Hände.

„At night on de Terrass oig'schlofe?", fragt sie mich laut lachend und: „in de Sun oigschlofe", diagnostiziert sie Steffis Zustand. Cherry ist eine sympathische, hübsche junge Thailänderin, und wie sie da so spricht in fast fließendem Deutsch mit englischen Brocken … und einem wirklich heftigen Frankfurter Dialekt, das ist wirklich was ganz Besonderes.

„My Vaddäh was a Fronkfotter und isch hobb mol do studiert in Fronkfott, gell", eröffnet sie uns lachend, weil sie genau weiß, dass das keiner von uns verstanden hat. Akustisch ja, aber sonst. Doch was soll's? Cherry hat jedenfalls wohl schon alles gesehen und erlebt, was Touristen in diesem Land nur falsch machen können. Ich glaube, wir brauchen sie. Dringend.

Dann beantwortet sie bereitwillig und freundlich zunächst die vorwurfsvollen Fragen der aufgebrachten Runde nach dem ewigen, verdammten Regen. Schließlich wolle man Urlaub machen, und da passe diese Sauerei einfach nicht ins Bild.

„Ab mosche witt bessäh!", lacht sie und wir wissen natürlich, dass sie lügt.

Ich hatte schon im Kreise unserer Familie vor unserer Reise, allerdings nur kurz und wahrscheinlich zu halbherzig, darauf hingewiesen, dass es möglicherweise etwas waghalsig sei, im Dezember und Januar auf Ko Samui Urlaub zu machen. Regenzeit. Mehrere Internetforen beschäftigen sich ausgiebig und leidenschaftlich mit diesem Thema.

„Ko Samui im Dezember?", hieß die Frage, die ich eingegeben habe, und die Antworten waren eindeutig. „Macht es nicht!", „Nie wieder!" oder „Wenn ihr ersaufen wollt" und „Das Allerletzte!".

Nur einer hat geantwortet, man könne auch Glück haben. ER hätte mal Glück gehabt. Und auf diesen einen haben wir dann alles gebaut. Auch Frau Gantenbrink aus dem Reisebüro hatte wohl zu Steffi gesagt, dass es durchaus auch sehr schöne Tage in dieser problematischen Urlaubszeit geben könne.

Naja. Wir haben ja dann auch alles unterschrieben und unser jetziges Schicksal damit besiegelt. Tja, und jetzt haben wir's. Da braucht man doch nicht mehr nach Regen zu fragen. Da braucht man sich doch nicht zu beschweren. Wir wussten es doch alle vorher. Oder?

Cherry, die eigentlich Cherestulama Hiradokinam oder so ähnlich heißt, und die wirklich erstaunlich gut Deutsch spricht, und die man auch wunderbar versteht, wenn man erst mal die englischen Brocken in dem Frankfurter Gebabbel erkennt und dem Ganzen einen Sinn geben kann …

Naja, sie spricht jedenfalls viel besser Deutsch als einige der Anwesenden, finde ich, und sie breitet jetzt also vor uns die Angebote diverser Urlaubsvergnügen aus. Man soll ja nicht auf die Idee kommen, hier einfach faulenzen zu können, oder vom Gefühl gequält sein, irgendetwas Wichtiges zu verpassen. Nein, ihre Angebote würden dafür sorgen, dass wir alles zu sehen bekommen, was diese Insel auf Lager habe. Cherry macht das sehr nett.

Aber trotzdem. Organisierte Touren? Ich weiß nicht. Wir können doch selber organisieren, wir gehören nicht zu dieser hilflosen Masse Dummtouris, die sich von irgendwelchen selbsternannten Guides von einem Nepp zum anderen karren lassen und dafür auch noch ordentlich blechen dürfen. So was kommt für uns nicht in Frage. Das ist jedenfalls meine Meinung.

Aber ich darf ja nicht reden.

Steffi bucht also eine organisierte Bootstour nach Ko Tao, auf eine Nachbarinsel, zum Schnorcheln, eine Dschungeltour mit Elefantenreiten, einen Ausflug zu einem der zahlreichen Wasserfälle mit erfrischendem Bad in selbigem und dem Besuch einer Krokodil- und Schlangenfarm. Alles aber erst in der zweiten Woche unseres Aufenthaltes. Dann sollten die schlimmsten Spuren unserer Entstellungen verschwunden sein und man würde uns sicher wieder in die Gesellschaft der menschlichen Wesen aufnehmen. Ich bin zu schwach, um Widerspruch einzulegen, und nicke wortlos alles ab.

Dann empfiehlt uns Cherry noch die thailändische Massage, die beste der Welt. Wellness werde in diesem Land ganz groß geschrieben, und da könne man sich einiges von abgucken.

Wellness! Phh.

Sie warnt uns vor Eiswürfeln in Getränken, möglichen Salmonellen in Süßspeisen und zu scharfem Essen – „Doschfoll!" lacht sie verheißungsvoll – falschen Uhren und Taschen und echten Betrügern am Beach … und das ist es dann eigentlich auch schon. Wir haben das todsichere Gefühl, in einem Notstandsgebiet ausgesetzt worden zu sein, und sind damit entlassen. Der Urlaub kann jetzt also endlich beginnen.

Hundert Baht sind zwei Euro fünfzig.

„Ärste Ma Thailand, ja!?", behauptet der dickliche, schwer schwitzende Herr, der uns gegenübersitzt, und ich weiß nicht, woran er das festmachen will. Ich höre jedenfalls eindeutig, dass er wohl aus dem Ruhrpott kommt. Aber er hat immerhin Vertrauen zu uns seltsamen Gestalten gewonnen und die Terroristentheorie vielleicht endgültig beiseitegelegt, oder auch einfach nur ein großes Herz für die Ausgestoßenen dieser Gesellschaft und will uns einladen, wieder am Leben teilzunehmen. Oder er ist einfach nur neugierig.

„Jou", sagt Steffi, „ärste Ma, ja!?"

„Wia schon sait zehn Jahr'n. Immer widder, ja? Iss klasse hia, ja?", sagt der Ruhrpottmann. Jeder Satz endet mit ‚ja' und einem Fragezeichen.

„Witten!!", sage ich ihm trotz Sprechverbot auf den Kopf zu und ich sehe, dass ich getroffen habe. Voll. Der Kerl kommt wohl tatsächlich daher.

„Jou", sagt er und wäre fast aus dem Korbmöbel gefallen. „Wi' 'en-Herbede." Die „T"s spricht man weder als Ruhrpottler noch als Sauerländer aus! „Woher ham' Se denn dat …?"

Ich zucke nur etwas überheblich mit den Achseln.

Jetzt dreht er sich zu seiner leicht knubbeligen Frau um, die sich die ganze Zeit mit einem der herumliegenden Prospekte Luft zufächelt.

„Hasse dat mitgekricht, Hättwich, ja? Der hat gehört, dat wir aus Wi"en komm', ja?" Er kriegt sich gar nicht wieder ein.

„Abba, is wiaklich klasse hier, ja?", führt die Frau jetzt das begonnene Gespräch freudig weiter. Auch mit ‚ja' und Fragezeichen. „Glaum' Se mir. Sie wär'n et nich beroi'n, ja?"

„Mach'n Se auch Ko Tao, ja?", fragt der Wittener jetzt wieder und wischt sich hechelnd den Schweiß von der Stirn. Es ist unerträglich heiß hier und in meiner Terroristenumhüllung bin ich dem Hitzschlag nahe.

„Auch Ko Tao, ja?!", antwortet Steffi knapp und ironisch.

„Is klasse, wiaklich, muss man geseh'n ham, ja? Schnorcheln, ainmalich, ja?"

Und dann kommt's: „Sang' Se ma, sinnze ainklich lichtempfindlich oder frieren' Se, weil' Se so verpackt sin, ja?", fragt die Witten-Herbede-Frau mich dann mal so ganz direkt. Die Frage muss jetzt einfach raus.

Ich besinne mich wieder auf mein Sprechverbot. Und das kommt mir auch ganz gelegen, denn eine gute Antwort fällt mir so schnell nicht ein. Aber Steffi antwortet für mich geistesgegenwärtig mit „Inkognito", und *das* ist eine gute Antwort. Die Wittener und auch die anderen ziehen scharf die Luft ein und vor ehrfürchtiger Begeisterung die Augenbrauen hoch und sagen „Ooh!". Ohne „ja?". Danach fragt dann keiner mehr, und es entsteht eine kleine, heilige Pause.

„Mir moch'n Goh Bonggohn, Morine Bork, Gorrel Eilönd, Tschiep Sofori, Äläfonden un Gojok", äußert sich nun auch das ältere Ehepaar, bei dem ich auf Dräsd'n oder Leipzsch oder so was tippen würde. Keiner hat irgendwas verstanden, denn es hätte eigentlich heißen müssen: Ko Pangan, Marine Park, Coral

Island, Jeep Safari, Elefanten und Kajak, also alles. Ein ausgefülltes Leben für die beiden Sachsen – wenigstens für die nächsten vierzehn Tage. Sie kommen aus „Leipzsch", sachisch doch, und sind „ooch errste Mol Dailond: Lätzt's Johr Ägüppt'n, wor ooch ssuber".

Sogar die Wittener haben also noch jemanden, auf den sie dialektmäßig mit gerümpfter Nase herabsehen können, tun das auch und Herr Witten-Herbede erhebt sich mit den Worten „Komm Hättwich, wommwe ma zum Strant kucken, ja? Sonz sinte Lieg'n widder alle wech. Tach zusamm, ja?"

Auch die Sachsen verschwinden, und jetzt sind nur noch die Lotzes und wir übriggeblieben. Pädder streckt mir seine Hand entgegen und sagt: „Pädder. Nachnamen sin ja egal!"

Er hat uns tatsächlich nicht erkannt. Sagenhaft.

Ich ergreife seine Hand und denke einen kurzen Moment nicht an den leicht gelockerten Arafat-Schal, und da rutscht er mir auch schon herunter und legt die untere missgestaltete Hälfte meiner mongolischen Monsterfresse frei. Frau Lotze kreischt und Pädder zieht ruckartig seine Hand zurück, als erwarte er einen plötzlichen Angriff.

„John Merrigg, Elefand'nmensch!", stelle ich mich vor und Steffi sagt: „Steffi, seine Wärterin. Nachnamen sin ja egal, ja?", als wäre nichts geschehen. Echt cool.

„DUUU BIS DAT!", grölt mein neuer Freund Pädder, „dat chibbtet donnich! Wat is dat denn? Die Päst?", fragt er, und seine Frau begreift erst mal gar nichts, hält sich aber verschreckt und auch ganz mitleidig die Hände vor den Mund.

„Ich arbeide in d'r Ekelforsch'ng", antworte ich. Das habe ich kürzlich mal im Fernsehen gehört. „Ein missglüggt'r Selbstversuch."

„Dat chibbtet nich. Maine Frässe, sieht dat aaaus!" Er kann sich gar nicht beruhigen, und im Übrigen handelt es sich ja um *meine* Fresse.

Frau Lotze starrt immer noch mit offenem Entsetzen auf den entblößten Teil meines geschundenen Gesichtes. Hätte ich jetzt auch noch die Sonnenbrille abgesetzt, würde sie glatt zu Boden gehen.

„Dat sin die nätt'n Loite, die ich am Strand getroff'n happ, Hanni, woll", erklärt Pädder seiner Frau, aber die will gar nichts mehr hören. „Maine Frässe!", sagt er nur noch mal.

Als dann eine längere ehrfurchtsvolle Pause entsteht, die sich keiner traut, mit Worten zu füllen, sage ich zu Steffi: „Tja, d'nn geh'n w'r mal wied'r auf die Lepraschdazion, Schadds. Die schwär'nd'n Wund'n ausbrenn'. Gomm! B's späd'r mal!"

Die beiden sehen uns mit offenen Mündern nach, und ich spüre ihre fassungslosen Blicke im Rücken, bis wir hinter der nächsten Holzbaracke verschwunden sind. Und so pilgern der lepröse Mr. Inkognito und seine geheimnisvolle Frau wieder Richtung Superior-Hillside-Bruchbude.

Den Nachmittag verbringen wir alle im feuchtheißen, aber dennoch einigermaßen angenehmen Schatten unserer bescheidenen Behausung. Max hat ja seinen Game Boy und vier Editionen, dem fehlt also nichts, Steffi hat einen ganzen Stapel Bücher mitgenommen, an denen wir verdammt schwer zu tragen hatten, und ich habe etwas Zeit, über mein Leben nachzudenken.

„Ulli had heude Nachd ang'ruf'n", sage ich zu Steffi. Der Mund lässt sich immer noch nicht so richtig geschmeidig bewegen, wie ich das gewohnt bin.

„Ulli?"

„Ja."

„Heute Nacht?"

„Ja, er had's noch nich so drauf m't d'r Zeidverschiebung."

„Was wollte er denn?"

„Blömecke heggd w's aus", sage ich.

„Was?"

„Er HECKT w's aus!"

„Was denn?", fragt Steffi interessiert und legt ihr Buch für einen Moment beiseite.

„Keine Ahnung. Ulli kriggd's raus."

Und dann nickt sie und liest nachdenklich weiter und ich denke weiter nach.

So langsam wird es dann Zeit fürs Diner auf dem wackeligen Deck des Bananendampfers Paradise Rock Resort.

Steffis spontane Idee mit dem „Inkognito" ist super. Sie ermöglicht es mir doch jetzt, ohne weitere Erklärungen in meiner bereits bewährten Ganzkörperverkleidung auch zum Dinner zu gehen. Es ist zwar immer noch sehr warm, aber das lässt sich nun mal nicht ändern.

Ich bin der große Mr. Unbekannt und brauche keinem zu erzählen, in welch geheimer Mission ich unterwegs bin, welche fremden Mächte mich schicken oder wer ich eigentlich wirklich bin. Es ist geheim und keiner traut sich zu fragen.

Geheim. Verstehe.

Und so nehmen wir dann auch in ähnlicher Verpackung wie schon mittags beim Meeting mit Cherry am Abendessen auf der Terrasse teil. Als wir durch die Gasse der ehrfürchtig grüßenden Leute gehen, hört man es tuscheln und rumoren.

„Is dat nisch Gottlieb Wendehals?" Oder auch: „Dat isser, dä Jürgens!" Selbst Costa Cordalis und Florian Silbereisen werden mir angedichtet, was ich etwas daneben finde. Pädder und seine Frau kommen an unserem Tisch vorbei und Pädder erkundigt sich fürsorglich nach meinem Befinden.

„Wie isses? Chehdet?"

Die Frau kann immer noch nichts sagen.

„'s wird", sage ich, „sin ja nur 'n baar Müggenstiche", und Pädder nickt mir aufmunternd zu und klopft mir auf die rechte meiner geschwollenen Schultern, dass ich leise aufstöhnen muss.

„Ich happ euch nonnich maine Frau vorgeställt, woll", sagt er dann und schiebt die zögerliche Gattin beherzt ins Bild. „Dattis Hannelore. Hanni reicht, woll."

Die Hand will Hanni mir und Steffi natürlich nicht geben, was ich verstehen kann, aber sie nickt uns vorsichtig lächelnd zu.

„Hallo, Hanni!"

„Hallo."

Ich esse nur ein wenig Thai-Curry mit Huhn, kann in dem Halbdunkel der Terrasse mit meiner dunklen Brille sowieso nicht viel erkennen und so beiße ich gleich beim zweiten Versuch, seit unserer Ankunft im Paradies außer Toast und Marmelade ein wenig festere Nahrung aufzunehmen, in eine rote Chili-Schote, und damit ist der Abend für mich gelaufen. Ich renne, nach Luft schnappend und erbärmlich hustend unter den hundert unheimlichen Augen der anderen Gäste erst zur Toilette – und dann wieder in meine Hütte. Meine Familie bleibt erschüttert zurück.

Wir haben noch nicht viel von der Insel gesehen.

***

Nach dem Dinner schleiche ich noch mal zur Rezeption, um den empfohlenen Hotelfernsprecher zu benutzen. Das Handy wird lieber geschont. Ein Balken nur noch!

„H'llo Ulli, ich bin's, Aleggs …insaleggs. W's gibbd's Neu's … ibbdsneues?"

Auch so ein verdammtes Echo!

„Ach, Alex, wat … pch … nuschelsse denn so? Un ich … pch … hör dich … pch … schlecht woll … pch … kannze nich lauter …?", röhrt Ulli im fernen Sauerland in den Hörer und die Störungen in der Leitung machen es auch mir fast unmöglich, den Kerl zu verstehen.

„GIBBD'S W'S NEU'S …sneu's?"

„WAS … pch …?"

„OB'S W'S NEUES GIBBD …esgibbd?"

„WELLNESS!", brüllt Ulli durch die Muschel, diesmal ohne Störung und so, dass es sogar in der Lobby noch deutlich zu hören ist. „WELL… pch …HOTEL!"

„WELLNESS…ness?", brülle ich zurück. „HODEL …odel?"

Einer der Folkloristik-Bediensteten deutet auf die wackelige Holztreppe nach unten. „Wellness, please. Downstairs!"

Ja, ja, danke, du Lumpen-Folkie.

„BLÖMECKE BAUT .. pch .. WELL .. pch .. HOTEL!"

„WO?"

Ich höre noch: „... pch ... SELBECKER KOPP!", und dann ist die vedammte Leitung tot.

Ein Wellness-Hotel am Selbecker Kopp? Das geht doch nicht! Mitten im Naturschutzgebiet?

Wieder zurück in der Hütte, greife ich mir sofort mein Handy und rufe Ulli noch mal an. Den Rest eines schwachen Balkens sehe ich noch.

„Ulli, ich bin's no'mal ...sno'mal. W's will d'r Blömecke jedds da bauen ...abauen?"

„Ich bin's, Camillo."

„Ah, Don Gamillo, hallo ...illohallo! Ulli hat mir ...atmir ..." Dann schneidet er mir einfach das Wort ab.

„Der Blömecke. Du glaubsset nich. Ein Wällnäss-Hotel will der bauen, Riesen Kasten mitt'n au'm Selbecker Kopp."

„Aber d's is doch Nadurschuddsgebied ...uddsgebied!", entrüste ich mich.

„Ja, aber er kricht dat wohl irgendwie hin, hat die Ute Ziegenhagen wohl mitgekricht. Die Genehmigung'n sin wohl schon durch, woll."

„Das gibb's do'nich ...onnich! Und w'r hab'n niggs davon gemergd ...emergd?"

„Nä. Un noch wat, Alläx, weiße, wem de Wiese gehört, wo de Zufaaht un de Paakplätze hin soll'n für den scheiß Kasten?"

„Nä ...nä."

„Unserm Freund Schlüter, woll."

„Na, d's is ja das diggsde Ding'n ...iggsdeding'n. Dann fließ' da ab'r 'ne gands fedde Kohle auf Schlüders Kondo ...erskondo."

„Ja, so isses. Un ich würd mich schwer wundern, wenn der

Blömecke da nix von abbekommt, woll."

Korrupte Politiker! Ha. Da haben wir's doch. Endlich. Endlich eine Story, die mich berühmt machen kann.

Und ich bin im Paradies.

„Gamillo …amillo!" Aber da ist das Handy schon tot.

Balkenende.

27.12. Vierter Tach: Pimmelfelsen

„Flei ägg, tooss and tii, pliess!"

Der vierte Tag beginnt recht vielversprechend. Die Familie Rätselhaft-Nipsi sitzt pünktlich schon um neun Uhr, vermummt wie gestern und total inkognito auf der wackligen Restaurant-Terrasse des Pelledei Lock Lissoh, um voller Tatendrang und gespannter Erwartung für den beginnenden Tag ihr variantenreiches Frühstück einzunehmen. Unsere Sitzkoordinaten haben sich schon um einiges verbessert. Wir können die Toilette schon nicht mehr riechen.

Als ich gestern Steffi noch kurz erzählt habe, was Ulli und Don Camillo Sensationelles zu berichten wussten, war sie einen Moment lang tatsächlich platt.

„Ja, und du meinst, das stimmt alles?", hat sie mich gefragt. „Wer weiß, was die blöde Ziegenhagen da aufgeschnappt hat. Das hat die doch in den falschen Hals gekriegt. Ich kann mir das nicht vorstellen."

Ich habe nur mit den Schultern gezuckt und ihr gesagt, dass *ich* mir das schon ganz gut vorstellen könne. „Zuzudrau'n wär's d'm Blömecke doch."

Die Wangenmuskeln sind schon wieder viel lockerer.

„Aber auf'm Selbecker Kopp. Im Naturschutzgebiet?"

Ich hab dann noch mal mit den Schultern gezuckt, ihr aber versprechen müssen, heute dieses Thema mal ruhen zu lassen. Schließlich wäre ja Urlaub.

„Du kannst ja von hier doch nichts machen", meinte Steffi. Und sie hat ja recht damit. Leider. Das ist es ja eben.

Ich muss ja am Ende der Welt Urlaub machen. Ausgerechnet jetzt, wo wirklich was zu passieren scheint. Verdammt aber auch. Also gut, dann machen wir das auch erst mal – und Ulli rufe ich später noch mal heimlich an.

Man nickt uns von den Nachbartischen respektvoll zu und hat uns wohl seit gestern eindeutig als sagenumwobene Hotel-Vips eingestuft. Was macht der Mann wohl?, fragt man sich tuschelnd und verbringt das Frühstück damit, darüber zu rätseln und immer wieder mal vorsichtig und unverdächtig zu uns rüberzuschielen. Ich tue ab und zu so, als würde ich ganz wichtig in meine Armbanduhr sprechen und beobachte meine Umgebung dabei listig lauernd. Das habe ich mal in einem James-Bond-Film so gesehen und macht mächtig Eindruck. Und es schraubt die Vermutungen über meine geheime Profession in fantastische Dimensionen.

Ja, heute darf ich sogar mitkommen zum Bläckfäss und muss nicht in der Armenhütte auf die kärglichen Brosamen warten, die meine Familie mir gnädigerweise nach der Rückkehr vom Frühstück vorwirft, denn die Sache mit der Terroristen-Geheimdienst-Inkognito-Verkleidung hat sich ja prächtig bewährt.

Die Ko-Samui-Sonne scheint, keine schwarze Wolke in Sicht, die Flie Äggs sind noch weich im Gelbei, der Tee durchaus genießbar, der Toast ist zart gebräunt, die Marmeladenverpackung lässt sich zwar immer noch nur mit den Zähnen öffnen, aber … die Schwellungen haben schon etwas abgenommen.

„Morgen, Monster", hat mich meine Steffi dennoch heute Morgen liebevoll begrüßt, weil ich ohne Vermummung natürlich immer noch keinem zuzumuten bin, so weit sind wir noch nicht, und ich sage: „Morng, Lobster", weil sie immer noch rot wie das erwähnte Tier in gekochtem Zustand ist. Max begrüßen wir beide mit: „Hallo, Zombie", denn er ist immer noch weiß wie ein Kalkeimer, weil er praktisch noch keine Sonne gesehen und immer noch diese bösen, dunklen Ringe unter den Augen hat. Wir sind eine wunderbare Familie.

„Na, was machen wir denn heute mal?", frage ich, einen Toast mit Orangenmarmelade bestreichend, unternehmungslustig meine verrückte, kleine Familie, als hätten wir bis jetzt jeden Tag vollgestopft mit aufregenden Abenteuern verlebt, dass schon fast nichts mehr übrig bleibt, was es noch zu erleben gäbe.

„Strand?"

„Hat keinen Sinn, alle Liegen belegt, hab ich schon mitbekommen", meint Steffi sachlich, vielleicht etwas enttäuscht, aber wahrscheinlich auch wiederum ganz froh, denn sie hätte sich auch wieder vollständig verhängen müssen. Naja, Strand kommt sicher auch noch vor in unserer Liste der Abenteuer, vielleicht dann eben morgen.

„Ooch, hab auch gar keine Lust", sage ich so nebensächlich und unwichtig wie möglich, weil ja auch keiner von uns weiß, wie ich heute am Strand hätte auftreten können. Vielleicht diesmal als Imker mit entsprechendem Hut, Sicherheitskleidung und qualmender Pfeife? Der Anblick meines freigelegten Körpers hätte jedenfalls nach wenigen Minuten die Hubschrauber des nächsten Hospitals auf den Plan gerufen. Männer mit Schutzanzügen hätten, begleitet von bewaffneten Soldaten der Nationalgarde, den Strand besetzt und mich unter strengsten Vorsichtsmaßnahmen in die nächste Quarantänestation gesteckt, um nicht eine Pandemie in ganz Asien auszulösen, die in wenigen Wochen möglicherweise die Welt vernichten könnte.

Mein Körper sieht noch immer aus wie ein einziges mit inzwischen blutig gekratzten Pocken verbeultes Katastrophengebiet, verseucht von einem unbekannten Todesvirus.

Vergessen wir also den Strand – wenigstens für heute.

„Lass uns doch ein Auto mieten, ich will mal was sehen von der Insel! Wir hängen ja seit drei Tagen immer nur hier im Hotel rum", maule ich bockig und ein wenig vorwurfsvoll herum, und Steffi sieht mich verständnislos und skeptisch an.

„Ich geh gleich mal zur Rezeption und bestelle uns einen Wagen", sage ich und beiße herzhaft in den Orangenmarmeladentoast.

„Nehmen wir einen Jeep?", fragt Max freudig.

„Klar", sage ich, „einen richtig geilen Jeep!"

„Mit dicken Reifen und ganz hoch?", ereifert sich Max.

„Mit dicken Reifen, ganz hoch, man muss mit einer Strickleiter reinklettern, am besten einen Pick-up mit dreihundert PS und verchromten Bullenfängern, einer ganzen Leiste Controller-Suchscheinwerfern auf dem Dach und einem Chrom-Überrollbügel, der über die ganze Ladefläche und wieder zurück geht."

„Geil", sagt er, legt andächtig seinen Game Boy für eine Weile an die Seite und sieht mich dankbar an.

Steffi sieht weniger begeistert aus und bemerkt nur trocken „Linksverkehr."

„Na, und?"

Sie hebt dann nur die Schultern und verzieht gleichgültig ihr Gesicht.

„Ich mein ja nur."

***

Der Wagen, den man uns liefert, ist jetzt nicht direkt ein Jeep, nicht einmal wenigstens nur in etwa das, was wir uns darunter vorstellen würden. Er hat äußerlich tatsächlich eine gewisse Ähnlichkeit mit der Form eines Jeeps, wie wir ihn kennen, und es steht auch recht selbstbewusst „Jeep" dran, sogar noch der kriegerische Zusatz „Samurai", was ihn aber nicht wirklich gefährlicher erscheinen lässt. Und der Rest einer ehemals von glänzenden Zeiten zeugenden Chrombuchstabenfolge hängt leicht schräg am Heck des Gefährts. Man kann jetzt aber nur noch „…uzuk…" lesen. Vermutlich war es mal ein Suzuki. Rot. Rostrot ist er. Ich nenne ihn insgeheim schon jetzt liebevoll „unseren kleinen Uzuk".

Nun gut, auf die Bullenfänger und die Suchscheinwerfer hätten wir ja verzichten können, und auch der verchromte Überrollbügel ist nicht unbedingt notwendig. Aber dieses erbärmliche Gefährt unterbietet unsere Erwartungen um ein Vielfaches. Man hat den Automobiltyp „Jeep" wirklich sehr freizügig nachempfunden. Er ist kastig. Ja, diese Voraussetzung ist also erfüllt, und er hat auch vier Räder, soweit so gut, aber ob diese vier dünnen Reifchen, die unter einer winzigen, klapprigen Karosserie ängstlich hervorlugen, uns tragen werden, das

102

steht für uns noch in keiner Weise fest.

„Verliererkiste", ist das vernichtende Urteil unseres Sohnes, als er gegen einen der rostigen Kotflügel tritt und der Rost auf den lehmigen Boden rieselt. „Luschenkarre!"

„Schrotthaufen", nennt meine liebe Frau Steffi ihn.

Dafür ist das Gefährt erstaunlich preiswert und ich hatte wenigstens noch am Telefon, als ich diesen Wagen unter mehreren zur Verfügung stehenden von einem Foto auf einer laminierten Pappe des Autoverleihers ausgewählt habe, nicht unbedingt das Gefühl, hier ein besonders schlechtes Geschäft gemacht zu haben. Zweitausendfünfhundert Baht am Tag. Dafür sieht der Wagen, jedenfalls auf der Fotopappe, recht gut aus.

„Wie viel sind hundert Baht?", fragt Steffi, und Max und ich antworteten gleichzeitig und etwas genervt tuend: „Zweeeiii Euurooo füüünfziiig!"

„Dann sind ja zweitausendfünfhundert von diesen Bahts …", sinniert Steffi.

„… etwas über sechzig Euuurooo!", singen wir beide im Chor.

„Bist du bekloppt?", fragt sie mich, „sechzig Euro täglich für diese Rostlaube? Dafür gibt's hier 'ne Limousine mit Chauffeur."

Naja, da hat sie vielleicht sogar recht und eine Limousine mit Chauffeur wäre natürlich etwas gewesen, das unseren geheimnisvollen Inkognito-Status hier im Hotel auf jeden Fall nach vorne gebracht hätte. Dieser Rostkasten tut das auf jeden Fall nicht. Den müssen wir ganz vorne im Dunkeln in der Einfahrt parken, damit ihn keiner mit uns in Verbindung bringen kann. Und wir müssen auch versuchen, unentdeckt in das Innere dieses Fahrzeugs zu kommen und ganz schnell und unerkannt das Weite zu suchen, denn Leute, die mit ihren Armbanduhren telefonieren, steigen niemals in solche Karren ein. Niemals.

„Bring den sofort zurück, den wollen wir nicht!", verlangt Steffi, aber ich kann nur antworten: „Geht nicht, schon alles perfekt", und winke verheißungsvoll mit dem mir anvertrauten Schlüssel für diese abenteuerliche Kiste.

„Kommt, Kinder, jetzt lasst uns mal 'ne Fahrt damit machen!", muntere ich sie fröhlich auf.

Widerwillig nähern sich meine beiden dem rostigen Ufo und begutachten es missmutig und misstrauisch von allen Seiten, als könnten sie es sich noch nicht so recht vorstellen, wirklich in dieser Kiste zu sitzen und durch die kleinen, verschmierten Gucklöcherscheibchen einigermaßen optimistisch nach draußen in die vorbeirasende tropische Welt zu blicken. Ich hingegen kann mir das durchaus vorstellen und auch, dass Steffi dieses Gefährt vielleicht schon bald ganz liebgewinnen würde. Unseren kleinen Uzuk. Ich sehe sie sogar schon im Geiste wie die Queen gnädig lächelnd aus dem Fenster winken und tausende von Thais jubeln ihr zu. Für eine solche Fahrt würde ich auch eigenhändig noch vorher den Rost entfernen.

„Kommt!", rufe ich fröhlich und gehe schon mal zu meiner Seite. Ich werde natürlich fahren. Aber … da ist kein Lenkrad! Hat man mich doch betrogen? Ach so, ja, Linksverkehr, natürlich, die andere, die rechte Seite ist ja für den Fahrer gedacht, damit er in der Mitte der Straße, dem entgegen kommenden Fahrer, der ja auch rechts sitzt, auch direkt ins entsetzte Auge schauen kann, wenn er nahe genug ist. Wie bei uns in Deutschland, nur eben andersrum. Linksverkehr, kein Problem.

Steffi und Max steigen dann endlich zögerlich, kopfschüttelnd und mit vorwurfsvollen Mienen ein. Ts, ts, ts.

Es ist zugegebenermaßen schon eine gewisse Umstellung, plötzlich auf der Beifahrerseite zu sitzen und solch ein kapitales Motorfahrzeug zu steuern. Aber egal, los geht's. Der Motor springt, ohne zu zögern, an, er klingt akzeptabel und ich heimse mir die Anerkennung meiner Mitfahrer ein. Bis hierher hat's schon mal geklappt. Max pfeift sehr ironisch den berühmten „Donnerwetter"-Pfiff, und wir setzen uns schwungvoll in Bewegung. Schon in der Hoteleinfahrt kommt uns ein Moped doch glatt auf der falschen Seite entgegen.

„LINKS-VER-KEHR!", krächzt Steffi im letzten Moment

und ich reiße geschmeidig und elegant das Fahrzeug nach links. Es reagiert tadellos und der Mopedfahrer ist noch mal davongekommen.

Oben an der Ausfahrt zur Hauptstraße muss ich nur noch mal kurz sortieren. Das ist alles.

Also, wir wollen nach rechts in die Straße einbiegen, das bedeutet, dass ich dann da drüben, ganz da hinten, auf der jetzt von uns anderen Seite der Straße, meine Fahrspur finden werde. Also, einfach rüber und dann einfädeln. Aber erst nach rechts gucken, nicht nach links! Das hängt ja auch damit zusammen. Ja, die Feinde kommen von rechts. Hoho. Ich lächle meinen Beiden beruhigend zu, alles im Griff, Leute. Steffi wirkt etwas verkrampft, aber das kann sich ja noch geben.

Dann erspähe ich eine Lücke, gebe Vollgas, lasse die Kupplung schnacken und der Samurai schießt mutig auf die andere Seite, verursacht eine maximale Fontäne und ein großes Geschrei bei der dort ansässigen einheimischen Bevölkerung, als er durch die metertiefe Pfütze prescht, aber darauf können wir jetzt keine Rücksicht nehmen. Tut uns leid!

Und schon sind wir dabei.

Es hat geklappt. Wir haben uns eingefädelt in das beständige Karussell des Todes, das diese Insel umrundet. Wir fahren. Na, bitte. Ich riskiere noch mal einen vorsichtigen Blick auf meine Mitfahrer und sehe mit Genugtuung, dass sie kreideweiß und bis jetzt offensichtlich einigermaßen beeindruckt von meinen Fahrkünsten sind.

„Wohin wollen wir denn?", frage ich, jetzt schon ganz eins geworden mit der rasenden Blechkiste."

„Phh, keine Ahnung, du fährst ja einfach los", meckert Steffi, „ich kenn mich hier nicht aus."

„Fahr doch mal zum Pimmelfelsen", ruft Max von hinten und kichert.

„Was?" Max ist in letzter Zeit immer so albern. Naja, das ist eben das Alter.

„Was meinst du damit? Und sei doch nicht so blöd albern, Max", ermahne ich ihn.

Also, wir haben wirklich versucht, ihn einigermaßen locker, auch und eigentlich *vor allem*, was sexuelle Dinge betrifft, zu erziehen, und bloß nicht irgendwie eine Welle zu machen, wenn er mal heikle Themen *an-* oder versaute Worte *aus*spricht. Da gibt's von uns niemals ein „Das sagt man aber nicht" oder so was Blödes. Nein, nein, wir sind ja keine Spießer. Wir sehen uns dann immer tief Luft holend an, zwingen uns zur Ruhe, reagieren immer ganz locker und versuchen, mit ihm darüber zu reden. Modern eben. Das muss man auch so machen, sonst verklemmt sich da was, und das wäre nicht gut. Also, reden wir über den Pimmelfelsen.

„Was … soll *das* denn sein?", fragt Steffi angewidert und interessiert zugleich. Ich wusste nicht, dass das geht.

„Hier!"

Max reicht uns einen farbigen Prospekt nach vorne, den er in der Hotellobby zwischen Hunderten anderer ausgewählt hat und der tatsächlich auf der Titelseite ein vierfarbiges Foto eines Felsens zeigt, der eindeutig – und da kann man Max keinen Vorwurf machen – wie ein etwa drei bis vier Meter hohes männliches … naja … erigiertes Glied aussieht. Ein … Pimmel also.

„Mmmh", sage ich so neutral und modern wie möglich und schiele unauffällig nach links – Linksverkehr – auf den Prospekt und das Bild, das Steffi so fasziniert anstarrt.

„Boah", sagt sie, „was ist *das* denn?"

„Der Pimmelfelsen", sagt Max wieder und lacht sich kaputt. Bei ihm scheint also noch nichts verklemmt zu sein. Ich bin extrem beruhigt.

„Na, gut", sage ich, „fahren wir zum Pimmelfelsen. Wo ist der denn?" Ich bewundere mich selbst für meine moderne Art, mit Sexualdingen umzugehen.

Wir halten kurz an, um noch mal das Foto zu bewundern und herauszufinden, wo denn diese Monstrosität zu finden sei.

„Ah, hier, ja, dann müssen wir wohl umdrehen. Wir sind jetzt hier", zeige ich schlaumeierisch, wie ich nun mal bin, auf der Karte unseren augenblicklichen Standpunkt an. Also, umdrehen, na gut.

Diesmal kommen die Feinde von der anderen Seite. Ich muss also versuchen, die Karre aus dem Stand blitzschnell herumzureißen, denn viel Zeit habe ich nicht zwischen den kurzen Lücken im rasenden Verkehr, und mich dann auf der anderen, also der jetzt am weitesten von uns entfernten Seite wieder einzufädeln. Sollte doch nicht so schwierig sein.

„Jetzt!", schreit Steffi und ich trete aufs Gas, dass der Uzuk einen gewaltigen verzweifelten Satz nach vorne macht und quer über die Straße schießt. Dem Fahrer des Moped-Gemüsetransporters lasse ich gerade noch Zeit, rückwärts und blitzartig wieder in einer Einfahrt zu verschwinden, dann sind wir wieder drin. Eingereiht und verdammt, vielleicht bis ans Ende unserer Tage in dieser Spirale des Todes zu fahren, denn wenden will ich jetzt erst mal nicht mehr.

Dann dreht sich das Karussell langsamer und langsamer und kommt fast ganz zum Stillstand. Grund dafür ist die Ortschaft Chaweng.

Das mag sich zwar anhören wie eine kölsche Bezeichnung für eine zwielichtige Bar in der Kölner Altstadt – „Isch war jäästern Abend bissum äins in dä Schawäng" –, bedeutet hier aber das Zentrum des Lebens, den Mittelpunkt der Erde, den Ursprung allen Seins. Chaweng kündigt sich an mit zunehmender Häuserdichte zu beiden Seiten der Straße, die ersten Läden tauchen auf, noch mehr Läden tauchen auf, dann nur noch Läden, einer neben dem anderen. Alle überladen mit allen käuflichen Herrlichkeiten dieser Welt, und dann sagt Steffi: „Ooooooh!"

Und dann sagt sie noch: „Gucci, Chloé, Armani, Cerutti und Cartier …", aber da ist sie schon ins Nirwana einer anderen Welt abgetaucht und nicht mehr erreichbar. Und da gebe ich Gas und biege mit quietschenden Reifen in eine kleine Seitenstraße ab.

„Was machst du denn, Alex, hier sind wir doch richtig", beschwert sie sich.

„Jaaaa, neee, aber hier geht's auch lang, ist landschaftlich schöner", erwidere ich ihr und tue so, als wüsste ich, was ich da gerade mache.

Und so fahren wir immer weiter mit einer etwas enttäuschten Steffi und einem vor Ungeduld fiebernden Max aus der gerade entdeckten wunderbaren Zivilisation fort, durch Palmenhaine und wilde Urwaldlandschaften. Es ist herrlich und wir sind dem Moloch noch mal entkommen. ICH bin ihm entkommen.

Ja, ich weiß ja, auf immer kann ich die Begegnung mit dem mächtigen Moloch des haltlosen Konsums mit dem verheißungsvollen Namen Chaweng nicht aufschieben. Irgendwann werde ich mich ihm stellen müssen. Aber heute muss dieser Tag ja noch nicht Wirklichkeit werden, ich habe mir noch eine kleine Frist herausgearbeitet.

Wir fahren und fahren, Steffi knurrt und Max fragt noch mal nach dem Pimmelfelsen.

„Dauert noch ein bisschen", flöte ich und dann summe ich eine gerade erfundene, blöde Melodie vor mich hin, weil ich keine Ahnung mehr habe, wo wir sind. Straßenschilder gibt's nicht, hätten mir auch nicht geholfen, und Wegweiser mit der Aufschrift „Hier Pimmel!" kann ich auch nicht finden. Na, dann erst mal weiter und so tun, als hätte ich alles im Griff.

„Hör auf, so blöd zu summen. Das machst du immer, wenn du überhaupt nicht weißt, was Sache ist. Weißt du vielleicht gerade überhaupt nicht, was Sache ist? Könnte das sein? Haben wir uns verfahren?"

„Alles im Griff", singsange ich dahin, „wir sind jetzt ungefähr hier", und deute wie nebenbei und etwas verwischt, ohne einen genauen Punkt zu treffen mit der linken Hand von rechts auf die Karte, die Steffi ohne eine bei ihr einsetzende Erkenntnis anstarrt.

„Wo?"

„Na, hier müssten wir jetzt irgendwo sein", und fuchtele noch mal irgendwo auf der Karte herum. Aber wo dieses „Hier" sein soll, weiß ich auch nicht. Keine Ahnung. Wir sind jetzt ganz abseits von menschlichem Leben auf irgendeiner noch unerforschten Urwaldnebenstraße gelandet, und der Himmel beginnt sich schon wieder zu verdunkeln. Es kommt uns auch niemand mehr entgegen, es überholt uns kein anderes Auto, und überhaupt gibt es nichts außer Palmen und nochmals Palmen. So viele Palmen wie auf dieser Insel habe ich noch nie irgendwo gesehen.

„Man müsste einen Kompass haben", jammere ich, „denn nach der Sonne kann man sich in diesem Land ja kaum orientieren. Ist ja nie zu sehen."

Doch Steffi hält weder von Kompass- noch von Sonnenstandorientierung besonders viel, vielleicht, weil sie diesen einfachen Spruch nicht mehr drauf hat, den wir doch alle damals in der Schule so artig aufgesagt haben und der uns auch jetzt, im späteren Leben, noch so hilfreich sein kann. Da kann man mal wieder sehen, wer gut aufgepasst hat.

‚Im Osten geht die Sonne auf, im Süden hält sie Mittagslauf, im Westen will sie untergehn, im Norden ist sie nie zu sehn.' Non scholae sed vitae discimus. Ist doch ganz einfach. Steffi weiß, nein, sie fühlt, dass ich das gerade denke und sieht mich entsprechend biestig an. Gut, dass ich es nicht laut gesagt habe, denke ich und lächle mutig zurück.

„Also, was machen wir jetzt, um zu diesem scheiß Schwanz zu kommen?", Steffi wird langsam sauer und ich finde auch ein wenig zu modern.

„Steffi, also ehrlich, vor dem Kind!", ermahne ich sie kopfschüttelnd. Max reißt die Augen auf, ist für einen kleinen, einen winzigen Moment nur, geschockt, aber dann brüllt er auch schon los. „Scheiß Schwanz, scheiß Schwanz! Waaah!"

„Hör auf jetzt, Max, das sagt man nicht!"

Da. Jetzt ist es also doch raus: ‚Das sagt man nicht!' Jetzt ist sicherlich was verklemmt bei ihm. Kann man an einem einzigen

Nachmittag alles versauen? Vielleicht.

„Da ist eine Hütte, ich halt mal an", rufe ich.

Es gießt inzwischen wieder aus den schon allseits bekannten Himmelskübeln und der Fortlauf der Dschungelstraße ist nicht mehr zu erkennen. Das Plastikdach unseres kleinen Uzuk hat leider einen bisher unentdeckten Riss, so dass Max sich ganz nach links hinten drücken muss, um nicht völlig durchnässt zu werden. Ein dicker Strahl Regenwasser, das sich auf der Plane wunderbar sammeln konnte, fließt so regelrecht kanalisiert in den hinteren Teil unseres Expeditions-Fahrzeuges, um dann seitlich zur Tür wieder hinauszuströmen. Wahrscheinlich ist das die Ursache für den wuchernden Rost. Hm. Könnte sein.

„Da ist jemand!", rufe ich ganz aufgeregt und kurbele hastig die Scheibe herunter. Natürlich habe ich vergessen, wie mein Anblick auf richtige Menschen wirken muss. Die Sonnenbrille habe ich längst nicht mehr auf der pockigen Nase, weil es zu dunkel ist, und ich habe auch schon den Schrei vergessen, der in letzter Zeit beim Anblick meiner entsetzlichen Fratze ertönt. Aber jetzt kann ich ihn wieder hören.

Eine junge einheimische Frau, die zunächst freundlich aus dem Unterstand vor ihrer Hütte auf die armen, verirrten Blödmänner aus Germany blickt und durchaus bereit scheint, uns trotz des Unwetters Auskunft zu geben, läuft jetzt schreiend wieder in die Hütte zurück, als sie mich in meiner ganzen Widerwärtigkeit sieht. Und bevor sie jetzt mit ihrem Mann, dessen Vater oder Großvater ja vielleicht noch einigermaßen gewalttätig auf ausländische Eindringlinge reagiert haben, wieder zurückkommt, gebe ich lieber resigniert und fluchend Gas und fahre weiter durch das verdammte Unwetter.

Es ist stockduster, wir können nicht mehr und die Scheinwerfer des Uzuks funktionieren leider nicht. Also halte ich die Kiste an, weil es einfach nicht mehr geht und wir uns eigentlich auch schon längst nicht mehr trauen, die tiefen, weiten Meere zu durchqueren, die die Straße jetzt vollständig begraben haben. Wir haben Angst, einfach darin zu versinken.

„Zeig noch mal die Karte", sage ich betont ruhig und regelrecht aufgeräumt zu Steffi, die schon wieder alles bereut. Das sehe ich ihr an. Es fehlt nicht mehr viel und sie sagt so hässliche Dinge wie „scheiß Urlaub" und „blödes Land" und so was, und das will ich nicht.

Nein, ich habe beschlossen, jetzt wirklich Urlaub zu machen. Wenigstens erst mal heute. Schließlich hat sie das ja auch von mir verlangt, meine Steffi. Und meinen Urlaub will ich mir dann auch nicht beschimpfen lassen. Der kann nichts dafür – und das Land auch nicht.

„DA müssen wir hin!", stelle ich fest, als ich die touristische Attraktion Hin Ta Hin Yai, auch „Grandfather Grandmother Rocks", auf der Karte mit einem Stern markiert wiedergefunden habe. Doch im gleichen Moment sehe ich ein, dass uns das ja auch nichts nützt. Wir wissen nichts. Wo sind wir? Wer sind wir? Wo wollen wir hin ... und warum das alles?

Na, weil wir eben was erleben wollen, weil wir mal was sehen wollen von der Welt, mal was anderes. Wo sieht man schon mal einen Pimmelfelsen? Als Kinder waren wir mal mit der Schule bei den Externsteinen. Phh, lächerlich. Was sind diese langweiligen, bröseligen Felsbrocken gegen einen leibhaftigen, asiatischen mindestens vier Meter hohen Pimmelfelsen.

Jawoll, das ist was.

Der Bus kommt von rechts, und der Fahrer hätte uns fast nicht gesehen und möglicherweise in dem Stausee links von uns versenkt.

„Da!", ruft Steffi, „häng dich dran. Touris!"

Ja, das ist DIE Idee. Touris wissen immer, wo's langgeht, wenigstens, wenn sie in einer Gruppe unterwegs sind, denn da gibt's auf jeden Fall einen ortskundigen Leithammel, dem alle bedingungslos folgen. Ich lege also den ersten Gang ein, dass es kracht und wir folgen dem Bus. Das ist allerdings leichter gesagt als getan, denn der Fahrer des rasenden, klimatisierten Ungetüms muss ein Einheimischer, ein Irrer oder ein Entführer sein, der diese ganze Bande von Touris in seiner Gewalt hat und jetzt mit ihnen zu einem Versteck rast und dabei versucht, die Polizei abzuhängen, die ihm schon dicht auf den Fersen ist. Aber auf den Fersen sind nur wir ihm.

Er rast wie ein Wahnsinniger, und die riesigen Reifen des Busses lassen es vor unserem armen kleinen Auto meterhoch spritzen, so dass wir fast nichts mehr sehen. Die Scheibenwischer des Uzuk sind schmierig und rissig und hätten eher die Bezeichnung Verwischer verdient. Aber solange die roten Rücklichter des Busses noch ein schwaches, trügerisches Licht abgeben, hänge ich dran. Verbissen.

Es ist unsere letzte Rettung, unsere einzige Chance.

Die Kurven und der schwarze Urwald fliegen nur so vorbei und unser Ende scheint nah. Steffi verbeißt sich in die Landkarte, und Max ist in ehrfurchtsvoller Stille erstarrt. Der Game Boy bleibt heute aus.

Da. Der Bus bremst, wird langsamer und schließlich hält er sogar an. Erst in diesem Moment bemerken wir erleichtert, dass auch der Regen wieder aufgehört hat und die schwarzen Wolken ganz langsam in Richtung Nachbarinsel verschwinden, die ja heute auch noch ihren Guss abbekommen soll.

Der Bus öffnet mit einem abfälligen Zischen seine Türen und die Menge quillt stumpf und resigniert heraus.

„No gugge mol do!", höre ich als Erstes und erschrecke mich einigermaßen dabei. „Seid's ihr middäm Audo do?"

Unsere Sachsen.

„Dat mit däm Regen hört nich auf, woll!", ruft da Pädder, der lange Lotze, zu uns rüber und ich sehe, dass auch er sich freut, uns zu sehen. „Warum sait ihr denn nich mit'm Bus gefahrn bei däm Sauwätter?"

Ja, ich weiß auch nicht. Vielleicht ja dann beim nächsten Mal. Sehr gerne.

Das Ehepaar Leichenhalle ist schon wortlos an uns vorbei gestampft. Er wird unter den Anweisungen seiner drallen Gattin gnadenlos vorangetrieben.

„Dis Weh! Dis Weh, gell!", ruft jemand. Es ist unsere Reiseleiterin Cherry, die es wissen muss und eine rote Pappe in der Hand über ihrem Kopf schwenkt.

„Follo mi! Follo mi! Gloisch simma do, gell."

Die Sachsen, die Lotzes und der Rest der Touri-Truppe folgen, ohne zu murren, ihrem Ruf und ordnen sich ergeben unter. In einer langen schicksalsgeprüften Reihe bewegen sie sich durch eine endlose Gasse von Verkaufsständen, die aber heute nichts loswerden können, bis ans Meer. Wir folgen ihnen stumm.

Da.

Da glänzt er in der jetzt wieder auftauchenden, hellen, warmen Sonne feucht und schleimig, und wir können ein Ereignis bewundern, das sicher nicht jeder das Glück hat zu sehen. Der steinerne Riesenpimmel dampft. Ein seltenes Schauspiel, für das allein es sich gelohnt hat, bis ans Ende der Welt zu reisen. Da ist er, der berühmte, feuchte, dampfende Pimmel von Ko Samui. Wir haben ihn gefunden.

„Oooh", sagt Steffi und erstarrt in völlig übertriebener Andacht.

„Geil!", sagt Max und kichert schweinisch.

„Naja", sage ich und frage mich jetzt doch, ob die lebensbedrohende Anfahrt sich wirklich gelohnt hat. So langweilig sind die Externsteine vielleicht doch wieder nicht.

Dann hat die Bewunderung ein jähes Ende, denn unsere Mägen melden: „Hunger!" Wir haben ja seit dem Bläckfäss nichts mehr zu uns genommen. „Schickt uns was runter!", betteln die bis jetzt arbeitslosen Verdauungs-Sachbearbeiter tief unten in den Magenhöhlen, wie Woody Allen uns das in seinem berühmten Film *Was Sie schon immer über Sex wissen wollten* schon mal eindrucksvoll zeigen konnte.

Heute ist irgendwie Sex-Tag, denke ich beim Vertilgen eines gegrillten Maiskolbens, während Steffi an einer Banane kaut, und ich freue mich hinterhältig auf die Nacht in unserer kleinen verträumten, kuscheligen Dschungelhütte.

***

Max schläft tief und fest und es ist nicht zu befürchten, dass ein Erdbeben oder die Nachricht „Wir haben das Ladegerät für deinen Game Boy verloren" ihn aufwecken kann.

So liegen wir also in der nächtlichen Hitze unter dem eiernden Ventilator, und ich habe die Angst, dass er eines Tages auf uns herunterfallen könnte, endlich besiegt und ihn auf volle Kraft gestellt. Er eiert wirklich furchterregend, aber er bleibt immerhin oben.

Steffi liest und ich betrachte sie. Sie sieht so schön und so verlockend aus. Auch in ihrem neuen Lobsterlook. Ich habe so ein verdammtes Glück, dass ich ausgerechnet sie getroffen habe und dass sie auch tatsächlich bei mir geblieben ist, obwohl es auch alles ganz anders hätte kommen können. Sie sieht schließlich toll aus, und es gab 'ne Menge Interessenten. Um mich ist nie ganz so'n dichtes Gedränge gewesen, obwohl ich auch ganz passabel aussehe. Ich habe gerade Beine, bis jetzt noch keinen nennenswerten Bauchansatz und auf meiner Brust sprießt an der richtigen Stelle ein dichtes Haargewölle – auf meinem Kopf leider nicht mehr ganz so dicht.

Ach, ich bin sehr glücklich.

„Steffi, du siehst sooo schön aus", flüstere ich mit George Clooneys Stimme.

Sie sieht mich an und sagt: „Willst du mich verarschen? Ich bin ein Lobster!"

„Ach Steffi, komm, das lässt doch wieder nach."

„Also BIN ich ein Lobster!", jammert sie und wendet sich enttäuscht ab.

„Nein, Steffi, glaub mir, schon in ein paar Tagen wird die verbrannte Haut in großen lederartigen Flatschen abblättern, dann wird es wieder ein paar Tage dauern, bis die dadurch entstandenen Flecken fast verschwunden sind, es werden ein paar unwichtige Narben bleiben, aber dann, Steffi, dann siehst du wieder so wunderschön aus wie früher mal."

„Du gemeiner Kerl, du siehst auch beschissen aus!"

Und dann lachen wir leise und sie kuschelt sich an mich und ich mich an sie. So fängt es meistens an, und wohin das führt, besonders an einem Sex-Tag wie heute, das ist uns beiden klar.

„Max schläft doch gar nicht richtig", meint Steffi.

„Er schläft tief und fest", sage ich zu ihr, und um es zu beweisen, rufe ich laut: „Mahax, der Pimmelfelsen ist umgekippt!" Er stöhnt aber nur und rührt sich nicht.

„Siehst du", bemerke ich triumphierend und beginne das dünne Laken, das ihren schönen, roten Körper locker bedeckt, wegzuziehen.

„Na, na", meint sie, schaut noch mal zu Max rüber und ich spanne dann zu ihrer Beruhigung das Laken zwischen die beiden senkrechten Bettpfosten. So sind wir auf jeden Fall sicher. Sie zieht dann auch bei mir das Laken mit einem vielversprechenden Blick beiseite. Und dann liegen wir beide nackt hinter dem Sichtschutzlaken auf der brettharten Matratze unter einem eiernden Ventilator am Ende der Welt und sehen uns an.

Steffi fragt: „Was denkst du?", und ich traue mich nicht zu sagen, dass ich gerade an die Externsteine denke.

„Oooch nix", sage ich nur und drehe mich in freudiger Erwartung zu ihr hin.

„Boah, sieht das aus!", sagt sie dann und kniet sich ganz aufgeregt neben mich. „Das ist ja Wahnsinn! Wie dick! Sooo viele Mückenstiche! Lass mal sehn, Alex. Du DARFST da nicht dran kratzen!"

Und dann beginnt sie zu zählen. „Eins, zwei, drei, vier … boah … fünf, sechs, sieben…"

Bei Dreiundvierzig wage ich noch mal einen vorsichtigen Versuch, sie wenigstens zu einigen kleineren, unverfänglichen Zärtlichkeiten zu bewegen, bei Hundertzwölf nicke ich langsam ein. Es ist eine heiße Nacht.

Ich habe Ulli gar nicht mehr angerufen.

28.12. Fünfter Tach:
Totes Fleisch

Wieder. Sind. Alle. Liegen. Belegt.

Und dabei sind wir heute verdammt früh am Strand. Wir sind heute ganz weit vorne. Die Nipsis sind nicht die Letzten beim Frühstück, nein, nein. Sie haben keine wertvolle Zeit verloren mit dem Auswählen der komplizierten Bläckfäss-Zusammenstellung, „Flei Ägg, Tooss and Tii" geht uns flüssiger denn je von den Lippen, wir haben sogar noch Zeit gutgemacht, indem wir auf Orän Dschuu und die Möglichkeit eventueller Nachbestellungen verzichtet haben. Wir haben schnell, straff organisiert, aber nicht zu hastig unser morgendliches Mahl ohne Rückstände verdrückt und sind dann diiirekt und siiiegesgewiss zum nahen Strand aufgebrochen.

Ulli oder Don Camillo kann ich jetzt noch nicht anrufen. Zeitverschiebung. Also später.

Natürlich können wir heute noch nicht alle Hüllen fallen lassen. Nein, nein, sooo weit sind wir noch lange nicht. Den Anblick unserer unverhüllten Körper können wir auch heute noch keinem zumuten, aber im dunklen Schatten eines großen Paradise-Sonnenschirmes und unsere geschundenen Leiber gemütlich ausgestreckt auf einer dieser seltenen Liegen, sollte es uns doch gelingen, endlich ein wenig Beach-Feeling zu entwickeln und auch dieser so oft zitierten gewissen Urlaubs-Lässigkeit ein wenig näherzukommen. Wir wollen es mal probieren und freuen uns sehr darauf.

Doch da stehen wir nun, immer noch großflächig verhüllt, sonnenbebrillt und gut behütet vor der endlos langen Galerie der Strandliegen, die bis zum Horizont zu reichen scheint, und können es mal wieder nicht fassen.

Keine einzige ist frei! Zu spät! Ähätsch! So 'ne lange Nase, so ' ne lange Nase!

Das Ehepaar Leichenhalle hat die beiden Liegen direkt an der Strandhütte und Frau L. prostet uns süffisant lächelnd mit einem aufwendigen Drink mit an den Rand drapierten Früchten, Papierschirmchen und allerlei Gedödel gehässig zu. Der arme Schorsch hat nur ein Bier.

„Do miassts hoit früher aufstehn, verstehts's", ruft sie uns in widerlicher Siegerlaune zu. „Dann kriagts auch a Lieg'n. Hahaha. Net, Schorsch, is doch so, oder?"

Aber Schorsch mischt sich zum Glück nicht ein, schüttet ärgerlich brummend Singha-Bier in sich hinein und ich habe sooo einen Hals. Am liebsten würde ich der alten bayrischen Gewitterziege ihren auf der Stelle umdrehen, aber ich lächle nur dünn und wünsche ihr dafür still die Pest, Cholera, Pocken und die Schwindsucht gleichzeitig. Zweitausend Stiche der Mephistopheles-Mücke habe ich vergessen.

Die Hälfte der Liegen ist also von lebenden Menschen, oder eben Bayern, belegt, und die andere Hälfte durch tote, wie unabsichtlich, dort platzierte Gegenstände, wie Handtücher, Bücher, Zeitungen oder Sonnenmilchfläschchen.

Nein, das ist nicht gerecht, das kann man mit uns doch nicht machen! Ist es denn für dieses verdammte Hotel unmöglich, noch ein paar weitere Liegen zu beschaffen, so dass ALLE zahlenden Gäste dieses Schuppens auch eine eigene Liege haben? Ist das denn wirklich zu viel verlangt? Hätten wir denn vielleicht auch noch unsere eigenen für den Winter bereits eingeölten Teak-Deckchairs aus Deutschland mitbringen sollen, um wirklich sicher zu sein, dass man sich hier im Paradies auch mal hinlegen kann.

Ist das denn hier ein Stehparadies, wie ein Stehcafé, eine Stehpizzeria oder ein Stehimbiss, nur mal schnell rein, kurz rumstehen, sich aufwärmen, und dann wieder weg? Na, wartet! Die Sache hat ein Nachspiel. So was lässt Alex Knippschild sich nicht gefallen! Ihr werdet schon sehen.

Ich stehe praktisch kurz vor dem Ausbruch einer selbst angezettelten Strandrevolte. Steffi kann mich nur mit besonders strengen Blicken davon abhalten, die ersten drei uns am nächsten liegenden, ölig glänzenden Körper mit einem Kampfschrei von ihren Liegen zu kippen uns selbst fett und dreist daraufzuschmeißen und böse zu knurren: „Wenn jemand es auch nur wagen sollte, sich uns zu nähern."

Und so lächle ich nur gequält und geheimdienstlich cool in die neugierig gaffende Runde und weiß, dass ich jetzt schnell eine Lösung finden muss, denn ein Inkognito-Mann weiß immer und sofort einen Ausweg. Für ihn gibt es keine unlösbaren Probleme, er lässt seine Familie nicht einfach blöd in der Sonne herumstehen, sondern hat sofort einen funktionierenden B-Plan, um jede Situation aus dem Stand heraus zu retten.

Vor allem lässt er sich auf keinen Fall vertreiben.

„Kommt, wir hauen ab!", sage ich also zu meinen Leuten, „lasst uns doch mal zu dem anderen Strand gehen, gleich hier um die Ecke. Mal gucken, wie's da so ist." Meine Familie nickt den Vorschlag mangels anderer Alternativen müde ab.

Und so trotten wir also los. Der Sand ist heiß und die Sonne brennt. Wir schwitzen mächtig in unserer Verhüllung, die uns schon rein äußerlich zu Aussätzigen dieser Gesellschaft macht. Wie Leprakranke stolpern wir daher. Wir sind eben anders. Vielleicht sind wir ab heute auch nicht mehr die geheimnisvolle Inkognito-Familie, sondern nur noch die armen Bekloppten aus Hütte 506, die ihren Urlaub einfach nicht in den Griff bekommen. Bedauernswerte Individuen, angeschwemmte Gestrandete, ausgespuckt vom Leben, verblendet von der Idee eines entspannenden Urlaubes, verbannt zum ewigen Herumirren in der tropischen Hölle.

Von der Straße herunter kommen uns die Sachsen entgegen. „Hollö!", sagen sie und scheinen irgendwie ganz traurig und enttäuscht zu sein. Nichts mehr von der unternehmungslustigen Fröhlichkeit der ersten Tage.

„Was ist denn mit Ihnen?", fragt Steffi mitleidig. „Durchfall, Kotzerei?" Sie hat manchmal eine sehr direkte Art.

„Die hom üns forgäss'n", regt sich die Sachsenfrau auf, „mir wullt'n jo noch Goh Bonggohn, ob'r die hom ons forgäss'n, gor nisch obgehölt."

Och, das tut uns aber leid. Morgens werden die Ausflügler immer in aller Herrgottsfrühe an der Lobby abgeholt. Hat man die armen Sachsen doch einfach sitzen lassen! Na, dann macht euch 'n schönen Tag am Strand und viel Spaß bei der Liegensuche, da habt ihr auch kein Glück! Hähä. Junge, Junge, bin ich gemein.

Als wir dann kaum zehn Meter wie eine kleine Strafkolonne der Fremdenlegion ohne Ziel und Sinn durch die Sandwüste marschiert sind, eskortiert uns schon ein eifriger, fliegender Händler. Der erste, der allererste, einer nicht enden wollenden Reihe der unermüdlichen Strandläufer. Dieser hier preist kleine, farbenfrohe Wandteppiche an, die er schwungvoll über seinen Arm gelegt hat.

„Gutt Plei. Gutt Plei!", ruft er. „Good Price", also, aber ich winke nur mürrisch ab, mehrere Male sogar mit immer ausladenderen Gesten, um ihm deutlich zu machen, dass ein Teppich wohl das Letzte sei, was wir momentan benötigen, obwohl ich schon heimlich mit dem Gedanken spiele, wie es wohl wäre, wenn wir alle auf diesem Teppich im Sand … oder ihn vielleicht als Zelt über uns … Nein, Quatsch, wir wollen keinen Teppich.

Er glaubt uns aber nicht, und es ist ihm sogar schier unbegreiflich, dass wir an seinen Teppichen nun wirklich so gar kein Interesse haben sollten. Das kann nicht sein. ALLE interessieren sich für seine Teppiche, er kennt die Touris doch. Sie sagen „No", meinen aber im Grunde „Yes! Yes! Yes! Teppich! Oh! Her damit!"

Und auch weil Steffi immer wieder zu dem roten, reich geschmückten und bestickten Teil herübersieht und ihre offene Begehrlichkeit nicht verbergen kann, nimmt er uns unsere Interessenlosigkeit natürlich nicht ab.

„Gutt Plei! Gutt Plei!", singt er wieder, baut sich jetzt direkt vor uns auf und versperrt uns mit dem Prunkstück die weitere geplante Route. Strategisch sehr geschickt hat er genau diese Stelle ausgewählt. Wahrscheinlich schon seit Jahrzehnten bei ähnlichen Verkaufsaktionen erprobt, eine Stelle, an der wir über große Steine und unwegiges Gelände klettern müssten, um unseren ohnehin beschwerlichen Weg fortsetzen zu können.

Er hat uns.

„No, thank you", sage ich und versuche ihm klarzumachen, dass wir seinen, zugegebenermaßen, sehr schönen Teppich nicht wollen. Habe ich da gerade „velly neiss", sehr schön, gesagt? Oh, das wollte ich nicht. Auf keinen Fall etwas Nettes sagen.

Dass wir den Teppich n*icht* wollen, scheint aber nicht unbedingt der Meinung meiner lieben Steffi zu entsprechen. Sie wirkt gar nicht abgeneigt, sich dem Thema Teppich etwas intensiver zu widmen, und kann sich sicher durchaus und ohne Mühe vorstellen, dass auch für dieses schöne Stück noch ein geeigneter Platz in unserem Sauerländer Heim zu finden sei.

Ich hingegen kann bei meinem geistigen Durchgang durch unser Haus – so weit bin ich schon – nicht einen Quadratdezimeter freier Wand entdecken, den dieser Teppich noch verhüllen könnte. Alle Wände haben bereits ihren Schmuck, die Dekorationsphase der Innenwände ist beendet, es ist einfach nichts mehr zu machen. Aus.

Naja, aber vielleicht würden ja all unsere Bilder für *so* ein schönes, exotisches Stück doch noch ein wenig zusammenrücken. Oder: Wir müssten einfach neue Wände einziehen! Genau. Das ginge. Dann hätten wir wieder 'ne Menge neuer Flächen, es würden sich ganz andere Gestaltungsmöglichkeiten bieten, wir könnten Schränke, Buffets, Anrichten und sogar Sofas kaufen und natürlich auch neue Bilder und Teppiche aufhängen.

Ich hoffe nur sehr, dass Steffi nicht darauf kommt.

„Wo willst du DEN denn hinhängen?", frage ich also etwas entrüstet, um die Unmöglichkeit dieses Vorhabens mehr als deutlich zu machen. Ich weiß ja, dass ich genau diese Frage nicht stellen darf, aber ich kann nicht anders. Man muss es ja wenigstens mal versuchen.

Steffis böser Blick lässt mich dann auch erst mal verstummen und ich ziehe mich mit Max resigniert in den Schatten einer Palme zurück, wo er sofort beginnt, seinen Game-Boy-Hund zu trainieren, damit er endlich nicht mehr in die Game-Boy-Wohnung kackt.

Ich hingegen beginne sofort damit, manisch und konzentriert so etwa vierzig bis sechzig meiner erreichbaren Mückenbeulen aufzukratzen. Aaaa, das ist gut, jaaa. Leider kann ich die weiteren fünfhundert bis sechshundert Beulen am Rücken, die es natürlich auch verdient hätten, mal so richtig aufgemischt zu werden, nicht erreichen und so stelle ich mich an die Palme und schubbere den Rücken rauf und runter und runter und rauf und …

Sicher ist jetzt schon alles blutig. Egal. Ich lasse mich mal so richtig gehen. Einfach mal loslassen.

Ja, das ist es doch. Wie Balu, der lustige Bär im Dschungelbuch. ,Probier's mal mit Gemütlichkeit, mit Ruhe und Gemütlichkeit …'

„Alex, hör sofort damit auf!"

Oh, sie hat's gesehen. Okay, ist ja schon gut. Ich gehorche ergeben, lasse mich wieder im Sand neben Max nieder und kratze nur noch ein wenig unter den Hosenbeinen, wo meine strenge Steffi es nicht sieht.

Und dann höre ich sie fragen: „Hau matsch?", und es durchzuckt mich wie ein elektrischer Schlag.

Die Schlacht ist also eröffnet.

Und zwar mit dem ungeschicktestem Zug, den man überhaupt als Erstes machen kann. ,Hau matsch?' Das ist ein Fehler, ein schwerer Fehler. Das darf man NIE machen. Niemals, es sei denn, man WILL etwas kaufen.

Jetzt ist sie in der Falle. Jetzt geht's erst richtig los.

Aber ich befürchte, Steffi will ja. Sie will in diese Falle treten,

sie will darin umkommen. Sie lässt sich hypnotisiert und willenlos gemacht in selbstmörderischer Absicht neben dem guten
Mann nieder und verlangt, schon ganz in Trance, einen Blick auf
die anderen Schätze, die sich offensichtlich ja noch in seiner großen, schweren Tasche befinden und die es sicher auch wert sind,
mal gründlich begutachtet zu werden. Und so lächelt der freundliche, gewitzte, kleine Händler und macht es sich ebenfalls bequem. Das Jahrtausende alte, immer wieder überlieferte, heilige
Ritual des Handelns und Schacherns hat begonnen.

„Oh, der ist aber schön!" Steffi ist schon hinüber und ich
atme schwer.

„Diss wann, twänti ssausen", sagt der findige Händler wieder
und weist auch noch mal ausdrücklich auf die Schönheit des
prachtvollen Stückes hin, indem er mit der Hand liebevoll darüber fährt und ein fast schon herzzerreißend trauriges Gesicht dabei macht. So als könne er es sich nicht vorstellen, sich von diesem herrlichen Teppich trennen zu müssen. So als brächte er es
nicht übers Herz, diesen fragwürdigen, eingemummten Typen
aus Europa sein bestes Stück zu überlassen, die es ja doch nicht
richtig zu würdigen wissen.

Ja, dann behalt doch den Fetzen, denke ich, nimm ihn doch
wieder mit und häng ihn dir selber an die Wand! Aber ich beschließe, mich ab jetzt nur noch im absoluten Notfall in die Ver-
handlungen einzumischen.

„Twenty thousand, mmh", wiederholt Steffi nachdenklich,
und das ist schon *wieder* falsch. Sie spielt also mit dem Gedanken, diesen Preis womöglich tatsächlich als auch nur annähernd
realistischen Gegenwert für diesen Lappen zu akzeptieren. Entrüstet hätte sie sich abwenden müssen, geradezu beleidigt und
angewidert über so viel exotische Dreistigkeit hätte sie diesen
Ort der Erniedrigung sofort und ohne ein weiteres Wort an diesen Betrüger zu verschwenden, verlassen müssen.

Das wäre normal gewesen und auch das, was der Mann ja
durchaus erwartet. Ich sinke weiter in mich zusammen.

„Wott ju pay?", will der freundliche Händlermann von Steffi jetzt wissen. Na, bitte, er macht es ihr doch ganz einfach.

‚Wott ju pay?' Damit ist alles offen, sie kann jetzt den eigentlichen Preis bestimmen, also nicht den, den sie wirklich zahlen will, sondern sie muss ihn jetzt natürlich ebenfalls tödlich beleidigen und erniedrigen. Sie muss ihm einen Preis nennen, bei dem er unter Tränen beginnt, von seiner großen Familie zu erzählen und seinen kranken Verwandten, seinen armen Eltern und so weiter und so weiter. Es muss ein Preis sein, der ihn in den Staub zwingt, der ihn zerschmettert und an den Rand der Existenz bringt. Ich hätte sicher in meiner abgefeimten, gemeinen Art: „Two thousand!", oder sogar: „One thousand five hundred", gesagt. Ich bin gespannt.

„Fifteen thousand!", sagt Steffi.

Nein. Nein. Nein.

Oh, nein, das ist der falsche Preis. Oh, Steffi, du hast verloren. Jetzt ist es aus. Jetzt kann man sich nur noch bei vielleicht ‚seventeen thousand five hundred' treffen, und damit wäre nicht einmal Blut geflossen.

Ich sehe schon, wie der Händler innerlich triumphiert, dieser Schweinehund, es sich noch nicht anmerken lässt, es aber auch nicht fertigbringt, bei diesem Preis den Erniedrigten zu geben.

Er sagt einfach; „Okay", und das ist es. Spaß scheint es ihm aber nicht gemacht zu haben.

Scheiße. Scheiße. Jetzt haben wir diesen nutzlosen Fußabtreter am Hals und dazu noch zu einem Preis, zu dem man die ganze Teppichmanufaktur für eine Woche hätte mieten können, um Hunderte dieser bunten Fetzen zu produzieren. Die Schlacht ist vorzeitig beendet, und wir haben verloren. Ich beschließe auf der Stelle, so was nicht noch einmal untätig geschehen zu lassen. ICH werde mich beim nächsten Mal mutig mitten ins Gemetzel stürzen und das Handeln übernehmen und dann wird man doch mal sehen.

„Alex, haben wir fünfzehntausend?"

Fünfzehntausend! Allein die Zahl bereitet mir körperliche Schmerzen. Wie viel ist das denn?

„Hundert Baht sind zwei Euro fünfzig", sagt Max, der jetzt auch wieder aus seinem Spiel aufgetaucht ist, weil er wohl instinktiv gespürt hat, dass die Familie in Gefahr ist. „Dann sind fünfzehntausend ja ... über vierhundert Euro. Boah! Ist Mama verrückt geworden?"

„Ganz ruhig, Max", zische ich ihm zu, „wir müssen jetzt stark sein."

„Hast du?", fragt Steffi, langsam etwas ungeduldig werdend. Schließlich kann man den armen Händler doch nicht so lange auf sein wohl verdientes, kärgliches Salär warten lassen. Jede Minute ist jetzt wichtig, um das Leben seiner kranken Familie noch zu retten.

Ich erhebe mich schwer und extra langsam und wühle zerknirscht in der Gesäßtasche meiner Tausend-Taschen-Hose und finde die Kohle natürlich sofort. Ich weiß ja, dass sie da ist, ich habe ja gestern noch fünfhundert Euro an Reisechecks in der Lobby getauscht, die eigentlich erst mal eine Weile halten sollten. Fünfhundert Euro, das sind etwa fünfundzwanzigtausend Baht.

Ich habe das Geld, ja, ja, so ist's ja nicht.

Es ist auch nicht so, dass wir uns einen Teppich für über vierhundert Euro nicht leisten können. Oh doch, das können wir. Zu Hause liegen noch weitaus teurere Exemplare herum. Aber doch nicht einen Teppich für über vierhundert Euro, den ein fliegender Strandhändler auch für vielleicht zwanzig oder höchstens fünfunddreißig umgerechnete Euros gerne und mit gutem Gewinn abgegeben hätte.

„Hier", sage ich kurz und reiche Steffi mit einem Blick, der ‚Du hast es versaut' heißt, das abgezählte Geld. Der Mann bedankt sich überschwänglich, was man ja auch verlangen darf, und verschwindet so schnell, wie er gekommen ist, den Strand hinunter.

Für heute ist Feierabend. Ach, was sage ich? Er muss sich jetzt die nächsten Monate keine Sorgen mehr um seine hundertköpfige Familie, seine kranken Verwandten und die sterbenden Eltern machen, und vielleicht ist ja auch ab heute seine Altersvorsorge und die seiner Nachfahren gesichert.

Wir ziehen weiter. Der Tag ist jung, und es gibt noch viel zu erleben. Viele Schlachten warten noch darauf geschlagen zu werden, beim nächsten Mal vielleicht etwas ruhmreicher.

„Wie viel sind jetzt noch mal hundert Baht?", fragt Steffi und ich kann ihr einfach nicht mehr darauf antworten. Es ist zu spät.

Der Strand ist endlos lang und eigentlich wunderschön, wenn nicht Tausende von Menschen diese Schönheit restlos übervölkern und zunichte machen würden. Ein „Traumhotel" quetscht sich an das nächste und jedes spuckt Hundertschaften von lärmenden, störenden Urlaubern an diesen weißen Strand, der, wie schon gesagt, eigentlich sehr schön ist. Palmen, Strand, Sonne, Meer, alles da, eigentlich. Danke, Frau Gantenbrink.

Schade aber trotzdem, dass überall auf der Welt, wo es mal wirklich schön ist, man uns Pauschalis trifft und sich darüber ärgert, dass es uns gibt. Zu Hause bleiben? Nö, WIR haben den Urlaub doch verdient, aber die anderen, die könnten doch einfach mal schön wegbleiben, damit man hier wieder seine Ruhe hat. Ts, ts, ts.

„Gutt Plei! Gutt Plei!"

Oooch, haut doch ab, denke ich, als der nächste Händler versucht, uns sein reichhaltiges Angebot an fröhlich bunten T-Shirts mit diversen Motiven und Sprüchen aus allen Bereichen des täglichen Lebens anzupreisen. Ich kann auf einem zum Beispiel „read books – not t-shirts!" lesen. Gar nicht schlecht.

Wir schaffen es, dem Händler gerade noch auszuweichen, weil ich meine beiden energisch an die Hände nehme, den Teppich fest unter den Arm klemme und dann mit meiner gegeiselten Familie den Händler leicht rechts antäusche und dann nach links hinter einer Palme vorbeirausche. Den haben wir ausgetrickst.

„Look. Look!"

Die Kettenhändlerin hängen wir locker ab, da sie wegen ihrer Beladung mit einigen tausend schweren Ketten und anderen gewichtigen Schmuckstücken einfach langsamer ist als wir. Auch an den „Massaad! Massaad!", also ‚Massage, Massage', lockenden Thaifrauen schaffen wir es, mit gesenkten Köpfen und im Sturmschritt mit verzweifelten „No! No!"-Rufen vorbeizukommen. Nein, keine Massage, heute nicht und morgen nicht, und schon gar nicht auf diesen überdachten Folterpritschen hier direkt am Strand, auf denen schon Hunderte von fettigen Leibern vor uns geschwitzt haben und für ihre Sünden haben leiden müssen.

Nein. No Massaad! Niemals!

Wir sind schon ein gutes Stück weiter und unserem Ziel – was war es eigentlich noch? – näher, und denken, wir haben es gleich geschafft, als wir den nächsten voll erwischen.

„Tatuu, Tatuu!", blökt er mich von rechts an, und ich denke erst, er ahmt eine thailändische Polizeisirene nach, um schneller voranzukommen, denn der Strand ist an dieser Stelle ziemlich dicht besiedelt.

„Tatuu, Tatuu!"

Ich sehe ihn fassungslos an, denn er will mir zweifellos irgendwas mitteilen. Aber was?

„Tatuu, Tatuu!"

Dabei schwenkt er eine Pappe mit geheimnisvollen Zeichen und mystischen Bildern, die ich auf die Schnelle nicht erkennen kann, aber ich habe das dumpfe Gefühl, er will mich mit einem finsteren Fluch belegen. Auch er spürt instinktiv meinen feindlichen Argwohn, und auch, dass er bei mir mit seinem undurchsichtigen Geschäftsmodell und den dazugehörigen exotischen Lauten nicht weiterkommt, und wendet sich daher an eine erfolgversprechendere Klientel.

„Tatuu for ju?", macht er sich jetzt an Max ran, und ich denke schon, er sei *doch* ein Irrer oder eine Art Voodoo-Zauberer und ich müsse Max vor ihm schützen, aber Max hat gar keine Angst vor ihm und wohl schon längst verstanden, um was es da geht und sagt: „Och, Papa, kann ich ein Tattoo?"

Aha, daher weht der Wind. Um Tätowierungen geht es hier. Und Max will eine Tätowierung. Ah, so. Eine von diesen prachtvollen, blauschwarzen, oft auch brutal und naiv, schmerzhaft selbstgeritzten, stolzen Körperbemalungen, die einst die mutigen Seefahrer aus fernen Welten mit nach Hause brachten. Die von Schlachten, blutigen, siegreichen Gemetzeln und schönen, fremden Frauen erzählen, diese Bilder von prächtigen Segelschiffen, die durch gewaltige Brusthaarmeere pflügen, von furchterregenden Totenköpfen, die einen aus verschwitzen Armbeugen tückisch angrinsen, von fauchenden, schrecklichen Monstern und Schlangen, die sich um scharfe Schwerter winden, von nackten Frauenleibern, die auf phantastischen, wilden Drachentieren reiten …

„NEIN!"

„Och, Papa, sind doch nur Henna-Tattoos, die gehen nach 'ner Woche wieder ab, bitte!"

Ach, Henna oder nicht Henna. So was kommt für meinen Sohn nicht in Frage, nicht, solange ich noch irgendwas zu sagen habe. Außerdem kommen wir so ja nie weiter, wenn alle paar Meter ein Mitglied meiner Familie das Haus oder den Körper verschönern will.

„Henna?"

„Ja, Alex, du weißt doch, diese Naturfarben, die man auch zum Haarefärben nehmen kann", hilft mir Steffi auf die Sprünge.

Jaja, ich weiß schon, was Henna ist und kann mich gut an entsprechende Selbstversuche an den eigenen Haaren aus meiner Hippiezeit erinnern. Ließ man die verdammte schlammige Pampe zu lange drauf, sah man aus wie ein Feuermelder, und es dauerte ziemlich lange, bis die rote Pest endlich wieder verschwunden war.

„Nein, kein Tattoo!"

„Ach, Papa!"

„Ach, Tattoo, ist doch Quatsch!", sage ich, auch weil ich jetzt endlich weiter will am heutigen Urlaubserlebnistag. Max schmollt.

„Mensch, Alex, jetzt sei doch nicht so furchtbar spießig. Lass den Jungen doch, wenn er so gerne möchte. Sieht doch nett aus", bringt Steffi sich überflüssigerweise in die fast schon gewonnene Diskussion um die abscheulichen Verunzierungen ein.

Der Voodoo-Zauberer wittert seinen Sieg.

„Tattoo!", stöhne ich noch mal und denke jetzt auch an dickbäuchige, betrunkene, vollständig bemalte, oft englischsprachige Körper, an asoziale Schlägertypen und gemeine Schwerverbrecher, zwanzig Jahre Knast und an die schiefe Bahn im Allgemeinen.

„Nä, komm, Max, kein Tattoo!", bettele ich.

Aber die beiden wählen schon aus den angebotenen Scheußlichkeiten an Motiven das übelste heraus. Ein Monsterdrache mit zwei Köpfen und zwei meterlangen Zungen, die Gift und Galle verspritzen, soll es sein. Nur die nackte Frau fehlt.

Um Gottes Willen, *das* doch nicht!

„Das?", frage ich Max voller Abscheu und Entsetzen.

„Das!", sagt er nur und ich bin draußen.

„Wie lange dauert der Zirkus?", frage ich noch beleidigt, und als man mir verkündet, dass es etwa eine Dreiviertelstunde dauern könne und Steffi mir dann noch fünfhundert Baht aus der Tasche zieht – „Das sind zwölf Euro fünfzig, Steffi!" –, da ziehe ich mit dem Teppich ab und suche nach einem Singha-Bier-Rettungsposten, den ich jetzt dringend brauche und auch schnell zwischen den Palmen finde.

Teppiche, Tattoos, Ketten, T-Shirts ... so langsam geht mir das alles ziemlich auf den Wecker. Wir wollen schließlich Urlaub machen und kommen irgendwie ja gar nicht dahin, wo der eigentliche Urlaub überhaupt stattfindet, denke ich so. Oder ist es das etwa schon? Ist das schon der Urlaub? Nein, das will ich nicht glauben, das kann noch nicht alles sein. Ich gebe mich ganz der Singha-Meditation hin, um eine höhere Ebene des urlaublichen Seins zu erreichen.

Ach, ich könnte jetzt mal Ulli anrufen. Nein, zu früh. Zeitverschiebung ... und womit. Ich bin ja jetzt handylos. Frei. Unerreichbar. Vielleicht doch nicht so schlecht.

Ein paar Meter von mir entfernt zur Linken wälzt sich die Laokoon-Gruppe im Sand. So habe ich die beiden Verliebten aus unserem Hotel genannt, weil sie ständig ineinander verschlungen sind wie diese griechische antike Figurengruppe, und ich sehe ihnen interessiert zu.

Ein paar Meter zur Rechten allerdings gibt es ein ganz anderes Schauspiel zu sehen, das mich noch mehr fasziniert. In einem dieser überdachten Himmelbetten, die hier alle paar Meter am Strand stehen und an denen wir uns ja auch schon erfolgreich vorbeigemogelt haben, wird gerade ein Mensch gefoltert. Ja, anders kann man das nicht nennen, grausam gefoltert und gequält wird er … und ich sehe begeistert zu.

Man nennt es hier natürlich nicht „Folter", weil das wahrscheinlich auch in Thailand verboten ist, sondern hat sich dafür, wie wir ja schon wissen, den geradezu medizinischen Begriff „Massage", thailändisch ‚Massaad', ausgedacht. Jedenfalls hört es sich so an, wenn die Damen das über den Strand brüllen.

Massage wie „die Muskeln durchkneten", „sich wohlfühlen" und „hinterher zwanzig Jahre jünger sein". So jedenfalls versteht man doch den Begriff Massage in unserer westlichen Welt. Was aber da, nur wenige Meter vor mir entfernt, in einem offenen Himmelbett mit diesem armen Mann passiert, der von einer gewaltigen, dominanten Thaifrau malträtiert wird, das ist eindeutig Folter. Das ist wahrscheinlich mehr. Das ist vielleicht schon der Todeskampf eines Sterbenden.

Ich kann sein Gesicht nicht erkennen. Es ist tief vergraben in dem Tücherberg auf dem er liegt, aber er stöhnt, bölkt und röchelt, dass man es noch in Bangkok hören muss, und ich wundere mich, dass niemand einschreitet. Warum kommt denn keiner und hilft?

Die brutale Sadistin knetet mit kaltem Blick und stählernen Fingern an dem Rücken des riesigen Körpers herum, der kraftlos und schon völlig geschwächt mit dem Bauch auf dieser Todesspritsche liegt. Vielleicht ist er gar nicht mehr am Leben. Vielleicht hat ihn der Tod schon gnädig erwischt.

Aber nein, da, er stöhnt wieder. Uuuuh! Er tut mir so leid. Er wird aber, da bin ich mir ganz sicher, in wenigen Minuten von seinem Leiden erlöst sein, es wird ganz sicher gleich mit ihm zu Ende gehen.

Was für ein faszinierendes Schauspiel.

Die thailändische Kampfmaschine wuchtet immer wieder Haut und Muskeln von einer Seite zur anderen, und scheint sie auch um den ganzen Körper herumzuquetschen, so dass sie an der anderen Seite wieder ankommen. Das muss höllisch wehtun, scheint ihr aber großes Vergnügen zu bereiten, denn sie steigert sich in immer heftigere, brutalere, gemeinere und ausgefeimtere Foltertechniken hinein. Wie sadistisch kann ein Mensch sein? Das tut ja beim Zusehen schon weh.

Immer noch kommt niemand angerannt und gebietet Einhalt. Nein, ganz im Gegenteil, das Leben hier am Strand geht einfach weiter, und nur *ich* sehe, was sich da wirklich abspielt, dass hier ein gerade noch wahrscheinlich lebensfroher Mensch zu Tode gemartert wird. Das ist unmenschlich. Der Körper des Mannes lässt sich willenlos und ermattet heben und senken, er bäumt sich nicht einmal mehr auf, er ist Wachs in den Händen dieser perfiden Person. Ihre Schergen, zwei jüngere und zierlichere Exemplare von Thaifrauen, sehen ihrer Meisterin bei dem schrecklichen Geschehen ehrfürchtig zu. Sie wollen sicher noch was lernen.

Vielleicht wollen die Folterfrauen auch etwas aus ihm herausbekommen, er soll reden, endlich ein finsteres Geheimnis preisgeben, das sein Leben noch retten kann, doch in seinem Zustand wird er nichts mehr gestehen können. Gleich müsste er seinen letzten Atemzug getan haben, und es ist endlich vorbei. Das Bier schmeckt mir nicht mehr, mir ist übel.

Doch da, kaum habe ich gedacht, den Höhepunkt dieser jedes menschliche Vorstellungsvermögen überschreitenden Marter gesehen zu haben – ich bereite mich auf das gnädige Sterben des Mannes vor und nehme mir vor, ein kleines Gebet für ihn aus meinen Erinnerungen an die Kirche herauszukramen – da steht die Meisterin plötzlich auf der Liege und steigt mit ihren nackten, fetten Füßen auf den Rücken des Mannes. Ja, sie *steht* auf seinem Rücken, sie läuft darauf herum, sie trampelt hier und tritt da mal kurz nach.

Ist das widerlich, denke ich. Und jetzt. Da. Die Frau kniet sich tief in den Rücken des Mannes und gibt ihm den Gnadenstoß, wieder und immer wieder treibt sie ihre Fäuste in das geschundene, wahrscheinlich bereits tote Fleisch und kann nicht genug bekommen. Muss man eine Leiche noch so quälen?

Entwürdigend, erniedrigend, unmenschlich.

Dann scheint die Hinrichtung plötzlich zu Ende zu sein und der gequälte lange Körper dreht sich stöhnend um. Er lebt also noch.

Und es ist Pädder Lotze. Mein Pädder.

„Pädder, was haben die denn mit dir gemacht?", entfährt es mir. Und ich springe auf und versuche noch zu retten, was von ihm zu retten ist, aber Pädder sieht mich ganz glücklich an und sagt: „Häärlich, woll?"

Ich kann es nicht glauben.

„Dat war häärlich!", sagt er noch mal und dann erhebt er sich von der Liege, bezahlt das Folterkommando auch noch für seine Dienste und kommt glücklich auf mich zu. Er kann noch gehen.

„Grüß dich, Alläx!"

„Pädder!"

„Dat musse au ma mach'n. Einmaaalich, sachich dir! DAT is Wellness, jou, dat isses, woll?"

Na, ich weiß nicht.

„Ich hab gedacht, die zerfleischen dich in dieser Folterstation. Meine Güte! Wie kann man das bloß aushalten?"

„Dat is klasse, sachich dir! Du biss wie neugeboren, waiße."

Ja, er lebt und scheint außer den roten Stellen überall tatsächlich unbeschadet zu sein. Etwas ölig ist er auch noch. Na gut.

„Willst du 'n Singha?", frage ich ihn, noch immer fassungslos.

„Ja, sicher, här damit!", sagt er grinsend und schon sitzt er neben mir und holt sein silbernes Etui mit den Zigarren heraus.

„Wat macht de Lepra?", fragt er interessiert, zündet sich die Tabakwurst genussvoll an und grinst immer noch.

Ich lüfte ein wenig die Brille und gestatte ihm einen Blick auf die Kraterlandschaft. Er zieht scharf die Luft durch die Zähne ein.

„Oh, oh. Dat sieht ja imma nonnich gut aus. Abba schon bässer, woll."

„Wird schon."

Dann nimmt er einen großen Schluck vom guten Singha und unterdrückt einen Rülpser.

„Samma, wat machs' du eing'klich so beruflich, Alläx?", fragt Pädder dann ganz unverblümt und rückt auch etwas näher.

Und ich dachte, Beruf wär auch egal wie Nachname. Na gut, man kennt sich ja schon so lange. Aber was ich wirklich mache, will ich ihm eigentlich gar nicht erzählen. Das bleibt im Sauerland. Hier ist Urlaub. Also sage ich vage: „Schreiber".

Er zieht die Augenbrauen hoch und fragt: „Ja, un wat schreibse so?"

„Ich … äh … ich schreibe … Schlagertexte."

Das ist mir so rausgerutscht und ist ja eigentlich so ziemlich das Schlimmste, was ich sagen konnte. Naja, egal.

„Schlagertexte? Na, dat is ja 'n dolles Ding, woll", entfährt es ihm. Er scheint stark beeindruckt. „Wat kennt man denn von dir so?"

Jetzt wird es ernst, also nehme ich erst mal ebenfalls einen langen, tiefen Schluck, bis mir möglicherweise etwas einfällt, solange ich noch nicht sprechen kann, wische mir noch einmal ausführlich über die Lippen, setze dann die Flasche ab, sehe ihm in die Augen und sage dann hintergründig und so tiefschürfend wie möglich: „Ich hab dich tausendmal belogen." Auweia.

„Kennichnich!"

Kein Wunder, ich habe mir das ja auch gerade erst ausgedacht.

„Wer hattat denn gesung'n?"

„Äh … Wolfram Petrik", sage ich.

„Kennichauunich. Un wat noch?"

„Ich bin nicht der, der du denkst, dass ich bin."

„Dat is abba kompliziert", antwortet Pädder anerkennend, „aber kennichaunich." Dabei zieht er die Unterlippe nach oben und die Mundwinkel nach unten und schnipst etwas Asche in den Sand. „Noch wat?"

Also weiter im lustigen Songtitelerfinden.

„Das letzte Bier war schlecht."

„Du wills' mich verarschen, woll", sagt er jetzt und wartet auf meine Erklärung.

„Nein, nein, das hab ich selbst mal gesungen. Ist leider kein Hit geworden."

„Du sings' sälbs'? Dat is ja 'n Dingen. Ich kann bisken Gitarre, woll." Und dann klopft er mir wieder auf die Schultern und freut sich, dass es mir fast schon leid tut, ihm so einen Blödsinn erzählt zu haben.

„Und … was machst DU so beruflich?", frage ich ihn dann jetzt auch.

„Ach, schwär zu sag'n, ich … ich happ so 'ne Art … äh … Betten- un … äh … Übernachtungsservice, waiße."

Huch, denke ich, was soll das denn sein? Vielleicht ist er ja stolzer Besitzer eines netten, gemütlichen kleinen Bordells im Sauerland oder vielleicht auch nur Jugendherbergsvater. Sicherlich ist es ihm peinlich, oder er will es eben einfach nicht sagen. Ach, ich will es ja auch gar nicht wissen. Wahrscheinlich aber Puff.

„Aha!", sage ich also nur und nicke verstehend.

„Sach ma sälbs'", wechselt er plötzlich das Thema, „is dat nich 'n Ding mit die Liegen am Strand. Je-den Mor-gen al-le be-leecht. Dat gibbs donnich!"

Ich stimme ihm zu, denn es ist ja wohl nicht zu viel verlangt, wenigstens ein einziges Mal mit meiner kleinen Familie auf einer dieser verdammten Liegen mal einen ganzen faulen Tag verbringen zu dürfen.

Wir ärgern uns noch ein bisschen gemeinsam über das Paradies-Hotel und die Liegen und dann hecken wir einen wunderbaren Plan aus.

„Guck mal Papa!", reißt uns plötzlich die Stimme von Max aus unseren finsteren Verschwörungsgedanken.

Doch was mir da so strahlend entgegenkommt, ist nicht mehr mein Sohn. Es ist nur noch ein vor der Blüte seines Lebens entstellter junger Körper. Die schwarzen Bemalungen erstrecken sich von beiden Armen aufwärts über die Schultern, und sogar die schmale Brust meines armen Kindes hat der Tätowierer nicht verschont. Man hat sich, wie man sieht, gleich für zwei der gefährlichen, Gift spuckenden doppelköpfigen Drachen entschieden, die sich auf dem unschuldigen weißen, schlaksigen Körper von Max bekämpfen. Sie stoßen ihren heißen Atem direkt von beiden Armen über die Schultern auf die Mitte der kindlichen Brust aus, um sie zu versengen. Und weil das wohl so gelungen schien, und so furchtbar echt wirkte, hat man sich außerdem entschieden, die Schlachtszene zu erweitern mit giftigem Gewürm, das Max über den Bauch schlängelt und ebenfalls eine Menge Unheil verspricht. Gekrönt wird das Ganze von einem undefinierbaren Monster, das knapp unter dem Hals Max' junges Leben bedroht.

„Dat is doch dain Junge, woll?", staunt Pädder und wundert sich sicherlich insgeheim, zu welch übergroßem Hang, sich äußerlich extrem zu verändern, meine ganze Familie zu neigen scheint. Nein, das war mal mein Sohn.

„Wir brauchen mehr Geld", sagt Max und ich ziehe wie in Trance ferngesteuert das Geld aus meiner Tasche und gebe es ihm. Als er sich bedankt und schnell wieder umdreht, sehe ich als Letztes noch einen mächtigen Adler mit ausgebreiteten Schwingen über seinen Rücken schweben, der die ganze gespenstische Szenerie zu beobachten scheint, um es dann seinem finsteren Herrn und Meister der dunklen Mächte zu berichten.

Dann falle ich der Länge nach in den heißen Sand.

Ich komme erst wieder zu mir, als Pädder direkt über mir ist – seine Zigarre glüht drei Zentimeter vor meiner Nase – und mir Bier ins Gesicht spritzt.

„Alex, Alex!", höre ich dann ganz aus der Ferne eine bekannte, geliebte Stimme. Es ist Steffis. Und diese Stimme erinnert mich an ein schönes, sorgloses Leben *vor* diesem verdammten Urlaub. Ich sehe mich mit meiner kleinen Familie im hellen Sonnenschein über eine Blumenwiese gehen, wir sind glücklich und ahnen noch nichts von dem Unheil, das uns bald überfallen soll. Ein schwarzer, riesiger Adler mit einer brennenden Zigarre kreist über uns, dann stürzt er blitzschnell hinab und raubt unseren geliebten Sohn aus unserer Mitte heraus. Ich schreie und werde endlich ganz wach.

„Jetzt mach hier nicht so 'n Theater! Ist doch bloß Henna!", sagt Steffi vorwurfsvoll.

Bloß Henna!

Danke, für mich ist es das heute. Ich winke Pädder noch kurz zu, kneife ihm ein Auge zum Zeichen unserer geheimen Verschwörung, die ich bei all dem Unheil nicht vergessen habe, und schleiche mit meiner entstellten Familie zurück ins Barackenlager.

„Mach's gut, du berühmter Sänger, du", brüllt Pädder mir hinterher und lacht brüllend.

„Was meint der denn?", fragt Steffi und ich zucke nur mit den Schultern.

„Egal."

Wir bestellen uns ein paar Sandwiches in die Hütte, weil ich so mit Max auf keinen Fall auf die Restaurant-Terrasse gehen will. Er würde mir heute eindeutig die Show stehlen.

Und weil unsere Bude, ab heute durch einen leuchtend roten, hemmungslos überteuerten Prachtfetzen von Teppich geschmückt wird, gehe ich raus auf unsere Terrasse und hau mich entkräftet in eine der Liegen. Hier gibt es wenigstens zwei, die nur uns gehören.

Nebenan wütet Pädder wieder in sein Handy. „Kricht ihr denn nix auffe Kette, wenn ich ma nich da bin, verdorri nomma, ihr Heiopeis?"

Da scheint ja so einiges schiefzulaufen in Pädders Bordell. Naja. Was geht mich das an? Und dann nicke ich ein. Es ist einfach alles zu viel für mich.

So gegen fünf Uhr nachmittags werde ich wach, weil mir das tote Handy aus der Tausend-Taschen-Hose auf die Bretter scheppert. Ich schrecke auf und starre das elektronische Teilchen an. Warum schleppe ich das eigentlich überhaupt noch mit mir rum? Tot ist tot. Wer sein Ladegerät vergisst, ist selber doof!

Meine Uhr sagt: Schon fünf! So lange gepennt. Mann, ist das alles anstrengend hier! Ich müsste jetzt aber wirklich unbedingt mal eben im Sauerland anrufen. Also, auf zur Lobby Richtung Münzfernsprecher.

„Ja?", tönt es nach viel Gepiepe und Gekrache sehr störungsintensiv aus dem fernen Sauerland.

„Ulli? Ich bin's, Alex …lex."

Immer noch dieses verdammte Echo.

„Alex … pchch … ja, pass … pchch … auf, et gibt … pchch … Neues."

Boah, diese Störungen!

„Schieß los …ießlos!"

„Also … pch … die Sache nim... pchch … getz Fahrt … pchch. Hoite brachte … pchch … WAZ 'n Artikel über … pchch … Hotelbau. Groß aufge... pchch …cht, woll. Headline: Neue … pch …ellness-Oase … pchch … Sauerland! Großer Aufschw... pch … für den Touris… pchch … erwartet."

„WAS …as?"

„Naja … pchch … da steht … pchch … dat die … pchch … so gut wie in trock… pch …üchern is. Dat de … pch …lanung steht, alle erforder… pchch … Genehmigungen … pch …geholt wären un dat et getz … pch … gehn könnte. … pch … Un sogar den Namen … pch … Inverstors ham … pch … bekanntgege… pch … Es is ein Hotelbesitzer mit meh… pch … Hotels, wie ich ja … pch … sachte und eben schwerreich. Mrot… pchch … heißt er. Kannze kaum aussprech'n … pch …"

„WIE HEIßT DER …eißter?", brülle ich in den Hörer.

„… pch …zek!"

Nix zu verstehen.

„Naja, wir hab'n … pch … alle … pch … voll zu … pch … und … pch … pch … noch de Bürgeriniti … pch … und de Grünen … pch … Der Natur… pch … is … pch … dabei."

Die Störungen werden immer schlimmer. Ich kann eigentlich gar nichts mehr verstehen.

„ULLI …li?

„Versteh … pch … gan… pchch … schlecht!", brüllt Ulli im Sauerland. Und dann ist die Leitung tot.

Tja, dann hat sich Ute Ziegenhagen wohl doch nicht verhört. Und einen Investor scheint es wohl auch zu geben, glaube ich aus dem ewigen Störungsbrei herausgehört zu haben.

Ich krame wütend in meiner Tausend-Taschen-Hose, um noch etwas Kleingeld zusammenzubekommen, damit ich Ulli noch mal anrufen kann, um mehr zu erfahren. Ein paar Münzen habe ich schon gefunden, aber das reicht noch nicht zum Telefonieren über die unendliche Distanz ins Sauerland.

„Hallo Alläx!", Pädder nähert sich der Lobby über das Frühstücksdeck.

„Ach, Pädder …", grüße ich zurück, „äh, sag mal … hast du mal 'n bisschen Kleingeld für mich?"

Er sieht mich an, wie ich immer die Schnorrer vor der Karstadt-Passage ansehe, wenn sie mich so was fragen.

„Nä, habbich nich", sagt er. „Wat willze damit?"

„Telefonieren."

„Hier", sagt er und zieht generös sein Handy aus der bunten Badehose.

„Geht aber ins Sauerland", sage ich ehrlicherweise dann, und ich bemerke ein leichtes Zucken in der Hand, die mir das Handy gerade geben will. Er verzieht sein Gesicht, gibt es mir aber dann trotzdem.

„Dann mach abba nich so lange. Kost'n Vermögen, woll."

„Danke, Pädder, ich mach's kurz."

Dann wähle ich schnell noch mal die Nummer von Ulli, der nach ein paarmal Klingeln direkt dran ist.

„Ulli, ich bin's noch mal …ochmal." Jetzt ist die Leitung fast in Ordnung. Außer diesem blöden Echo …echo

„Hasse 'ne neue Nummer?", fragt Ulli erst mal, weil er ja jetzt Pädders Handynummer auf seinem Display sieht.

„Anderes Handy …andy", antworte ich kurz. „Sag, mal, Ulli, *wie* heißt dieser Investor jetzt …estorjetzt?"

„Morzeck, oder so", sagt er da. Mehr nicht.

„Ist das alles …asalles?"

„Ja. So'n Hotelfritze. Richtig wat anne Füße, sacht de Ute Ziegenhagen. Also, hätte se gehört, woll. Dem würd man abba sein Raichtum nich ansehn. Der wär so ganz normal wech, woll. Un der würd sich au total im Hintergrund halt'n. Den kennt au hier kainer."

Hm.

„Und was macht ihr jetzt da …etzta? Das muss auf jeden Fall gestoppt werden …opptwerden."

„Ja, ja, die sin ja alle schon in Alaam. Sachtich ja: de Grünen, de Bürgerinitiative … alle. Keiner will dat Dings."

Ja. Ich auch nicht. Nicht auf dem Selbecker Kopp, dem schönsten Flecken Erde, den das Sauerland zu bieten hat. Für mich jedenfalls.

Ich gehe um die Ecke der Lobby, damit Pädder nicht unbedingt mitbekommt, dass ich gar kein Schlagertexter bin, und spreche etwas leiser.

„Hör mal, Ulli, ihr müsst auf jeden Fall erst mal 'n ganz bissigen Artikel zu dem Thema machen …emamachen. Das müssen ALLE mitbekommen, was da gerade abgeht …adeabgeht. Und dass der Blömecke hinter der Sache steckt …achesteckt … dass der hinter Rücken der Sauerländer diesen Coup vorbereitet hat …eitetat … dass der sich da so 'n scheiß Denkmal setzen will

…etzenwill … und dass er möglicherweise mit dem Schlüter …
emschlüter …"

„Schon passiert, Alläx. Morgen kommt unser Blatt doch raus,
weiße nich mehr?"

Ja, stimmt. Morgen ist ja Samstag und der *Sauerlandbeobachter* erscheint wie jede Woche. So einiges hat man doch nicht
mehr so richtig auffe Pfanne hier im Paradies. Die Tage gehen so
dahin.

„Mach du ärsma ma Urlaub! Wir mach'n dat schon hier.
Kannze ein drauf lassen, Alläx, woll? Wie isses denn da getz so
bei dir … im Paradiiies?", will Ulli dann noch wissen.

„Einmalig …alig", sage ich wahrheitsgemäß. Dann sehe ich
Pädder näherkommen. Er will sein Handy zurück. Meine Zeit
ist abgelaufen. Kost ja 'n Vermögen.

„Ulli, ich muss jetzt Schluss machen, melde dich bitte …ich-
bitte … wenn was läuft, ja …äuftja? Unbedingt! Ruf mich an …
ichan!"

„Machich. Bis dann, woll."

„Na, gibbtet Ärger inne Schlagerbranche?", will Pädder wissen.

„Ach, nä. Läuft alles. Kann leider nicht zur Platinverleihung
von Wolfram Petrik, aber egal", sage ich nur.

Pädder steckt achselzuckend, aber anerkennend sein Handy
wieder weg, klopft mir auf die Schulter und sagt noch: „Bis morgen früh, nä? Weiß' Bescheid, woll?"

Dann kneift er mir ein Auge und verschwindet.

29.12. Sechster Tach:
Das Wunder von Ko Samui

Ich habe nicht besonders gut geschlafen. Und nicht lange. Natürlich ist es heiß wie immer, natürlich rattert und eiert der Ventilator die ganze Nacht, natürlich macht der Dschungel sein ohrenbetäubendes Konzert, natürlich schnarcht Steffi – zwar leise, aber ausdauernd – und natürlich spricht Max im Schlaf. Und außerdem nervt mich diese Wellness-Hotel-Sache. Scheint ja alles zu stimmen.

Und jetzt wird es ernst, man muss was tun und ich bin nicht da. Na toll. Und was soll das für ein Investor sein? Überhaupt Investor. Phh. Da steckt jemand seine fette Kohle irgendwo rein und macht noch mehr fette Kohle – auf unsere Kosten. Auf die Kosten der Sauerländer.

Und das alles auf dem Selbecker Kopp.

Ich denke an den schönen Wald dort, durch den die Familie Knippschild immer so gerne gewandert ist, in dem wir Picknick gemacht haben, Tiere beobachtet ... irgendwann nicke ich dann doch noch mal ein, aber da ist es auch schon Zeit, zum Frühstück zu pilgern.

„So!", sage ich also entschlossen zu meinen Lieben, als sie dann auch endlich wach sind. „Jetzt hört mir mal gut zu. So kann man einfach keinen Urlaub machen! Ab heute machen wir alles anders!"

Erstaunte und fragende Blicke meiner beiden Lieblinge.

„Was meinst du denn damit?", fragt Steffi, „ist doch alles gar nicht so schlecht eigentlich."

DOCH. ES IST SCHLECHT!

Jetzt sind wir seit fünf Tagen im selbstgewählten Paradies, im gelobten Land, am verdammten Ziel unserer spießigen Träume, und was hat es uns gebracht? Verbranntes Fleisch, zerschundene Körper, unheilbare Krankheiten, Irrfahrten zu fragwürdigen

Sensationen, Verfolgungen und Bedrohungen, Plünderungen, Tätowierungen, Folterungen … wir riskieren unser Leben! (Und zu Hause im Sauerland brennt der Baum!)

„Ab heute machen wir Urlaub, Leute. Strand! Flach liegen! Ruhe! Erholung! Nichts tun! Vielleicht schwimmen und lesen …", beginne ich die morgendliche Befehlsausgabe. „Keine fremden Leute mehr, keine Händler, kein Stress, nur Entspannung pur. Habt ihr verstanden?"

Die beiden sehen mich zwar an, als hätten sie es nicht richtig verstanden, aber ich wiederhole es trotzdem nicht. ICH SAG ES NUR EINMAL! Passt also gut auf!

Max mit all seinen grausamen Henna-Verunzierungen kann ich kaum ansehen, ohne fast in Tränen auszubrechen. ‚Nur Henna!' Phh. Er tut mir so leid. Der Arme.

„Du ziehst dir sofort ein Hemd an – mit langen Ärmeln!", sage ich deshalb.

„Aber warum? Ich hab doch jetzt diese geilen Tattoos", protestiert er.

„Genau deswegen."

Er ist beleidigt und es kann sogar sein, dass er ab jetzt den Urlaub einfach verweigert. Dann kann es natürlich Probleme geben, das sollte ich vielleicht nicht riskieren und gegebenenfalls noch in letzter Minute einlenken. Na, vielleicht kann ich mich ja doch eines Tages an die verdammten Drachen und das scheußliche Gemetzel auf seinem Körper gewöhnen.

„Ruhe, Erholung, flach liegen. Phh. Wo willst du denn diesen Traumstrand finden?", fragt Steffi beim Frühstück spöttisch. Aber für ihren Spott habe ich absolut keinen Sinn, denn ich weiß es ja besser. Und außerdem: Teppiche für vierhundert Euro.

Noch mal ‚Phh!'.

„Wirst schon sehen", meine ich nur vielsagend und widme mich in aller Ruhe und Gelassenheit wieder meinem ärmlichen Frühstück.

„Auch damit ist jetzt Schluss", wüte ich weiter, und knalle das Streichmesser auf den Tisch. „Toast, Eier, Marmelade!" Dreimal ‚Phh!'. „Wir werden ab morgen wieder Käse, Schinken, Wurst und Nutella, Buko und Tuffi-Joghurt essen ... und Brötchen und Schwarzbrot ...", setze ich noch eins drauf, obwohl ich noch nicht weiß, wo wir das denn wohl herbekommen sollen. Ich habe heute eine außerordentlich schlechte Laune.

„Uns werden wegen einseitiger Ernährung noch die Zähne ausfallen. SKORBUT!", drohe ich, verstecke meine Zähne hinter den Lippen und lasse sie zur Abschreckung wie ein zahnloser Seemann ein paarmal aufeinanderklappen.

„Tiiii?", fragt gelangweilt die einzige unfreundliche Bedienung, die dieser Schuppen beschäftigt. Und die muss ausgerechnet heute Morgen hier auftauchen. Alle sind nett und sehr bemüht, uns über die Unzulänglichkeiten dieser Notunterkunft und die widrigen Umstände dieser Urlaubsversuchsanordnung hinwegzutrösten, aber diese Alte habe ich wirklich gefressen. Sie heißt bei mir die „Königin der Superluschen".

Jeden Morgen schlurft sie mit einer gequälten Leidensmiene über das Bananenparkett, dass es mir regelrecht hochkommt. Ja, wenn es ihr zu viel ist, uns den schweren Tee zu bringen, und wenigstens ein klitzekleines Lächeln ansatzweise zu versuchen, ja, dann soll sie es doch lassen! Dann soll sie ihre Prempe doch lieber in der Küche verstecken, wo man sie nicht sieht, und Kartoffeln schälen oder Reis putzen.

„NO!"

Erschreckt zuckt die Königin der Superluschen zurück und verschüttet etwas von dem kochend heißen Tee auf meine Füße. Ich beiße die Zähne zusammen und ziehe heftig die Luft ein, lasse mich aber nicht unterkriegen von ihren hinterhältigen Angriffen auf meine Person, nein. Ich bin inzwischen abgehärtet, und diese Genugtuung will ich ihr nicht zukommen lassen, sondern antworte lieber stilvoll mit „Thank you, no tea".

Prompt und schlagfertig.

„Oh, velly solly", also ‚very sorry', japst sie, und als sie dann noch „Some more?" fragt, jage ich sie mit einem gefährlichen Knurren davon.

Dann schicke ich noch einen allgemeingültigen, bösen Blick über das Deck des Bananendampfers und sehe, dass man uns wieder einmal kritisch beobachtet. Man hat bemerkt, dass heute irgendwas anders zu sein scheint am Tisch der Familie Inkognito Nipsi. Der geheimnisvolle, ständig sonnenbebrillte Deutsche mit dem Arafat-Halstuch hat sich verändert, er scheint geradezu gefährlich mutiert zu sein. Man muss aufpassen.

Der ist zu allem imstande und bringt den gesamten, wohlgeordneten Urlaubsablauf mit seinen Guerilla-Aktionen durcheinander. Ein Urlaubspartisan, ein Aufständischer. ‚Hab mir doch gleich gedacht, dass der Mann nicht echt ist.' ‚Dat is doch'n Terrorist.' Nur Pädder winkt mir fröhlich zu und ruft: „Alles beeleeheecht!"

„Was meint der?", fragt Steffi.

„Keine Ahnung", brumme ich und schiebe den Rest meines Frühstücks ärgerlich zur Seite. „Kommt, wir gehen!"

„Wohin denn?"

„Strand!", knurre ich.

Meine beiden folgen mir verständnislos, aber sie folgen. Ich habe das Ruder wieder fest in der Hand und verlasse mit meiner Terrorgruppe das Frühstücksdeck.

Unseren Coup haben wir minutiös vorbereitet. Pädder und ich. Den Reisewecker hatte ich auf Summen und schon auf fünf Uhr gestellt, ihn mir unters Kopfkissen gelegt, und als er summte, war ich sofort wach und stand ganz leise auf, ohne die beiden Nipsis zu wecken.

Gestern Abend, als die beiden schon schliefen, habe ich verschiedene Dinge des täglichen Urlaubsbedarfs unauffällig zusammengesucht und in eins der großen, braunen Badetücher gewickelt. Damit habe ich mich dann frühmorgens aus der Hütte geschlichen, vor der der lange Pädder schon auf mich wartete.

Heute war unser Tag, heute würde es klappen. Wir nickten uns verschwörerisch zu und stiefelten los – direkt hinunter zum leeren Strand. Selbst die Überquerung der Straße war um diese Zeit überhaupt kein Problem.

Es war sehr schön so früh am Morgen. Herrlich. Die Sonne war längst noch nicht aufgegangen, es war ja praktisch noch tiefe Nacht, aber schön. Wunderschön. Gigantisch. Die Sterne funkelten über uns, ließen die Unendlichkeit des Universums erahnen, über die ich so gerne nachdenke, ohne dabei natürlich je weiterzukommen. Die Palmen wiegten sich im sanften, warmen Wind, beschienen von einem hellen, runden, wohlmeinenden Mond, und das Meer machte dieses wunderbare, unnachahmliche Rauschen, das einen sofort ans Träumen bringt. Kitsch pur, aber schön.

DAS ist es. DAS ist Urlaub. So will ich's haben. Nur schade, dass man das anscheinend bloß nachts erleben kann, wenn alle anderen außer Gefecht gesetzt sind, die einem hier das Leben zur Hölle machen.

Ich sah Pädder an und spürte, dass er es genauso empfand, und wir ließen das alles für einen kurzen, unvergesslichen Moment auf uns wirken. Dann besannen wir uns unserer finsteren Mission. „Ts, ts, ts", machte der Vorwurfsvogel.

Da standen sie. Alle Liegen! In einer sauberen Reihe nebeneinander, und alle frei. Na klar, wer würde denn auch mitten in der Nacht am Strand auf einer Liege liegen? Zuzutrauen wäre denen natürlich alles. Und dann begannen wir unser grausames Werk. Ich ließ genüsslich jeweils auf eine Liege einen meiner mitgebrachten Gegenstände plumpsen. Ein Buch, zack, eine Illustrierte, zack, eine Sonnenölflasche, zack, ein Handtuch, zack … und zack und zack und zack hatte ich sie damit BELEGT! Pädder ging die hintere Reihe ab, machte es genauso und grinste mich schelmisch dabei an. Jawoll, da wollen wir doch mal sehen, wer hier früher aufstehen muss. Da wollen wir doch mal sehen, wer hier ganz weit vorne ist. Heute sind wir die ersten, keiner ist vor uns, heute haben wir gewonnen. Ha!

Den Rest der zweihundertfünfzig Liegen oder so belegten wir mit den benutzten Handtüchern von gestern, die noch hier in dem großen Korb vor der Getränke-Hütte lagen, man hatte sie wohl vergessen. Na, umso besser. Jetzt konnten wir tatsächlich ALLE LIEGEN BELEGEN! Und genau das taten wir auch.

Wir waren so im Rausch, dass auch das Nachbarhotel nach einer weiteren Viertelstunde nur noch über bereits BELEGTE Liegen verfügte, und wir fühlten uns gut dabei, ja, richtig gut, und lachten grimmig und laut. Die sollten sich alle mal wundern.

Wir hatten alle Liegen!

„Es gibt doch sowieso keine Liegen mehr", nörgelt Steffi, als wir versuchen, die Straße zu überqueren. Der übliche Selbstmörder-Verkehr ist jetzt um halb zehn schon wieder in vollem Gange, die Pfützen sind zwar etwas kleiner geworden – es hatte gestern nicht geregnet –, aber noch längst nicht verschwunden. Ich antworte nicht, sondern lächle nur still in mich hinein und freue mich auf die nächsten Minuten. Meiner schlechten Laune geht's schon wieder etwas besser.

„Sag mal, was *soll* das denn, Alex? Lass uns doch lieber mit unserem kleinen Uzuk 'ne Tour machen oder so. Oder willst du wieder 'ne Strandwanderung wie gestern machen?", fragt Steffi gewitzt und hinterlistig, weil sie vielleicht doch zu gerne noch mal ein paar Teppiche anschauen und die Angebote vergleichen will. Außerdem haben wir bis jetzt weder T-Shirts noch Ketten oder Schmuck.

„Nee, nee, will ich nicht."

Wart's ab, liebe Frau. Sie schüttelt aber nur den Kopf, seufzt ergeben und trottet mit Max weiter hinter mir her.

Als wir ankommen, ist der Aufruhr schon in vollem Gange. Es sieht nach Putsch und Revolte aus. Der Geist von blutiger Revolution liegt in der Luft. Gleich werden sicherlich die berittenen Streitkräfte von König Bumipohl eintreffen, um den Aufständi-

schen Respekt einzuflößen, sie zerstreuen und die Urlaubsord-
nung wieder herstellen. Man läuft aufgeregt hin und her und
diskutiert die neue prekäre Lage. Offensichtlich findet keiner
eine freie Liege.

Oooch, wie kann das denn sein? Alles belegt? Oooch, tut mir
das leiiiid!

Ich stolziere mit meinen beiden ganz ungerührt, aber mich
deutlich erstaunt über die allgemeine Unruhe und die Revoluti-
onsstimmung gebend auf drei der am schönsten platzierten Liegen zu und sage zu Steffi und Max: „Bitte, nehmt Platz, es sind
unsere."

Die Überraschung ist perfekt. Ich habe sie. Damit bin ich
wieder der Rudelführer, der absolute Herrscher der Familie, der
Größte, und ich genieße es einen kleinen, wichtigen Moment.

„Unsere?"

Steffi kann es nicht glauben und verzieht zweifelnd ihr jetzt
schon wieder recht ansehnliches, leicht abgeschwollenes, schönes
Gesicht.

„Jetzt leg dich schon drauf und mach nicht so ein Aufsehen.
Ich habe alle Liegen reserviert", zische ich ihr so beiläufig wie
möglich zu und bereite meine Liege sorgfältig für das wohlver-
diente, lang erwartete Sich-Drauf-Sackenlassen vor.

„Alle?"

„Jahaa, alle!", flöte ich munter und leise und lächle ganz entspannt und erstmalig auch irgendwie urlaubsmäßig beschwingt
in die gaffende Menge, die nicht glauben kann, was da gerade
passiert, und sage: „Morng allerseits."

„Da liegt ja mein Comic!", ruft Max und zeigt auf eine der
weiter entfernten Liegen.

„Hältst du wohl die Klappe!", knurre ich ihn an. „Lass ihn
liegen und leg dich hin! Hier!"

Dann stelle ich mit Mörderlächeln die Sonnenschirme noch
ein wenig um, dass wir auch wirklich keine gefährliche Sonne
abbekommen, zupfe hier ein wenig, rücke da noch etwas zurecht

und lasse mich unter den neidvoll rauchenden Blicken der Anwesenden und den entgeisterten meiner Familie für alle deutlich hörbar laut stöhnend auf meine Liege sinken. Aaah. Meine Liege! Ist das ein schönes Gefühl, so was sagen zu können. Das ist wie zu Hause, Geborgenheit, Weihnachten, oder so.

Pädder und seine Frau sind auch angekommen und Pädder lässt sich grinsend auf *seine* Liege fallen. Seine Hanni ist etwas unsicher und kann auch noch nicht so recht an das große Glück glauben.

„Leech dich getz!", sagt Pädder etwas ungehalten und klopft ein paarmal auf die Liege neben sich, doch Hanni schaut sich erst noch mal ungläubig um, bis sie dann unter den empörten Blicken des Pöbels auch dankbar niedersinkt.

Das ist zu viel. Hier ist was faul. Der Mob wird unruhig, unzufrieden und misstrauisch. Das ist der geeignete Nährboden für gefährliche Ausschreitungen. Ein Pulverfass. Man schleicht argwöhnisch weiter um die freien ‚belegten' Liegen herum und denkt heftigst und angestrengt nach. Was hat das zu bedeuten, wo sind all die Leute, die eigentlich auf den Liegen hätten liegen müssen? Ja, wo sind sie denn? Wo waren sie denn gestern oder vorgestern, als WIR hier morgens wie die Deppen standen und keine Liege bekamen, *obwohl* einige frei waren und *obwohl* die dazugehörigen Leute weit und breit nicht zu sehen waren, weil es sie vielleicht gar nicht gab.

Die Menge spaltet sich nach einer Weile in drei Gruppen. Die erste ist die größte. Es sind die Resignierten, die dem Schicksal Ergebenen, die Gebeutelten, die Rechtlosen, die Bauern, der Dritte Stand. Viele von ihnen sinken einfach in den Sand und brechen angesichts dieses unausweichlichen, unabänderlichen Zustands halt- und kraftlos in sich zusammen. Einige geben gleich auf wie die Sachsen, die wohl heute wieder nicht abgeholt und damit abermals zu einem langen Tag am Strand verurteilt worden sind, den ich ihnen jetzt auch noch vermiest habe. Sie traben kopfschüttelnd und bemitleidenswert hoch zum Hotelpool oder gleich wieder zurück in ihre Dschungelbude, um den Rest des Tages keinem mehr zur Last zu fallen. Sie tun mir ein wenig leid und lassen mich tatsächlich an der Rechtmäßigkeit unserer Taten zweifeln.

Die Laokoon-Gruppe zählt nicht als Gruppe. Die beiden lassen sich seitwärts in den Sand fallen, denen ist's egal, sie haben genug mit sich selbst zu tun.

Und der Rest wartet ab, ob denn nicht doch noch von irgendwoher eine Rettung kommt. Das kann doch nicht sein. Keine Liegen! Auch die Familie um den geheimnisvollen, schwermütigen Virenforscher Dr. Mabuse gehört zu dieser Gruppe. Mabuse stiert nur fassungslos und abwesend wie immer in den Sand und wird sicher gleich mit einem Stöckchen anfangen, Formeln hineinzuschreiben, um sein Virenproblem doch noch zu lösen.

Dass es keine Liegen gibt, hat er noch gar nicht bemerkt. Osgary, der fiese kleine Super-Mann, bewirft mich mit Sand.

„Hau ab, du Mistkerl", verscheuche ich ihn, und er ruft mir etwas Finnisches oder Läppisches zu und zeigt mir seine spitze, kleine Zunge.

„Piss off, Superman!"

Pädder lacht laut und dröhnend.

Der Dritte Stand ist wieder mal der Verlierer. Sie werden es nicht ohne Hilfe, ohne geeignete Köpfe schaffen, aus ihrem Elend herauszukommen. Und so ist der Dritte Stand auch die erste Gruppe, die sich nach einiger Zeit des Abwartens und Hoffens zerstreut. Einige von ihnen wandern mutlos den Strand entlang, wo sie sofort von den fliegenden Strandhändlern wie von Geiern umkreist werden, die Aas gerochen haben und sich jetzt brutal auf sie stürzen und sie zerfetzen. Hilflose, wehrlose Wesen, dem Tode geweiht.

Die zweite Gruppe ist etwas gerissener. Sie besteht aus etwa sechs bis acht Personen, inklusive der dicken, schwitzenden Wittener. Man tut erst mal so, als sei man auch überhaupt nicht scharf auf eine dieser blöden Liegen.

„Komm, Hättwich, lasswe ma am Strand lang gehn, ja?"

Man stolziert also einfach lässig auf und ab, lässt die Liegen dabei aber nicht aus den Augen. Vielleicht kommt ja plötzlich einer dieser unsichtbaren ominösen Lieger zurück, holt seinen Kram und verschwindet, und eine Liege wäre frei. Diese Möglichkeit muss man immerhin in Betracht ziehen. Diese etwas hartnäckigere Ausführung Urlauber sind wir also noch nicht so schnell los. Nach einer ganzen Weile jedoch – ich beobachte alles peinlich genau unter meiner Mütze hervor – beugen auch sie sich der übernatürlichen Gewalt und entfernen sich Richtung Nachbar-Resort. Ha, da werden sie auch kein Glück haben.

Die schlimmste und gefährlichste Gruppe aber ist die dritte. Die lassen sich ihre Pfründe nicht so einfach entreißen. Es ist die Gruppe um den australischen Silberrücken mit seiner lauten Primatenbande und dem wuchtigen Bayer mit seiner prallen Frau. Na, eigentlich umgekehrt. Die pralle Bayerin mit ihrem geschundenen Mannsbild.

„What's this?", donnert der Aussi und lacht nicht. Die Primaten stoßen keifende, kreischende Laute aus und feuern ihn an. Silberrücken, du bist groß und mächtig, mächtiger als all die anderen Affen, kämpfe für uns!

„Moch wos!", schnauzt Frau Leichenhalle in Richtung ihres Mannes.

„Wos'n des?", schließt sich da Herr Leichenhalle in seiner Empörung dem Australier an, und seine Bayerin sagt: „Ja, wie? Ois b'legt, des gibt's do net!"

Oh, das kann böse werden, diese aufsässige Bande lässt sich nicht so einfach ins Bockshorn jagen von ein paar Handtüchern, Sonnenfläschchen, herrenlosen Comicheften und verwaisten Illustrierten. Das kann ein ausgewachsenes Problem werden. Aber ich bin der König, ich habe eine Liege. Haut ab! Verpisst euch endlich.

Die beiden, Aussi und Bayer, sehen sich an und sind kurz davor, die heilige, jahrhundertealte Regel zu übertreten, die da heißt: ‚Liegt ein Handtuch oder ein anderer, eindeutig einer urlaubenden Person zuzuordnender Gegenstand auf einer zum Urlauben bereitgestellten Liege, dann ist diese Liege damit belegt und steht der anderweitigen Belegung durch weitere, ansonsten ebenfalls liegenberechtigte oder als Urlauber ausgewiesene Personen nicht zur Verfügung!'

IST DAS KLAR?

Steffi ist es inzwischen zu blöd geworden, sie ist ins Wasser gegangen und beobachtet die ganze Szenerie jetzt kopfschüttelnd aus sicherer, kühler Entfernung und zeigt mir ab und zu einen Vogel. Und Max hat sich mit seinem DS wieder in den Schatten der Mauer verzogen und dressiert seinen Hund.

Auch Pädders Frau Hanni ist wieder aufgestanden und verschwunden. Sie hat es wohl mit der Angst bekommen. Also liegen nur noch der schon wieder friedlich paffende Pädder und ich lang ausgestreckt auf unseren Liegen.

Ja, für wen tue ich das denn alles?

Doch nur für meine Familie. Damit sie mal einen, wenigstens einen einzigen, perfekten Tag erleben können. Welch ein Undank! Naja, gut. Dann sind Pädder und ich also jetzt die alleinigen Herren über Hunderte von Liegen. Diese Verantwortung kann einen schon etwas nervös machen.

Der Tumult vom Nachbar-Resort ist jetzt auch schon deutlich zu hören, da ist die Revolte schon in vollem Gange und ich glaube, Schüsse zu hören.

Doch dann, ich weiß nicht, was passiert ist, dann entfernen sich plötzlich die Schritte und die Stimmen, das Gekreische der Primaten ist nur noch als leises, urwaldliches Störgeräusch zu vernehmen und es ist plötzlich still. Ich lüfte vorsichtig meine Kappe. Tatsächlich, alle weg. Ja, super, dann ist das Problem doch auf wunderbare Weise gelöst – ich habe keine Ahnung warum. Sie sind jedenfalls weg und wir haben unsere Ruhe.

Endlich, endlich Ruhe.

Keiner, der mich stört oder etwas von mir will. Ich habe URLAUB. Jetzt, hier und heute. Nur das Meer, die Sonne … Ruhe.

Es ist geradezu gespenstisch. Die absolute Ruhe. Ich und Pädder, wir sind die einzigen lebenden Menschen an diesem herrlichen Strand, außer meiner königlichen Familie, die sich aber inzwischen auch von mir distanziert hat. Wir haben es endlich erreicht. Haben wir? Sicher! Wir sind einsam, aber endlich da, wo wir hinwollten.

Ruhe, Erholung, Entspannung. Paradies.

Bin ich zufrieden? Mmh. Ja, klar!

Voller Genugtuung und mit einem tiefen fatalistischen Seufzer nehme ich mir mein Buch und beginne endlich, zum ersten Mal seit einer Woche zu lesen. Nach zwei, drei Seiten allerdings fällt mir das Buch auf den Bauch und ich dämmere schon wieder friedlich weg.

Plitsch. Platsch.

Die ersten Tropfen landen in der Kniegegend und im Schienbeinbereich. Ich schrecke kurz auf … ist es das, was ich denke, das es ist?

Plitsch. Platsch.

Nein. Nein, ich spüre nichts. GAR nichts. Ich höre auch nichts. Nein, es ist nichts.

„Dat gibbs donnich!", höre ich Pädder ärgerlich rufen. „Dat gibbs donnich! Donnich hoite, Käa!"

Plitsch. Platsch.

Nä, nä, immer noch nichts. Es ist schön hier! Ich entspanne gerade. Alles gut.

Plitsche, platsche, plitsche, platsche.

ES REGNET NICHT. NEIN! Ich ziehe die Beine an, um sie unter den Sonnenschirm zu bekommen.

Plitsche, platsche, plitsche, platsche, plitsche, platsche.

Nein. Nicht jetzt! Nicht nach diesem langen, harten Kampf, der uns allen das Leben hätte kosten können. Nicht nach diesem Sieg über das Böse.

Plitschplatschplitschplatschplitschplatsch.

Pädders Zigarre erlischt mit einem lauten Zischen.

Oh, gewaltiger, großer, allmächtiger Urlaubsmoloch, schenk uns noch eine Stunde Sonne, oder zwei. Mach's nicht. Bestrafe uns jetzt nicht. Wir werden es auch nie wieder tun. Bitte!

PRASSEL!

Keine Gnade für die bösen Jungs.

Die Regenkatastrophe in seinem gesamten, mir bereits hinlänglich bekannten, biblischen Ausmaß folgt nur wenige Sekunden später. Pädder und ich springen auf und sammeln in aller Eile, die Bücher, Illustrierten, Sonnenbrillen und Flaschen von den anderen Liegen auf und retten uns damit unter das kleine Dach der Strandbude, die längst geschlossen hat. Heute ist kein Geschäft zu machen. Es gießt jetzt aus allen verfügbaren Himmelseimern und wir sehen uns kopfschüttelnd an.

Dat gibbs donnich!

Meine Familie hat mich schon verlassen, sie haben das Unheil wohl kommen sehen und mich trotzdem dem ungewissen Schicksal überlassen. Das hat man also davon.

Nach einer ganzen Weile geben wir dann endlich auf und trotten erniedrigt und den Mächten der Natur fatalistisch ergeben durch den prasselnden Regen zu unseren Superior-Hillside-Urlaubs-Baracken.

„Tschüss, Pädder!"

„Mach's gut, Alex. Bis zum Dinna, woll? Ich mach getz ma widder Ölwechsel!"

Und mit diesen Worten verschwindet er in Richtung Wellness-Keller unter dem Frühstücksdeck.

Den Rest des Tages verbringe ich mit meiner Familie hauptsächlich schweigend in der Hütte. Steffi meint, wir hätten es echt übertrieben mit unserer Liegen-Nummer. Es hätte ja auch gereicht, wenn wir um fünf Uhr morgens einfach die fünf besten Liegen reserviert hätten. Phh. Ja, sicher, aber wir wollten mehr …

Es regnet den ganzen Nachmittag. Steffi liest, Max ist's langweilig, er hängt rum, der Vorwurfsvogel macht uns heftige Vorwürfe und ich will versuchen, endlich mal ein paar Zeilen oder sogar ein ganzes Kapitel an meinem Buch zu schreiben. Dazu bin ich bis jetzt noch nicht gekommen.

Ich muss Ulli nachher anrufen. Unbedingt.

Neunzehn Uhr im Paradies. Endlich Dinner-Time. Wir stiefeln hungrig, ängstlich mit Schirmen bewaffnet und dankbar für diesen lange ersehnten Tagesordnungspunkt zum Bananendeck, und … wir finden keinen Tisch! Alle BESETZT!

Auf den letzten beiden noch freien Tischen steht ein handgeschriebenes Schildchen mit der unfreundlichen Aufschrift „Reserved! Piss off!".

Was? Ja, ich meine, jetzt hört's aber auf. Das hat mir heute gerade noch gefehlt. Und dann in diesem Ton! Sollen wir jetzt auch noch um die Tische kämpfen müssen oder im Stehen essen? Hilflos blicken wir uns um und suchen den Manager oder irgendjemanden, der uns in dieser unmöglichen Situation helfen kann. Keiner zu sehen. Doch da kommt schon Pädder auf uns zu gestakst und lacht herzlich und donnernd. Er klopft mir auf die Schulter, begrüßt breit grinsend meine Familie und nimmt das böse „Reserved! Piss off!"-Schild einfach vom Tisch.

„Klainer Witz, woll", sagt er und entfernt sich brüllend.

Na, der Abend fängt ja gut an! Aber ich muss auch grinsen. Okay, wir sitzen also jetzt und wählen aus den laminierten, jahrzehntealten, zerfledderten Pappen unser Essen aus.

Die Stimmung beim Dinner ist auf dem Nullpunkt. Der Tag ist für alle nicht gerade ein Treffer gewesen und aus der Auflistung „Meine schönsten Urlaubstage" erst mal vollständig, dick und wütend zu streichen.

Erst die Liegen-Affäre am Strand, für die es bis jetzt offiziell nur Verdächtige gibt. Aber jeder reimt sich da seine eigene Theorie zusammen, und wenn ich die Blicke richtig deute, haben diese Theorien alle mit mir und Pädder Lotze zu tun. Und dann auch noch dieser ewige Regen, der jedem wohl den Rest gegeben hat.

„Scheiß Regen", hört man hier und da, oder auch: „Wie lange habbter noch?", „Zehn Tage, ja?!" und weitere fatalistische Wortwechsel dringen zu uns herüber. Manche reden auch gar nicht. Da raucht es nur ein wenig über den Köpfen, und man sieht sich nicht einmal an.

Irgendwann stellt sich dann der kleine Hotelmanagermann selbst in die Mitte des schlecht gelaunten Bananendecks, klatscht lächelnd in die Hände und alle drehen erwartungsvoll die Köpfe. Würde es heute in dieser endlosen Trostlosigkeit etwa doch noch einen Höhepunkt geben? Der kleine Mann macht so einen Eindruck.

„Dear guests", sagte der freundliche kleine Mann, „velly solly bout the weather! (Very sorry about the weather!) Lain, lain, lain! (Rain, rain, rain!) But tomollo it will be bettel! (But tomorrow it will be better!) I plomiss. (I promise!)"

Dann klatscht er noch mal in die Hände, sagt: „A little söpplei fo ju flom the Pelledei Lock Lissoh!" (A little surprise for you from the Paradise Rock Resort) Ich bin inzwischen perfekt in diesem Thai-Englisch. Dann wird das Licht gelöscht und ein leuchtender Heiligenschrein hereingetragen. Es scheint sich um eine Art Wunder zu handeln, von dem wir als Erste auf dieser Welt erfahren sollen, eine himmlische Erscheinung, die uns den Glauben wiedergeben könnte.

Wir erleben hier, allem Anschein nach, gerade ein religionsstiftendes Ereignis und wir sind ausersehen, die Kunde darüber in die Welt zu tragen. Alle begreifen die Bedeutung dieses großen Momentes und das Glück, daran teilhaben zu dürfen, erstarren in Ehrfurcht und sagen: „Oooh!"

Zu mehr ist keiner fähig, das Wunder ist einfach zu groß.

Ungläubig betrachte ich die blinde Verzückung meiner Miturlauber, schließlich handelt es sich bei diesem ominösen transzendentalen Geschehen um nicht mehr als eine auf einem wackeligen Servierwagen hereingeschobene laienhaft aufgemotzte Eisbombe mit brennenden Wunderkerzen – so ähnlich wie die verdammte Bombe auf dem verdammten Traumschiff in jeder verdammten Folge am verdammten Ende der Episoden.

Aber ja, jetzt ist alles wieder gut. So ist's prima. Das will der gebeutelte Urlauber. Sich fühlen wie auf dem Traumschiff. Und viele erinnern sich beim Anblick dieses glibbernden Cremehaufens an das Leben vor diesem Urlaub. Traumschiff. Karibik. Captain's Dinner. Samstagabend. Couch. Chips. ARD. ZDF. Einige bekommen feuchte Augen.

Wie lange hab ich jetzt schon nicht mehr die Tagesthemen gesehen. Thomas Roth, Judith Rakers, ihr fehlt mir so.

Das Wunder von Ko Samui wird in der Mitte des Decks feierlich abgestellt, ein kleiner Teil der alufolienkaschierten Umrandung fällt herunter und dann geht es umständlich an die großangelegte Verteilung des heiligen Abendmahldesserts auf Kosten des Hauses. Alle springen freudig auf, bekennen ihre Sünden und stellen sich in der artigen, aufgeregten Reihe der anderen Büßer an, um möglichst viel von der geweihten weiß-beigen, verlockenden und schon leicht angeschmolzenen Eispampe auf den Teller zu kriegen.

Das Wunder ist geschehen.

Sogar gerade noch stumme Paare reden wieder miteinander, Streit gibt es nicht mehr auf dieser Welt, Menschen, die sich vorher gar nicht kannten, liegen sich in den Armen, viele haben Tränen in den Augen, aber sie sind glücklich, und selbst Dr. Mabuse huscht ein leiser Hauch von Lächeln über sein schwermütiges Gesicht. Supermann mogelt sich dreist von unten durch die Schlange und bekommt so als einer der Ersten seine Ration. Leider fällt er damit auf dem Rückweg in der Mitte des Decks der Länge nach hin, der feuchte Brocken schliddert plump über die Bretter und Supermann plärrt erbärmlich. Ich lächle still in mich hinein.

Auch die beiden armen Sachsen erkennen die Bedeutung des Wunders und verfallen dem Sog der himmlischen Erscheinung. Sie haben dann doch noch etwas Glück gehabt heute, es gibt sie also, die ganz große Gerechtigkeit. Strahlend wandern sie mit einem hemmungslos überladenen Teller, von dem der schmelzende Vanilleglibber schon in kleinen, cremigen Strömen heruntertropft, zurück zu ihrem Tisch, um alles zufrieden, versöhnt und gerührt zu verschlingen.

„Is dos lägger!"

Kein Eis für mich, ich bin nicht anfällig für derart religiöse Attraktionen. Steffi verzichtet auch, aber Max lässt es sich natürlich nicht nehmen. Er verfällt dem faulen Zauber und sichert sich einen recht ordentlichen Klumpen, den er in atemberaubender Geschwindigkeit in sich hineinschaufelt.

Glücklich, zufrieden, erlöst und erleuchtet, mit vollem Bauch, einem pappigen Völlegefühl und leichter Übelkeit gehen bald darauf die ersten erschöpft in ihre Hütten.

Plötzlich klingelt irgendwo ein Handy. Es ist das von Pädder. Nicht einmal in so einem heiligen Moment schaltet er das verflixte Dings ab. Und dann steht er plötzlich vor mir.

„Hia, für dich", sagt er achselzuckend und reicht mir den elektronischen Fernsprecher.

„Für mich?", frage ich ungläubig, nehme das Handy aber trotzdem entgegen.

„Abba mach nich so lange …", sagt er noch und verschwindet wieder zu seinem Tisch. Eis essen.

„… ich weiß", rufe ich ihm hinterher, „kost'n Vermögen."

„Hier is Camillo, woll?", höre ich die Stimme meines Zeitungspartners durch das kleine Gerät.

„Ulli hat mia diese Nummer gegeb'n."

„Ja … gut … was gibt's, Don …ibtsdon?"

„Also, pass ma auf, et gibbt wat Neues: Dieser Investor, dieser Motzke, oder so …"

„Mortzeck, heißt der, glaube ich …aubeich"

„Ja gut, oder so. Also, der leecht getz wohl schon los. Wissen we vonne Ute Ziegenhagen, woll. Der will getz wohl doch glatt am ersten Januar, Neujahr also, weiße ja, den ärsten Spat'nstich odder so wat mach'n. So 'ne symbolische Machtübernahme am Selbecker

Kopp, woll. Wahrschainlich ärsma den ärst'n Baum fäll'n. Kannze dir dat vorstell'n? Diese verdammte Blömecke-Bande, hinterhältige Aaschgaig'n, sin dat, woll! Da nutz'n die dat ganze Feiertachs- un Weihnachts- un Silvestergedöne aus, um ganz schnell Nägel mit Köppen zu machen. Is dat nich 'n Dingen?"

Ja, dat is'n Dingen.

„Geht das denn so ohne Weiteres …neweiteres ? Ich meine, ist das denn erlaubt und so …aubtundso?"

Ich kann es irgendwie gar nicht glauben.

„Ja, dat geht wohl. Ich kannet au nich glauben, aber unser feiner Bürgermeister Blömecke hat de Genehmigung'n zusammen, sacht man …"

„Mmh …mh"

„Abba es gibbt noch wat, Alläx, pass auf: Der Naturschutzbund hat gesacht, datta im Wald einer wohnen würde, woll."

„Wer denn …erdenn?"

„Der Wendehals!"

„Gottlieb …ottlieb?" Jetzt verstehe ich gar nichts mehr.

„Nä, nä, dat issen echten komischen Vogel, woll. Ganz wat Seltenes un ausgestorben isser auch."

„Ausgestorben …orben?"

„Naja, fast. Aber der wär eben sähr sälten, un wenn der da wär, dann dürfte man da nix bauen."

„Das ist doch super …ochsuper. Dann haben wir ja gewonnen …jagewonnen!", jubele ich schon los.

„Naja, gesehen hat den noch keiner, woll."

„Ja, dann … dann … sucht den doch …endoch!"

„Na, du hass gut reden", schnauft Don Camillo im fernen Sauerland.

„Ja, und was machen wir jetzt, Don Camillo …oncamillo?"

„Du mach's ärsma Urlaub, woll. Un hier bei uns sin für'n ersten Januar getz schomma Aktion'n geplant oben am Selbecker Kopp, woll. Da ketten sich die Aktiven anne Bäume und so, weiße, dat ganze Gedöne."

„Ja, das ist doch schon mal gut …algut."

„Naja, wenn die denen de Bäume ganz vorsichtich unterm Arsch absäg'n, dann hilft dat au nix."

„Nä …nä"

„Tja, jetzt mach'n we ärsma Silvester übermorg'n, un dann sehn we waiter, woll."

„Ja …ja"

„Komm gut ins neue Jahr rein, Alläx!"

„Ja, danke, du auch, Camillo …chcamillo."

„Un … äh …", fragt er dann doch noch, „… wie isses denn da so … im … Paradiiies?"

Und auch er singt das schöne Wort so albern wie Ulli.

„Schön …ön", sage ich nur. Stimmt ja auch fast.

„Hier haddet geschneit, woll! Endlich!", und dann legt er auf.

„Was wollte Don Camillo denn?", will Steffi jetzt wissen, nachdem ich Pädder das Handy zurückgebracht habe.

„Ach … nur 'n gutes Neues Jahr wünschen", antworte ich nachdenklich.

„Und? Was noch?" Steffi weiß, dass das nicht alles war.

„Naja, diese Sache mit dem Wellness-Hotel geht jetzt irgend wie weiter. Dieser fette Investor will da schon richtig loslegen. Ach … aber interessant ist: Da wohnt so'n seltener Vogel auf'm Selbecker Kopp. Wendehals."

„Gottlieb? Wohnt der nicht in Hamburg?"

„Ne, 'n richtiger Vogel. Und den müssen wir finden … Naturschutz und so … aber ich …"

„Alex, *du* hast Urlaub, verstehst du? Lass die mal machen. Denen wird schon was einfallen. Und vielleicht finden die ja auch Gottlieb Wendehals. Und wieso ruft der Don auf Lotzes Handy an? Was ist denn mit deinem?"

Naja, und da muss ich's sagen.

„Ladegerät vergessen."

„Ach, sieh mal an", trötet Steffi da ganz fröhlich los. „Der feine Herr hat also was vergessen."

159

Das ‚Bügeleisen' nimmt sie mir wohl immer noch übel.

Tja, und so endet wieder ein Tag im Paradies. Bis gerade eben war er doch eigentlich auch wieder ganz schön.

30.12. Siebter Tach:
Äläfondengagge
(soll heißen: Elefantenkacke)

Die Verluste sind verheerend. Die Bombe hat voll eingeschlagen und große Lücken in unsere Reihen gerissen. Es muss die Eisbombe gewesen sein, da gibt es keine Zweifel. Jedenfalls ist das die Erklärung, die die ersten Sterbenden als letzte, schwache, kaum noch verständliche Worte herausbringen, bevor sie vom ewigen Eis dahingerafft werden.

Nun gut, Tote gibt es noch nicht, aber viele Fast-Tote, und nicht einmal die Hälfte der gesamten Besatzung unseres Bananendampfers ist heute Morgen an Deck erschienen und kämpft darum, einigermaßen menschlich zu wirken und wenigstens den trockenen Toast bei sich zu behalten. Man verzichtet sämtlich auf Ägg, Koffie, Tii und ... ach, ja, das ist ja schon die gesamte Auswahl ... und sieht allgemein heute Morgen nicht besonders gut aus.

Ich blicke in grüne Gesichter des Leidens, der Entbehrungen und der Erschöpfung, vom nahen Tod gezeichnet. Der Rest, also der überwiegende Teil der verseuchten Gesellschaft, liegt in den Elendsquartieren unter den Palmen und krümmt sich unter unendlichen Qualen und unmenschlichen Schmerzen. Das Wunder von Ko Samui ist als todbringende Seuche entzaubert.

Als wir heute Morgen den herrlich in der Sonne liegenden tropischen Garten auf dem Weg zum Frühstücksdeck durchquerten und uns über die blühende Pracht und auf die fantastische, wilde Symphonie des Dschungels freuten, wurden wir begrüßt vom Stöhnen und Klagen der Bombenopfer. Unser Urlaubsdorf ist schwer getroffen. Das bedrohliche Rauschen der Toilettenspülungen findet heute Morgen kein Ende und teilweise grauenerregende, gurgelnde Geräusche, hervorquellend aus den tiefsten menschlichen Abgründen, gemischt mit verzweifelten, nie vorher vernommenen Urschreien und Würgelauten, begleiten uns auf unserem Weg zum Deck.

„Uuuäääääh! Himmiherrgottsakra!"

„Schooorsch!"

„Die Leichenhalles. Hast du gehört? Mein Gott!", sagt Steffi mit weit aufgerissenen Augen, die Entsetzen, aber auch Bewunderung, fast schon Begeisterung ausstrahlen. Manchen gönnen wir es eben, manche tun uns leid.

Mal ist es nur ein rhythmisches, in Sekundenabständen hervorgewürgtes „Urrgs" oder auch schon mal ein langgezogenes „Boooaaah", einiges hört sich an wie „Jürrrrgään!", anderes wie „Kuuurrrrrt!". Immer aber werden die Laute von einem verächtlichen Platsch beendet und mit dem finalen Drücken der Toilettenspülung abgeschlossen. Danach wird meistens frei gestöhnt oder geflucht.

Das ist die heutige wilde Symphonie des Dschungel.

„Ooorrrrgh!" Das müsste jetzt der australische Silberrücken Louis, King Louie, gewesen sein. Für mich hat er ab heute jedenfalls den Zweitnamen Silberreiher.

Das Frühstück schmeckt uns nicht, obwohl es mir tatsächlich noch gelungen ist, in einer Art Supermarkt einen blassgelben Käse und rot gefärbte Wurst aufzutreiben. Buko, Tuffi und Nutella sind hier nicht bekannt und man hat mich nur freundlich belächelt, als ich danach fragte.

Es ist das Eis! Wie bei der Katastrophe der Titanic ist es auch bei unserem Bananendampfer das Eis, das fast den Untergang bedeutet. Es müssen sich Todesbakterien, Killerpilze oder Pestviren heimtückisch in der weiß-beigen, verlockenden, halb geschmolzenen Eismatsche vielleicht schon seit Jahrhunderten versteckt haben und genüsslich auf den X-Day, ihren verheerenden Einsatz an Deck, gewartet haben. Der Virenforscher Dr. Mabuse würde seine wahre Freude haben, alles genauestens zu untersuchen, aber er ist heute Morgen auch nicht an Deck.

Oder sollte das vielleicht sein eigener großangelegter Versuch gewesen sein? Hm. Vielleicht. Nur Forscher-Sohn Osgary frühstückt fröhlich im Supermann-Kostüm und streckt mir ab und zu seine kleine fiese Zunge heraus, was die Mutter aber nicht bemerkt, weil sie offensichtlich Mühe hat, ihm beim Essen auch nur zuzusehen. Sie blickt sehnsüchtig hinaus aufs Meer. Vielleicht hat man ihr mal gesagt, man müsse auf den Horizont blicken, wenn einem schlecht sei. Das gilt natürlich nur für schwankende Schiffe auf hoher See, nicht für das Deck dieses festvernagelten Bananendampfers.

Vielleicht denkt sie aber auch über das Leben nach dem jetzt schon so nahen Tode nach oder ihre unglückliche Verbindung mit dem traurigen Forscher, der den Morgen sicherlich würgend und würdelos in ihrer Hütte verbringt.

Die Fliege sitzt ohne die Fliegenfamilie zusammengesunken am Tisch und rüsselt das Rührei wieder wie immer ungerührt in sich hinein. Für ihn hat sich nichts geändert. Außer der Fliege und Osgary mit seiner Mutter krümmen sich dann noch die Wittener schweigend, nur ab und zu das Gesicht verziehend, vor Magenkrämpfen und innerlichen Konvulsionen an ihrem Tisch. Als wir mitleidig zu ihnen herübersehen, winken sie nur mit schmerzverzerrten Gesichtern beidhändig ab und rufen lauthals „Dünnpfiff, ja!?" über das Deck.

Wir wenden uns angewidert ab.

Der Laokoon-Gruppe hingegen scheint es gutzugehen. Die beiden Veschlungenen haben wahrscheinlich gar nicht bemerkt, dass es gestern Abend noch „Eis für alle!" gab.

Das ist die Pest oder noch Schlimmeres. Was wird man sich noch einfallen lassen, um uns endgültig in die Knie zu zwingen? Was wird man sich noch ausdenken, um uns ein für alle Male aus dem Paradies zu vertreiben?

Aber wir wollen bleiben. Uns geht's gut. Steffi und ich haben das Eis ja gar nicht angerührt und Max fühlt sich okay, wie er mehrfach genervt bestätigt.

„Nein, Mama, ich hab nix!"

„Aber du hast doch diese Monsterportion Eis gefressen, du musst doch ..."

„Nein, mir geht's gut, alles easy ... und ich hab nicht gefressen! MAMA!"

Na dann, dann geht's ihm eben gut und er hat nicht gefressen, obwohl ich's auch gesehen habe. Also, noch mal Glück gehabt. Ich selbst kaue lustlos ein wenig an der knallrot gefärbten Wurst herum.

„Die wollen da diesen Hotelneubau am Neujahrstag starten, Steffi. So symbolisch, quasi am ersten Tag des neuen Jahres. Bäume fällen und alles ..."

„Mensch, Alex, jetzt lass uns doch einfach mal Urlaub machen. Du kannst doch jetzt sowieso nichts unternehmen." Steffi ist leicht genervt.

„Nee, kann ich nicht." Das ist es ja.

„Ja, dann lass es auch. Es ist Urlaub! So!"

Na gut, sie hat ja recht. Und selbst, wenn dieses blöde Wellness-Dings gebaut würde, ginge die Welt nicht unter... Aber es wäre nicht gut! Überhaupt nicht gut. Auf UNSEREM Selbecker Kopp. Verdammt, verdammt. Der Ulli muss auf jeden Fall rausfinden, ob der Blömecke da geschmiert wird ... ich muss ihn nachher unbedingt anrufen.

Irgendwann frage ich dann laut und so munter, wie möglich „Tja, und was machen wir denn heute?" in die Familienrunde. Irgendwas müssen wir ja machen. Denn eins steht fest, wir müssen jetzt unbedingt diesen Dampfer der Sterbenden, dieses unheimliche Totenschiff, verlassen, um nicht mit ihm unterzugehen.

Unsere körperlichen Verunstaltungen sind auf ein einigermaßen erträgliches Maß zurückgegangen, so dass man es fast wagen könnte, unter echte Menschen zu gehen, ohne alles zu verschleiern. Meine roten Punkte allerdings, die ich mir selbst voller Wut und Hingabe überall gekratzt habe, werden noch eine Weile zu mir gehören.

„Jürrrrrgäännn", röhrt es von ferne aus dem Dickicht.

„Tjaaa", meint Steffi und tut, als hätte sie es nicht gehört, „was möchtest DU denn mal machen, Max?"

Oh, denke ich, Max zu fragen ist riskant, denn es könnte durchaus sein, dass es noch weitere sexuell orientierte Ziele auf dieser Insel zu betrachten gibt, die Max natürlich längst ausgemacht hat, und spitze gespannt die Ohren, was wir denn heute wohl für Unglaublichkeiten zu sehen bekommen.

„Zur Ray-Ban-Mumienleiche!"

Na bitte, sag ich's doch.

Steffi und ich sehen uns etwas verstört an, davon haben wir noch nie gehört, aber das muss nichts zu bedeuten haben. Den Pimmelfelsen hatten wir ja auch nicht gekannt und der war ein doch recht erstaunlicher Programmpunkt in unserem bisherigen, an touristischen Attraktionen eher höhepunktarmen Urlaub. Auf unseren Sohn kann man sich eben verlassen, der findet doch immer sehr interessante und bemerkenswerte Ziele.

Eine Leiche, also. Mumie. Ray-Ban?

Naja, immer noch besser als diese lebenden Leichen hier auf dem Deck. Weg von den Zombies.

Der Wittener rennt mit Todesangst in den Augen an uns vorbei in die Toilette, aus der wir ihn verzweifelt „Kuuurrrrrt!" oder so was rufen hören. Bäh.

„Hast du vielleicht zufällig auch 'ne Idee, wo wir dieses Ray-Ban-Monster finden?", frage ich Max und er reicht mir, professionell vorbereitet wie immer, einen seiner Prospekte.

„The Monk-Mummy", prangt in reißerischen Lettern darauf, und der Prospekt verrät, dass es sich dabei um die mumifizierte Leiche eines vor zwanzig Jahren verstorbenen Mönchs handeln solle, dessen Körper sich einfach weigere zu zerfallen. Und das sei ein buddhistisches Wunder und verdiene deshalb, in einem Glaskasten für alle Welt zur Schau gestellt zu werden. Man sieht ein Bild dieses toten Mönchs in dem besagten, prunkvoll geschmückten Glaskasten, der tatsächlich eine Brille schief auf der Nase sitzen hat, die Ähnlichkeit mit meiner eigenen Ray-Ban hat, zugegeben. Es sieht aus, als wolle man den armen Mann noch im Tode mit dieser Brille verhöhnen.

Grauenhaft. Unwürdig. Erniedrigend. Da wollen wir hin!

„Also gut", sage ich, „auf zur Ray-Ban-Mumienleiche!"

Unser kleiner Uzuk wartet schon ungeduldig, und rostet zufrieden in der Sonne vor sich hin. Heute kein Regen. Der Manager hat tatsächlich recht gehabt. Auf dem Weg zu unserer lustigen roten Kiste kommen uns die vom Schicksal gebeutelten Sachsen entgegen und ich befürchte das Schlimmste für sie.

„Mer wollt'n heut noch Gorrel Eilönd, abor do wor's Bööt kabütt", klagt uns der Sachsenmann ärgerlich sein Leid. Die haben aber auch ein Pech.

„Schonn wied'r geene Duur hoide, mer kriesch'n nischts zu sähn vunn da Insöll."

Die arme Frau fängt fast an zu weinen und ist dem Zusammenbruch nahe. Aber sie scheinen die Pest jedenfalls überlebt zu haben. Das muss man ja auch mal sehen.

„Och, das tut mir aber leid", sagt Steffi. Sie fasst die arme Frau an den Schultern und hätte sie beinahe umarmt. Ich kenne ihre manchmal etwas übersteigerte Neigung zu Mitgefühl für Unterdrückte und Opfer nur zu gut und ich denke: Sag's bitte nicht, sag's nicht ... doch da ist es auch schon zu spät, und Steffi sagt: „Kommen Sie doch mit uns, wir fahren zur Ray-Ban-Mumienleiche."

Und wie sie das sagt, hört es sich an, als erzähle sie kleinen Kindern was vom baldigen Besuch im Märchenwald. Ich schätze die Sachsen allerdings schon auf etwa so Ende sechzig, Anfang siebzig.

Die beiden sehen sich an, weil sie es möglicherweise ja gewohnt sind oder zumindest in Betracht ziehen, dass sie auch hier von uns kräftig verarscht werden.

„Räh Bänn? Loische? Muhmsche?"

„Ja, das ist so 'ne Leiche mit 'ner coolen Brille drauf, die wollen wir uns mal ansehen", antwortet Steffi so freundlich wie möglich, aber es scheint mir, als seien die Sachsen kurz davor zu flüchten. Ja, Steffi, lass sie doch flüchten. Aber sie bleiben und scheinen sogar interessiert.

„Loische?"

„Ja, ein toter Mönch. Sieht ganz irre aus", fährt Steffi begeistert fort. „Ach, kommen Sie doch einfach mit, dann werden Sie schon sehen. Es lohnt sich sicher, und wir haben ja Platz genug! Haben wir doch, Alex, nicht wahr?"

„Klar", sage ich, „klar, Platz genug. Immer rein."

Der Samurai-Uzuk schafft es kaum den Hügel hinauf, aber er hält sich tapfer. Er will uns zeigen, dass wir mit ihm die richtige Wahl getroffen haben, dass die zweitausendfünfhundert Baht täglich für ihn gut angelegt sind, dass er unser guter Uzuk ist. Er will uns nicht enttäuschen. Und so schleppt er uns fünf bis hinauf an die gefährliche Straße. Die beiden leicht übergewichtigen Sachsen klemmen hinten neben Max und quetschen ihn trotz empörter, aber stiller Proteste in die linke hintere Ecke. Und dann reiht das brave Auto sich, fast wie von selbst, in die rasende Mörderschleife ein. Er ist so mutig, unser kleiner Uzuk – und wir fahren.

„Bechstein!", ruft uns der Sachse von hinten zu.

„Wie bitte?"

„Bechstein!", wiederholt er und versucht, mir während meiner Bemühungen, den überladenen Wagen einigermaßen gerade auf der Straße zu halten, die Hand zu geben. Er will sich wohl vorstellen. Ah, ja. Ich nehme sie verkrampft lächelnd an, verrenke mir fast den Arm dabei und sage: „Wie die Flügel? Klavier? Bechstein?"

„Nee, BECHstein", korrigiert die Sächsin.

„Also, doch", beharre ich etwas bockig darauf, „wie die Flügel. Bechstein."

„Nee, wie Bech ... Bech un Schwäfel. Bobbo, Bobel od'r Bimmel!"

Der Alte kichert dabei albern wie ein kleiner, blöder Junge und stößt Max mit dem Ellbogen an. Der wirkt allerdings eher entsetzt und sieht lieber aus dem Fenster. Steffi grinst erschrocken.

„Also, Wollda!", ermahnt Frau Bechstein ihren unmöglichen Mann, aber die Aufzählung hat geholfen, ich habe es jetzt verstanden. Die beiden hießen Pechstein. Mit „P". Na, wönn dos nisch basst.

„Knippschild", sage ich dann, aber „Gnibbschüld" hätte ich eigentlich lieber gesagt. „Steffi, Max und Alex."

„Wollda un Ärigoh."

„Aha, ja."

Ich glaube, ich habe es kapiert, Walter und Erika heißen die beiden. Und Pechstein. Ja, Sächsisch ist auch noch mal was ganz Anderes. Ich stelle mir kurz vor, da lernt so ein armer Ausländer, na, zum Beispiel ein freundlicher, mutiger Thailänder, die für ihn sicher außerordentlich schwierige Sprache Deutsch, und wird dann in Leipzsch ausgesetzt. Der arme Kerl wird doch verrückt.

„Sooch'n mer ‚Du'?", bietet Wollda an und hält mir schon wieder die Hand hin. ‚Du' sagen? Ich denke: Warum nicht, jetzt ist doch eh alles egal, und so was kann man ja sowieso nicht ablehnen. Also noch mal alles von vorne, ich nehme seine Hand, und jeder sagt seinen Namen.

„Oläggs", „Stewwi", Wollda", „Ärigoh" und „Moggs", also, Max.

Und so, brüderschaftlich aufs Innigste vereint, rasen wir also gemeinsam der Ray-Ban-Mumienleiche entgegen und sind eigentlich guter Dinge.

„Isch bin Säcksundsächzsch", ruft Walter mir von hinten zu, und erwartet jetzt wahrscheinlich, dass ich ihm mein Alter nenne. Ich sage aber nur: „Ah, so", und schalte das Radio an.

„Mach mal CD!", fordert Max und reicht mir eine silberne Scheibe, die er in der brüchigen Mittelkonsole des Uzuk entdeckt hat. Ich schiebe sie neugierig in das Gerät und es empfängt uns ein thailändisch, folkloristisch klingendes Intro, das in einen Chor mündet, der etwas singt, das wie „Wanndabei, wanndabei" klingt. Max und ich machen daraus „Warn dabei, wir warn dabei" und haben unseren Spaß, aber nach etlichen Wiederholungen, die Max ausdrücklich immer wieder verlangt, schalte ich den CD-Player einfach ab.

Dafür singt Walter jetzt ein wenig. Er hat wohl das Bedürfnis, irgendwas Gutes für unsere lustige Gemeinschaft tun zu müssen, und auch dafür, dass er und seine Ärigoh mitfahren dürfen. Erst will er uns wohl nur ein wenig locker machen und so beginnt er mit: „Tschimmy Praun, dos wor een Seemonn, und dos Härz wor ihm so schwär, doch es blieb'n ihm zwei Froiiinde, die Gidorre und dos Määr".

Das ist Freddy Quinn, eindeutig. Mein Vater hatte früher alle Platten von ihm und als Kinder mussten wir sie immer wieder hören. Das war damals furchtbar, aber jetzt finde ich es richtig gut. Deshalb singe ich auch munter mit, denn ich erinnere mich gerne an meine Kindheit.

„Juanita, Anita, Juanita Anita …", was mir einen verständnislosen Blick von Steffi einbringt und ein empörtes „Papa!" von Max.

„Was denn?", sage ich, „sind doch prima alte Lieder. Singt doch mit!"

Max wendet sich angewidert ab.

„Juanita, Anita, Juanita, Anita …!"

Und der Wagen rollt fröhlich über die Insel.

Um der schrecklichen Chaweng-Einkaufs-Horrormeile auch heute wieder zu entkommen, habe ich mir vorgenommen, dieses gefährliche Gebiet weiträumig zu umfahren und will einen der Wege über das bergige Innere der Insel nehmen. Ich habe es mir vorher auf der Karte noch mal genauestens angesehen, diesmal kann nichts schiefgehen. Diesmal nicht, denke ich und biege kaltblütig und für alle etwas überraschend an der entscheidenden Kreuzung ab.

„Was machst du denn schon wieder?", fragt Steffi genervt. „Bloß nicht wieder so 'ne Nummer wie Letztens zum … na, zu diesem", dann sagt sie leise: „Bimmelfelsen". Ich grinse, aber Wollda, Ärigoh und Moggs haben nichts gehört.

„Nein, nein, diesmal geht nichts schief, ich versprech's dir. Dieser Weg bringt uns direkt zur Leiche, es geht nur eben nicht über die Straße, sondern über diesen Weg hier", und fingere wieder mal vage auf der Karte herum, die Steffi vorsichtshalber schon mal herausgekramt hat. Sie sieht mich ungläubig an und in ihren Augen liegt ein böses Wenn-du-hier-wieder-Scheiße-baust-dann-bring-ich-dich-um-Britzeln.

Nicht ungefährlich.

Dann hat sie die Route gefunden, die nur als dünn gestrichelte Linie auf der Karte gerade noch zu erkennen ist und sagt: „Du willst mit dieser Kiste mitten durch den Dschungel?"

„Ja klar, warum nicht, ist doch 'n Jeep, gar kein Problem", sage ich fröhlich und überzeugt von meinem Vorhaben und in vollem Vertrauen zu meinem treuen kleinen Uzuk. Er wird mich sicher nicht im Stich lassen.

„Außerdem ist das doch nicht richtig Dschungel, Steffi, so wie … wie bei Indiana Jones oder so. Da geht ja ein Weg lang. Da kann man fahren", sage ich, obwohl ich natürlich keine Ahnung habe, wie dieser Weg wirklich beschaffen ist.

Steffi sagt erst mal nichts, legt die Karte weg und blickt eisig und Unheil ahnend nach vorne auf die Straße, die bis hierher noch recht gut betoniert und erfreulich breit ist. Nach einer Weile, in der keiner was sagt oder singt, endet diese soeben beschriebene Straße aber plötzlich – wir sind immer noch guter Dinge – und setzt sich als unbefestigte Piste fort. Walter besinnt sich sofort auf seinen Entertainer-Auftrag und stimmt wieder ein sächsisches Liedchen an.

„Hundott Monn unt een Bäfähl, unt een Wäg, dän gein'r wüll."

Wieder mein Freddy. Ich steige ergriffen und gröhlend ein bei „Tagaus, tagein, wer weiß wohin. Verbranntes Land, und was ist der Sinn?".

Herrlich. Freddy Quinn, Sehnsucht, Abenteuer und das alles ganz fern der Heimat.

Die Piste ist einigermaßen gut befahrbar.

„Na, siehst du, geht doch", muntere ich meine misstrauische Steffi auf und nicke ihr lächelnd und beruhigend zu. Lass mich mal machen!

„Jungä, gomm bollt wied'r, bollt wied'r noch Haoous, Junge, fohr nie wied'r, nie wied'r hinaoous. Isch moch mir Sorgähn, Sorgähn um disch, dänk ooch on morgähn, denk ooch on misch."

Walter kennt alle Strophen und hat sogar den Sprechgesangs-part in der Mitte drauf. Ich bin begeistert. Walter spricht jetzt mit Freddys Stimme, nur auf Sächsisch.

„Isch weeß noch wie die este Fohrt vorlief, isch schlisch misch hoimlisch fott, ols Mudda schlief. Ols sie orwochte, wor ich ouf däm Määr, im esten Prief stond: Gomm doch bollt wied'r hääär".

Ich habe Tränen in den Augen. Mann, ist der Walter klasse, der kann Stimmung machen. Jedenfalls bei mir.

„Junge, komm bald wieder, bald wieder nach Haoous ..."

Max hängt sich, abgestoßen von so viel Sehnsucht und Ge-fühl, seinen MP3-Player ins Ohr, lauscht Eminem und ist weg.

Der Uzuk quält sich immer höher und es wird etwas einsamer, aber es ist sehr schön. Wilder Dschungel zu beiden Seiten und ab und zu ein gigantischer Ausblick auf die Täler dazwischen. Selbst Steffi scheint recht angetan. Das ist schon was. Urlaub? Naja, so weit wollen wir mal noch nicht gehen, aber fast. Bis hierhin hat es sich jedenfalls gelohnt.

Und dann sehen wir die Elefanten.

„Ooooch, gück mol do, Wollda, Äläfonden!", kreischt Ärigoh, dass ich fast die Kontrolle über den Uzuk verliere.

„Gönnt mer fleisch mol onhold'n, Oläggs?", fragt sie vorsich-tig und tippt mir zögerlich auf die Schulter, also fahre ich links ran. Warum nicht, Elefanten sehen wir schließlich auch nicht jeden Tag. Man steigt also aus.

Max schenkt mir einen bösen Blick. Er ist wohl ziemlich genervt wegen der Freddy-Quinn-Gedächtnis-Veranstaltung, außerdem sitzt er schon seit vielen anstrengenden, klapprigen Kilometern ganz schön eingeklemmt da hinten im Auto und die Sachsen gehen ihm sicher auch rundherum auf den Zahn. Aber ich zucke, alle Schuld von mir weisend, mit den Schultern. War es meine Idee, die beiden mitzunehmen?

Wollda muss sich vor die Elefanten stellen, die der Elefantenreiter brav für uns anhält, damit Ärigoh ein schönes, exotisches Bild machen kann, mit dem man in Leipzsch sicher Eindruck machen wird. Klick. Dann stellt Ärigoh sich vor das riesige, geduldige Tier und dann kommt sie auf eine Idee.

„Och, Oläggs, gönndes du nisch fleisch vunn uns beeden 'n Bülld moch'n?"

„Jo glor", hätte ich beinahe gesagt und nehme den Apparat entgegen. Es ist eine richtig schwere, echte Praktika, nicht so'n läppischer Digitalknipser, der in jede Hosentasche passt, nein, schwere, alte Technik aus der DDR, das ist noch was. Klasse. Ich will das Bild aber etwas lebendiger gestalten, echter, dichter, und dirigiere die beiden noch etwas weiter rückwärts an die Elefanten ran und ohne Absicht, ich schwöre es, in ihr Unglück.

„Kleines Stückchen noch zurück, dann haben wir's", rufe ich ihnen zu und da stehen sie auch schon mitten in dem dicken, qualmenden Haufen.

Äläfondengagge.

Aber: Es wird ein sehr lebendiges, dichtes, echtes Bild, ich habe genau in dem Moment abgedrückt, in dem sie sich bewusst werden, was da an ihren Schuhen so ‚gwotscht'. Ich würde zu gerne später einen Abzug davon haben. Max ist begeistert und prustet in sich hinein und ich drehe mich grinsend zur Seite.

„Oh, das tut mir leid", rufe ich ihnen zu, aber sie winken nur lässig ab.

„Gonnst jo nischt dofür!", rufen sie und versuchen krampfhaft, den braun-schwarzen Elefanten-Dreck von ihren Schuhen zu bekommen.

Beim Pflanzenfresser stinkt's ja nicht ganz so furchtbar, aber immer noch genug, so dass wir bei der Weiterfahrt alle Fenster des Uzuk geöffnet haben. Wir verzichten auf die ohnehin schwächliche Klimaanlage und halten während der Fahrt lieber die Köpfe so weit wie möglich aus dem Fenster. Ich komme mir vor wie Lukas, der Lokomotivführer, der auch immer auf diese Weise seine Emma steuerte.

Eine Insel mit zwei Bergen und 'nem tiefen, tiefen Tal.

Wir kommen nur langsam vorwärts. Der Weg wird schlechter und enger, die Gräben, die das Wasser gerissen hat, das hier bei Regen sicherlich sturzbachgleich den Berg hinunterschießt, werden immer tiefer, der Uzuk hat schwer zu kämpfen, und Steffi sieht mich böse an.

Dann kommen auch noch unnötigerweise die ersten Tropfen und Walter singt: „Woine nicht wänn d'r Rägän fällt. Domm, domm. Domm, domm".

Das ist Drafi Deutscher – nicht Freddy. Aber diesmal singt keiner mit – es liegt sicher nicht an Drafi Deutscher –, und Walter hört nach ein paar Zeilen wegen Erfolglosigkeit dann doch damit auf.

Als wir dann mutig und trotz des leichten Regens noch weiter in den Dschungel vordringen, vielleicht sogar auf unerforschtes Gebiet, auf dem Indiana Jones schon längst wieder entsetzt umgedreht wäre, und einen Teil des Weges erreichen, wo die Gräben schon tiefer sind als die Reifen des Uzuks hoch, da sagt Steffi: „Halt! Alex! Du fährst jetzt keinen Meter weiter! Du hast sie doch nicht alle, das klappt nie. Da kommen wir nie durch. Dreh' jetzt sofort um!"

„Ach, Steffi, kein Problem, das geht doch, warte ab, ich mach das schon."

Und schon drehe ich geschickt am Lenkrad, lasse die Kupplung flutschen, habe den ersten Graben heldenhaft bezwungen und grinse siegessicher.

„Dann steig ich aus!"

Aber bevor sie die Tür öffnen kann, um mir zu entwischen, fahre ich einfach schnell weiter. Nein, das ist doch ein Abenteuer für uns alle, da steigt man doch nicht einfach vorher aus. Das Beste kommt sicher noch. Wart's ab, Steffi. Mitgefangen, mitgehangen. Nachher, wenn man angekommen ist und irgendwo im Schatten einer Palme ein gepflegtes Singha-Bier trinken wird, dann werden wir doch sowieso alle über diese kleinen, läppischen Wegproblemchen herzhaft lachen.

Der Uzuk rumpelt hoch und runter, wirft sich nach rechts und nach links, mal scheint er fast umzukippen, mal nach hinten wieder den Berg herunterzurutschen, dann wieder versinkt er fast in einem der tiefen Gräben. Es ist eine Achterbahn an Fahrerlebnis und Gefühlen. Aber ich habe die Lage einigermaßen fest im Griff.

„Super, Papa, weiter!"

Max hat jedenfalls seinen Spaß. Steffi kocht. Die Sachsen haben Angst.

Und dann passiert es. Der nächste Graben ist einfach zu tief und die Welle zwischen den Gräben zu hoch, so dass der Uzuk schlichtweg hängen bleibt. Das heißt, er bleibt nicht nur hängen, er hängt so seltsam fest, dass entweder die vorderen oder die hinteren Räder hilflos strampelnd in der Luft hängen, je nachdem, wie man sich bewegt. Der Unterboden unseres tapferen Autos hat auf der Bodenwelle aufgesetzt.

Aus die Maus.

Steffi sagt immer noch nichts, hat aber das Besondere, das Einmalige dieses faszinierenden Balanceaktes, erfasst und lehnt sich mit steinernem Gesicht ein wenig nach hinten … und der Wagen kippt zurück. Die Sachsen kreischen und Max johlt. Steffi verlagert jetzt ihren Körper nur ein kleines bisschen nach vorne

… und der Wagen geht wieder vorne runter. Kreischen, Johlen. Wir haben eine Wippe. Hurra. Wir haben eine Wippe! Max lehnt sich zurück, und das Auto …

„Hör auf jetzt, Max", maule ich mürrisch. „Ist nicht witzig."

Oh, nein, das ist wirklich nicht witzig. Nein, nein, das findet zumindest meine liebe Steffi üüüüberhaupt nicht komisch. Was kann sie doch böse lächeln. Da läuft es einem schon mal kalt den Rücken rauf und runter. Ihr Todesblick trifft mich unvermittelt und hart von links. Ich tue erst mal gelassen, spitze die Lippen und singe eine blöde Melodie.

„Hör auf damit!"

Der Uzuk kippt wieder nach vorne und der Regen prasselt jetzt in gewohnter Stärke auf diese geisterhafte Szene herab, so dass es auch unmöglich ist auszusteigen. Wir sind dem Schicksal mal wieder rettungslos ausgeliefert. Der Riss im Plastikdach ist leider immer noch vorhanden, wie wir jetzt schmerzhaft erinnert werden, so dass Max und Walter sich nach hinten und zur Seite beugen müssen, um dem zentimeterdicken Strahl auszuweichen. Dabei kippt der Uzuk natürlich wieder nach hinten und Erika kreischt. Steffi stöhnt und schließt die Augen. Ich lehne mich nur mal so versuchsweise ein wenig nach vorne … und der Wagen … naja … Erika schreit wieder.

„Mach doch mal CD", verlangt Max. „Wanndabei, wanndabei!"

„Nee, jetzt nicht, lass mal", antworte ich ihm. Man soll es ja nicht übertreiben.

„Isch müsst mol raus!", bettelt Erika.

„Wir hören ja jetzt auf mit der Kipperei, Erika, ist gut jetzt", versuche ich sie zu beruhigen. „Keiner mehr bewegen!"

Denn aussteigen will ich jetzt nun wirklich nicht bei dem Sauwetter, und das müsste ich, um sie von der hinteren Sitzbank rauszulassen.

„Isch MUSS ob'r!"

Ach so.

„Jetzt gleich?", frage ich sie ungläubig und blicke erst sorgenvoll in den klatschenden Regen und dann in den Rückspiegel.

„JÄTZ KLEISCH!", kommt es mehr so als Befehl von der
Rückbank und ich fühle, es ist ernst und erlaubt keinerlei Auf-
schub.

„Okay, ich steig aus."

Ich öffne also schicksalsergeben die Wagentür, begrüße den Regen mit ausgebreiteten Händen und einem fatalistischen Lächeln
– und falle der Länge nach hin. Mit dem Gesicht mitten in den
Schlamm, der jetzt in breiten, schnellen Strömen an uns vorüber-
rauscht. Der Weg hat sich in einen wilden, braunen Urwaldbach
verwandelt. Erika klettert achtlos, keine Zeit verlierend, hastig
über mich hinweg und strebt panisch durch den klatschenden Regen dem nahen Unterholz zu, das sie jedoch nicht ganz erreicht.
Etwa zwei Meter, bevor sie es erreicht hat, reißt sie sich ihren Rock
hoch, beginnt an ihrer Unterwäsche zu zerren und brüllt irgendwas. Ich bin entsetzt und blicke peinlich berührt zur Seite.

Was tut diese Frau da? Mein Gott, was passiert hier?

„Ärigoh, Ärigoh, gäht's dir güt?", kommt es aus dem Wagen-
inneren.

„Nee!", kommt es aus dem jetzt endlich erreichten Gebüsch
zurück.

„Kann ich dir helfen, Erika?", rufe ich jetzt mutig durch das
Unwetter in den Busch.

„Nee!", antwortet der Busch, „isch hob an flodden Oddo!"

Flodder Oddo? Muss man das kennen? Hat sie ein Tier gefangen? Ich sehe fragend Walter an, der sich jetzt auch umständlich
aus dem Wagen schält und seiner armen Frau irgendwie helfen
will.

„DOSCHMOSCH", ruft er mir durch den prasselnden Regen zu, aber verstanden habe ich immer noch nichts.

„DÜNNSCHISS, OLÄGGS! DÜNNSCHISS!"

Ist ja gut, ist ja gut. Erika kriecht kraftlos aus dem Busch hervor und sieht einfach erbärmlich aus. Anders kann man diesen

176

Zustand nicht beschreiben. Völlig durchnässt, verdreckt und eigentlich … eigentlich auch vom Tode gezeichnet. Walter geht auf sie zu, will ihr beistehen in dieser schweren Stunde, aber er ist etwas übereilt und unkonzentriert … und der schlammige Graben verschluckt auch ihn mit einem laut und deutlich vernehmbaren „Schlummmpf".

„Vordommt'r Träck!", taucht Walter wieder aus dem Graben auf und sieht ungläubig an sich herunter. Er sieht aus, als sei er selbst der menschgewordene, lebende flodde Oddo.

In diesem Moment hört der Regen wieder auf.

Nach einer Weile wagen sich auch Steffi und Max aus der wippenden Kiste und wir besehen uns gemeinsam die Katastrophe.

„Ihr seht aus!", sagt Steffi. „Meine Güte, ihr seid so dreckig!"

Ja, sie hat recht, wir sehen aus wie James Dean in Giganten, als er das Öl gefunden hat, oder wie nach einem gefährlich misslungenen Wellness-Abenteuer im Gesundheitsschlamm. Wir haben jedenfalls unsere Schlammpackung für heute weg.

Der Uzuk hängt jetzt mit der Schnauze tief und hoffnungslos im vorderen Graben und reckt sein rotes Hinterteil keck in die Dschungelluft.

„Der Wagen hat Vorderradantrieb", sage ich aus dem Stand und Steffi sagt: „Na, und?"

„Jaaa, das heißt, wir müssen ihn vorne belasten, damit die Räder wieder fassen können."

„Ist mir so was von scheißegal."

Ich weiß, dass es keinen Sinn hat, Steffi jetzt, in dieser prekären Lage, auch noch mit technischen Erklärungen zu kommen, aber wir müssen es versuchen. Nur so kann es gehen. Ich weiß, sie ist stocksauer und würde mir am liebsten eine reinhauen, und ich schätze mal, nur die Anwesenheit der Sachsen rettet mich davor. Das hat sie schon einmal, ein einziges Mal gemacht, als ich ihre französische Aussprache von „Coq au vin" nur minimal korrigiert habe, damit es sich nicht wie ‚Kokosnuss im Wind' anhörte. Ich hatte es verdient. Ich war mal, nein, ich bin eben ein unverbesserlicher Klugscheißer. Immer noch.

„Also, passt auf! Ihr …", damit zeige ich auf Walter, die alte Drecksau, und seine bräunlich durchweichte Erika, „… setzt euch vorne auf die Motorhaube, und ihr …", das sind die noch einigermaßen trockene Steffi und der noch recht saubere und tatendurstige Max, „… versucht hinten zu schieben."

Die Mannschaft wagt nicht zu meutern und gehorcht, auch mangels eigener Ideen, und ich selbst setze mich hinters Steuer und starte entschlossen den Motor. Der Uzuk springt freudig an und wartet gespannt auf seine neuen Aufgaben.

Walter und Erika sehen mich von ihrer entwürdigenden Positionierung auf der Motorhaube erwartungsvoll und voller Angst vor der Zukunft an. Steffi und Max kann ich nur in den Außenspiegeln erkennen. Sie drücken von hinten.

„FESTHALTEN! SCHIEBEN!", brülle ich der Crew zu und dann gebe ich Gas, lasse die Kupplung schnacken und sehe es nur noch nach allen Seiten gewaltig spritzen. Der braune Schlamm explodiert förmlich unter den durchdrehenden Rädern und eine riesige Fontäne nach hinten übergießt meine arme Familie.

Ich habe sie erledigt, sie sind praktisch verschwunden unter dem braunen, fruchtbaren Dreck des Dschungels. Ach du Scheiße, ach du Scheiße, aus der Nummer kommst du nie mehr raus, Alex Knippschild, denke ich nur.

Du bist erledigt!

Und ich denke auch kurz an das aufwendige, manchmal sehr eklig und gemein verlaufende Verfahren einer Scheidung. Auch wenn man sich vorher verspricht, keinen widerlichen Rosenkrieg zu führen, so kommt es hinterher meistens doch dazu.

Wer bekommt was? Was soll mit Max werden? Kommt er zu ihr oder zu mir? Wahrscheinlich zu ihr und ich könnte ihn an den Wochenenden besuchen oder zu mir holen. Wo werden wir wohnen? Steffi weiter in unserem Haus? Und ich wieder in einer kleinen, miesen, möblierten Junggesellenbude unterm Dach wie früher? Werde ich wieder nachts durch die Kneipen ziehen und tagsüber bis mittags schlafen?

Ich kann, nein, ich darf diesen schrecklichen Gedanken nicht weiterdenken, schüttele ihn wie ein lästiges Insekt ab und steige aus, um mich der grausamen Wirklichkeit heldenhaft zu stellen.

Egal jetzt.

Und dann stehen wir alle wackelig und unsicher um den Uzuk herum und können es noch gar nicht fassen. Der Uzuk hängt noch immer in der Schwebe, doch die Sonne bescheint uns wunderbar und freundlich.

Wir sehen uns aus fiebrigen Augen an und Max lacht als Erster. Er brüllt so herzerfrischend los, dass es auch aus uns herauskommt wie ein Schwall, wie eine Erlösung, wie ein Dammbruch der Gefühle. Das ist der BRÜLLER. Wir sehen aus wie die steinzeitlichen Menschenfresser aus *Am Anfang war das Feuer*.

Wir lachen so laut – Walter wirft sich übermütig noch mal freiwillig in den Schlamm –, dass wir sie gar nicht kommen hören oder sehen.

„Äläfonden!", kreischt Ärigoh plötzlich, „die Äläfonden!"

Da stehen sie plötzlich wieder vor uns, wie aus dem Boden gewachsen, die Elefantengruppe, die wir schon vor etwa einer Stunde bewundert haben und deren Geruch uns die ganze Fahrt über begleitet hat. Ihr Führer, der oben auf dem gewaltigen Leitbullen sitzt, sieht voller Sorge, aber auch Ekel zu uns herunter.

Kann man uns noch helfen?

„Kenna help you?", fragt er freundlich.

Ja, er kann. Die *Elefanten* können uns retten.

Schnell haben wir das Seil am Uzuk befestigt und der riesige Bulle zieht den kleinen, roten Jeep mit einem verächtlichen Lächeln aus dem tiefen Graben. Wir sind wieder frei. Danke, danke, lieber Elefant, danke, lieber Mensch, da oben in der ersten Elefantenetage.

„One Moment! Wait!", rufe ich dem Elefantenpiloten zu.

Ich fingere mit meinen Drecksfingern in der Tausend-Taschen-Hose herum, fördere zwei dieser blassgrünen Geldscheine hervor und fuchtele vor dem Elefanten damit herum. Der freundliche Mann steigt dafür gern noch mal ab, elegant über den Rüssel des Elefanten, den dieser ihm zuvorkommenderweise hinhält, und nimmt seinen gerechten Lohn mehrmals dankend entgegen. Der Mann und sein Bulle haben es verdient.

Wir sind gerettet.

Den Besuch der Ray-Ban-Mumienleiche schenken wir uns für heute. Wahrscheinlich wären wir als lebende Moorleichen sowieso die größere Attraktion gewesen. Und was ist schon ein toter Mönch mit einer blöden Brille in einem verdammten Glaskasten gegen das, was wir heute erlebt haben. Und so machen wir uns auf den Weg zurück Richtung Baracken-Paradies.

„Junge, fohr nie wied'r, nie wied'r hinaoous!"

Die Fahrt muss leider öfter unterbrochen werden. Ärigoh bekommt so etwa alle drei bis vier Kilometer einen neuen, akuten Anfall von „Doschmosch", so dass ich in aller Hektik überfallartig jedes Mal in irgendeinen uns unbekannten Weg fahren muss, dass die Pfützen nur so spritzen, und beim ersten brauchbaren Gebüsch in die Eisen gehe, damit Erika darin verschwinden kann, *bevor* sie wieder ihren Rock hebt und sich die Unterwäsche vom Leib reißt. Walter fängt nach etwa einer halben Stunde dieser Etappen-Rallye an, sich in Abständen von etwa fünf Minuten zu „iebergäb'n". Das erfordert jedes Mal einen weiteren zusätzlichen Halt.

So kommen wir nur langsam vorwärts und ich würde mir so sehr wünschen, dass die beiden ihre Anfälle aufeinander abstimmen, sie also am besten gleichzeitig bekommen. Dieser Wunsch wird mir aber nur einmal erfüllt.

„OLÄGGS!", brüllen sie gleichzeitig, ich fahre links ran, wie ich das bei diesem Schlachtruf inzwischen gewohnt bin, und die beiden verschwinden direkt und eiligst hinter einem dieser riesengroßen König-Bhumipohl-Verehrungsplakate, die alle paar Meter die Straßen säumen und den König als jungen, entschlossenen Mann mit Blüten umrankt oder auch schon mal mit Saxofon oder seiner Frau Sirikit zeigen. Forever young, auch wenn die beiden schon weit über achtzig sein müssten.

Während Walter und Erika hinter dem Plakat ihren dunklen Geschäften nachgehen, blicke ich mich besorgt um, ob uns nicht vielleicht jemand gesehen hat und uns jetzt wegen Majestätsbeleidigung die berittene Nationalgarde oder so was auf den Hals hetzt. Aber außer den verräterischen Geräuschen von der Rückseite des Plakates passiert nichts, und Walter und Erika können auf ihre Weise den Präsidenten unbemerkt und ohne weitere Folgen beleidigen.

Als wir unser geliebtes Resort endlich erreichen, sind wir alle am Ende unserer Kräfte. Walter und Erika bedanken sich bei uns nochmals herzlich, aber in aller Eiligkeit, für „die scheene Duur" und rennen dann, ohne weitere Zeit zu verlieren, in ihre Hütte, von wo aus sie dann, die Toilette in bequemer Entfernung wissend, in das Konzert des schwerkranken Urlaubsdorfes einstimmen können.

„Uaaah!", „Boorrrg!", „Jüürrrgään!", so erklingt die grausame Synfonie des Dschungels noch immer zwischen den Elendshütten, so dass wir beschließen, unsere Superior-Hillside-Bude jetzt noch nicht zu besuchen. Und so versuchen wir, auf einem Schleichweg an der Lobby vorbei, direkt zum Strand zu kommen, da wir mit dem inzwischen angetrockneten Schlamm aussehen wie menschenfressende Urwesen, die lieber unentdeckt bleiben sollten.

Wir schaffen es nicht ganz. Die Japanergruppe, die uns entgegenkommt und mich ja schon bei meinem Mongolenfoto am ersten Tag erwischt hat, flüchtet kreischend, aber das ist auch schon fast alles. Sonst hat uns wohl keiner gesehen. Beim Überqueren der Straße werden wir gar nicht beachtet, so sieht

man hier in der Nähe der gefährlichen braunen Pfützen eben
aus, und wir erreichen den Strand ohne weitere Begegnungen
und werfen uns in voller, verschlammter Montur in die Wellen.

Herrlich.

Das ist schön. Wir spülen den Steinzeitschlamm einfach weg
und sind wieder Menschen. Und: Der Strand ist unser. Wir sind
ganz allein, fast.

Nur Jeff Goldblum, die Fliege, hockt vor der Strandfiliale der
Hotelbar und schlürft einen grünen Cocktail und Osgary bud-
delt mit seinen Superkräften ein riesiges, längliches Loch in den
Sand, direkt vor seiner sterbenden Mutter. Fast ist es schon groß
genug für ihren Leichnam. Das ist es. Alle Liegen sind frei, der
Strand gehört uns.

Pädder und Hanni kann ich nirgendwo entdecken. Na, dann
sicher morgen wieder.

Und so genießen wir den Rest des Tages mit Schwimmen,
Sonnen, Liegen, Essen, Trinken … WIR MACHEN URLAUB!
Jawoll, richtig wie im Prospekt. Das neue, bisher nie erlebte
Feeling hält an, bis Max in einer erstaunlichen Fontäne seinen
mittags verdrückten Burger in hohem Bogen in den weißen
Sand kotzt. Sagenhaft, was so ein Körper sich wehren kann,
wenn er etwas nicht will. Bestimmt drei Meter weit fliegen die
ekligen Burgerbrocken vorbei an uns ehrfürchtig staunenden,
stolzen Eltern durch die Luft.

Ich schieb die Reste vorsichtig mit den Füßen in Osgarys ver-
lassenes Grab und gehe mit meiner Familie nach Hause. Schon
wieder ein schöner Tag im Paradies!

Und heute habe ich gar nicht mehr ans Sauerland und Well-
ness-Hotelkästen gedacht und ganz vergessen, Ulli anzurufen.

31.12. Achter Tach:
Dick Holliday

„Wo ist die Kohle? Wo ist die verdammte Kohle?"

Ich schrecke aus meinem flachen, unruhigen Schlaf und einem seltsamen Traum auf, in dem gerade ein Mönch mit einer schwarzen Brille Geld von mir verlangt. Weil ich aber kein Geld mehr habe, sondern alles einem Elefanten gegeben habe, der jetzt mit mir auf einer Wippe sitzt, die natürlich auf seiner Seite ganz unten ist, und der mich so hilflos in schwindelnder Höhe zappeln lässt und mir mit zweitausend Baht im Rüssel lächelnd zuwinkt, stoße ich verzweifelt hervor: „Där Äläfond hot die Gohle! Där Äläfond hot die Gohle!"

Jetzt bin ich also einigermaßen wach, orientiere mich kurz und sehe noch, wie Steffi ihren Kopf ruckartig aus der Apothekentasche zieht und mich seelenlos anstarrt, als hätte sie Angst, mich an die bösen Geister verloren zu haben.

„WER?", fragt sie.

„Äh, nix, hab nur was Seltsames geträumt. Was suchst du denn?", frage ich, immer noch im Halbschlaf und immer noch sauer auf den blöden Elefanten.

„Die verflixten Kohletabletten, ich hab sie doch hier irgendwo reingesteckt."

Sie verschwindet jetzt fast wieder ganz in der Tasche, wäre wahrscheinlich am liebsten mit einer Taschenlampe darin herumgelaufen und wühlt sich durch ihr medizinisches Munitionsdepot gegen alle Krankheiten dieser Welt.

„Da! Na, endlich, wusst ich's doch."

Max sitzt aufrecht im Bett, beobachtet sie ängstlich bei ihrer Wühlsuche und sieht dann leidend zu mir herüber. Er macht einen furchtbaren Eindruck und sieht verdammt mitgenommen aus. Steffi hat ihn gestern gleich ins Bett gestopft, nachdem er vorher noch mit enormer Zielsicherheit den neuen roten Teppich, das Doppelbett und die Wand unter dem schönen, grünen Dschungelbild mit je einer gewaltigen Fontäne bedacht hat, deren Rückstände wir dann noch etwa eine Stunde lang notdürftig beseitigt haben.

Der Geruch wird sich sicher im Laufe des Tages verflüchtigen. Das hoffen wir jedenfalls. Dann hatte Steffi ihm unter seinem energischen Protest noch einige wichtige Medikamente eingetrichtert, die ihn wenigstens die Nacht überleben lassen sollten. Bis jetzt hat er überlebt, es ist drei Uhr morgens und heute ist Silvester, der letzte Tag des alten Jahres.

Steffi hat wie immer alles im Griff. Sie ist unsere Medizinfrau, unsere Heilerin und Schamanin. Sie weiß Bescheid bei allen Krankheiten. Sie weiß, was zu tun ist, wenn einer Durchfall, Kotzerei, Verstopfung, Blähungen, Hautpilz, Herpes, Neurodermitis, Malaria, Morbus Crohn oder Creutzfeldt-Jakob hat.

„Ach", sagt sie dann meistens, „was soll ich damit jetzt zu Dr. Padberg gehn, da warte ich anderthalb Stunden zwischen gefährlichen Rentnern und sitze in Schwärmen von tödlichen Bazillen und Viren, und dann verschreibt er mir doch sowieso nur wieder Perenterol, Umckaloabo, Esberitox, Iberogast, Paracetamol oder 'n Antibiotikum, aber das nur, wenn ich ausdrücklich danach verlange."

Sie kann mit medizinischen Zauberworten um sich werfen, dass einem als Nichtmediziner schwindlig wird.

„Da geh ich doch einfach gleich zur Apotheke."

Die Frauen in der Markt-Apotheke sind schon so weit, dass Steffi auch eigentlich verschreibungspflichtige Medikamente ohne Weiteres ausgehändigt bekommt. Sie ist einfach besser als Dr. Padberg, das wissen auch die Apothekenfrauen, und ich frage mich, wann der Tag kommt, an dem sie auch anfängt, kleinere Operationen und chirurgische Eingriffe selbst durchzuführen. Mit dem Skalpell in der rechten und dem Handbuch

„Operieren leicht gemacht" in der linken.

Dr. Steffi Knippschild, OPs aller Art. Termine nach Vereinbarung. Alle Kassen.

Seit wir Max haben, ist sie medizinisch einfach ganz weit vorne. Die kann man nicht mehr einholen. Das bringt die intensive und engagierte Aufzucht von Kindern so mit sich. Jedenfalls für Steffi. Den einzigen heilenden Zauberspruch, den ich aus meiner Kindheit mitgenommen habe, ist „Wick Vaporub". Das war stark und hörte sich an wie ein wilder, nordischer Stammesfürst, der gegen Erkältung, Husten und Schnupfen mit Schwert und Feuer zu Felde zog. So jedenfalls brannte es auf der Brust, wenn man es eingerieben bekam, hat aber immer geholfen. Wick Vaporub haben wir natürlich auch dabei.

„Wie geht's ihm?", frage ich vorsichtig und sehe meinen armen Sohn sorgenvoll an. Er selbst scheint nicht fähig zu antworten.

„Nimm die mal hier", sagt Steffi stattdessen, beachtet mich nicht und hält Max einen dicken Brocken Kohle und ein Glas Wasser vor die Nase.

„Boah, so'n Oschi?", regt Max sich berechtigterweise auf, aber er hat keine Chance. Schon hat Steffi ihm das Dings beim „O" von „Oschi" in den offenen Mund geschoben und kippt jetzt brutal das Wasser hinterher.

„Bäh, hör auf, Mama!", schreit Max und wehrt sich, so gut er kann. Er kann aber nicht so gut heute. Sie hat ihn fest im Griff und kippt noch mehr Wasser in ihn rein, dass es an der Seite wieder herausläuft.

„Mensch, Steffi!", rufe ich und will in meinem Zwang, unterdrückten Menschen überall auf der Welt helfen zu müssen, dem armen Max zu Hilfe eilen, aber meine Frau wehrt mich geschickt mit den Füßen ab.

„Hau ab! Er MUSS das jetzt haben", ruft sie mir aus dem Getobe der Schlacht zu und wacht eisern darüber, ob der schwarze Oschi denn auch wirklich drinbleibt. Er bleibt drin, nachdem er mit finsterer Verachtung von Max geschluckt wird und Steffi ist erst mal zufrieden.

Nu hod där Moggs die Gohle.

„Schlaf jetzt, mein Süßer", meint sie dann ganz schleimig zu dem armen Kerl und streicht ihm zärtlich die verschwitzten Haare aus der Stirn. Sie hat ein irres Talent zwischen aggressiver Kriegsführung und fürsorgender Anteilnahme blitzschnell umzuschalten. Ja, das hat sie.

Dann folgt ein kurzer zusammenfassender Bericht von der Front an mich elenden Kriegsdienstverweigerer, der bis jetzt noch nicht einmal einen Ersatzdienst geleistet hat.

„Tierischer Durchfall. Alles vollgeschissen. Noch mal gekotzt. Teppich versaut. Alles rasend schnell." Konnte die Stellung halten, der Feind ist nicht weiter vorgerückt und hat sich in seine Gräben zurückgezogen, wir müssen aber jederzeit mit einem neuen Angriff rechnen, vollende ich im Geiste ihre Frontberichterstattung.

„Mmh", sage ich nur und bedauere es ehrlich, ihr in dieser zweiten Schlacht mitten in der Nacht nicht beigestanden zu haben, aber ich habe tief und fest geschlafen. Wie meistens. Also will ich mich erheben, um mir die Sauerei wenigstens anzusehen und gegebenenfalls auch noch Reste davon zu beseitigen.

„Is' schon weg", sagt Steffi, als sie meine guten Absichten erkennt.

„Mmh."

Max schläft schnell wieder ein, Steffi wirft sich auch wieder auf die harte Matratze – „Schlaf schön!" – und ist ebenfalls gleich wieder abgetaucht.

Nur ich liege noch eine Weile wach und versinke in warmen Gedanken. Meine Familie, denke ich, was für ein schönes Gefühl, so was sagen zu können. Drei, die zusammengehören, die zusammenhalten, egal, was passiert. Das ist doch was. Und ich nehme mir vor, jetzt immer auf meine beiden richtig aufzupassen und sie vor allem zu schützen, was sie bedrohen könnte. Also bleibe ich noch eine Zeitlang wach und sehe den beiden beim Schlafen zu.

Als ich bemerke, wie eine von diesen verdammten Ko-Samui-Killer-Mücken, die immer noch hier herumschwirren, als hätten sie nicht schon genug Unheil angerichtet, sich auf Steffis Wange setzt, stehe ich kurz davor, direkt zuzuschlagen, aber ich besinne mich, verjage sie nur ganz vorsichtig und versuche sie dann noch in der Luft zu erwischen, was mir aber nicht gelingt. Wahrscheinlich hat sie auch schon zugestochen. Tja, vor allen Gefahren kann ich meine Lieben eben doch nicht schützen.

Und ich denke auch an den Selbecker Kopp, den man uns jetzt wegnehmen will. Das darf ich nicht zulassen.

„Kannst ruhig zum Strand gehen, Steffi, ich mach das schon hier mit Max", sage ich nach dem Frühstück, das Steffi heute alleine besucht hat. Max und mich hat sie mit in Servietten eingewickeltem Toast und Marmelade versorgt.

„Ach, ich geh doch nicht alleine zum Strand", meint sie und kratzt sich an der Wange. Die Mücke. „Ich bleib auch hier."

„Aber Steffi, das ist doch Quatsch, ist doch tolles Wetter heute und wir brauchen doch nicht beide hier ..."

„Ich geh auch zum Strand", meint Max. Es geht ihm wieder ausgesprochen gut heute Morgen, wer hätte das gedacht nach diesen gewaltigen Auswürfen, die sein junger Körper noch heute Nacht fabriziert hat.

„Nix, *du* bleibst im Bett!", ordnet Steffi streng an und Max verzieht sich murrend wieder in seine Kiste.

„Nee, Steffi, geh ruhig", wiederhole ich noch mal mein Angebot. „Ich schreib dann 'n bisschen an meinem Buch rum, das muss ja auch mal weitergehen, und passe auf Max auf. Wir schaffen das schon alleine. Geh ruhig schwimmen oder in die Sonne, aber pass gut auf dabei! Schwimm nicht zu weit raus, da gibt's sicher irgendwelche Strömungen oder wilde, gefährliche Fische, oder so was, und crem dich bloß ein, wegen der Sonne, du weißt ja ... und lass dich nicht von fremden Männern anquatschen. Hoho."

Steffi schüttelt ihren Kopf.

„Was ist denn mit dir los?"

„Ph, wieso", wiegele ich die Sache ab und mache meine berühmte spitze Schnute, „ist doch normal, ich mach mir halt Sorgen um meine Familie. Wie sah's übrigens heute Morgen auf dem Deck aus? Alle wieder da?"

„Nee, alle nicht, und der Rest sah auch nicht besonders aus", erwidert Steffi.

„So'n Pech, wo heute Abend doch die Riesen-Super-Hyper-Party steigt", sage ich, „na, vielleicht sind sie ja bis dahin alle wieder auf dem Damm und können richtig abfeiern."

Seit Tagen wird nämlich für heute Abend die ganz große Silvester-Sause angekündigt: The Paradise Rock Resort New Year's Eve Party, mit vielen großen Unbekannten, also angekündigten Stars und Künstlern aus allen Ecken Ko Samuis, nie gesehenen kulturellen Höhepunkten und einem Buffet, das weltweit seinesgleichen suchen soll.

Tja, wie es aussieht, wird das wohl alles ohne uns stattfinden. Schade, eigentlich.

Steffi sieht mich noch immer unsicher von der Seite an und macht ebenfalls eine spitze Schnute. Ich könnte sie drauf küssen.

„Naja, meinst du, ich könnte vielleicht wirklich mal kurz runter zum Strand?"

„Ja, klaaar! Mach doch! *Wir* kommen klar!"

„Gut. Dann geh ich mal für'n Stündchen vielleicht. Bisschen schwimmen, mal sehn. Aber pass auf, Alex: Max *muss* diese Tropfen hier nehmen, alle zwei Stunden zehn auf 'nem Löffel, in 'ner halben Stunde ist es wieder so weit, wenn ich in einer Stunde nicht wieder hier bin, dann muss er *diese* Tabletten nehmen, und den Saft. Er darf *nicht* in die Sonne und sich *nicht* anstrengen, am besten, er bleibt im Bett oder wenigstens hier im Schatten liegen. Klar?"

„Jahaa, klaaar", nicken wir beide und kneifen uns ein Auge. Steffi macht sich immer viel zu viele Sorgen und sie traut uns Männern einfach nichts zu. Als ob wir das nicht alles auch in den Griff bekämen. Ts, ts, ts. Dann entschwindet sie mit Handtuch und Sonnenmilch hinunter zum Strand. Sie dreht sich zwar noch ein paarmal unsicher um und winkt uns zu, aber sie geht tatsächlich.

Max beschäftigt sich augenblicklich mit seinem Game Boy und trainiert seinen zweiten Hund, der inzwischen auch schon, wie der erste, erstaunliche Kunststücke beherrscht, aber immer noch in die Wohnung kackt. Und ich nehme mir das dicke, noch leere Tagebuch, um endlich an meinem eigenen ersten Buch weiterzuschreiben. Jetzt habe ich auch eine vage Idee, wie sie vielleicht weitergehen könnte. Ich versuche es einfach mal.

Der kleine Tim blickte seiner Mutter traurig hinterher, die ihm aus dem hinteren Fenster des Zirkuswagens noch ein letztes Mal zuwinkte. Dann verschwand der Wagen mit ihr hinter der nächsten Straßenbiegung, und Tim und sein Vater waren allein.

„Warum geht Mama zum Zirkus?", fragte der kleine Tim.

„Sie will eben mal für 'ne Weile was Eigenes machen, und jetzt wird sie eben Urlaubsvertretung auf dem Hochseil und am Messerbrett", antwortete sein Vater ihm.

„Ist das denn nicht viel zu gefährlich?", fragte der kleine Tim.

„Ach, es gibt ja ein Netz, das fängt sie auf, wenn sie runterfällt, es kann ihr gar nichts passieren. Und die Messer sind ganz stumpf, weißt du, und der Mann kann wirklich sehr gut werfen damit. Außerdem hat sich Mama das doch immer gewünscht, und bald ist sie ja wieder da. Wir schaffen das doch locker alles alleine für eine Weile, meinst du nicht?"

Tim glaubte es nicht.

Tja, denke ich, ob das gut ist? Mmh. Ich bin mir noch nicht sicher. Aber so richtig schlecht ist es auch nicht, oder?

Und dann muss ich wieder an den Wellness-Kasten am Selbecker Kopp denken. Heute darf ich nicht vergessen, im Sauerland anzurufen. Vielleicht hat sich was getan. Vielleicht hat man ja geheime Geldflüsse von Schlüters zu Blömeckes Konten entdeckt, Blömecke muss abdanken und das Projekt stirbt. Oder man hat vielleicht endlich diesen verrückten Vogel entdeckt …

„Wann kommt Mama wieder", kommt es aus der Hütte.

„Ist ja gerade erst gegangen, Max, jetzt lass sie doch mal, sie wollte doch immer schon zum Zirkus."

Dann kommt Besuch. Pädder scheint wieder auf den Beinen zu sein oder die Bombe hat ihn überhaupt nicht erwischt. Er nähert sich unserer ärmlichen, aber inzwischen schon recht lieb gewonnenen Behausung mit großen Schritten und einem Sechserpack Singha-Bier.

„Pädder!", begrüße ich ihn freudig und bitte ihn auf unsere wackelige Terrasse. „Alles klar?"

„Jo", sagt er. „Getz widder. Alläx, dat war viellaicht 'ne Schaiße, sachich dir, woll. Ich happ gekoootzt wie 'n Reiher un geschiss'n un …"

„Ja, ja …", antworte ich schnell. „Max hat's auch."

„Oh, der arme Gunge!"

„Mir geht's gut", sagt da aber der arme Junge und winkt uns fröhlich aus seiner Hängematte zu.

„Komm hier", sagt Pädder, „lass uns 'n Bierchen zisch'n, woll?"

Und das tun wir dann. Schön kalt ist es noch. Pädder scheint also doch einen Kühlschrank in seiner Bude zu haben. Von wegen, alle gleich.

„Wat iss denn mit dir, Alläx", fragt Pädder dann besorgt, als er merkt, dass ich nicht besonders gesprächig bin.

„Ach ja …", sage ich erst mal und trinke noch ein wenig Bier. Und als er mich dann immer noch fragend ansieht, sage ich: „Ach, es ist nur …" Naja, und während er umständlich seine Zigarre in Brand setzt, erzähle ich ihm, dass ich ja gar kein Schlagertexter bin, was er etwas bedauert, mir aber nicht übel nimmt. Und ich erzähle ihm, was ich wirklich mache da im Sauerland und dass es da eben gerade Riesenärger gibt. Ich erwähne ganz vage etwas von einem Bauvorhaben und dass ich, wir, da als Zeitung was unternehmen wollen und müssen. Mehr will ich ihm aber im Moment auch nicht sagen. Was hat er damit zu tun? Ich will ihm ja nicht auch noch seinen Urlaub versauen.

Pädder hört zwar sehr geduldig zu, scheint auch etwas nachdenklich geworden zu sein, sagt aber nichts. Na gut. Muss ja nicht.

Und so quatschen wir dann über dies und das und die Zeit vergeht wunderbar und herrlich – aber verdammt schnell.
Vier Singhas sind schon leer.

Oh, verdammt, es ist ja schon ein Uhr und ich habe ja das ganze Pillenprogramm für Max vergessen. Wie war das jetzt noch? Diese hier sofort und von denen zwei in einer Stunde? Und die Tropfen? Was ist mit den Tropfen?

„Entschuldige mal eben, Pädder!“

„Ja sicher.“

„Max?“

„Was is?“

„Wie ist das hier mit deinen Medikamenten, weißt du's noch?“

„Gib her, ich weiß Bescheid“, sagt er cool, nimmt mir alle Fläschchen und Schächtelchen ab und nimmt dann ein Mittelchen nach dem anderen ein. Ein toller Junge. Ich bin sehr stolz auf ihn.

„Wo bleibt Mama denn?“, will er dann wieder wissen. „Ist ja schon Mittag.“

„Hast du Hunger?“

„Bisschen.“

„Geht's dir gut?“

„Alles gut!“

„Nicht mehr schlecht?“

„Nö. Kein bisschen.“

„Komm, dann gehen wir Mama suchen und essen dann zusammen was am Strand.“

Ich wundere mich jetzt auch langsam, wo sie eigentlich bleibt. Schließlich wollte sie ja nur eine Stunde wegbleiben, und jetzt sind's inzwischen schon drei. Das ist eigentlich nicht ihre Art. Da wird doch wohl nichts passiert sein?

Also wandern wir auf der Suche nach Steffi runter zum Strand. Pädder kommt mit. Seine Hanni sonnt sich. Sie hat kein Eis gegessen.

Heute ist ein herrlicher Tag, kein Regen in Sicht, Max geht's gut, ich habe ein wenig an meinem Buch geschrieben und mich prima mit Pädder Lotze unterhalten, mit dem ich mich richtig gut verstehe. Ist 'n prima Kerl. Vielleicht können wir ja doch alle heute Abend auf die große Silvesterparty gehen und das neue Jahr begrüßen. Das wär doch schön.

Als wir uns dem Strand nähern, hören wir leise das Stöhnen der Halbtoten. Sie haben zwar die Bombe überlebt, aber manche liegen noch dick eingepackt auf ihren Liegen und jammern still, aber dennoch deutlich auf dem Wege der Besserung befindlich, vor sich hin. Einige scheinen auch schon wieder ganz erholt zu sein und können sich schon wieder vorsichtig den üblichen, notwendigen Urlaubsaktivitäten wie ölig herumliegen, albern plantschen, Ball oder andere Gegenstände einander zuwerfen oder einfach ziellos herumlaufen hingeben.

Dann hören wir sie lachen.

Steffi. Ganz deutlich.

Ich höre sie gerne lachen. Es ist absolut ansteckend und klingt so herrlich befreit, aber dieses Lachen ist ein anderes. Und das kenne ich auch, habe aber nicht die besten Erinnerungen daran. Zuletzt habe ich es vor ein paar Jahren auf der Hochzeit meines Freundes Bernd gehört, als sie mit Bernds Vater fast die ganze dröge Veranstaltung über an der Bar des Hochzeitsgasthofes gehockt, einen Sauerländer Edelkorn nach dem anderen getrunken und mit dem Alten über Bernds neue Frau dreckige Witze gerissen hat. Und wir sie dann erst spät in der Nacht unter Aufbietung einiger Überredungskunst und geschickter Handgriffe endlich in ihr Bett bekamen. Bernds Ehe wurde voriges Jahr schon wieder geschieden, was aber nicht unbedingt mit Steffi zu tun haben muss.

Als wir näherkommen, sehen wir sie dann auch. Sie sitzt ausgerechnet mit dem australischen Silberreiher King Louie, zwei knallbunten Cocktails und etwa zehn leeren Gläsern vor der Strandbude und ist offensichtlich bester Dinge und überaus guter Laune. King Louie und Steffi prosten sich zu, dass die Gläser krachen und haben ihren Spaß dabei. Hin und wieder blickt einer der anderen Strandbewohner interessiert und auch genervt zu ihnen herüber.

„Steffi?", rufe ich ihr vorsichtig zu, als gäbe es noch eine Hoffnung, dass es sich doch um eine böse Verwechslung handeln könne. „Steffi?"

„Oh, Alllläx", begrüßt sie mich freudig, viel zu laut und mit viel zu vielen „LLLs", „the famouss sssinger from Böörlin!"

Ihre Aussprache lässt schon ein wenig zu wünschen übrig, es klingt alles schon schwer abgeschliffen, fast wie schon mal benutzt oder wie recycelte Worte aus einer anderen Sprache, was mich leicht beunruhigt.

Pädder sieht mich besorgt an, ich zucke mit den Schultern. Wat willze machen?

„Helllllooo!", jubiliert sie, wieder mit zu vielen „LLLs" über den Strand, so dass uns schon wieder allseitige, interessierte Verachtung widerfährt. Familie Inkognito hat anscheinend wieder einen überraschenden Sketch vorbereitet. Man darf gespannt sein. Ich nicke nur beschwichtigend und souverän lächelnd in die Runde, tue so, als sei das alles ganz normal, und versuche zu retten, was noch zu retten ist.

King Louie registriert durch seinen schon leicht verschleierten Blick dennoch meine Bedenken Steffis Zustand betreffend, blickt mich schuldbewusst an und versucht sofort zu erklären.

„We just sssit and drink sssomething, nothing'sss happened, Ällex, my friend. Hahaha!"

Zu viele „SSS".

Naja, es ist eben doch was passiert. Steffi hat einen sitzen, und zwar kräftig.

„Mama, was ist denn los?", fragt Max besorgt und geht zu ihr hin.

„Hallo Maxss, mein Süßer! Gar nixss iss passssiert. Ich hab hier den netten Lllouis getroff'n, und da ham wir uns ein' gesswitschert. Haha."

„Steffi!"

„Alllläx, Schatzi", flüstert sie mir jetzt zu und ich kann alle Getränke dieser Strandbar riechen, „ich happ dem Lllouis erssählt, du wärss ein famouss Ssinger aus Böörrlin. Lllusstich, nä. Er hattass geglaub'."

Und dann lacht sie ganz wahnsinnig und hält sich die Hand vor den Mund. King Louie blickt grinsend von einem zum anderen und bekommt offensichtlich nichts mit.

„Berlin! FamoussSssinger!", ruft er dann zu uns rüber.

„Steffi ist gut jetzt, komm, wir bringen dich in die Hütte."

„Ich willl nich inni Hütte, ich willl hier mit Lllouis und euch noch 'n bissschen sitzssen. Kommt setzssteuch ssu unss!"

„Mama, jetzt komm mit", versucht es Max noch mal. „Is' ja ultrapeinlich."

„Ooooch, mein kleiner Max, komm her, ich happ dicha sooo llliiieb! Warum biss du eing'klich nich mehr krank? Wassen lllos? Hass du die Pillll'n genomm'?"

Sie streckt ihre Arme nach ihm aus, aber Max ist sich nicht sicher, ob er da hineinlaufen soll. Pädder steht etwas unentschlossen neben mir.

„Ja, hat er. Jetzt komm, Steffi. Wir bringen dich in die Hütte."

Oh, oh, ich habe nicht gut auf sie aufgepasst.

„Der Lllouis denkt jetzz, du bisss ein berühmter Sssinger auss Böörlllin."

Steffi kann ziemlich hartnäckig sein.

„Jaaa, dann denkt er das! Lass ihn doch."

„Aber du kannsss doch gar nich singen. Hahaha."

„Ich kann's ja noch lernen", gebe ich genervt zurück und versuche, sie unterzuhaken. „Max, hilf mal mit!"

„I'll help you!", grölt King Louie, wankt zu uns herüber und mischt sich in die Rettungsaktion ein. Pädder will eingreifen, doch er weiß nicht so recht wie. Es wird ein hilfloses Gerangel und Gezerre um meine verdutzte Steffi, und dann fallen wir alle der Länge nach in den Sand.

King Louie hat mich umgerissen. Pädder steht noch.

Die gemeine Strandmeute bestaunt die Aktion mit leuchtenden Augen und man winkt schnell den Rest der Strandbevölkerung herbei, denn hier scheint sich eine neue Attraktion anzubahnen, die man auf keinen Fall verpassen will. Die Nipsis bieten mal wieder Außergewöhnliches in der langweiligen Urlaubswelt. Die Ballspiele werden augenblicklich gestoppt, die verölten Sonnenbader drehen sich auf ihren Liegen zu uns um, die emsigen Strandläufer erstarren in Verzückung. Wir sind mal wieder der Mittelpunkt des Stranduniversums.

„Verdammt noch mal, lass los, Louie! Let loose!", oder wie das noch mal auf Australisch heißt. Wir raffen uns mühsam wieder auf, nur Steffi bleibt verwirrt im Sand hocken und sieht uns lächelnd an.

„Max!", sage ich nur, und er weiß sofort, was zu tun ist. Wir hieven unsere Steffi also auf ihre Beine, auf denen sie nach einer Weile wackelig zu stehen kommt.

„Kannst du gehen?", frage ich und werde zugegebenermaßen etwas nervös, aber auch ärgerlich. So was erlebe ich zwar nur alle paar Jahre einmal, aber dann ist's umso schlimmer. Es gibt da bei Steffi einen Punkt, den darf man nicht verpassen.

„'ch kann gehn!", verkündet sie tapfer und sinkt augenblicklich wieder rückwärts in den Sand. Ein erschrockenes und zugleich begeistertes vielstimmiges „Ooh" geht über den Strand.

Als ich mich zu ihr runterbeuge, um sie ein zweites Mal aufzustellen, da flüstert sie mir wieder was zu.

„Passauf, Alläx, ich happ dem Llouis gesacht, du biss in Wirklichkeit der berühmte Dick Hollliday, 'ne gansss großsse Nummer in Japan. Schon über fümmf Mi'ionen Platt'n verkauft. Hihihi."

„Ja, Steffi, ist gut jetzt."

Oh Mann, was hat sie dem denn bloß erzählt? Dick Holliday! Na, von mir aus, Hauptsache, wir kommen jetzt hier vom Strand weg.

„Hallö Oläggs, isch hölf dir!"

Der gute Walter steht plötzlich neben mir und klopft mir mitfühlend auf die Schulter. „Des kriesch mer schon hin! Bring mer se nuff! Gonn jo mol bossier'n."

„Ich mach dat schon mit Alläx. Lass ma, Wallter", sagt Pädder hilfsbereit und packt tatkräftig mit an.

Pädder und ich haben Steffi kurzerhand auf eine der Liegen gepackt – es ist tatsächlich eine frei –, und er meint, wir sollten sie direkt mit der Liege zur Hütte rauftragen. Und so heben wir die Liege an, Pädder vorne und ich hinten, und tragen meine arme Steffi wie eine Tote auf einer Bahre vom Strand. Max und Walter halten uns den Weg frei und vertreiben wütend die Schaulustigen.

„Don't forget the New Year'sss Eve Party t'night", bollert King Louie uns noch nach, aber ich antworte ihm nicht. Den habe ich sowieso gefressen heute. Und außerdem bin ich wirklich nicht in der Stimmung, heute Abend auf den blöden Silvesterball zu gehen. Lass mich bloß in Ruhe, King Louie!

Dafür scheint Steffi in ausgesprochen guter Stimmung zu sein und quicklebendig.

„Junge, komm ballld wieder, ballld wieder nach Haoouuss…", singt sie laut und deutlich und voller Inbrunst, als wir den Strand verlassen, und Walter singt ergriffen mit. Ich sehe Max an und er mich und wir verdrehen beide die Augen. So was haben wir dann doch noch nicht erlebt.

An der Hütte angekommen, setzen wir sie samt Liege auf unserer Terrasse ab, ich lege ihr ein Bettlaken über und sie schläft sanft und laut schnarchend ein. Der Tag ist schon mal gelaufen. Bis jetzt.

* * *

„Gehen wir jetzt?", fragt Max gegen sieben Uhr abends. Steffi hat sich bis jetzt noch nicht gerührt.

„Wohin?"

Ich weiß im Moment wirklich nicht, was er meint.

„Na, zur Silvesterparty, natürlich!", meint er ärgerlich.

„Das geht doch nicht, Max. Du siehst doch selbst, deine Mutter ist halbtot und …"

„Mir geht's gut!", kommt es da – allerdings etwas zögerlich – unter dem Bettlaken hervor. „Ich binnokej."

„Steffi, bist du's?", frage ich.

„Ja, ich binn's!", sagt das Laken.

„Wie geht's dir?"

„Gut."

„Dann steh auf, Mama, wir gehen jetzt zur Silvesterparty", nölt Max sofort und zerrt an ihr herum.

„Max, lass sie doch!", versuche ich Steffi zu retten.

„Nein, nein, is schonnokej", antwortet Steffi, taucht unter den Laken auf und steht tatsächlich, wenn auch etwas wackelig, auf. „Mirgehtswiedergut, haprimageschlafen."

„Mmh."

Ich will es nicht so recht glauben, aber sie hat tatsächlich fast ganze sechs Stunden geschlafen. Sollte das reichen, um einen Schwipps wie den ihren erfolgreich niederzukämpfen? Es sieht so aus. Sie macht einen recht tapferen Eindruck.

„Äh, sag mal, Alex, heute Morgen am Strand …", beginnt sie, jetzt schon etwas sortierter, „wie war ich?"

„Sehr überzeugend", antworte ich ihr ehrlich, voller Anerkennung und Ironie. „Tolle Nummer. Wirklich. Alle waren begeistert."

„Dann bleib ich lieber hier", meint sie dann.

„Alle oder keiner", ordne ich an und sehe zu Max rüber. „Jetzt erst recht. Ist doch unser Urlaub, was gehen uns diese Typen an."

„Alle!", ruft Max, „komm, Mama, wir gehen. Die haben da 'ne super Bühne aufgebaut und ein Riesenbuffet und so. Es gibt Thai-Boxen und Zaubern."

Max ist den ganzen Nachmittag über immer wieder zur Lobby gelaufen und hat mich über den jeweiligen Fortschritt der Aufbauarbeiten unterrichtet.

„Kannixessen. Äh … geht schon mal vor, ich komme nach…", sagt sie und verschwindet wieder in der Hütte.

„Wirklich?"

„Ja, ich komme! Später!"

„Jou, komm, wir gehen", jubelt Max, „komm!"

„Ach, Max, ich weiß nicht…"

Aber da hat er mich schon hochgescheucht, wir ziehen uns noch ein wenig feierlicher an, jedenfalls so, wie wir es für feierlich genug halten, und dann verschwinden wir beide doch tatsächlich in Richtung Silvesterparty.

Ich überlege kurz, ob ich noch mal in der Redaktion anrufen soll, aber, ach, heute ist ja Silvester. Im Sauerland zwar erst Mittag, aber da ist trotzdem kein Mensch. Die feiern heute alle.

Also machen wir das *auch*.

Alles ist festlich geschmückt und sieht wirklich toll aus. Man hat sich viel Mühe gegeben, besonders prächtig und für eine große Feier angemessen zu gestalten. Bunte Lichterketten erhellen den Buffetbereich, der mit Palmblättern und allerlei tropischem Grünzeug üppig dekoriert ist. Der Swimmingpool ist halb abgedeckt durch eine waghalsige Holzbühnenkonstruktion, auf der die angekündigten großartigen Darbietungen des Abends stattfinden sollen.

Man begrüßt uns freundlich, führt uns zu unserem Tisch und fragt bedauernd nach Missi Nipsi.

„Later", sage ich freundlich. „Later!"

Und dann sitzen wir beide inmitten der silvesterlichen Pracht. Alle sind da.

Die Fliege mit ihrer zusammengesunkenen Familie, Osgary mit apathischem Forscherpapa und unzufriedener, aber immerhin noch lebender Mama, die Laokoon-Gruppe, wie immer verschlungen und verliebt, Ehepaar Leichenhalle, versteinert und verbittert, die kreischenden australischen Primaten *ohne* ihren Silberrücken, die Wittener, wieder lustig und zufrieden wie immer, und auch Wollda und Ärigoh sind da und winken uns fröhlich zu. Den Rest der Anwesenden kennen wir nicht, es sind heute viele neue Gäste im Paradies angekommen.

Es wird eng.

Man ist heute durchaus entschlossen zu feiern, das spürt man gleich. Viele haben sich entsprechend festlich ausstaffiert, als erwarte man Größeres für diesen Abend. Jedenfalls die Damen. Wir beide haben leider nicht besonders Festliches in unseren Koffern gefunden. Aber es muss reichen.

Heute ist er also endlich gekommen, der Abend des langen Kleides, des eleganten Blazers, des Pailletten-Tops und all dieser feierlichen Fummel, die in einem tropischen Urlaubskoffer zwischen Shorts, Badehosen und Hawaiihemden eher ein geächtetes Einzelgängerdasein fristen. Der heutige Abend scheint die Antwort auf die bekannte Männerfrage „Wann willst du *das* denn anziehen?" zu sein. Heute ist endlich mal Gelegenheit, den Männern zu zeigen, warum man die Schrankkoffer wirklich braucht und dass das Schleppen sich gelohnt hat.

Über unseren Auftritt in eher lockerem, gehobenem Freizeitdress tuschelt man allseits munter herum. Wahrscheinlich weniger wegen unseres Outfits, sondern weil jemand aus unserer lustigen Familie fehlt. Und alle wissen warum.

„Mein Gott, war die Frau besoffen", „Ganz schön ein' gepichelt", „Dat arme Kind", „Der arme Mann" und ähnliche Bemerkungen werden jetzt sicher gerade die Runde um die Tische am Pool machen.

Ach, mir ist es egal. Erst mal Platz genommen und freundlich in die Runde gelächelt, was das Zeug hält. Jetzt erst recht. Was haben wir noch zu verlieren. Wir haben den Anwesenden ja praktisch schon alles geboten, was unser reichhaltiges Repertoire an Attraktionen hergibt. Schlimmer kann es nicht werden.

Punkt acht, nach einer Art blechernem Fanfarensignal, stakst auf die nachmittags zusammengezimmerte und überaus wackelig wirkende Bühne eine stark überschminkte, langbeinige, in ein hautenges, rotes Paillettenkleid gezwängte Dame, die nach meinen vorsichtigen Schätzungen sicherlich fast eins neunzig Höhenmeter erreicht, aber dennoch so sehr weiblich wirkt, dass es schon wieder fast unwirklich ist.

„Das ist ein Transvestit", flüstere ich Max, klugscheißerisch, wie ich bin, zu.

„Was ist ein Transistit?"

„Ein Trans-VES-tit ist ein Mann, der sich als Frau verkleidet."

„Das soll ein Mann sein?" Max kann es nicht glauben und gafft unverhohlen zur Bühne.

„Das *ist* ein Mann", nicke ich wissend.

„Warum macht der das?", fragt Max aufgeregt. Ich habe sein Interesse an sexuellen Dingen damit wieder geweckt, was gar nicht meine Absicht war, und sogar auf ein offensichtlich bisher noch unentdecktes Gebiet geleitet. Selber schuld.

„Mmmh. Er hat eben Spaß daran", antworte ich allgemein und unverfänglich und denke eigentlich, dass die Fragerei damit ein Ende hat.

„Ist doch panne", meint Max entrüstet, „das macht doch keinen Spaß, guck mal wie der aussieht!"

„Ist ja gut, Max, jetzt mach doch nicht so 'n Bohei darum, lass den doch … und sei nicht so laut."

„Aber wenn das 'n Mann ist", flüstert er, „… dann hat der doch … äh … also …"

„Ja, hat er", antworte ich etwas kurz und blicke vorsichtig nach allen Seiten. Ich will jetzt wirklich ein Ende haben.

„Das heißt, dass er da unter'm Rock …?"

„Ja, Max, da unter dem Ro-hock. Und jetzt sei still und lass uns mal hören, was er sagt."

Der weibliche Herr Moderator hat gekonnt hochhackig stelzend den vorderen Bühnenrand erreicht, das hochgeschlitzte Kleid lässt seine langen, sorgfältig enthaarten und zugegebenermaßen wirklich formschönen Beine blitzen, nimmt geschmeidig und überschwänglich lächelnd das Mikrofon aus der Halterung und beginnt.

„Lädiii änn Schäntemänn …"

„Hör mal, wie der redet, Papa! Ganz tief."

„Ich sag ja, das ist ein Mann!"

„Wällkamm to dä great Pelledei Lock Lissoh Nu Year's Eve Pohdy!"

Also, soviel ich verstehe, begrüßt er/sie uns alle aufs Herzlichste zur Paradise Rock Resort New Year's Eve Party.

„Die Stimme! Boah!" Max ist außer sich.

„Ist gut jetzt, Max, hör lieber zu."

„Ich versteh ja gar nichts."

„My Nehm is Läddy Dei, hähähä, änn I plisänn tu ju männi wandäful atläckschän tunei!"

„Also, sie heißt Lady Dy, oder so ähnlich, und hat heute Abend 'ne Menge wunderbare Attraktionen für uns", übersetze ich für Max, der aber an meiner Übersetzung überhaupt nicht interessiert scheint. Er hat nur Augen für Lady Dei.

Und dann folgt auch schon die erste Attraktion. Folkloristisch und knallbunt überfällt sie uns von hinten und will es uns zunächst erst mal so richtig geben. Die volle tropische Volkstanz-Dröhnung. Die fröhliche Truppe, aus etwa zehn Tänzerinnen und Tänzern bestehend, die gewagt zwischen unseren Tischen herumhüpft und vor allem das Personal durcheinanderbringt, haut ordentlich auf Pauken und Schellenbäumen herum, kreischt und macht einen Höllenlärm, so lange, bis endlich alle bösen Geister vertrieben und wir reif für das nächste Wunder sind: eine einheimische Gesangsgruppe dreier dicker Männer mit Gitarren, die man leider wegen der zu Aussetzern neigenden Musikanlage nicht besonders gut verstehen kann. *Guantanamera* ist jedenfalls auch dabei.

Applaus. Weiter.

„Wann kommt sie denn wieder?", will Max wissen.

„Da!"

Lady Dei hat wieder den langen Weg auf die Bühne mit gekonnten Hüftschwüngen und viel geschlitztem Bein hinter sich gebracht und gibt mit viel Hallo und Brimborium das hochgelobte Buffet frei, das schon geraume Zeit mit lüsternen Blicken, scharrenden Füßen und erhöhter Speichelproduktion von der lauernden Raubtiergesellschaft beäugt wurde.

Und es ist, als hätte Lady Dei vor Feuer oder einem Raketenangriff aus dem Weltall gewarnt. Alle springen auf, als stünden ihre Stühle plötzlich unter Strom, und stürzen sich gierig brüllend auf die angebotenen Köder. Ein einzigartiges Schauspiel von brutaler Härte und dem ewigen Recht des Stärkeren bietet sich uns. Natürliche Auslese in freier Wildbahn. Alte Urängste, Futterneid und Rudelverhalten müssen Ursache eines derartig aggressiven Fressreizes sein.

Die Wildtiere knurren sich bedrohlich an und verscheuchen die Schwächeren und Kranken unter ihnen gnadenlos, während sie das Aas bergeweise auf ihre Teller schaufeln. Und hier und da gibt es auch schon mal kleine Beißereien, die dann vom geschulten Personal nur durch das Vorwerfen von weiterem rohen Fleisch auf den Grill beigelegt werden können.

Ganz hinten an einem der Tische sehe ich die Lotzes sitzen. Pädder überragt alle um mindestens einen Kopf und die qualmende Zigarre setzt mit der knallroten Glut ein deutliches Leuchtzeichen. Hanni ist schwer gerötet und dampft etwas. Als Pädder mich entdeckt, winkt er mir freundlich zu.

Die Orgie am Buffet nimmt kein Ende. Max und ich wenden uns angewidert ab und lassen es langsam angehen. Ich bestelle erst mal ein gute Flasche Rotwein und Max nimmt vorsichtigerweise Mineralwasser. Keine Cola. Vernünftiger Junge.

„Geht's dir gut, Max, alles klar?"

„Ja, alles klar, mit geht's gut", antwortet er und er wirkt auch durchaus überzeugend. Er ist also geheilt.

„Sag mal Papa, gibt's denn bei den Transistiten …"

„Trans-VES-titen", verbessere ich ihn wieder.

„Ja … ich meine, gibt's da auch Frauen, die lieber Männer sein wollen? Und wachsen den Männer, die lieber Frauen sein wollen auch, also … hier oben, meine ich …"

„Brüste", helfe ich ihm auf die Sprünge. Immer schön locker bleiben.

„Genau."

„Ja, klar gibt es auch Frauen, die lieber Männer sein wollen", sage ich so harmlos wie möglich, als würden wir gerade über Pickel oder fettige Haare reden, „und Männern, die lieber Frauen sein wollen, wachsen natürlich nicht einfach so … äh … Brüste."

So, jetzt habe ich das Thema aber satt und meiner Meinung nach auch grundlegend abgehandelt. Ich schiele immer wieder mal zum Buffet herüber. Aber da tut sich noch keine Möglichkeit auf, ohne Rempeleien und Alphatier-Gehabe an einen der umlagerten Fresströge zu kommen. Also muss ich mich wohl oder übel den weiteren fachspezifischen Fragen meines Sohnes stellen.

„Also, dann ist diese Tusse da auf der Bühne ein Mann, der unten … und oben …"

Max gibt nicht auf.

„Ja, unten … und oben", bestätige ich ihm widerwillig.

„Ja, aber wenn er doch ganz doll eine Frau sein will …"

„Max!"

Ich weiß nicht, wie ich seinen Wissensdrang noch bremsen kann. Ist ja schließlich ganz normal, dass er sich dafür interessiert. Ist ja auch gut, ja, sicher, Kinder sollen fragen. Wer nicht fragt, bleibt dumm. Aber warum müssen die heute an diesem blöden Silvesterabend ausgerechnet einen Transvestiten engagieren, der uns durch Programm führt und ganz spezielle Fragen aufwirft. Kann das nicht …? Na, egal.

„Also, Max, pass mal auf: Es gibt natürlich auch eine Möglichkeit, sich nicht nur Frauenkleider anzuziehen, sondern, wenn man das wirklich will, … kann man auch medizinisch … was machen."

„WAS MACHEN?"

„Jaaa, hach, also man gibt denen Hormone, dann wachsen da auch … na, also … Brüste und sie werden runder. Weiblicher. Verstehst du?"

Ich hoffe wirklich sehr, dass er es verstehen wird, und jetzt vielleicht hungrig genug ist und das Thema endlich vom Tisch kommt.

„Brüste wachsen?"

„Ja. BRÜSTE WACHSEN! Verdammt noch mal!"

Die Herrschaften am Nachbartisch werden aufmerksam. Max lässt nicht locker.

„Ja, und … da unten …?"

„Mensch. Max, da unten, das bleibt, es sei denn …"

„WIE?"

Jetzt habe ich ihn geschockt. Er blickt mich entsetzt und verstört an und ich weiß nicht, ob ich vielleicht schon viel zu weit gegangen bin. Muss ein Elfjähriger das alles wissen? Muss er das alles *fragen*?

„Komm, wir holen uns jetzt was zu essen", versuche ich es halbherzig, aber Max gibt nicht auf.

„Es sei denn … ECHT, Papa?"

„Ja, Max, äh … also, man kann auch operieren."

„ECHT?"

„Ja!"

„Ab das Dingen?"

„AB DAS DINGEN! JA! Komm jetzt, wir holen uns was zu essen."

Der Nachbartisch starrt uns mit offenen Mäulern, aus denen Grillreste hängen und Öl trieft, hinterher.

Jetzt ist es also raus. Verdammt aber auch. Ich schnappe ihn mir einfach und zerre Max ärgerlich zum Buffet, das zwar immer noch hoffnungslos überfüllt ist – aber das Ende der Schlange mit den Verlierern ist schon auszumachen, so dass ich mich brav mit ihm hinten anstelle und hoffe, dass er angesichts der Reste der ursprünglichen Herrlichkeiten auf den Tischen einfach darüber hinwegkommen wird.

Ich habe mich aber getäuscht. Oh, was habe ich nur getan? Das ist doch viel zu brutal. Was bin ich für ein Vater? Warum ist Steffi nicht hier?

„Ich hab keinen Hunger!", mault Max und will schon wieder weg.

„Max, jetzt iss doch wenigstens hier so 'n Stück Brot oder so was."

„Nee, will nicht."

Damit geht er wieder zu seinem Platz und wartet gespannt auf den nächsten Auftritt von Lady Dei.

„Läddii änn Schäntemänn …"

Sie ist wieder da und stolziert noch höher gehackt als eben über die wackelige Bühne, dass es gefährlich wippt, und kündigt die nächste Welt-Sensation an. Max sieht jetzt ganz genau hin – unten und oben. Ich habe keine Ahnung, was er sich da ausmalt. Während des Essens – ich habe nur noch die letzten verbrannten und zerfetzten, kalten Hähnchenteile vom Grill bekommen – nervt uns ein Zauberer, dessen Tricks man schon hundertmal gesehen hat, und wenn man sie noch nicht kennt, muss man nur genau aufpassen. Es erklärt sich praktisch alles von selbst. Trotzdem gibt es wohlwollenden Applaus.

Und Abgang. Die Lady erscheint wieder auf der Bühne. Max ist ganz still.

„Weißt du, Max, es ist eine komplizierte Operation, nicht einfach nur ‚ab‘ … also … wie soll ich dir das erklären …?"

„Ja, is schon gut, Papa, ich kann's mir vorstellen", antwortet Max und hat weiterhin nur Augen für Lady Dei. Ich bezweifle zwar, dass er es sich auch nur annähernd vorstellen kann, das kann eigentlich nicht einmal ich, aber ich lasse ihn jetzt erst mal in Ruhe.

Lady Dei hat uns inzwischen eine lustige Aufgabe gestellt, die Max selbstverständlich auf Anhieb löst. Es geht um die Frage, welchen thailändischen Namen der berühmte Felsen hat, der auch als ‚Grandfather and Grandmother Rock‘ bekannt ist. Der P.-Felsen! Ach du liebe Güte, hört das denn gar nicht auf?

„Hin Ta Hin Yai", sagt Max. Ich zucke mit der Schulter, ich habe es wieder vergessen, nein, wahrscheinlich verdrängt, aber er hat es sich natürlich gemerkt. Ist klar. Max schreibt also die Antwort und seinen Namen auf einen Zettel, der extra dafür an jeden Tisch verteilt wurde und nun eingesammelt wird.

„Wo bleibt Mama bloß?", frage ich Max.

„Keine Ahnung."

„Ich geh gleich mal rauf nachsehen", sage ich, während sich das Programm durch weitere fragwürdige Attraktionen wie Thai-Boxen und Feuerjongleure mit langen, an beiden Enden brennenden Keulen, die sich schnell drehen, kämpft.

Und dann kommt sie.

Steffis Erscheinen ist wie ein Auftritt. Alle stieren hin. Einigen fällt die Gabel aus der Hand, anderen die Kinnlade herunter. Sogar die Feuerjongleure kommen einen Augenblick aus dem Takt.

Steffi hat sich mit allen Raffinessen aufgebrezelt, die das weibliche Arsenal an Überraschungs- und Trickeffekten bietet. Das extra gebügelte kleine Schwarze, das inzwischen allerdings schon wieder ein paar störrische Falten zeigt, steht ihr außerordentlich gut und ich bin doch sehr froh, dass sie es mitgenommen hat. Ich bin auch sehr froh, dass Sky Dumont heute Abend nicht da ist, um ihr einen Bananencocktail zu bringen.

Sie verharrt ein wenig an der Treppe zur Poolterrasse, auf der unsere beschwingte Silvesterfeier stattfindet, sieht einfach hinreißend aus und blickt sich um.

„Hier, Steffi", rufe ich, „hier!", und gehe ihr eilig entgegen. Sie sieht so klasse aus, ich könnte vor ihr in die Knie gehen.

„Du siehst klasse aus!"

„Danke", sagt sie lächelnd und ich geleite sie wie eine Königin an unseren Platz, wobei wir die neugierigen und neidvollen Blicke aller anderen endlos genießen.

„Geht's dir gut?", frage ich besorgt, „alles klar?"

„Mmh, alles klar", nickt sie mir zu. „Hab geschlafen."

„Gut", sage ich und bringe sie zu unserem Tisch.

„Hallo Mama, das da ist ein Mann!", beginnt Max sofort, sie in den wichtigsten Punkt des Abends einzuweihen, als Lady Dei jetzt wieder auftaucht, um das Ergebnis der Preisfrage zu verkünden.

„Hin Ta Hin Yai", singt sie mit warmer, tiefer Männerstimme und gibt zugleich bekannt, dass nur einer, ein einziger, diese Frage richtig beantwortet habe, und das ist: „Mäx Nipsi!"

Ist ja klar.

„Hey, das bist du, Max, los, rauf auf die Bühne! Du hast gewonnen!"

„Siehste", sagt er stolz, sieht mich noch einmal verschwörerisch an, kneift mir ein Auge und rennt dann zur Bühne

„Hello Määäx", quäätscht Lady Dei ihn an, Max sagt nur steif „Hello!" und starrt sie unablässig an. Oben und unten.

„Määäx, ju such ä cläver boy, how oul' a ju?"

Er hat sie verstanden und sagt; „Eleven!" Mehr ist aus ihm nicht herauszubekommen. Max hat andere Interessen. Er starrt immer noch unbeweglich und unerschütterlich auf entsprechende Stellen von Lady Deis Körper, der ihm ein unendliches Geheimnis zu sein scheint, das er sich aber anscheinend zu lösen vorgenommen hat. Als Lady Dei sich aus der einsneunziger

Höhe zu ihm herunterbückt, um ihm den Preis, eine große Flasche Champagner, zu überreichen, blickt er ihr ungeniert tief in den Ausschnitt. Sehr tief. Die Menge tobt.

Oh, Mann, denke ich, wie peinlich!, und drehe mich betreten zur Seite. Max, sag „Danke" und komm jetzt einfach schnell zurück.

„Whott yu look, Määäx, I'm a Läddy!", empört sich die Dame, macht vorwurfsvoll „Ts, ts, ts", wie unser bekannter Vogel, und hält sich übertrieben verschämt ihr Dekolleté zu. Max blickt zu uns herüber, zieht die Mundwinkel nach unten und schüttelt klar und deutlich den Kopf.

Wo ist das Loch zum Versinken? Ich kann nicht mehr. Steffi sieht mich erschüttert an. Haben *wir* dieses Kind großgezogen? Dann kommt er endlich. Unter dem dröhnenden Applaus der Menge verlässt er die Bretter, die für ihn heute die Welt bedeuten, und Lady Dei verschwindet beleidigt hinter der Poolmauer.

„Nix", meint er, „oben is nix. Ausgestopft."

„Sag ich doch", erwidere ich, sehe Steffi unschuldig an und zucke mit den Schultern.

„Was erzählst du dem Jungen denn?"

„Er hat gefragt."

Und damit ist die Sache erst mal erledigt. Ich bin ganz froh darüber.

Dann kommt nach einer weiteren, schlecht verständlichen Gesangseinlage der dicken Eingeborenen der vorläufige Höhepunkt des Abends. Lady Dei hat sich nach den Unflätigkeiten unseres Sohnes wohl wieder einigermaßen gefangen und beschlossen, das Programm mutig fortzusetzen. Sie entert jetzt in einem Minirock, der kaum mehr als ein breiter Gürtel ist, und einem Top aus Ketten auf hohen Schaftstiefeln die Bretterbühne. Eine gewaltige, verfilzte Perücke krönt die abstruse Verkleidung und das Gesamtkunstwerk soll wohl entfernt an die göttliche Tina Turner erinnern. Sie wirkt aber eher wie ein Löwe mit Staupe.

Wild und bissig stampft Lady Dei zu den verzerrten Playback-Klängen von „Simply the Best" auf der Bühne hin und her. Arme Tina. Ihren Auftritt runden die Feuerjongleure von eben ab. Sie schwenkten ihr Feuer geradezu waghalsig, drehen die Keulen in immer schneller werdenden Pirouetten und immer knapp an der ständig ihre Position unberechenbar ändernden Lady Dei vorbei, und manchmal verfehlen die brennenden Jonglierkeulen nur knapp ihre gewaltige Perückenmähne.

Aber es geht alles gut, das Team ist bestens eingespielt. „You simpely de bäst!", plärrt die Lady und lässt sich dabei zu den irresten Verrenkungen hinreißen. Max hat sich vorne an die Bühne gemogelt und versucht, um jeden Preis unter ihren Rock zu schielen.

Das scheint die Lady zu irritieren, und als außerdem noch der betrunkene Louis am Bühnenrand auftaucht, ist es mit ihrer Beherrschung fast vorbei. Jetzt torkelt Louis mit einem Glas in der Hand auf die Bretterbühne und grölt lauthals mit.

„Better than all the rest!"

Das eingespielte feuerschwingende Gefahrenteam auf der Bühne ist aus dem Takt und nicht mehr ganz Herr seiner bis jetzt so glänzend koordinierten Bewegungen. Lady Dei versucht, dem australischen Silberrücken auszuweichen, der sich wohl vorgestellt hat, auf der Bühne willkommen zu sein und nun mit der Lady zusammen, Arm in Arm, dieses schöne Lied zu Ende singen zu können … und da passiert es.

Die lausige Perücke fängt Feuer und die Löwenmähne explodiert in einer gelb-bläulichen Flamme, dass alles entsetzt aufschreit und im Schock erstarrt. Nur der besoffene Louis erfasst die Lage in Bruchteilen von lebenswichtigen Sekunden und gibt Lady Dei geistesgegenwärtig einen kräftigen Schubs nach vorne in den Pool.

Es zischt und dampft, als der Pool sie verschluckt, aber die Dame ist gerettet. Sie zappelt, brüllt thailändische Flüche, als sie wieder auftaucht, rudert mit den kräftigen Armen und die Feuerjongleure springen todesmutig hinterher, um die Lady zu retten. Aber sie wehrt die Retter mit einigen lässigen Fausthieben mutig ab und schwimmt aus eigenem Antrieb an den Rand.

Nach einer Weile des allgemeinen Durcheinanders steigen alle tropfend aus dem Becken und Lady Dei verschwindet eiligst, mit großen, breitbeinigen, sehr männlichen Schritten – und wahrscheinlich für immer – fluchend und zeternd hinter der Poolmauer. Ich sehe nur noch, wie Max ihr hinterherschleicht.

Die anfängliche Aufregung legt sich schnell wieder, nachdem der Manager versichert, dass alle wohlauf seien, dass nichts passiert sei, und dass die Feier jetzt munter weitergehen könne. Da ist man dann auch schnell und gerne beruhigt und erwartet gierig neue Sensationen.

Ist das ein Abend!

In der Folge entsteht aber dennoch eine gewisse Ratlosigkeit wegen des schmerzlichen Verlustes der Moderatorin. Die Drei-Dicke-Männer-Band betritt also erst mal wieder lächelnd die Bühne und spielt noch mal *Guantanamera,* als King Louie diese einmalige Gelegenheit erkennt. Er schnappt sich entschlossen das Mikrofon und übertönt locker die bemühten Musikanten.

„Ladiesss and Gentlemen, dear friendsss ..."

Er hat anscheinend doch noch mit ein paar weiteren Drinks seinen gehörigen Alkoholspiegel aufgefüllt.

Die dicken Männer halten erschrocken im Gitarrenspiel inne, *Guantanamera* verreckt erbärmlich, und das geneigte Publikum freut sich auf weitere Peinlichkeiten eines betrunkenen Australiers.

„... now we come to the sssuper sssensation of thisss evening. Today we have here among usss a world famousss sssinger, he is big in Japan and ev'rywhere. Welcome please, Ladiesss and Gentlemen, DICK HOLLIDAY!!!"

Und dabei zeigt er auf mich. Direkt auf mich und grinst auch noch breit dazu. Heftig mit den Armen rudernd fordert er mich auf, umgehend auf die Bühne zu kommen.

Wo ist das verdammte Loch im Boden? Alle starren mich an. Steffi macht Riesenaugen und grinst leicht schizophren.

Ich? Ich soll singen? Ist der Kerl verrückt geworden? Ich kann nicht singen!

„Come on, DICK HOLLIDAY!", ruft er wieder und das Publikum stimmt begeistert ein: „DICK HOLLIDAY! DICK HOLLIDAY!"

Jetzt ist mein Incognito also gelüftet.

„Sing doch", sagt Steffi, „du kannst es doch! Ich hab's ja gehört", und zeigt mit dem Kopf in Richtung Bühne.

Es gibt also kein Zurück. Die Menge will mich singen hören, und jetzt kommt King Louie auch noch zu unserem Tisch gewankt und zerrt mich unter dem Brüllen der wilden Tiere mit seinen mächtigen Affenarmen Richtung Bühne. Ich blicke mich hilfesuchend um, ein letzter flehender Blick auf meine Steffi, die nur schulterzuckend hinter mir her sieht, dann sehe ich Walter.

Walter. Die Rettung!

„Walter!", rufe ich, als Louis mich lachend am Tisch der Sachsen vorbeizerrt. „Walter, du musst mir helfen! Komm mit!"

Zunächst hat Walter wohl nicht begriffen und sieht fragend seine Ärigoh an, aber dann hat er es geschnallt, steht auf und kommt hinter uns beiden hergewackelt zur Bühne.

„DICK HOLLIDAY!", gröhlt King Louie schon wieder.

Jaja. Ist ja gut. Das Publikum johlt.

Da stehe ich also, der arme Alex Knippschild aus dem Sauerländischen Leckede-Hintersten, der nur einen kleinen, unauffälligen, ganz normalen Urlaub machen wollte, und soll jetzt als der berühmte Dick Holliday die Welt begeistern.

Okay. Es muss was passieren.

Ich schnappe mir das Mikrofon und sage laut, aber mit hörbarem Zittern in der Stimme: „Ich darf meinen Freund Pädder auf die Bühne bitten! Wo ist er?"

Ich weiß ja genau, wo er ist, und beobachte, wie er mich ratlos ansieht. Da winke ich ihm noch mal zu. Jetzt mach schon, Pädder. Komm rauf! Schmeiß endlich den Stumpen weg!

Zögernd und unsicher erhebt er sich, lässt dann die Zigarre in den Pool fallen und kommt tatsächlich zur Bühne.

Als er endlich neben mir steht, raune ich ihm zu: „Pädder, pass auf. Kannst du immer noch Gitarre spielen?", ohne dass das gierige Publikum es hören kann, und er scheint im selben Moment zu bedauern, dass er mir das mal anvertraut hat.

„Ja sicher abba …"

„Dann nimm dir eine. Wir brauchen dich!"

„Pass auf", zische ich Walter zu, „gleich legen wir los. Freddy Quinn!"

Walter nickt begeistert. Pädder überlegt noch einen zögerlichen, schüchternen Moment, doch dann entreißt er mutig einem der drei dicken Männer die Gitarre und hängt sie sich um. Walters Augen glänzen. Wahrscheinlich hat er sein ganzes Leben auf diesen Moment gewartet. Er scheint glücklich zu sein und ist zu allem bereit. King Louie wankt unsicher grinsend neben uns herum.

„Come on guys, let'sss go!"

„Liebes Publikum, dear friends, wir, my partners Walter, Pädder and I werden jetzt for you singing!", mache ich eine unbeholfene, aber immerhin zweisprachige Ansage, die mir mein Publikum dankbar quittiert. Steffi klatscht begeistert und pfeift durch die Zähne. Das kann sie. Ich atmete tief durch.

„Was zuerst, Walter?"

„Di Gidorre un dos Määr!", sagt Walter. C-Dur. Also gut.

Und dann singen wir. Den ganzen Freddy Quinn. Rauf und runter. Pädder bekommt es ganz gut gebacken. Es ist gar nicht schlecht.

Tschimmy Praun, dos war oin Sseemonn
ünd dos Härz war ihm sö schwär
Doch äss blieb'n ihm zwoi Froinde
di Gidorre un dos Määr

Obwohl man sich wohl etwas anderes vorgestellt hat, kommen wir prima an. Die Wittener singen lauthals mit und sogar die

Fliege hebt einen kurzen, erstaunten Augenblick den Kopf, bevor sie weiter an ihrem Getränk rüsselt, auch die Laokoon-Gruppe unterbricht für einen Moment ihre Verrenkungen. Wir singen, als gehe es um alles.

Juanita, Anita …
Und Walter:
Chuanido, Onido …

Der Abend scheint gerettet. Alle sind glücklich. Die drei dicken Männer steigen professionell mit in die Songs ein, so dass wir schon beim zweiten Lied eine richtige Band sind.

Ich sehe Max rechts vorne vor der Bühne und kneife ihm ein Auge, obwohl er unseren Darbietungen eher kritisch gegenüber zu stehen scheint. Wir bringen noch *Du musst alles vergessen, Eine Hand voll Reis, Junge, komm bald wieder* und sogar *Marmor, Stein und Eisen bricht,* und bei ‘Hundert Mann und ein Befehl, kommt King Louie plötzlich wieder auf die Bühne gewankt, entreißt mir das Mikro und beginnt zu zählen: „TEN, NINE, EIGHT, SSSE-VEN … HAPPY NEW YEAR!"

Es ist nach meiner Uhr noch zehn Minuten zu früh, aber egal. So sind wir jedenfalls die Allerersten, die das neue Jahr lautstark begrüßen.

Die dicken Männer spielen jetzt *Auld acquaintance,* und wer es kennt, singt mit. Unter donnerndem Applaus verlasse ich mit Walter und Pädder die Bühne, bedanke mich lachend bei den beiden und gehe zurück zu unserem Tisch. Erschöpft, aber glücklich schließe ich meine beiden Nipsis in die Arme. Wir wünschen uns ein gutes Neues Jahr, während über uns ein atemberaubendes Feuerwerk den tropischen Nachthimmel erhellt.

Es ist grandios.

„Ich hab dem Transistiten beim Umziehen zugeguckt", sagt Max plötzlich.

„Max, das geht aber nicht!", ermahne ich ihn streng, frage

aber trotzdem noch: „Und?"

„Alles noch dran", sagt er grinsend.

1.1. Neunter Tach:
Almani, Lolex, Bleitli

Piep, piep, piep. Sechs Uhr! Piep, piep, piep. Das neue Jahr beginnt verdammt früh, aber es hilft ja nichts. Piep, piep ... zack! Der Wecker fällt polternd auf den Holzboden. Vier Stunden Schlaf müssen eben reichen, wenn man im Urlaub auch was erleben will, wenn man was sehen will vom fremden Land und all seinen gefährlichen Wundern. Wozu ist man denn so weit gefahren? Wofür hat man denn das alles auf sich genommen?

Heute soll also die vor einer Woche leichtsinnig festgemachte Schnorcheltour nach Ko Tao stattfinden. Wir haben es ja nicht anders gewollt. Und schließlich wollen wir die vielen bunten Fischchen doch auch mal in echt sehen und nicht nur auf den Fotos in den ausgelegten Prospekten oder auf unseren Tellern.

„Aufstehen, Leute! Ko Tao!", rufe ich, und es hört sich an, als schwämme unsere Hütte direkt darauf zu und wir hätten die Insel schon in Sichtweite. „Schnooorcheln! Fische, Schildkröten, Schlangen!"

„Iiih, schlag sie tot!", ekelt sich Steffi zwischen den Laken und dreht sich angewidert von mir weg.

„Kommt, Kinder, Ausflug!", flöte ich so fröhlich, wie es um sechs Uhr morgens im Paradies überhaupt möglich ist, und ziehe den beiden brutal die Bettlaken weg. Bäh, was kann ich doch fies sein. Ich muss mich ganz kurz und unangenehm an meine Bundeswehrzeit im ansonsten so netten Ort Lüneburg erinnern, wie so ein beknackter, sadistischer Unteroffizier uns jeden Morgen um fünf aus den Stahlrohrbetten jagte, indem er einen Feuerwehreimer durch den gekachelten Kasernenflur warf und dabei „Kummpaniiiie aooouuuufstehn!" brüllte. Das schepperte, dass man sofort senkrecht neben dem Bett stand. Ich hasse diesen Kerl noch immer. Wie viel niederer Sadismus liegt in jedem

Menschen? Wie viel liegt in mir? Wo ist der Feuerwehreimer?

„Lass mich, du Ekel", stöhnt Steffi, „ich will nicht, ich kann nicht …", und dann, wie der dem Tod geweihte Held in einem Edelwestern: „Zieht ohne mich los, Männer. Lasst mich liegen!"

Zugegeben, wir haben wohl nicht richtig nachgedacht vor einer Woche, als Steffi uns fröhlich und freiwillig bei unserer Reiseleiterin Cherry für diese Tour angemeldet hat. Gestern war schließlich Silvester, das haben wir auch letzte Woche schon gewusst, und natürlich ist es gestern spät geworden.

Erst gegen zwei Uhr heute Nacht sind wir nach einer aufregenden Veranstaltung müde und erledigt in unsere Superior-Hillside-Bude gekrochen. Für heute früh direkt den ersten Ausflug zu planen, ist nicht besonders klug gewesen und hört sich nicht unbedingt nach Erholung und Urlaub an. Aber nun haben wir ja gebucht, und jetzt wollen wir's auch machen. Schließlich haben wir es ja extra für diese zweite Urlaubswoche geplant, damit unsere körperlichen Entstellungen auch einigermaßen abgeklungen sein würden, was sie ja auch tatsächlich sind.

Steffis Ganzkörper-Flächenbrand vom ersten Nachmittag hat längst nicht so schlimme Spätfolgen, wie man nach den ersten Rauchschwaden hätte vermuten müssen, und es haben sich auch bei Weitem nicht so viele vernichtete Hautfetzen abgelöst, wie wir anfangs befürchtet haben, auch medizinisch umstrittene Hautverpflanzungen vom Oberschenkel ins Gesicht, oder so was, sind nicht notwendig gewesen, sondern Steffis Haut hat, von einigen helleren Flecken abgesehen, inzwischen sogar eine gesunde Bräune angenommen, mit der keiner von uns wirklich gerechnet hätte und die ihr sehr gut steht.

Auch Max sieht nicht mehr ganz so krank aus wie noch vor einer Woche. Die dunklen Ringe unter den Augen sind fast nicht mehr auszumachen und auch er hat sogar ein kleines bisschen Farbe bekommen. Man könnte fast denken, er sei im Urlaub.

Bei mir selbst haben sich die furchterregenden mongolischen Körperbeulen längst zurückgebildet und nur hier und da sind noch die roten Punkte der leidenschaftlich aufgekratzten Killer-mückenstiche zu sehen. Sonst nichts. Vielleicht werden ein paar verwegene Narben bleiben, die man sich dann später im Kreise anderer Urlaubsveteranen und Überlebender gegenseitig vorführ-ren kann.

„Hier, Thailand!", sagt man dann stolz mit verächtlich-über-heblichem Blick und dem Finger in einer tiefen Narbe, oder: „Guck mal, Vietnam!"

Wir sind also dem Äußerlichen nach so weit in Ordnung und damit durchaus bereit für größere Taten.

„AUFSTEHEN! URLAUB!", rufe ich also noch mal betont unternehmungslustig aus dem Bad als allerletzte Warnung an meine Lieben. Urlaub heißt eben auch schon mal, die Zähne zusammenbeißen beziehungsweise den Hintern zusammenknei-fen, dass ein Fünfmarkstück die Prägung verliert. So jedenfalls war nach meinem Wissensstand die Ansicht der Bundeswehr zum Thema „Zusammenreißen". Heute ist so ein Tag. Was habe ich da nur für einen willenlosen Haufen, verdammt noch mal?

STILLGESTANDEN!

Ich freue mich jedenfalls auf unseren Ausflug, auch wenn ich anfänglich natürlich meine Bedenken hatte, was organisierte Ausflüge im Allgemeinen angeht. Ich lasse mich halt nicht gerne organisieren, und schon gar nicht im Urlaub. Aber egal, jetzt freue ich mich darauf, mich heute endlich mal ganz fallen lassen zu können in die Krakenarme des allmächtigen Pauschaltouris-mus. In das sichere Netz, das uns immer wieder auffängt, wenn wir mal vom Drahtseil eigener, riskanter Unternehmungen ab-stürzen.

Was müssen wir denn auch immer individuell herumirren, warum stellen wir uns den bösen Gefahren des fremden Landes so unerschrocken und selbstmörderisch? Warum haben wir, die Nipsis, sogar ein eigenes Auto gemietet und wagen uns damit fast täglich auf das Karussell des Todes, das uns jeden Moment zermalmen kann? Warum müssen wir denn immer auf eigene

Faust versuchen, unter schwersten Entbehrungen und Prüfungen die Sehenswürdigkeiten des Landes zu finden und sogar noch zu bewundern? Warum wollen wir denn unbedingt alles selbst herausfinden, was doch andere für uns schon längst alles in appetitliche Happen auf angenehme Urlaubsverdauungsgröße zurechtgestutzt haben? Das ist doch alles gar nicht nötig. Man serviert uns doch alles auf einem silbernen Tablett. Man muss nur bezahlen und zugreifen.

Sie machen doch alles für dich, die lieben Veranstalter deiner Traumreise. Sie holen dich ab, wo immer du auch bist, sie haben deinen Namen längst auf einer Liste, sie kennen dich, bevor du überhaupt weißt, dass es sie gibt. Sie schieben dich in ein Auto, fahren dich an deinen selbst frei nach ihren Vorschlägen ausgesuchten Bestimmungsort, wo du von anderen freundlichen Urlaubsorganisatoris empfangen und wieder in andere Fahrzeuge verfrachtet wirst, wo man dich abermals lächelnd empfängt, dich dann später irgendwo aussetzt und dir die Schönheiten der jeweiligen Gegend in kleinen mundgerechten Brocken vorwirft, wo man dich nach einer genau festgelegten Zeit wieder einsammelt und dann schnell zu einem anderen Wunder karrt, damit du auch das noch gesehen hast und du auf deiner Liste einen fetten Haken machen kannst. Du bekommst alles zu sehen, keine Angst, es entgeht dir nichts, du kannst dich ganz zurücklehnen und nur noch genießen.

DU BIST EIN PAUSCHALI!

Folge nur immer den Schildern!

Und das wollen wir heute auch tun. Nur einfach ganz normale Pauschalurlauber sein, die alles geboten bekommen, die Ansprüche stellen dürfen, die sich beschweren dürfen, die sich weder mit fremdem Geld noch mit der Sprache oder gar den Landessitten auskennen müssen, die weder Orts- noch Wetterkenntnisse haben müssen, die einfach nur ein Pappschild und bunte Schirme erkennen und unterscheiden können müssen oder die Fähigkeit haben, sich in einer Meute Willenloser einfach apathisch treiben zu lassen, ohne das Bedürfnis zu verspüren, ausbrechen zu müssen. Das ist alles. Man muss nichts machen, es geschieht einfach alles von selbst.

Dein Hirn hat Pause!

URLAUB MACHT BLÖD!

„Leeeuute! Raus jetzt!"

„Du kannst vielleicht nerven mit deinem Kasernenton, ich dachte immer, das ist Urlaub hier!"

Steffi ist jetzt endlich wach und hält sich im Türrahmen zum Bad einigermaßen aufrecht.

„Bin schon fertig, Schatz, du kannst", lächle ich sie an und will ihr einen Kuss geben, aber sie wendet energisch den Kopf ab.

„Du hast da Zahnpasta", sagt sie, dann schlurft sie brummig ins Bad und nimmt erst mal wütend eine warme, braune Dusche.

Max muss nur noch ein wenig gerüttelt und geschüttelt werden, dann ist auch er einigermaßen wach und quält sich stöhnend und maulend aus seinem Bett.

Nach einer weiteren halben Stunde sind wir endlich so weit. Meine beiden Wehrpflichtigen halten sich halbwegs gerade auf den Beinen und warten leidenschaftslos auf weitere Befehle. Ich muss sie jetzt augenblicklich in Bewegung setzen, sonst schlafen sie mir auf der Stelle wieder ein. Ich denke also kurz nach, ob wir auch alles dabei haben für unser Schnorchelabenteuer und befehle dann: „Alles klar, Kummpaniiiiie, Abmaaarsch!"

Am Treffpunkt vor der Lobby warten, vom Schicksal ausgewürgt, die anderen, die ebenfalls nicht richtig nachgedacht haben, und auch für heute, den ersten Januar, Neujahrsmorgen, einen Ausflug geplant haben. Es ist Viertel vor sieben.

„Moang!", sagt der Wittener Mann, und es hört sich an, als habe er schon ein wenig Thailändisch gelernt, aber seine Frau stiert uns nur hohl, trübe und ohne Hoffnung an. Herr Witten-Herbede trägt ein schickes gelbes T-Shirt mit der Aufschrift „Der frühe Vogel kann mich mal!". Das ist doch witzig. Frau Witten-

Herbede trägt heute einfach ein schlichtes „Born to kill"-Shirt.

„Mach'n se Ko Tao hoite, ja?", fragt der Mann. Er ist doch schon recht wach und will scheinbar reden.

„Ja, Ko Tao", antworte ich ihm und will meine beiden in die Korbsesselecke schieben, besinne mich aber rechtzeitig, weil ich befürchte, sie zu verlieren. Sie würden sicher sofort wieder einschlafen, wenn sie erst mal im bequemen Sessel lägen. Also dirigiere ich sie lieber zur Empfangstheke, wo sie sich zwar festhalten können, aber immerhin stehen müssen, während wir auf den Wagen warten, der uns abholen soll.

„Und Sie?", frage ich ihn höflicherweise, obwohl es mir völlig egal ist, wo der Urlaubsmoloch diese Leute heute ausspuckt.

„Marine Paak. Wah'm we lätzes Jah auch, ja? Klasse, ährlich!"

„Mmh."

„Sie ham abba super geträllert gestern, Härr Holliday, ja? Klasse, alles die alten Freddy-Nummern. Einmalig, ja? Wia warn ganz begaistert, nä, Hättwich? Wahnwe doch, ja?"

Aber Hedwig kann noch nicht.

„Och, ja", antworte ich nur. Gestern war gestern. Gestern war sogar letztes Jahr.

Außer den Wittenern und uns gruftet da noch eine weitere Familie zombiehaft in der Lobby herum, die erst gestern angekommen sein muss. Ich kenne sie noch nicht und ihre Haut weist weder die typischen Verbrennungen der Paradiesneulinge noch Bräune auf, aber an Wortfetzen wie „weisischnisch" oder „du bäss doch beklopp" kann man leicht erkennen, dass sie nicht unbedingt der ganz feinen Gesellschaft angehören und aus der Gegend um oder sogar direkt aus Köln kommen müssen. Die Brut der beiden erwachsenen Leittiere, ein Junge von vielleicht vierzehn und ein Mädchen, das etwa in Max' Alter sein müsste, siecht auf einem Korbmöbel dahin und scheint Urlaub an sich und in aller Gänze und vor allem um diese Zeit eher abzulehnen.

„Morgen!", sage ich trotzdem. „Morg'n", sagt auch der Mann und sieht dann wieder schläfrig, aber ungeduldig auf seine Uhr.

Und dann raschelt es im Urwald und es erscheint hastig und nervös das Ehepaar Leichenhalle. Oh, nein, muss das sein? Hoffentlich werden die nicht mit uns ... naja, bestimmt werden sie.

„Wuist a no Ko Tao?", fragt Herr Leichenhalle mich direkt und ich wundere mich, dass wir uns schon so nahe gekommen sind, dass er mich jetzt einfach so duzt. Ich hab normalerweise überhaupt nichts dagegen, mich mit allen zu duzen, gerne, sehr gerne, aber mit Herrn Leichenhalle ... na, ich weiß noch nicht. Er scheint das wohl zu spüren und sagt: „Schorsch, heiß i", und reicht mir seine bayrische Pranke.

„Alex", sage ich und drücke sie. Die Pranke.

„Ja, Ko Tao", antworte ich dann etwas enttäuscht und einsilbig. Auf ein längeres Gespräch habe ich keine Lust.

„Wann kimmt dann d'r Bus?", will seine patente Frau mit schwer diktatorischem Unterton wissen.

„Um sieb'n."

„Und jetzt is ...?"

„Sieb'n!"

„Und wo isser?" Die Frau nimmt es sehr genau.

„Wird scho kemma!"

Gegen halb acht kommt endlich ein Bus, alle springen auf und schleppen sich dem Fahrer erwartungsvoll entgegen. Doch der Bus spuckt erst mal ein paar Fahrgäste aus.

Die Türen öffnen sich, eine halbvolle Flasche mit blauem Etikett kullert heraus und der restliche Inhalt ergießt sich gluckernd auf den Dschungelboden. Ein Rumpeln, Murren und Knurren in einer bösen, fremden Sprache dringt aus dem rostigen Thai-Bus. Und dann stehen sie vor uns.

Männer mit kantigen Gesichtern auf Hälsen wie Baumstämmen mit schweren Goldketten behängt. Frauen auf halsbrecherischen Goldstöckeln, in enge wurstpellige Röcke aus Leder und anderen, zwielichtigen Materialien gezwängt und geschminkt wie Lady Dei in der Silvestershow. Sie starren uns an ... und sagen nichts. Gar nichts. Kein „Hello" oder „Tach" oder was man eben so sagt, wenn man irgendwo ankommt und wenn man nett ist. Nichts. Sie stieren uns nur bösartig an und es weht ein eisiger Wind durchs Lager.

Russen. Das sind Russen, denke ich. Nicht, dass ich was gegen Russen hätte, nein, nein, oh, überhaupt nicht. Es gibt natürlich ganz, ganz nette, freundliche und lebenslustige Russen, die mit einer Balalaika in der Hand den Menschen Freude bringen. Die meisten sind sicherlich so. Ganz bestimmt. Aber diese hier sind nicht nett. Ganz und gar nicht – eindeutig unnett. Diese hier sind gekommen, um uns alles zu nehmen. Das ist eine Invasion. Wir stehen einer Großmacht gegenüber. Von ferne hören wir die Kriegstrommeln der Eingeborenen. Man hat ihre Ankunft also schon bemerkt und warnt die restliche Inselbevölkerung.

„Jenischtokampanjevsje!" (soll heißen: „Ich bin nichts, die Gesellschaft ist alles", Lenin) – also etwas für uns völlig Unverständliches und wahrscheinlich eine Beleidigung an uns alle – sagt einer der Kantenköppe und gibt dann dem Fahrer ein Zeichen, das eigentlich zu einem Sklaventreiber gehört, sämtliche russische Gepäckstücke auszuladen. Dabei ist der Fahrer so ein ganz schmächtiger kleiner Thai-Mann, der an diesen Schrankkoffern fast verzweifelt. Ich bin drauf und dran, ihm zu helfen, aber eigentlich will ich auch keine russischen Koffer tragen, wenn ich es mir recht überlege. Als dann endlich der Wagen zur Zufriedenheit der Russen geleert ist, bekommt der Fahrer von dem anderen der beiden männlichen Invasoren mit verächtlicher Miene einen grünen Geldschein zugeworfen. Der arme Mann kann ihn gerade noch aufschnappen, sonst wäre er in die Wodkapfütze gefallen.

Dann stampfen die Russen Richtung Foyer, ohne sich weiter um ihr Gepäck zu kümmern.

„Butebisdomastradahet!" (soll heißen: „Ohne Heimat sein, heißt Leiden", Dostojewski) , brüllt noch einer und dann sind sie weg. Wer weiß, was das wieder für eine schmutzige Bemerkung war.

Wir blicken uns entsetzt an. Und ich sehe, dass allen hier in unserem Paradies von Dschingis Khan über Iwan, den Schrecklichen, bis hin zu Stalin eine ganze Menge schrecklicher Russen ohne Balalaikas einfallen, die der Menschheit echt nachhaltig geschadet haben. Na, das kann ja was werden.

„Slomma!", sagt der Fahrer hingegen ungerührt durch das russische Intermezzo nach einem Blick auf seinen Zettel und blickt neugierig in die Runde. Die Urlaubsmaschinerie geht also fröhlich weiter. Gut. Dann besinnen wir uns mal wieder auf uns selbst. Aber keiner von uns Wartenden, Hoffenden, Verängstigten kann diesen sprachlichen Auswurf deuten. Doch der Fahrer hat scheinbar alles Nötige gesagt und es scheint nicht zu erwarten, dass er weiterspricht.

„Dat sin wir", sagt der Mann aus Witten, grinst mir zu und zerrt seine apathische Hättwich aus dem Sessel hoch. „Schlottmann. Abba wia ham uns schonn drann gewöhnt, ja? ‚Slomma', sang die hia alle! Musse ärss ma drauf komm, ja?"

Dann gesellt er sich lachend mit seiner wankenden Frau zu dem Fahrer und sieht ihn erwartungsvoll an.

„Kann losgehn", sagt er.

Doch der Fahrer blickt noch mal suchend in die Runde und sagt: „Four Pörssen? Maliin Paak?"

Aber keiner regt sich. Na, dann eben nicht. Also zieht er schulterzuckend mit „two Pörssen aus Witten zum Marine Park" ab. Da haben die anderen wohl verschlafen.

Meine beiden haben jetzt selbständig die Korbsesselgruppe entdeckt und sich darauf dankbar stöhnend niedergelassen. Steffi döst komatös vor sich hin und Max schläft schon.

„Wann kommt denn der blöde Bus, Alex, ich hätt ja noch prima schlafen können", mault sie ärgerlich nach einer Weile.

„Ja, kommt ja gleich", sage ich beschwichtigend und blicke trotzdem nervös und langsam auch etwas ärgerlich auf meine Uhr. Irgendwie fühle ich mich auch heute hier verantwortlich für meine Leute. Ich habe sie aus dem Bett gepfiffen, und jetzt soll auch mal was passieren, verdammt noch mal.

Das ist ja wohl alles andere als organisierter Tourismus. Das ist Schlamperei. Da steht man schon in aller Herrgottsfrühe auf, um sich auf die Niederungen des oft von uns verächtlich belächelten Pauschaltourismus herabzulassen, was wir gar nicht nötig haben, will sich einlassen auf das unwürdige Herumgeschubse und Gezerre, ist durchaus dazu bereit, sich entmündigt und willenlos von einer fragwürdigen Attraktion zur anderen karren zu lassen, und dann wird man noch nicht einmal abgeholt für diese Tour de Blamage, sondern sitzen gelassen wie ein ausgesetzter Hund.

„Kommt gleich. Da, ich hör schon was."

Aber es ist nur die Autowerkstatt nebenan, die schon mal ihren Betrieb aufnimmt.

Der nächste Bus kommt gegen acht. Wieder streben alle hoffnungsfroh dem Fahrer entgegen, der diesmal den Namen „Glandela!" in die Runde wirft.

Als keiner reagiert, greife ich ein. Schließlich habe ich schon einige Erfahrung mit den Eigenarten der thailändischen Aussprache europäischer Namen. R ist L. Also sage ich zu den Kölnern: „Das sind vielleicht Sie. Sie heißen … Granderath, oder so ähnlich?! Kann das sein?"

„Jenau, so hejßen wir", antwortet mir misstrauisch das behäbige Muttertier der paradies-unerfahrenen Kölner Gruppe. „Abber dä hät do jesäht …"

„Ja, ja, das … das meint der aber! Steigen Sie ruhig ein! Sie sind richtig."

„Abba dat stimmt donnisch …", versucht es Frau Granderath noch mal.

„Druff jeschissen!", grölt ihr holder Ehegatte und zerrt die Frau samt Familie in den Bus.

Tja, jetzt sind nur noch die Leichenhalles und die Nipsis in der Abenteuer-Erlebnis-Warteschleife.

„Hom mir denn a wirggli heut 'bucht? Schau halt noch amol nach, Schorsch!", fährt Frau Leichenhalle ihren Mann an, und so verärgert, wie sie es sagt, hört man heraus, dass da sicherlich schon ähnlich negative empirische Erfahrungen vorliegen müssen. Vielleicht kriegt der wirklich nichts auf die Kette, wie wir Sauerländer so schön sagen.

„Jo freili", bollert der Bayer los und zieht demonstrativ seinen Buchungszettel aus der Tasche, auf dem er eindeutig auf das Datum „1. 1." hinweist.

„A Guat's Neues, übrig'ns!", wünscht er uns.

„Ach ja, auch so! Gutes Neues!", gebe ich gelassen zurück.

Ja, sicher, erster Januar!

Heute startet die Wellness-Hotel-Bau-Offensive am Selbecker Kopp. Naja, jetzt ist es ja da noch tiefe Nacht, aber in ein paar Stunden ... Gutes Neues!

Als nach einer weiteren halben Stunde immer noch kein Bus für uns arme Zurückgebliebene da ist, habe ich die Nase gestrichen voll, gehe ärgerlich zur Rezeptionstheke und verlange eine dringende Verbindung mit dieser Cherry, die uns den ganzen Blödsinn schließlich aufgequatscht hat. Jetzt reicht es! Sooo wichtig ist mir Schnorcheln in unchristlicher Frühe jetzt auch wieder nicht, und außerdem können wir das dann auch alleine organisieren, wenn man vonseiten des Veranstalters dazu nicht in der Lage ist. Phh, da wollen wir doch mal sehen.

Ich habe die gute Cherry wohl aus dem Bett geklingelt, aber das ist mir so egal. Wir warten schließlich hier schon seit anderthalb Stunden und haben ein verdammtes Recht darauf, wütend zu sein. Niemals in meinem Leben habe ich mich so reingelegt, so vorgeführt gefühlt. Ich bin einfach sauer.

„WO IST DER BUS, CHERRY?", donnere ich in den Hörer und es entsteht eine kleine Pause, die ich dazu nutze, die billige Wirkung meines Auftritts auf mein armseliges Publikum zu genießen.

„Ei ... wos hobbt ihr dann gebooked?", fragt Cherry vorsichtig, weil sie merkt, dass jetzt jedes Wort wichtig ist.

„KO TAO", antworte ich laut, deutlich und das drohende, böse Verfahren einer Klage gegen den Reiseveranstalter klar und eindeutig durchklingen lassend, und füge noch ärgerlich und vorwurfsvoll „HEUTE!" hinzu.

Ich höre Papierrascheln am anderen Ende der Leitung und warte. Das Publikum sieht ergeben und ehrfürchtig zu mir herüber und man erwartet, dass ich jetzt mal so richtig aufräume, was ich auch vorhabe. Sogar Herr Leichenhalle scheint beeindruckt und nickt mir aufmunternd zu.

„KO TAO! HEUTE!", sage ich daher noch mal und warte genüsslich auf Cherrys Ausrede. Sie ist geliefert! Da kommt sie nicht mehr raus. Als sie immer noch nicht antwortet, nehme ich noch mal Anlauf und mache einfach weiter.

„Jetzt hören Sie mal gut zu, Cherry! Wenn Sie nicht in der Lage sind, sich ein einfaches Datum zu notieren, drei lächerliche Zahlen: Eins und noch mal Eins und die richtige Jahreszahl, dann sollten Sie vielleicht lieber nicht in der Tourismusbranche arbeiten, sondern irgendwo da, wo Zeit keine Rolle spielt. Hier im Urlaub haben wir feste Termine, und die möchte ich eingehalten wissen, verstehen Sie? Und wenn ich am ersten Januar dieses neuen Jahres bunte Fische unter Wasser sehen will, dann will ich diese Fische auch genau am ersten Januar des neuen Jahres sehen. So gegen neun Uhr vormittags! Es ist jetzt halb neun, Sie haben noch dreißig Minuten bis zum ersten Fisch! IST DAS KLAR?"

Mein Publikum ist in Bewunderung erstarrt, jawoll, so macht man das. Sich nur nichts bieten lassen. Meine Güte, bin ich in Fahrt, so kenne ich mich ja selber nicht. Ich habe wohl doch zu wenig geschlafen. Es raschelt immer noch am anderen Ende der Leitung, es kommt noch keine Antwort, aber dann räuspert sie sich.

„Ihr … ähm, also, ihr hobbt for mosche Ko Tao gebooked, gell", kommt es vorsichtig, klein aber doch auch ein wenig trotzig aus dem Hörer. „Hier, da steht tree numbers: de two and de one und de new year, gell. Family Knippschild."– Ich habe lange unseren Namen nicht mehr so ausgesprochen gehört und will sie schon verbessern. – „Ko Tao, Wednesday. Sibbe Uhr!"

„NEIN", sage ich, „das kann nicht sein. Moooment!", und wurschtele meinen Zettel aus der Tausend-Taschen-Hose, finde ihn nicht gleich und fluche leise, denn ich habe so eine ganz böse, dunkle Ahnung. Sollte ich denn tatsächlich …? Da habe ich ihn, zerknittert und kaum noch lesbar, aber er ist da. Ich glätte ihn, so gut es geht, damit ich das Datum entziffern kann, und dann lese ich es mit meinen eigenen müden Augen: „2. 1. Schnorcheln Ko Tao. 7.00 Uhr".

„Ähm … ja, also … Okay Cherry, ich hab hier gerade meinen Zettel gefunden … und da steht … äh … ja, gut … also, morgen dann. Entschuldigung!"

Dann lege ich den Hörer ganz vorsichtig wieder auf. Ich will nicht noch mehr kaputtmachen.

Steffis Blick ist alles. Enttäuschung, Verachtung, Leiden, Wut. Ich kann ihm kaum standhalten, spitze nur sehr vorsichtig die Schnute und summe mal wieder eine alberne Melodie. Ganz leise, sonst würde sie mich sofort erschlagen. Herr Leichenhalle wendet sich kopfschüttelnd und überheblich grinsend ab.

Blödmann!

„Ab'r MIR warn doch heut", meldet sich Frau Leichenhalle wieder nörgelnd und unzufrieden mit der ganzen Welt und sieht ihren Mann aufmüpfig und herausfordernd an.

„SCHORSCH!"

Der zuckt zusammen, nickt genervt und ist sich absolut sicher, sieht aber trotzdem noch mal etwas genauer als vorher auf seinen Zettel und liest vor: „1. 1.! … Marrine Porrk!"

„Ab'r d'r Bus is jo scho weck, du Depp!", jammert seine Frau, als könne sie nicht begreifen, mit diesem unfähigen Menschen ein Leben lang zusammengekettet zu sein. Leichenhalle selbst scheint verwirrt und hilflos. Er starrt den Zettel an und stammelt noch ein letztes „Marrine Porrk".

Ich lächle ihn engelsgleich an, schüttele den Kopf: „Ts, ts, ts", und stecke meinen Zettel, diesmal etwas lauter summend, wieder in die Hosentasche. Dann trotten wir alle erniedrigt und entwürdigt zurück zu unseren Hütten.

„Ja gut, dann eben morgen", tue ich die Blicke von Steffi ab, „kann ja mal passieren, mein Gott. Der Bayer ist ja sogar so blöd, die Ausflüge zu verwechseln."

„Es geht hier nicht darum, wer der Blödere ist", kontert Steffi und ich gebe auf. Sie hat natürlich recht. Ich habe es versiebt, ich habe mich benommen wie ein Irrer und es gibt nichts mehr zu sagen, obwohl sie ja schließlich auch hätte dran denken können, dass der zweite Januar ausgemacht war. Egal.

Max ist jetzt natürlich hellwach und will mit mir zum Frühstück, aber Steffi legt sich direkt wieder trotzig ins Bett. Doch bevor sie sich das Laken über den Kopf zieht, droht sie noch: „Für den Rest des Tages wird gemacht, was ICH sage!"

„Ja, ja."

Na, von mir aus, denke ich, weiß aber, dass das nichts Gutes zu bedeuten hat und dass dieser Tag vielleicht nicht der schönste unserer Reise für mich werden wird. Dann gehe ich mit Max zum Frühstück.

„Shopping ist angesagt", tiriliert Steffi, als sie ausgeschlafen und gestärkt vor uns steht und zieht die linke Augenbraue dabei verheißungsvoll und geradezu verführerisch hoch.

„Mach den Uzuk klar, wir fahren los!"

Das ist ein Befehl, versuchen Sie nicht, irgendetwas in Frage zu stellen! Rrrührt euch, Männer!

Haben wir eine Wahl? Ich wusste, dass dieser Tag kommen würde, aber wenn er dann so plötzlich gekommen ist, trifft es einen nicht weniger hart. Shopping, also gut.

Als der Uzuk die Chaweng Road erreicht und die ersten Läden an uns vorübergleiten, da weist Steffi auf eine der seltenen

Parklücken und sagt nur: „Da!"

Viel braucht sie heute nicht sagen, ich habe ja einfach nur zu gehorchen, das würde ihr schon reichen. Und ich habe mir auch fest vorgenommen, mich tatsächlich zurückzuhalten und nur im äußersten Notfall ins Geschehen einzugreifen.

Der äußerste Notfall tritt gleich beim ersten Geschäft ein.

„Oh, guck mal, Chloé, Gucci, Armani … weißt du, was die kosten?"

Nee, das weiß ich nicht. Es geht um bunte, lustige Ledertaschen aller Art, und ich hätte den Laden überhaupt nicht bemerkt. Es hätte mich also auch nicht interessiert, was solche ledernen Behältnisse kosten. Es ist manchmal besser, nicht alles zu wissen.

„So was kostet bei uns 'n paar tausend Euro!"

Jetzt weiß ich's also.

„Ich geh mal rein!", sagt sie und schon ist sie verschwunden. Max und ich sehen uns an und wir wissen, dass uns jetzt eine neue Zeit der Prüfungen und Leiden bevorsteht.

Aber die Thailänder sind gute Menschenkenner, sie scheinen die Not der leidenden Männer besser als jedes andere Volk auf der Welt zu kennen, jedenfalls besser als die Deutschen. Die thailändischen Geschäftsleute haben extra für die vor den Läden schwächelnden Männer Bänke aufgestellt, um zu verhindern, dass ihnen vor lauter Hilflosigkeit beim Anblick der hinter den Schaufensterscheiben wütenden Frauen kraftlos die Knie wegsacken.

Wir nutzen dieses freundliche, humanitäre Angebot und lassen uns dankbar auf einer der beiden Bänke vor dem Laden nieder. Der *Laden der tausend Taschen* hat zwei Männerbänke rechts und links des Eingangs und die Bank uns gegenüber ist schon besetzt. Zwei blutleere, marklose, bereits apathisch wirkende, männliche Wesen bevölkern das hölzerne Sitzmöbel und schenken uns mit letzter Kraft ein mitleidiges Lächeln.

Mein Gott, wie furchtbar sehen die beiden denn aus!? Was müssen sie schon mitgemacht haben, wie lange sitzen sie schon da? Wie lange dauert ihre Shopping-Tortour schon? Ist eine Wiederbelebung überhaupt noch möglich oder ist das schon der Hirntod. Kann man schon Organe entnehmen?

Ich lächle schwach zurück und bekomme Angst um Max und mich.

„Lass uns doch mal 'n Stück gehen", sage ich also zu ihm. „Das dauert noch mit Mama."

Und dann gehen wir, nur so ein paar Schritte, und schon hat uns wieder einer erwischt.

„Kamm luck, velly tschiep!"

Oh, nein.

„Kamm, Mister, lucki, lucki!"

Und da zieht er uns auch schon in seine prunkvoll beleuchtete Bretterbude hinein und ist ganz, ganz freundlich zu uns.

„Luck, Mister Sir!"

Und … wir kommen tatsächlich ins Staunen. Also ich jedenfalls. Da breiten sich vor uns in den Regalen Hunderte, ach was, Tausende der wertvollsten Armbanduhren der Welt aus. Wie sie funkeln und glänzen in dieser wunderbaren kleinen Hütte!

„Luck, luck!", sagt der eifrige Handelsmann. Und dann sagt er noch „Almani, Lolex, Bleitli, Caltjee … eveliting, eveliting. Luck, luck."

Tatsächlich, er hat sie alle: Armani, Rolex, Breitling, Cartier… Sagenhaft.

„Pliess, pliees, diss wann, diss wann…" Und schon hält er mir so ein Prachtsück unter die Nase. Naja, sieht schon toll aus.

„Was meinst du, Max?"

Aber Max hat dazu keine Meinung und setzt sich mit seinem Game Boy in eine Ecke des Ladens. Also schaue ich fasziniert noch ein wenig hier und da.

„How much?", frage ich dann den guten Mann. Ja. Ich weiß, dass das die falsche Frage ist. Aber ich frage ja nur mal so zum Spaß. Solch teure Stücke werde ich ja im Leben nicht kaufen können.

„Velly tschiep, velly tschiep."

Ja, ja, aber wie viel denn nun wirklich?

„Diss wann", sagt er und zeigt mir die Breitling, „wannssaudäntfaifhandrätt."

Eintausendfünfhundert Baht!

Das sind ja ...

„Siebenunddreißig Euro fünfzig!", sagt Max aus seiner Ecke. Er ist eben schnell.

Siebenunddreißig Euro fünfzig! Das könnte man ja fast schon Schnäppchen nennen für so eine ... Breitling-Uhr. Ich nicke dem Mann zu und er weiß, dass er mich hat.

Also nehme ich auch noch die Rolex und eine wunderschöne Lange & Söhne. So ein Teil kostet bei uns vielleicht so dreißigtausend Euro in etwa! Das weiß ich.

Glücklich verlassen wir den Laden mit unseren Prachtstücken unter den nicht enden wollenden Verbeugungen des freundlichen Thais und schlendern wieder zurück zum Handtaschenwunderland.

„Alläx!", ruft mich da jemand und ich erschrecke mich. Es ist Pädder. „Max! Schön euch zu sehn, woll. Wat macht ihr denn hier?"

Naja, wat macht man hier?

„Wir warten auf Steffi. Ist da drin", sage ich und Pädder verdreht die Augen. Er weiß, wovon ich rede.

„Meine Hanni is *da* drin, woll", sagt er stöhnend, „seit ungefähr andertallp Stund'n. Ich werd noch beklopp' dabei."

Und dann sehe ich auch an seinem Arm eine goldene, fette Breitling-Uhr. Ein echtes Monsterteil.

„Hey, hast du dir auch so'n Apparat gegönnt?", prolle ich ihn locker an und zeige ihm mein Prunkstück. „Klasse billig, was?"

„Jo, jo", sagt er nur und schon habe ich sein Handgelenk zu fassen bekommen und sehe mir seine prachtvolle Fake-Breitling mal genauer an. Die sind ja wirklich erstaunlich gut gemacht. Das muss man zugeben. Aber diese hier ist wirklich unglaublich gut gemacht. Ich kann es auch gar nicht fassen. Viel besser als meine. Die sieht aus ... als wäre sie wirklich ... naja, kann ja nicht sein.

Und da sind wir auch schon vor dem Laden, in dem Steffi vor langer, langer Zeit verschwunden ist. Vorsichtig spähe ich hinein und versuche sie auszumachen. Ich entdecke sie zwischen anderen Verzauberten und Verblendeten, Frauen natürlich, die in wahrer Verzückung mal dieses mal jenes zusammengenähte farbenfrohe Lederteil hochhalten und es nicht begreifen können, welch großes Glück ihnen zuteil wird. Die edlen Taschen der ganz großen Taschenmeister liegen hier offensichtlich für einen Spottpreis einfach so herum. Das kann doch nicht wahr sein!

„Oh", sagt Pädder plötzlich mit Erschrecken, „meine Hanni is färtich! Ich muss, woll!"

„Bis später, Pädder!"

Und dann verschwindet er.

Ich beobachte Steffi voller Sorge und Bedenken, wie sie gleich drei Handtaschen, rot, grün, gelb, einen mittelgroßen Sack, pink, und eine Art ledernen Schrankkoffer, schwarz, um sich postiert hat und ihre Beute bewacht wie eine aggressive Henne ihr frisches Gelege. Natürlich kann sie sich nicht entscheiden, welche dieser Kostbarkeiten denn nun in die engere Wahl und später auch in ihren Besitz übergehen soll, und bis dahin muss sie natürlich all ihre Schätze beglucken, damit nicht eine von den anderen Hennen ihre Eier stiehlt.

Als sie mich dann in all ihrer furchtbaren Not erblickt, winkt sie aufgeregt und macht mir ein deutliches Zeichen, doch mal hereinzukommen. Ich? Ich soll diese finstere Höhle des haltlosen Konsums betreten, dieses lederne Babylon der Verführungen? Also, gut.

„Komm, Max, wir gehen mal kurz rein", sage ich zittrig und schwach zu meinem Sohn und es klingt, als würde man sich vor dem Gang zum Schafott noch mal alles Gute wünschen. Wir kämpfen uns durch den Hühnerhof der Begehrlichkeiten und nähern uns der fiebernden Steffi.

„Hier!", sagt sie und hält mir direkt das erste Beutestück unter die Nase.

„Hier!" Noch mal.

„Zwölftausend!"

„Mmh", sage ich, zu mehr bin ich noch nicht bereit.

„Wie viel ist das noch mal?", fährt sie mich in höchster Erregung und wie unter enormem Zeitdruck an, während sie die anderen Hennen misstrauisch beäugt. Eine will gerade an dem riesigen Schrankkoffer picken.

„Dreihundert Euro", antwortet Max für mich. Ich werde nervös.

„Das ist ja WAHNSINN!"

Steffi platzt gleich.

„WEISST DU, WAS DAS BEI UNS KOSTET?"

„Steffi, bitte nicht so laut. Ich schätze mal, so viel wie ein Mittelklassewagen."

„GENAU!", sagt sie, „gebraucht, natürlich."

Steffi ist kurz vor einem Kollaps.

„Soll ich *die* oder *die* nehmen?", fragt sie hechelnd und hält mir zwei bunte Abscheulichkeiten vor die Nase.

Aha, so weit sind wir also schon. Ich werde also gar nicht mehr gefragt, ob wir *überhaupt* eine nehmen. Was soll ich jetzt sagen?

Ich habe die übliche Auswahl aus verschiedenen möglichen Antworten. Multiple Choice heißt das Verfahren und bringt einen meistens unbeschadet durch eine Führerscheinprüfung. Ob ich aber aus dieser Prüfung heil herauskomme, ist noch nicht sicher.

Möglichkeit eins: ‚Ja, du hast doch schon eine Tasche!' Das wäre auf jeden Fall falsch, damit würde ich mich geradezu lächerlich machen. Als ob das eine Rolle spielt.

Möglichkeit zwei: ‚Die ist doch viel zu klein.' Das wäre schon eher richtig, damit würde ich die Notwendigkeit einer Tasche allerdings eindeutig anerkennen und es würde den Nachteil haben, dass ich die Entscheidung dann doch mehr in Richtung lederner Schrankkoffer lenken würde, der ja auch immer noch in gefährlicher Nähe, also damit auch in der Auswahl steht, was ich auf jeden Fall vermeiden will.

Ich entscheide mich also für Möglichkeit drei.

„Das sind aber alles Fälschungen, das weißt du doch, oder?"

Sie blickt mich einen Moment voller wohltuender Sprachlosigkeit an und dann sagt sie: „Druff jeschissen!"

Auch ihre bisher angenehm distinguierte Sprache hat schwer gelitten.

„Steht aber ‚Chloe' dran. Hier! Orginal Schriftzug."

Na gut, es fehlt der Akzent über dem „e". Kleinigkeiten.

Und schon wieder hält sie mir dieses rote, lederne Teil ins Gesicht.

Schon ganz schön dreist, denke ich, einfach Originale so eins zu eins zu fälschen. Aber wahrscheinlich sind das gar keine Fälschungen, sondern vielleicht tatsächlich Originale. Die ausländischen Firmen, die ja alle gerne hier arbeiten lassen, weil's so schön billig ist, können ja nicht kontrollieren, ob nach dem offiziellen Auftrag einfach noch für die eigene Kasse weitergeledert wird. So oder ähnlich könnte es vielleicht auch sein.

„Du weißt auch, dass das verboten ist?", frage ich und sehe sie dabei möglichst streng an. Sie scheint jetzt etwas verunsichert und ich fühle, dass ich auf einem guten Weg bin, das Schlimmste zu verhindern. Vielleicht klappt es sogar und wir kommen mit nur einer dieser fabelhaften Taschen davon.

„Das sind Fälschungen, die darf man bei uns gar nicht einführen!"

Das war ganz gut, das hat gesessen, so könnte es gehen.

„Echt?"

Steffi scheint tatsächlich verunsichert.

„Naja, eben nicht echt! Die nehmen sie dir direkt am Zoll ab!", trete ich sofort nach, um sie in den Staub zu zwingen. „Das kann ganz teuer werden." Ich verzichte darauf, die Worte „Freiheitsstrafe" und „Isolationshaft" zu benutzen.

„Ach, du verarscht mich doch!", sagt sie dann nach einer Weile, „die nehmen doch nicht jedem die Tasche ab. Die kaufen doch hier alle diese Dinger. Guck doch mal!"

Sie hat natürlich recht. Alle kaufen die Sachen, die hier im Leder-Babylon angeboten werden. Dieser und all die anderen Fälscherläden werden schon ihre Berechtigung haben und jede Menge dieser nachgemachten oder ‚echten' Teile verkaufen. Auch an germanische Touristen, die dann unschuldig flötend am strengen deutschen Zoll vorbeimarschieren.

Jetzt muss es schnell gehen. Die Hennen gackern nervös und rennen mit ihren Taschen aufgeregt hin und her. Es ist sehr eng und sehr heiß. Die Ventilatoren rattern auf Höchstleistung.

„Also gut, welche?"

Ich gebe mich geschlagen. Vielleicht ist das ja ungefährlicher, als hier auf dem engen Hühnerhof noch länger zu bleiben und vielleicht doch noch als schon leicht angeschlagener Hahn von den Hennen gepickt zu werden. Zu enge Käfighaltung macht die Tiere aggressiv!

„Am liebsten die", sagt Steffi und zeigt auf den Schrankkoffer. Ich wusste es. Nein. Nein. Nein.

„Oh, nä, also … Steffi, oh … ich hab's geahnt, wie willst du dieses Monster denn nach Deutschland kriegen?"

Jetzt werde ich auch etwas lauter und die Hennen drehen sich erstaunt nach uns um und suchen schon nach der schwachen Stelle bei mir, in die sie reinpicken können.

„Außerdem haben wir doch schon vier von diesen rollenden Schrankwänden. Mein Gott. WARUM NUR?", platze ich heraus. „Muss man denn gleich alles kaufen, was man sieht? Kann man denn nicht einfach mal ‚schön' sagen und weitergehen? Ist das denn nicht möglich …?"

Verdammt, verdammt, dieser blöde Lederschrank soll es sein! Steffis Blick ist eiskalt.

Mit solchen Ausbrüchen kratze ich bei Steffi schnell schon

mal an freiliegenden Nerven herum. Da ist sie sehr empfindlich und ich muss jetzt ganz, ganz vorsichtig sein. Das ist ein heikles Thema, das uns schon oft an den Rand einer Scheidung gebracht hat. Naja, jedenfalls sah es erst mal so aus, aber es ist dann doch glücklicherweise nie dazu gekommen. Aber es ist riskant.

Gehe ich nur einen Schritt zu weit, dann kann der Rest des Urlaubs in echter Gefahr sein. Viel zu schnell würde ich als elender Geizhals, geschmackloser Langweiler oder sogar als kniepiger Kotzbrocken – ja, das habe ich auch schon gehört – verschrien, und das bedeutet langes Leid und erschwerte Wiedereingliederung in den familiären Verbund. Steffi holt tief Luft, sie steht auf dem Sprung.

Also, gut. Ja, ja, ich bin ja durchaus bereit, einer der kleineren Taschen meinen Segen zu geben, um damit aus der Nummer und vor allem aus diesem Laden rauszukommen.

„Was ist mit dieser?", frage ich also und bringe jetzt meinerseits die rote Ledertasche mit „original" Chloe-Schriftzug ohne Akzent über dem „e" noch mal ins Gespräch und halte sie Steffi dicht vor die Nase. Ein Hauch von Lächeln huscht über ihr Gesicht, und da erkenne ich meinen Fehler.

Ich bin drauf reingefallen, aber es ist zu spät. Frauen sind doch so raffiniert, damit rechnet man als treuherziger Mann doch gar nicht. Sie WOLLTE, dass ich ihr diese rote Tasche zum Kauf anrate. Ich sehe es ihr an. Ein fast unmerkliches Blitzen in ihren Augen verrät sie. Der Schrankkoffer war nur ein Ablenkungsmanöver. Sie wollte nur diese rote Tasche. Oh, was bin ich doch für ein gutgläubiger Depp! Aber jetzt ist es passiert, ich habe verloren. Und Steffi ist härter als ich jemals gedacht habe. Sie nutzt die Situation brutal noch weiter aus, indem sie mit einem himmlischen Lächeln sagt: „Na gut, aber dann vielleicht diese beiden?"

Auge um Auge… Wir verlassen den Laden um fünfundzwanzigtausend Baht leichter, haben noch nicht mal gehandelt, weil ja alles so unglaublich billig ist, mit zwei gefälschten Edeltaschen.

Steffi hat leichte Temperatur und die beiden Komapatienten auf der Bank vor der Tür werden bereits künstlich beatmet. Der Notarzt für die Organentnahme steht schon bereit, als wir endlich weiterziehen.

Chaweng ist ein grauenhafter Ort. Er hört einfach nie auf. Laden an Laden zieht sich die endlose Straße entlang, und jeder lockt mit weiteren unschlagbaren Angeboten und Preisen. Die leuchtenden Augen der Frauen hätten ausgereicht, um die Straße des Grauens zu erhellen, aber man hat zusätzlich noch Millionen von farbigen und flackernden Neonlichtern eingesetzt, um diese Hölle angemessen erstrahlen zu lassen. Es lärmt aus jeder Bar und aus jedem Geschäft. Unser Weg ist wie ein Spießrutenlauf durch die Hauptstraße der Unterwelt. Tiefschläge von rechts und links. Hier ein „Kamm luck!", aua! Da ein „Velly Tziep!", und noch ein „Bess plei", aah, das tut weh. Wann hört diese Straße endlich auf?

Für Frauen ist es das wahre Paradies.

„Oh, guck mal hier, Alex! Lass dir doch mal einen Anzug machen", jubiliert Steffi. „Maßgeschneidert in drei Tagen!", übersetzt sie überflüssigerweise das Reklameschild und hat mich schon so weit in einen der unzähligen Schneiderläden brutal hineingeschoben, dass die Inhaber schon lüstern ihre Maßbänder zücken und die Zähne fletschen.

„Ich will aber keinen Anzug", versuche ich mich tapfer zu wehren.

Aber das zählt ja nun gar nicht.

„Ja, aber hier, Cerutti, Fiorucci, Boss, Bruno Banani, Dolce & Gabana, alles da … ich versteh dich manchmal nicht."

„Hör auf jetzt, Steffi, ist mir doch egal von wem die Anzüge sind. Ich will nicht!"

Auch die tapferen Schneiderlein schneidern alles, was gerade angesagt ist.

„Lass Papa doch, wenn er nicht will", versucht der treue Max mir zu helfen.

„Hoooch, ihr seid so langweilig", sagt Steffi und zottelt beleidigt mit uns öden Gesellen weiter. Max sieht mich an und zuckt mit den Schultern.

„Frauen", sagt er. Wie recht er hat. Bruno Banani. Fiorucci. Boss. Was soll der Quatsch? Was soll ich mit einem Anzug von Bruno Banani? Ich ziehe niemals einen Anzug an. Auch nicht von Bruno Banani. Niemals. Letztes Mal Konfirmation. Und der war von C&A. Ach, es hat keinen Zweck, jetzt über den wirklichen Unterschied zwischen Männern und Frauen nachzudenken. Frauen kaufen eben, weil ihnen was gefällt, nicht weil sie es brauchen. Und natürlich auch schon mal, weil's billiger ist. Parolen wie „Alles muss raus!", „Lagerverkauf" oder „Fünfzig Prozent Rabatt" haben da eine verheerende Wirkung.

„Kamm in, Mister, luck!"

Hau ab!

Und so trotten wir hinter der jetzt schon mittelmäßig genervten Steffi her, die immerhin zwei tolle neue Taschen erworben hat, an unserer penetranten Konsumverweigerung aber keine Freude hat. Max und ich geben unser Bestes, nicht aufzufallen. Immer wieder bleiben wir freundlich stehen, wenn sie in einem Laden etwas Interessantes entdeckt hat – sie entdeckt in fast jedem Laden etwas Interessantes – und geben uns durchaus interessiert. Ich ziehe hin und wieder die Augenbrauen hoch und ich nicke sogar ab und zu mal zustimmend, jedoch nie so deutlich, dass man es als Aufforderung zum Kauf hätte verstehen können. Es ist ein Ritt auf der Rasierklinge.

Denn dass ich am liebsten wieder von hier weg will, sieht mir Steffi auf jeden Fall an. Doch mit diesem Gleichgewicht des Schreckens geht es eine Weile ganz gut. Steffi kocht zwar innerlich, aber sie kocht nicht über. Sie tut gleichgültig und spielt uns vor, dass sie dieses Shopping wahnsinnig genieße und es ihr völlig egal sei, dass wir da rummuffeln oder nicht. Sie sagt auch nichts mehr. Was hätte sie auch sagen sollen, wenn ich doch immer nur mit „joh" oder „mmh" antworte.

Einkaufen mit Männern ist einfach das Letzte.

Schließlich finden wir doch noch etwas. Also, Max findet es. Es ist ein farbenfrohes T-Shirt, das Bob Marley mit einer Riesentüte zeigt und dazu ein überdimensioniertes Marihuanablatt. Darunter steht in großen Lettern: „Don't walk on grass – smoke it!" Sehr hübsch. Nein, nicht einpacken. Max zieht es gleich an.

Und dann gehen wir weiter schweigend die Chaweng Road entlang. Steffi schaut in jedes der hell beleuchteten Schaufenster und irgendwann, bei einem Uhrenladen, schaue ich mal kurz auf meine protzige Neuerwerbung auf dem Zeitmessermarkt für den gehobenen Anspruch. Ich muss jetzt unbedingt wissen, was denn jetzt auf dem Selbecker Kopp passiert ist. Heute ist schließlich der erste Januar und da soll es ja losgehen.

Und da entdeckt sie sie. Sie sieht mich an und dann bricht es wie eine Urgewalt aus ihr heraus.

„Was ist DAS denn?", kreischt sie und glotzt fassungslos auf meine neue Breitling-Eroberung. Und dann lacht sie sich einfach nur schrill und völlig übertrieben kaputt und kann gar nicht mehr aufhören. Ein hysterischer Schreikrampf von Lachanfall.

Phh. Mir doch egal.

Na ja, und dann fahren wir endlich reich beschenkt und schwer beladen zurück ins Lager.

***

„Ulli … lli?"

„Ja, hall… pch … Alläx!"

Ich bin sofort in die Lobby gehastet und habe alles Kleingeld, das noch übriggeblieben ist, in den Telefonkasten gesteckt.

„Na, wie war's heute …arsheute? Was ist passiert …istpassiert?"

„Ooch … pch … ganze Menge, woll. Wir … pch … heute alle schon … pch .. früh oben auf m Selbecker … pch … Die Aktivisten … pch … da, die Grünen, die … pch …initiative … pch … Leckede-Hinter… pch … also alle …"

„Warte mal, Ulli, das geht so nicht …ehtsonicht. Ich rufe dich gleich noch mal an, ja …malanja?" Es ist ja nicht auszuhalten mit diesen verdammten Störungen und dem blöden Echo.

„Alles klar … pch … pch …"

Als ich mich der Lotze-Bude nähere, höre ich den langen Pädder schon wieder mit seinem Handy schimpfen. Naja, das heißt, diesmal scheint er eigentlich ganz guter Dinge zu sein.

Und dann sieht er mich kommen und beendet sein Gespräch.

„Alläx! Na, hasses überlebt, die Schawäng-Orgie?" Und ich sehe auf seiner Terrasse eine knallrote, sehr schicke Ledertasche stehen. Es fehlt nur der Akzent über dem „e".

„Ja, ja", sage ich, „überlebt."

„Willze 'n Singha?"

„Ach nä, danke, Pädder. Ich wollte dich nur fragen, ob ich noch mal dein Handy haben kann."

„Ja, klar, komm hier." Doch dann zögert er und fragt: „Widder ins Sauerland?"

„Ja, leider."

„Mach's kurz, Mensch! Wer soll denn dat ganze Gequatsche bezahlen?" Aber dann reicht er mir das Teil und grinst.

„Pädder, ich kann dir gerne …", will ich ihm eine Kostenübernahme der Paradies-Handyrechnung anbieten.

„Nä, nä, lass ma. Is ja nur Quatsch."

Na gut. Ich gehe ein paar Schritte, damit er nicht unbedingt was mitbekommt. Braucht ja nicht zu wissen, dass ich immer noch mit meinen Problemen beschäftigt bin. Es knackt in der Leitung und ich bin im Sauerland.

„Ulli? Da bin ich wieder."

Oh, diesmal ohne Echo.

„Jou."

„Also, wie war's?"

„Naja, war richtich wat los au'm Selbecker Kopp hoite, woll. Halb Leckede-Hintersten wa da. Alle, die das Dings da oben nich haben wollen un die, *dies* haben wollen. Die meisten hatten natürlich noch 'n schweren Kopp von gestern, Silvester, weiße ja, aber sie warn da, woll. Unser Artikel am Samstach hat se alle wachgerüttelt. Hier is die Hölle los, sachich dir. Endlich passiert ma wat hier in unserm Kaff."

Ja, endlich. Wie blöd, dass ich ausgerechnet jetzt …

„Und dann?"

„Und dann kam unser ährenwerter Arschloch-Bürgermeister Blömecke, der Stadtrat und der ganze Verein und die ham 'n paar Reden gehalten, diesse abber gar nich verstanden hass bei den ganzen Buhruf'n. Und dann ham se da so'n dickes Schild aufgestellt mit 'ner Zaichnung von dem gesamt'n Kompläx. Dat sieht aaauus, sachich dir! Un untendrunter dick un fett der Name von diesem Invästor! MROTZEK. Oberblödmann."

„Mmh."

„Mitten auffe Lichtung, da steht dat Schild, weiße, wo immer so schön die Sonne durche Bäume scheint … ach, du weiß ja, wie dat da is."

Ja, das weiß ich. Das ist unsere Lichtung, auf der ich so oft schon mit meiner kleinen Familie so herrliche Momente erlebt habe, besonders, als Max noch klein war. Sehr schön ist das da. Und vielleicht haben wir ja auch schon den Wendehals da beobachtet. Wir haben ihn nur nicht erkannt, weil er kein kariertes Sakko anhatte.

„Ja, und dann?"

„Dann gab's nomma Buhrufe und 'n paar Tann'nzapfen sin geflog'n, aber dann warn die feinen Herren auch schnell wieder wech. War arschkalt, weil et ja geschneit hat, woll."

„War dieser Mrotzek auch dabei?"

„Nä, war er nich."

„Und das war alles?"

„Jo, dat war ärsma alles. Aber dat blöde Schild steht schomma da, so, als ob es jeden Moment losgehn soll, woll. Dat macht mich verrückt, dat scheiß Schild. Dat sieht aaus, sachich dir!"

„Tja, danke Ulli. Ich bin ja bald wieder zurück."

„Wie lange hasse denn noch?"

„Fünf Tage", sage ich und es erscheint mir eigentlich doch viel zu lange.

„Tja, getz wird et wohl ernst mit de Wällnäss im Sauerland, woll."

Jo, sieht so aus.

„Was ist denn mit dem Wendehals?", frage ich dann noch, denn der könnte uns ja retten.

„Nonnix!" Mist.

„Bis morgen, Ulli!"

„Bis morgen!

2.1. Zehnter Tach: Alice Cooper

Heute aber. Ko Tao. Heute passiert es. Schnorcheln, schwimmen, Boot fahren. Sonne. Einfach Urlaub.

Die Zeit ist leider dieselbe wie gestern. Gnadenlos früh. Sechs Uhr. Natürlich ist es wieder mal nicht ganz einfach, meine beiden Lieblinge wach zu bekommen, aber mit nur einer einzigen Strophe von „Junge, komm bald wieder" – auf Sächsisch natürlich – hat es dann doch geklappt.

„Alex, hör auf mit dem Quatsch, wir sind ja schon wach", stöhnt Steffi und schleppt sich ins Dschungelbad, um sich mit dem braunen Wasser das Gesicht zu waschen. Sie macht es inzwischen einfach. Rüdiger Nehberg.

Um halb sieben dürfen wir uns dann freundlicherweise auf dem Frühstücksdeck aus einer nett gemeinten, aber recht übersichtlichen Auswahl noch ein paar Scheiben Toast und einige Flaschen warmes Mineralwasser einpacken. Und dann sind wir bereit für alles.

Heute ist die Lagerbesatzung fast komplett. Die Ehepaare Pechstein und Leichenhalle sind angetreten, die Wittener, die ja Schlottmann heißen, wie wir jetzt wissen, die Neuen, also Familie Granderath aus Kölle, nur Pädder und Hanni Lotze fehlen noch und King Louie und sein Hofstaat, aber die werden auch nicht sonderlich vermisst …

… und dann kommen sie: die Russen!

Wieder weht dieser eisige Wind durchs Hotel-Foyer, als sie sich uns bis auf wenige Meter nähern und wieder dieses Nichts einer Begrüßung. Gar nichts. Sie starren uns heute Morgen nicht einmal feindselig an, nein, sie sehen uns scheinbar überhaupt nicht. Breitbeinig, die beiden Klotzmänner, und hinterherstöckelnd, die beiden weiblichen Schminkexzesse in kurzen, gülde-

243

nen Kleidern, gehen sie auf die Korbsesselgruppe zu und lassen sich lachend hineinfallen.

„Ktobaitsarokdiavola!" (soll heißen: „Wer Angst hat, gibt dem Teufel die Hand", russisches Sprichwort), sagt einer der Klötze und die anderen lachen wieder laut und brüllend. Na, seht ihr? Sie können lachen. Es sind also heitere Menschen. Wollen wir doch versuchen, heute, an diesem wunderbaren, lange ersehnten Tag des Ko Tao-Ausfluges, Freunde zu sein. Ich lächle unseren Besatzern also versuchsweise zu, kann aber sehr froh sein, glaube ich, nicht direkt was in die Fresse zu kriegen. Na, dann eben nicht, Freunde. Muss ja nicht.

„Hallo, Alläx!" Pädder und Hanni kommen. Vorsicht Pädder. Nicht ganz so fröhlich vielleicht.

„Hallo Pädder, hallo Hanni", sage ich also dann etwas zu verhalten, denn Pädder sieht mich fragend an.

„Wat is denn bei oich los? Wattis dat denn für 'ne Beärdigungsstimmung? Hoite mach'n we doch 'n tollen Ausfluch, woll?"

Ich nicke nur zurückhaltend mit gespitztem Mund und gebe ihm ein unmerkliches Zeichen mit einer eigentlich kaum sichtbaren Neigung meines Kopfes zu den gefährlichen Miturlaubern hin.

„Sin dat Russen?", fragt er dann viel zu laut und der Rest der Gruppe bringt sich erschrocken in Deckung hinter der nächsten Bambushecke. Pädder merkt schon, dass wir alle etwas dünne Nerven haben an diesem Morgen. Steffi und Max versuche ich irgendwie hinter mir zu halten, um sie gar nicht erst in das Gesichtsfeld der Aggressoren geraten zu lassen.

„Ach, die tun donnix", sagt Pädder genauso laut wie eben und lächelt den Russen sogar zu. Und: Einer von denen lächelt auch zurück. Also, naja, es ist so eine Art Lächeln, es könnte mal ein Lächeln werden, vermute ich. Eigentlich verzieht der Kerl nur ganz leicht seine Visage und denkt wahrscheinlich gerade darüber nach, wie er Pädder mit seiner schweren Goldkette am schnellsten erwürgen kann, oder so was.

Die Stimmung ist leicht gedrückt.

Dann kommt der Bus. Fast pünktlich. Und alle steigen ein. Die Russen dürfen als Erste. Warum nicht. Wir sind ja nett. Sehr gerne. Bitte schön.

Um kurz vor acht dürfen wir dann ein Schnellboot besteigen, das uns auf diese Trauminsel bringen soll. So schnell wie möglich. Die Russen dürfen wieder als Erste, die beiden Russenweiber müssen allerdings ihre Stöckelschuhe ausziehen. Ist ja klar. Boot immer ohne Schuhe. Und obwohl sie sich lauthals beschweren und ihre beiden starken Russenmänner ganz doll deswegen annörgeln und die dann auch ganz böse in Richtung Kapitän stieren, müssen sie es trotzdem tun. Stöckel aus! Da kennt der thailändische Kapitän keine Gnade. Recht hat er.

Und dass er wirklich keine Gnade kennt, werden wir gleich alle noch zu spüren bekommen.

Dann wird erst mal jedem ein leicht bräunliches Getränk gereicht, aber bevor wir in den Genuss kommen, es auch an den Mund zu führen und zu probieren, warum es denn so braun ist und ob es denn auch so schmeckt, geht es schon los.

Das tolle Boot hat sechshundert PS, sagt der stolze Kapitän und die arbeiten schon direkt nach der Hafenausfahrt mit voller Kraft. Sie zeigen alles, was sie draufhaben. Kapitän Gnadenlos wirft sie alle gleichzeitig ins Rennen und das Boot geht ab wie Schmidts Katze. Es steigt vorne so hoch, dass mindestens die Hälfte der Getränkebecher schon leer ist, bevor sie überhaupt in die Nähe eines gierigen Mundes kommen. Und dass jetzt die Hälfte der Besatzung schon mal ein ganzes bräunliches Getränk auf der Kleidung verteilt hat, spielt eigentlich überhaupt keine Rolle. Denn es dauert kaum fünf Minuten und wir sind alle klatschnass. ALLE.

Die weit und hoch spritzende Gischt des schnellen Bootes ist für uns alle eine erfrischende warme Salzwasserdusche, die wir überrascht, aber dankbar annehmen. Müssen.

Steffi reißt entsetzt die Augen auf, sogar Max klammert sich voller Todesangst an mich. Das hat er schon ewig nicht mehr gemacht und deshalb finde ich es ganz schön. Ich werde also gebraucht. Ich muss meine Familie beschützen.

Der Rest unserer mutigen Truppe lässt sich allerdings ganz schön gehen, das muss man wirklich sagen. Man kreischt und schreit und heult und ist augenblicklich in Panik. So hatte man sich das lustige Bööötchenfahren wohl nicht vorgestellt. Naja, Leute, sechshundert PS eben.

Das Schnellboot springt wütend meterhoch, um dann wieder knallhart auf die heute recht eindrucksvoll hohen Wellen zu krachen, dass man sich wundert – wenn man dazu überhaupt die Zeit findet –, wie gut solche Boote doch tatsächlich heutzutage gebaut sind. Erstaunlich, was das Material alles aushält. Respekt! Und bei jedem neuen Aufschlag aufs Wasser erfahren unsere Wirbelsäulen eine weitere nicht zu unterschätzende Zusammenstauchung, so dass ich mal vermute, wir werden beim Aussteigen um einiges kleiner sein als noch beim Einsteigen.

Vorne im Bug hält man es gar nicht mehr aus. Da saßen bis gerade noch die Russen. Die besten Plätze halt. Und jetzt klammern sie sich alle – ich betone: ALLE – panisch und voller Todesangst mit ihren Tätto-Armen an die albern kleine Reling und versuchen zitternd und schlotternd vor Angst, wieder zu uns in den hinteren, etwas sichereren Teil des Bootes zu kommen.

„Jaumru" (soll heißen: „Ich sterbe!"), kreischt eine der Damen etwas unfein. Einer der Klotzköppe brüllt ihr zu: „Smertzprobuschdenje!" (soll heißen: „Sterben ist Erwachen", Tolstoi), Wir verstehen es natürlich nicht. Aber schön hört es sich wirklich nicht an.

Der Kapitän brettert ungerührt weiter. Die russischen Schminktöpfe sind inzwischen verschmiert und sehen scheußlich aus. Wie Alice Cooper nach einem zweistündigen Auftritt, ach, eigentlich noch viel schlimmer. Die *Männer* haben diese Bezeichnung eigentlich in dem Moment für alle Zeiten verspielt und sind nichts weiter als erbärmliche Waschlappen, die um ihr

Leben jammern. So wird das nix mit der Weltherrschaft, meine Herren.

Mir geht es so weit noch ganz gut, weil ich ja für meine Familie sorgen will und daher keinerlei Zeit darauf verschwende, über diesen Wahnsinn nachzudenken, um dann möglicherweise doch über die Reeling kotzen zu müssen.

Das macht aber dafür jetzt das Ehepaar Schlottmann aus vollem Halse. Vereint im Guten wie im Schlechten halten sie sich krampfhaft an den Händen und an der dünnen Reeling fest und geben laut brüllend alles von sich, was das Frühstück heute zu bieten hatte. Viel war es ja nicht. Er trägt dabei ein rotes T-Shirt mit dem Text „Einfach mal die Fresse halten", während sie wiederum etwas Schlichteres mit der Aufschrift „Griller Queen" trägt. Beides durchaus passend. Auch die Pechsteins hält es nun nicht mehr auf den Sitzen und sie schließen sich dem allgemeinen Trend an und füttern mit allerlei Ekligem die Fischwelt.

Und die Russen?

Na, wie lange dauert es wohl noch? Es kann sich nur noch um Minuten ... jaaa, da kommt es schon in langen, heftigen Schüben aus den beiden Alice Coopers heraus. Beeindruckend! Ach, ist das schön. Und dann noch nicht einmal über die Reling, sondern über die jeweils dazugehörigen Russenkerle, in deren tätowierten Mörderarmen sie zittern. Ja, so will ich das sehen. Das gefällt.

„Lutschemensche, nolutsche!" (soll heißen: „Lieber weniger, aber besser", Lenin), lautet der Kantenkoppkommentar zu dieser wirklich unschönen, aber recht zufriedenstellenden Szene.

Steffi ist bleich und bereut zutiefst. Das sehe ich sofort. Scheiß Ausflug! Max findet es nach anfänglichem Zweifeln, aber inzwischen suuupeeer und johlt bei jeder Welle, bei jedem Kracher laut mit. Der Rest der bis jetzt noch Lebenden ist relativ schweigsam und versucht vor allem, die Kontrolle über den Magendarmtrakt zu behalten. Auch Pädder ist ausnahmsweise mal nicht zu Scherzen aufgelegt. Die Zigarre bleibt kalt. Er verzieht nur das Gesicht, als seine Hanni schon wieder lauthals in einen der fürsorglicherweise aufgestellten Eimer göbelt.

Ist das eine Fahrt!

Und sie dauert nur knapp eineinhalb Stunden. Na, wie gut, dass wir ein Schnellboot genommen haben!

Das Boot hat uns am Anleger der Insel ausgekotzt und wir lassen uns erschöpft und ermattet in den weißen, warmen Sand fallen. Einige röcheln noch unartikuliert, es gibt also Überlebende. Kapitän Gnadenlos verzieht sich pfeifend, und ohne sich weiter um die Angeschwemmten zu kümmern in die nächste Bar.

Ko Tao ist wirklich traumhaft. Das merken wir aber erst nach etwa einer halben Stunde, als das Leben ganz wunderbar wieder zu uns zurückkehrt. Und nach ein paar weiteren Minuten haben wir uns wieder einigermaßen regeneriert nach diesen kaum erwähnenswerten Unannehmlichkeiten der Überfahrt.

Und dann ist plötzlich Cherry da. Ich weiß nicht, woher sie kam, ob sie schon hier war oder ein noch schnelleres Boot als wir genommen hat, was ich mir nicht vorstellen kann. Egal, sie ist da und ruft: „Snorkeling, snorkeling!", und wir folgen frisch erwacht und wie neugeboren nach einigen notwendigen reinigenden Maßnahmen an Körper und Kleidung dem Ruf ihrer Stimme durch den feinen Sand der Insel Ko Tao und bekommen bunte Flossen und Schnorchelmasken, die wir willenlos aufsetzen.

„Lasst de T-Shötts libbäh on", sagt Cherry noch, „sonst verbrenn de Rügge! You'll burn your back, gell!"

Bloß das nicht, das hatten wir ja schon. Ich trage das T-Shirt, das Steffi mir heute Morgen gegeben hat und das mir zwar nicht besonders gefällt, das ich aber trotzdem genommen habe. Es ist eins der Shirts, die wir mal vom *Sauerlandbeobachter* haben drucken lassen. Darauf steht albernerweise der Slogan „Hinterher weiß man immer mehr!" Naja.

Dann tauchen wir also erwartungsvoll und prustend ab in die unbekannten Gewässer … und dann sehen wir sie. Herrlich bunte, glitzernde, schillernde Fische und fabelhaftes Getier um uns herum. Gar nicht scheu, manchmal sogar recht aufdringlich in Erwartung von Futter oder auch einem kleinen Happen menschlicher Extremitäten. Ich weiß es nicht, aber es ist wirklich toll, diese Welt der Wunder beschnorcheln zu dürfen.

Danke. Auch an Frau Gantenbrink. Eine einzige Pracht.

Hinter der Riffkante kommt mir doch glatt eine gelangweilte, weise Riesenschildkröte entgegen, die mich anschaut und dann kopfschüttelnd wieder abdreht, als sie den Aufdruck meines T-Shirts gelesen hat, um ohne mich weiter durch die Herrlichkeiten der Unterwasserwelt zu pflügen. Ach, ist das schön hier. Toller Ausflug.

Auch Steffi und Max sind begeistert und machen mir unter Wasser eindeutige Daumenzeichen.

So gefällt mir das! Urlaub. Ja, *so* muss das sein.

Dann ruft Cherry vom Strand aus alle zu sich. Das im Faltblatt groß angekündigte Barbecue soll wohl nun stattfinden. Ja, das haben wir uns aber auch verdient nach den hinter uns liegenden Torturen und dem wunderschönen Erlebnis in der Wunderwelt der Wassertiere. Und essen kann man jetzt doch schon wieder was. Ja, da meldet sich etwas tief unten in der Verdauungsmaschinerie. Man MUSS ja auch etwas essen, denn auf der Rückfahrt sollen ja sicherlich wieder die Fische gefüttert werden. Und wenn man nichts im Magen hat …

Es riecht ganz wunderbar nach exotischen Gewürzen, gegrilltem Fisch und saftigen Früchten und die Essensausgabe steht kurz bevor. Eine freudige Nervosität macht sich breit. Jeder nimmt sich voller Erwartung einen der von den thailändischen Grillmeistern bereitgestellten Teller und man stellt sich brav und auch etwas ungeduldig an. Die Russen dürfen natürlich vorgehen. Na klar. Wir sind ja nett. Bitteschön!

Und da liegen sie auf dem improvisierten Grill. Die Kostbarkeiten der exotischen Küche. Mmh. Lecker schmurgeln sie da vor sich hin. Ganze Fische, goldbraun gegrillt, Lobster, Krabben und Krebse. Gleich werden wir es uns aber mal so richtig schmecken lassen.

Pädder grinst mir voller Vorfreude zu und der Teller in seinen Händen wippt schon ganz aufgeregt. Und auch die Pechsteins und die Schlottmanns scheinen schon wieder so richtig Appetit zu haben, als hätten sie alle Unappetitlichkeiten der jüngeren Vergangenheit völlig vergessen. Das wird ein Fest!

Die russischen Besatzer mit den beiden Alice Coopers, die jetzt aber schon wieder alle wichtigen Schminkmarkierungen erneuert haben und sogar ihre Stöckel wieder anhaben (!) greifen beherzt als Erste zu. Also, sie nehmen sich reichlich, könnte man sagen. Sie nehmen geradezu überreichlich, die Teller sind jetzt schon recht gut gefüllt, es passt aber doch noch so einiges drauf, wenn man nur geschickt stapelt. Aber es droht da doch schon mal die eine oder andere Hummerschere, die allzu weit über den Tellerrand herausragt, herunterzufallen. Das wäre aber schade.

Die Angehörigen der Großmacht Russland haben also die gesamte Breitseite des recht großen Strandgrills erobert und halten die Stellung auch mühelos. Sie brauchen sich noch nicht einmal gegen Angreifer von hinten zu sichern, geschweige denn zu wehren.

Man beäugt das Szenario vonseiten der übrigen Lagerbesatzung zunehmend argwöhnisch und irgendwie auch, wie soll ich sagen, futterneidisch. Da ist doch tief im Menschen eine Archetypik verankert, die auch in Hunderttausenden von Jahren nicht weggezüchtet werden konnte.

Der Überlebenswunsch. Nahrung. Der pure Fressneid.

Ich spüre jetzt, dass ein gewisses Gewaltpotential in der heißen Luft Ko Taos liegt und droht, sich innerhalb der nächsten Minuten zu entladen. Die Augen der nervös in den Händen ihre Teller drehenden Wartenden werden angesichts der russischen Grillplünderung zu kleinen gefährlichen Schlitzen und jeder Ladevorgang der Besatzer wird mit tiefen gleichmäßigen immer lauter werdenden Einatmern der Unterdrückten begleitet. Gleich fällt der erste Schuss.

„Nu reischt's ob'r", brüllt da Walter Pechstein von hinten in die russische Fressmonstertruppe hinein und macht damit einen sehr gewagten Ausfall. „Gibbt's d'n in Russland nüscht zu fräss'n?"

Oh, das könnte aber internationale Verwicklungen mit sich bringen. Ich blicke leicht besorgt um mich und sondiere die Möglichkeiten einer schnellen Flucht für meine Familie und mich. Die Russen haben zwar nichts verstanden, aber sie haben natürlich durchaus den revolutionären Geist gespürt, der ihnen da plötzlich entgegenweht.

Im Nu steht die gesamte Pelledei-Lock-Lissoh-Gruppe um die schaufelnden Russen herum und ein drohendes Murren und Knurren geht durch die Aufständischen. Der Ring um die Besatzer wird enger, die Alice Coopers stellen ihre übervollen Teller erschreckt zurück an den Grill und klammern sich ängstlich an ihre tätowierten Baumstämme, dass die Goldkettchen klirren. Aber auch von den Baumstämmen fällt schon die erste Rinde ab und ihnen steht die schiere Todesangst im Gesicht. Einmal steht der Mob eben auf. Die Kettensägen werden angelassen. Die Bäume werden fallen. Das musste ja passieren. Man kann Menschen eben nicht ewig unterdrücken.

Die Russen weichen instinktiv zurück, nur einen halben Schritt. Aber der ist entscheidend. Der macht uns Mut. Dann einen weiteren Schritt, jetzt auch massiv von den beiden Alice Coopers panisch geschubst, und als der erste Russe sich am Grill den Arsch verbrennt, ist der absolute Ernst der Lage nicht mehr zu leugnen. Der Russe brüllt auf, lässt seinen Teller fallen und stürmt als Erster aus der Szene heraus.

Wir gehen in aufkeimender Siegerlaune und mit einem gewaltigen Schub Adrenalin noch einen kleinen, bedrohlichen Schritt auf den Rest der Stalinisten zu und die folgen dem Geflüchteten in wilder Panik.

„JE-IDU-NOSWETASTAJOTSA!" (soll heißen: „Ich gehe, aber mein Licht bleibt!", frei nach Dostojewski), ruft noch einer der Flüchtenden und dann sind sie weg.

Voller Genugtuung sieht man den Verlieren hinterher. Wir sind das Volk! Walter hebt die Fische aus dem Sand wieder auf und reicht sie zum Säubern an die bewundernd staunende, aber ansonsten wenig hilfreiche Grillmannschaft und der Rest unserer siegreichen Truppe kann sich endlich an den Herrlichkeiten der thailändischen Küche bedienen.

Nein, bitte nach dir, Pädder, bitte schön, Hanni, ihr lieben Lotzes, vielen Dank, sehr nett, ach, Erika, nimm dir doch bitte, darf ich dir was auftun, mein lieber Herr Granderath, möchten Sie noch etwas von dem leckeren Früchtesalat, Frau Leichenhalle, probieren Sie doch mal hier dieses Stück Lobster, mein lieber Herr Schlottmann, wirklich ausgezeichnet, hervorragend. Tja, so geht das unter zivilisierten Menschen!

Im Schatten der Palmen genießen wir dann unser hart erkämpftes Barbecue und sind alle begeistert von so viel herrlichem Geschmack.

„A bit spicy", sagt Cherry, die von den kriegerischen Auseinandersetzungen gar nichts mitbekommen hat, weil sie schwimmen war, aber was soll's.

„Ph, speißy, scheißegal. Lecker is dat. Aber schaaaarf!", meint Pädder Lotze lachend.

Fröhlich winken wir auch zu unseren russischen Freunden herüber, die sich in die naheliegende Bar geflüchtet haben und mürrisch und voller Demut, Andacht und Besinnung alkoholische Getränke zu sich nehmen. Auf Rache scheinen sie nicht aus zu sein, eher versuchen sie wohl, ihre Niederlage mit viel Wodka oder was auch immer zu vergessen. Sie winken noch nicht mal zurück. Kein Benehmen!

„Na", sagt Pädder, der sich zu uns in den Sand gesetzt hat, „wat gibbtet Neues aus'm Sauerland?"

„Ooooch …", sage ich und muss feststellen, dass ich heute bis jetzt fast gar nicht ans Sauerland gedacht habe. Jetzt fällt es mir aber natürlich gleich umso erschreckender wieder ein. Ich komme mir fast schon wie ein Verräter vor. Ich mache hier lustig Urlaub, während man sich im Sauerländer Schnee an Bäume kettet.

„Ja, das scheint jetzt loszugehen da. Ein dickes Bauschild haben die Arschgeigen schon aufgestellt. Sieht wohl schon mal ziemlich scheußlich aus … naja, ich kann nichts machen von hier."

Pädder zuckt nur mit den Schultern und widmet sich dann aber voller Freude weiter einer gigantischen Hummerschere, die ihm wirklich zu schmecken scheint.

Den Rest des wunderschönen Tages verbringen wir mit Schwimmen, Schnorcheln, Sonnen, Schlafen und dann geht es am frühen Abend wieder zurück in unser liebgewonnenes Barackenlager. Die Russen steigen torkelnd als Letzte ein. Wir sind nicht nett.

Und: Wir haben gar keine Wellen auf der Rückfahrt. Das thailändische Meer ist freundlicherweise spiegelglatt und wir fliegen mit unseren sechshundert PS in einer guten Stunde zurück zu unseren gemütlichen Bretterbuden.

Das war doch wieder mal … ja, genau: ein schöner Tag im Paradies!

Hinterher weiß man immer mehr!

Auf dem Weg zurück zu unseren Baracken klingelt Pädders Handy. Er nimmt das Gespräch wie gewohnt mit „Ja? Wat is?" an und wundert sich dann mit hochgezogenen Augenbrauen.

„Hier!", meint er dann, „schon wieder für dich," und reicht es mir rüber.

„Alläx?", ruft jemand durch das Mobilteil.

„Ja?" Es ist Don Camillo.

„Du glaubs' nich wat passiat is!"

3.1. Elfter Tach:
Ohrlabbe med Löscheh
(soll heißen: Ohrlappen mit Löchern)

„Äläfonden! Äläfonden!", kreischt Ärigoh.

Ich bin froh, dass sie auch dabei ist und heute hier im Dschungel wieder auf ihre Lieblingstiere trifft, die uns ja schon vor ein paar Tagen mit unserem Uzuk, der jetzt gar nicht mehr gebraucht wird, mitten im Dschungel gerettet haben.

„Ma loochen vor Modogoskor, ünt hotten die Päst an Bott!" Walter geht es gut. Er ist fröhlich und singt aus seinem reichhaltigen Repertoire den beliebten Arbeitersong *Malochen vor Madagaskar*.

Heute steht die große Dschungeltour auf dem Programm. Ein Knaller kommt jetzt nach dem anderen. Zwei klapprige Toyotas haben Wollda und Ärigoh, Pädder und Hanni, King Louie und seine Affenbande, uns, die Nipsis, und Cherry direkt hier am Elefantenlager abgesetzt und dann sind die Fahrer mit einem „ssie yu later" in der Nachbarbar verschwunden. Singha-Time.

Tja, da hatte Don Camillo aber gestern Abend tatsächlich noch eine heiße Meldung für mich.

„DIE HAM DEN ULLI EINGELOCHT!", hat er mir atemlos berichtet.

„Was?" Ich dachte, ich hätte ihn nicht richtig verstanden.

„Jaaa, im Knast sitzt der. Jedenfalls ham se ne mitgenomm'n un er wird verhört, woll? Vielleicht gefoltert! Von Bürgermeister Blömecke persönlich!"

„Na, Don Camillo, jetzt hör mal auf. Wieso denn überhaupt?"

„Na, der Bekloppte is doch gästern glatt nomma zum Selbecker Kopp gefahr'n un hattat Riesenschild abgesenst. Mitte Motorsäge. Un dabei ham se ne erwischt. Und getz sitzter im Loch un dat Schild liecht da."

„Das gibt's doch nicht!"

„Ja, wenn ich's dir doch sage. Dat scheiß Schild hat den so aufgereecht, woll?"

Tja, da sitzt jetzt also der bekloppte Ulli im Knast. Na, er hat ja keinen umgelegt, da wird er schon wieder rauskommen. Junge, Junge, da geht's ja richtig ab im Sauerland. Endlich mal was los und ich … aaach …

Wir nähern uns jetzt den Äläfonden.

„Und da drauf sollen wir reiten?", fragt Steffi und ich zucke nur mit den Schultern. Irgendwie ja, denke ich. Ich weiß nur noch nicht, wie man draufkommen soll. Aber einer sitzt schon oben auf diesen riesigen Tieren. Direkt auf dem Kopf und lächelt uns freundlich zu. Das ist ein Mahout. Ein Elefantenführer, wie Cherry uns erklärt. Kennen wir ja schon.

Unser Elefantenbahnhof liegt nicht gerade besonders idyllisch, das kann man wirklich nicht sagen und jeder hat es sich wohl etwas anders vorgestellt. Nun ja, er liegt direkt an der Hauptverkehrsstraße, die wir alle wieder mal nur mit echtem Kampfgeist und Überlebenswillen überqueren konnten.

Cherry ist einfach rübergegangen.

„Guck mal, was der Mann macht!", ruft Max ganz aufgeregt und zeigt wild und wütend auf einen der Mahouts. Er hat einen widerlichen Haken in der Hand, den er ab und zu mal dem Elefanten in die riesigen Ohrlappen treibt. Jedenfalls sieht es so aus. Und weil das Ohr auch schon eine ganze Menge Löcher hat, könnte man denken, die hat alle er gemacht mit seinem scheußlichen Haken. Das Ohr sieht leider gar nicht mehr so dolle aus.

„STOP IT!", ruft Steffi also ganz entrüstet und ich finde, sie hat recht. Wie kann man das denn machen?

Der Mahout lächelt aber nur und zeigt uns bereitwillig den Haken. Der ist zwar nicht so richtig spitz, sondern eher einigermaßen abgerundet, so dass er eigentlich die Elefanten nur piksen kann. Aber trotzdem: Wie sieht das Dings denn aus? Wahrscheinlich haben es die Männer auch nur, weil es so furchtbar kriegerisch aussieht. Manche Menschen haben ja auch furchterregende Tätowierungen am ganzen Körper oder hängen sich schwere Goldketten um und wollen damit doch einfach nur schön aussehen oder mächtig Eindruck machen.

Der Mahout versucht uns jedenfalls klarzumachen, dass diese Löcher auf keinen Fall von diesen Haken kommen. Jedenfalls nicht von seinem. Nein, nein. Tja. Haben sich die Elefanten die Löcher vielleicht stechen lassen, um Schmuck daranzuhängen? Hä? Machen ja viele Frauen auch so. Außer meiner.

Ich weiß nicht so recht. So ganz will ich ihm nicht glauben. Und als dann ein anderer Mahout noch einen der Elefanten mit einem Stock aufs Hinterteil haut, allerdings nicht so fest und auch nicht mit der fiesen Spitze, da verliert Steffi vollends die Nerven.

„STOP IT!", schreit sie noch mal. „STOP IT!" Aber die Elefantenmänner sind die schwachen Nerven der Weicheier-Europäer wohl schon gewohnt. Sie reagieren außer mit einem freundlichen Lächeln gar nicht darauf und machen einfach weiter an den Elefanten rum.

Mmh. Wie weit lässt man sich jetzt darauf ein? Wo ist die nächste Tierschutzhotline? Andererseits … warum sollten jetzt gerade wir …? Die Löcher sind ja nun schon mal da… Ach, es ist nicht einfach.

„ICH steige da jedenfalls NICHT drauf", sagt Steffi wütend zu mir. Und so, wie sie es sagt, glaube ich es ihr auch. Und jetzt verlangt sie von mir eine ebenso deutliche Haltung.

„Ich auch nicht", sagt erst mal Max, obwohl der sich ja schon sooo sehr darauf gefreut hat. Und da haben wir dann schon wieder das ganze Theater. „Scheiß-Ausflug", liegt schon wieder in der Luft. „Tierquälerei", „Ausbeutung" und ähnliche unschöne Worte versauen allen ein wenig die Stimmung und man sondert sich von uns ab.

„Ich … auch nicht", lasse ich dann eben wie gewünscht hören. Nicht etwa, weil ich mich nicht traue, ihr zu widersprechen. Nein, nein. Ich will es auch nicht. Da müssen *wir* nicht unbedingt dazu gehören. Wegen uns soll keines dieser einzigartigen Tiere ein weiteres Loch ins Ohr bekommen. Nein.

„Guckt mal da!", ruft Max schon wieder genau so wütend und aufgebracht wie eben. „Guckt mal da, der Kleine! Angekettet!", klagt er die anwesenden Mahouts an und setzt dabei das böseste elfjährige Gesicht auf, das er zu bieten hat.

„Ooooh, der Arme!", entfährt es Steffi und ich denke: Gleich wird sie ganz, ganz wütend oder sie bricht in Tränen aus … oder sie macht etwas völlig Beklopptes. Haach …

Elefanten, besonders so niedliche Kleine, haben aber auch etwas sehr Trauriges in ihren Gesichtern. Manchmal läuft ihnen sogar noch eine dicke Träne die grauen, furchigen Babyelefantenwangen herunter und dann ist es ja völlig aus.

„Die armen Tiere, die armen Tiere!"

Obwohl der Kleine hier sich ganz genüsslich ein paar Bambusstangen reinzieht und es ihm eigentlich ganz gut zu gehen scheint. Naja, man weiß es nicht.

King Louie lässt sich auf jeden Fall nicht von den Tierbeschützerversuchen der Familie Nipsi beeindrucken und treibt seine Affenhorde zu den Elefanten.

„Come on, guys, let's ride the elefants!", ruft er und überwacht das sichere Aufsitzen seiner Affenhorde. Die steigt über eine ziemlich hohe, wackelige Holztreppe auf ein noch wackeligeres Podest, vor dem so ein Elefant dann geduldig wartet. Und in dieser schwindelerregenden Höhe kann man sich dann bequem in das hölzerne Sofa fallen lassen, das man dem Elefanten oben auf seinem breiten Rücken festgeschnallt hat. Das geht wohl ganz gut. Die Australier sitzen schon und johlen, dass die Bank wackelt. Hält aber. Der Elefant bleibt ungerührt. Dann folgt der nächste Elefant und das Ehepaar Pechstein, das es sich trotz einiger Bedenken und interner Beratungen doch nicht nehmen lassen will, weil Ärigoh sich ja auch so sehr darauf gefreut hat. Sie will doch einmal im Leben auf dem Rücken eines so herrlichen Tieres sitzen. Die Lotzes stehen auch noch etwas unentschlossen neben uns.

„Dat iss aber wiaklich nich so schön, wie dat hia aussieht alles, woll", sagt Pädder. „Ich waiß nich, die arm'n Tiere."

Tja, mir gefällt es ja auch nicht und ich habe mich ja auch schon entschieden. Wo sind meine beiden Tierschützer? Weg. Ich kann sie nirgendwo entdecken.

Naja, dann steigen wir eben *nicht* auf diese Tiere und beteiligen uns nicht an der üblen Tierquälerei, die hier offensichtlich abgeht. Und das sicher schon seit Jahrzehnten mit Millionen von fetten, tonnenschweren johlenden Touristen.

Nö, man kann ja auch in die praktischerweise nebenan liegende Bar gehen und so lange ein oder zwei Getränke zu sich nehmen. Wo sind die beiden nur?

„Wo sinn denn deine Loite?", fragt jetzt auch Pädder und ich muss zugeben, dass ich das nicht weiß. Na, irgendwo werden sie schon stecken.

„Tja, Pädder, was machen wir? Elefantenreiten ist ja dann wohl doch nicht so angesagt", meine ich, sehe ihn abwartend an und mache meinen schon bekannten, kaum merklichen Wink mit dem Kopf zur Bar hin.

„Nä", meint er dann auch, „keine Älläfant'n!", und hat natürlich auch schon diese nette Bretterbude entdeckt, die sogar eine kleine, staubige Terrasse direkt an dieser Hauptverkehrsader für uns hat, auf der man sicherlich das eine oder andere Singha bekommen kann, bis die Familien wieder vereint sind und die Toyotas uns wieder zu anderen touristischen Höhepunkten fahren.

„Komm!", sage ich also und wir schlendern rüber und freuen uns auf was schönes Kühles aus braunen Flaschen.

Didelitdidelitdidelit. Pädders Handy.

„Ja? Wat is?", schnauzt er rein. „Dat gibbs donnich …" Scheinbar läuft im Bordell irgendwas nicht richtig rund. „Dann muss eben mehr geschmiert werden!", brüllt er, „… dann flutscht's auch widder! Mannomann!"

Um Gottes willen.

Er hat einen ganz roten Kopf. Und als er mein verstörtes Gesicht sieht, sagt er: „Ach, manchmal läuftet nich so geschmeidig, weiße."

Ja, ja, verstehe schon.

Und dann trinken wir leckeres kühles Singha und haben nach einer Weile die armen Elefanten und den Ärger in der Heimat fast vergessen.

„Wo sin denn unsere Loite?", fragt Pädder dann noch mal.

Hanni kann ich sehen, die sitzt hinten bei den Mahouts im Schatten, aber meine beiden …

Doch. Da sehe ich sie. Ich hab's doch geahnt.

Sie machen sich an dem Babyelefanten zu schaffen, der immer noch seelenruhig seine Bambusstängel kaut. Steffi und Max versuchen doch tatsächlich, seine Kette an dem rechten hinteren Bein zu lösen. Und keiner merkt was. Am wenigsten der kleine Elefant.

Und ich glaube, meinen Augen nicht trauen zu können, aber im Handumdrehen ist der Babyelefant auch schon von Steffi und Max losgemacht … und läuft aber nicht davon. Nee, er will ja erst mal seine Stängel essen. Kann man ja verstehen. Und weil er seine Freiheit nicht sofort mit allen vier Stempelfüßen ergreift, bekommt er von Steffi eins auf den dicken Hintern übergebraten, dass es knallt. Steffi! Steffi! Du böse Tierquälerin.

„Mama!", höre ich Max bis hierhin trotz des rasenden Verkehrs. Ja, und dann läuft er los. Der kleine Elefant. Er hoppelt putzig über den Platz in Richtung Hauptstraße, die jetzt gerade von der Karawane unserer Lagerbesatzung überquert wird.

Die Todesspirale des Ko-Samui-Verkehrs hat soeben eine etwas größere Lücke gelassen und die wird augenblicklich von der Elefantenparade genutzt. Pädder und ich sehen der Szene wie gebannt zu. Unser Kleiner hebt jetzt den niedlichen Rüssel, macht so einen lustigen aber sehr lauten Babytrööt und da dreht sich einer der ganz dicken, grauen Riesen aus der Pelledei-Lock-Lissoh-Karawane um, dass das Holzsofa auf seinem Rücken mächtig zu wanken anfängt und die beiden Wittener laut loskreischen.

Vielleicht ist es ja so, dass dieses mächtige Tier irgendwie mit dem Kleinen verwandt ist. Vielleicht ist es sogar die liebende Mutter oder der sorgende Vater. Jedenfalls will man sich elefantenseitig unbedingt um den Kleinen kümmern und nicht mehr um die Insassen, nein, die Aufsassen, die Aufsässigen auf dem Rücken. Und so wendet man elefantenmutter- oder vaterseits radikal, und ohne auf die aufgeregten Mahouts zu hören, mitten auf der Straße, um sich in großer Besorgnis dem kleinen Elefantentier zu widmen. Die ersten Autoreifen quietschen und ich meine auch, das eine oder andere leicht scheppernde Blechgeräusch zu hören.

Pädder und ich können uns nicht bewegen. *Das* ist ein Schauspiel! Donnerwetter!

Auch die anderen Elefanten sind nun irgendwie aus der Pflicht und rennen aufgeregt durcheinander, dass die Rückensofas hin und her schaukeln und jetzt *alle* Fahrgäste laut kreischen. Ein Gejohle wie auf der Achterbahn.

Nach einer Weile stehen alle anderen Elefanten schützend um den jungen Noch-nicht-ganz-so-groß-Elefanten im Kreis herum. Mitten auf der ehemals belebten Straße, auf der der Verkehr nun total zum Erliegen gekommen ist. Die thailändischen Todesfahrer haben ihren Rhythmus verloren. Einige nutzen den unerwarteten Stopp für einen kurzen Drink auf unserer Terrasse.

Eins der schwankenden Elefantensofas hat sich aus seiner Verankerung gelöst und King Louie hängt an der Seite des großen Tieres, strampelt verzweifelt um sich und flucht schlimme australische Flüche. Die Mahouts versuchen, irgendwie eine Ordnung in das Durcheinander zu bringen, aber es gelingt ihnen auch mit dem Einsatz ihrer Haken nicht. King Louie springt ab und flucht weiter.

Schließlich bringt die Elefantenmutter ihr Kleines behutsam wieder an seinen Platz zurück und einer der Thais kettet es wieder an. Damit ist endlich Ruhe eingekehrt, aber die große Elefanten-Tour unserer Lagerkumpanen scheint damit auch beendet zu sein, denn keiner hat mehr die rechte Lust, den blöden Dschungel auf dem gefährlich schwankenden Rücken eines derart unberechenbaren Tieres zu besichtigen. Und so steigen die einst so mutigen Elefantenreiter mit zitternden Knien ab und lassen sich ihr Geld wiedergeben.

„Listen", erklärt uns Cherry im ratternden, eisgekühlten Toyota, als wir zur nächsten Attraktion unterwegs sind, „de Elefants are wergglisch okay here. Schaut, dey are de only, what de Mahouts have, gell. And dey are escht voll expensive, gell? De Mahouts, earn money mit dene – for de Family and for de animals selbs, natüllisch. What you think, how much fresse de Elefants?! And de pfleg de Tier wergglisch good. And hier as Transboddäh for de Tourists dey have good life, net schlescht, müsst ihr wisse. In Bangkok se wedde getribbe dosch de Chaos Strasevekähr. Velly often se weddäh verletzt and are psychisch fäddisch, gell. Here, dis is really Ullaup for de Elefants."

„Und die Löcher in den Ohren?", will Max wissen.

„Okay", muss Cherry zugeben, „maybe dere is wergglisch sometimes de oine oddeh andre Hage hänge geblibbe, abbeh de grose Ohrlabbe are not very empfindlisch. Believe me, dene geht escht good hier, gell?"

Steffi scheint ihr nicht zu glauben, aber das ist auch ihr gutes Recht.

„How dis Babyelefant konnde frei sein, des is escht e Rädsel", meint Cherry noch und schüttelt den Kopf.

„Tja, ich weiß auch nicht", sage ich unschuldig und blicke zu Max, der sich grinsend die Hand vor den Mund hält.

Die Toyotas spucken uns aus. Wo sind wir? Was sollte jetzt hier noch mal zu sehen sein …?

„Crocodiles!", gibt King Louie von sich, humpelt noch ein

wenig und schiebt seine Horde schon mitten hinein in die nächste Attraktion. Ach ja. Wir pilgern etwas lustlos im Strom der Krokodilinteressierten hinterher. Durch Maschendrahtzaungehege und Betonkäfige blicken wir auf verschreckte Affen, versteckte Schlangen und in einem der viel zu engen Areale, auf Krokodile, die unter- und übereinander liegen, weil sie sonst einfach keinen Platz finden. Und ich entdecke einen niedlichen und sehr ängstlichen Otter, der uns anfleht, ihn unbedingt hier rauszuholen. Er hält es nicht mehr aus, sagt er. Mein Gott! Es ist schon zu spät, um Max und Steffi die Hände vor die Augen zu halten und sie wieder rauszuschieben. Wir sind schon drin, weil hinter uns eine Meute gibbelnder Japaner mächtig Druck macht und uns einfach weiterschiebt.

„Hast du die Affen gesehen?", meint Steffi nur.

„Na, die woll'n ja nur fotografieren", meine ich. „So was gibt's in Japan vielleicht nicht."

Und dann geht es auch schon los. Die Show beginnt mit den Schlangen. Giftschlangen, Kobras, eine mit erhobenem Kopf, vor der sich ein todesmutiger Thai in die Knie begibt und ihr in die kalten Augen sieht, was zwar sicher sehr gefährlich ist, falls die Schlange noch Zähne hat, aber noch nicht allzu spektakulär wirkt. Das finden auch die nicht sonderlich beeindruckten Zuschauer und ein erstes Murren geht durch die Reihen. „Wat hatter denn noch so drauf, der Herr Schlangenbändiger?" Also nimmt er eine dieser Schlangen und wirbelt sie herum wie ein Lasso. Schrecklich. Aber das macht schon mehr Eindruck.

Max reißt seinen Mund auf und Steffi holt ganz tief Luft. Aber das ist ja noch lange nicht alles, was diese Dompteure draufhaben, um uns die körperliche Geschmeidigkeit ihrer Tiere vorzuführen.

Die Menge jedenfalls tobt erst richtig, als dann Krokodile am Schwanz gepackt und herumgeworfen werden, dass einem selbst schwindelig davon wird. Die Krokodile selbst allerdings verdrehen nur gelangweilt die Augen, weil sie das wohl so gewohnt sind. Jeden Tag. Und schließlich steckt noch einer der Thailändischen Tierbändiger seinen Kopf in ein Krokodilmaul.

„Beiß doch zu!", ruft Max und ich wünsche es mir eigentlich auch sehr. Das wäre doch mal ein echter Höhepunkt dieser beschissenen Show.

Nä. Dat is nix. Ich sehe meine Leute an und wir sind uns völlig einig. Raus hier! Und zwar schnell, bevor hier wieder in geheimer Mission Krokodile oder Giftschlangen befreit werden.

Durch restlos begeisterte Anhänger dieser fragwürdigen Tierschau bahnen wir uns einen Weg durch die Maschendrahtgefängnisse nach draußen. Ohne die Affen noch mal anzusehen.

Der Otter jammert immer noch.

Hier draußen ist auch die Luft irgendwie besser, scheint uns.

„Nä, dat war nix", höre ich Pädder, der mit seiner Hanni auch längst die Quälerei verlassen hat und entschlossen an seiner Zigarre zieht. Und gerade kommen die Schlottmanns und die Pechsteins kopfschüttelnd aus der Manege.

Cherry steht auch hier draußen. Sie kennt das ja alles schon, und als sie unsere vorwurfsvollen Blicke sieht, zuckt sie mit den Achseln und hebt machtlos die Hände.

„Ja, tutt mer loid, gell", sagt sie aber, „isch glaub, dis was not so ganz des Rischt'ge, gell?"

Nä.

Der ganze Tag war irgendwie nicht so ganz das Richtige für uns. Etwas bedrückt und erschöpft setzen wir uns schließlich in die Toyotas, als die Show endlich vorbei ist und auch endlich King Louie mit seiner Affenhorde rundum begeistert bei uns eintrifft, und lassen uns zurück ins Lager karren.

Wenn Walter jetzt nicht noch in seinem unerschöpflichen Repertoire gewühlt hätte und „Dott om Nil wöhnt oin Groggotil" von Conny Froboess herausgekramt hätte, das er jetzt aus vollen Halse singt, dann hätten wir heute gar nichts mehr zu lachen gehabt.

4.1. Zwölfter Tach: Göld, Göld, Göld!

„Ts, ts, ts", macht der Vorwurfsvogel, aber ich habe heute Morgen einfach keine Lust, mir Vorwürfe machen zu lassen. Wir haben zwar bis jetzt bei Weitem nicht alles richtig gemacht und den Ausflug gestern hätten wir uns vielleicht besser gespart, aber naja, heute wird es ganz anders. Das weiß ich.

Nur, dass ich gestern vergessen habe, Don Camillo noch mal anzurufen, ist wirklich zu blöd. Ich wollte natürlich noch mehr über Ullis Verhaftung wissen und ob man ihn in Ketten gelegt hat, Einzelhaft, Elektroschocks oder so was. Na, da muss ich ihn eben heute anrufen. Aber etwas später natürlich, denn jetzt ist es ja erst vier Uhr morgens in Sauerländer Zeitungsredaktionen.

Heute geht es zu den Wasserfällen und alle sind dabei. Fast die gesamte Pelledei-Lock-Lissoh-Truppe.

Nuamang heißen sie, die Wasserfälle, und sollen etwas ganz Besonderes sein. Etwas, das man sich auf keinen Fall entgehen lassen sollte, und das wollen wir dann auch nicht. Die Toyotas waren recht pünktlich und im Handumdrehen mit den Schlottmanns, den Pechsteins, die jetzt das Glück haben, bei keinem Ausflug mehr vergessen zu werden, den Leichenhalles, den Lotzes und den Nipsis beladen. Alle an Bord – verteilt auf die beiden schon leicht müde wirkenden grünen Toyotas unseres Paradies-Hotels.

„Pock mer's!", ruft Schorsch Leichenhalle überaus tatendurstig und los geht's. Voller unbändigem Abenteuerdrang und überschüssiger Kraft schiebt er seine massive Frau in das Innere der beiden rostigen Busse.

„Nei mit dir, Usche!", ruft er forsch und ich meine sogar, so etwas wie glühenden Revolutionsgeist an ihm zu spüren. Frau

Leichenhalle, also dann ab jetzt die Usche, scheint heute unpäss-
lich und protestiert nur verhalten. Natürlich bekommen die beiden Bayern die besten Plätze und Schorsch scheint außerordentlich gute Laune zu haben heute.

„Auf geht's!"

Wir rumpeln uns höher und höher in die Berge von Ko Samui. Die Toyotas haben es wirklich nicht leicht mit uns. Sie
schrauben sich aber tapfer immer weiter in eine Höhe von etwa
vierhundert Metern hinauf, durch beeindruckende Dschungel-
landschaften mit immer wieder fantastischen Ausblicken auf die
wunderbare Insel, vorbei an überladenen Lastwagen und überladenen, ächzenden, bunten Bussen, überladenen Eselskarren,
überladenen Mopeds und überladenen, schnaufenden Tuk Tuks.

Das sind auch Mopeds, denen man aber durch geschickte
Anbauten nach hinten raus fast zum Status eines offenen Auto-
mobils verholfen hat. Vorne bleibt das Gefährt natürlich ein Moped. Einmal Moped, immer Moped. Ist ja klar.

Nach oben hin, zum Tropenregen, ja, sicher, natürlich auch
zur Tropensonne hin, werden die Insassen geschützt durch einigermaßen fest montierte Sonnenschirme oder Planen. Zu den
Seiten hin ist so ein Tuk Tuk offen. Offen eben für alles und jeden, der noch schnell aus- oder zusteigen will. Tuk Tuks sind
meistens Tropentaxis. Und immer überladen. Es gibt ganz viele
von ihnen, aber scheinbar immer noch viel zu wenige, denn alle
sind immer schon voll. Was die Ko Samuianer aber nicht davon
abhält, trotzdem noch lachend zuzusteigen.

Ein fröhliches Völkchen. Inzwischen habe ich es richtig lieb-
gewonnen.

Aber unser Toyota hat auch ganz schön zu kämpfen mit uns
und ich meine auch, dass er sich schon etwas kurzatmig anhört,
aber ich kann mich täuschen.

„Guck mal da!", ruft Max ganz aufgeregt, als wir ein Tuk Tuk
überholen, in dem ein Mensch, ich glaube, es ist eine Frau – man
kann kaum etwas von ihr sehen –, droht, von Unmengen Gemüse,

Obst und Früchten geradezu zerquetscht zu werden. Kartoffeln, Zwiebeln, Melonen ... es ist überall. Über ihr, neben ihr, hinter ihr, vor ihr, und sie versucht, es in dem rüttelnden Rikscha-Moped krampfhaft festzuhalten, um nicht allzu viel davon zu verlieren, während der Fahrer ungerührt den Lenker des holperigen Gefährts führt und mit einem Affenzahn an uns vorbeibrettert.

Und dann höre ich es.

Es erinnert mich an meine Fahrten vor langer, langer Zeit mit meinen eigenen diversen VW-Käfern, die ich einen nach dem anderen gnadenlos zugrundegeritten habe. Ich war jung und ungeduldig, ich hatte es immer eilig und die armen VWs waren einfach nicht schnell genug für meine Bedürfnisse. Schließlich gab es immer viel zu erledigen damals. Naja.

Es ist zunächst nur ein leises Klappern oder Klopfen, das aus dem Motorraum kommt und an das man sich fast schon gewöhnen könnte, weil man erst gar nicht weiß, ob es schon immer da war oder neu ist. Dann wird es allerdings lauter.

Man tut dann natürlich erst mal so, als höre man gar nichts. Denn, was man nicht hört, das gibt's auch nicht. Wär doch schade. Es läuft doch gerade alles so schön. Viele hören aber vielleicht auch wirklich nichts.

Ich aber, der ich schon viele, viele VW-Käfer-Motoren eigenhändig gewechselt und sogar repariert habe, weiß, dass es hier um Leben und Tod einer Verbrennungsmaschine geht. Einer verzweifelten Maschine, die noch nicht so früh sterben will. Vielleicht hat sie ja gerade mal acht-, neunhunderttausend, vielleicht auch schon ein paar Millionen Kilometer gelaufen. Das ist praktisch nichts. Aber es hilft nichts. Der Tod hat sie schon fest im Griff.

Das Klappern unseres Toyotas wird jetzt immer lauter und unangenehmer. So unangenehm, dass der Fahrer schon mal nervös die spärliche Instrumentenleiste checkt. All system go?

Das Klappern wird lauter.

„Wos globbert'n do sö?", fragt Walter und scheint zwar beunruhigt, versucht es aber dennoch mit einem Lied einfach wegzusingen.

„Ös globbert die Mühle om rauschendön Boch, glibb, glabb, hahaha."

„Ventil oder Kurbelwelle", antworte ich kurz, fachmännisch, sachlich und, naja, auch ein wenig klugscheißerisch, natürlich.

Steffi schenkt mir ihren „Was du schon immer weißt"-Blick und Max spitzt interessiert die Ohren. Ja, hier kann er was lernen fürs Leben. Nichts ist ewig. Mobilität ist alles. Und da macht es wie zur Bestätigung laut und deutlich „krack". Und das war's dann auch. Der Motor ist stumm. Tot.

Mein leicht triumphierender Blick zu Steffi ist außerordentlich überflüssig und leider gibt es eben auch überhaupt keinen Grund zum Triumphieren. Der Toyota rollt noch nicht einmal mehr aus. Der Motor sitzt fest, wie man so schön unter Fachleuten sagt. Das kommt dann wie eine Vollbremsung und wir purzeln im Auto alle nach vorne zu Cherry hin.

„Oh", sagt die und blickt erschrocken zum Fahrer, der aber nur mit den Achseln zuckt und unschuldig die Hände hebt. Machine no go. Alles aussteigen!

Gemeinsam schieben wir das Gefährt von der gefährlichen Straße der Tuk Tuks weg und können es glücklicherweise direkt in einer Art Parkstreifen am Rande abstellen. Der Fahrer öffnet die Motorhaube, aber so, wie *der* sich den Motor ansieht, weiß ich, dass es keinen Sinn hat. Nein, das ist nicht der Blick, von einem, der weiß, was er zu tun hat. Bei einem Käfer hätte ich schon längst darunter gelegen, die vier richtigen Schrauben gelöst und dann den Motor nach hinten rausgezogen.

Der Fahrer des zweiten Toyotas schaut jetzt auch in die Höhle des Motors, aber es bringt nichts. Dann kommt man auf die Idee, mit dem zweiten Toyota den kaputten abzuschleppen. Aber das geht nur etwa ein, zwei Kilometer die Berge ein Stück weiter rauf, dann kocht der Kühler des zweiten und wir haben zwei zerstörte Autos. Das ist ein guter Schnitt für einen Vormittag.

„Schorsch, mach doch wos!"

„Holt dei Gosch'n!" Schorsch ist verdammt mutig heute.

„Macht's oisch erst emal bequem, gell!", sagt Cherry beruhigend, aber doch sichtlich genervt und weist auf das Grün des Randstreifens dieser schönen Dschungelstraße.

Sie hat schon alles erlebt. Das hier ist nichts. Hoffentlich.

Und weil wir schon ziemlich hoch in den Bergen sind, ist es auch einer der schönsten Grünstreifen, den ich je gesehen habe. Wir können eine ganz wunderbare Aussicht auf die halbe Insel genießen und können es uns gar nicht schöner vorstellen. So was kann uns doch nicht mehr erschüttern.

„Dös gonn doch oinen Sseemonn nischt orschütt'rn. Goine Ongst, goine Ongst, Roussmorie!"

Genau, Walter.

„Do gumm wer jo wieder nisch zu d'n Wosserfäll'n", bedauert Ärigoh die Lage, aber Walter sagt nur: „Wott mer's erscht mol ob!"

„Isch besosch e new Car, gell", meint Cherry und sieht dabei einigermaßen zuversichtlich aus. Mal sehen. Och ja, mach mal, Cherry, so Wasserfälle … die kann man sich ansehen … muss man aber nicht … na, vielleicht kommen wir ja doch noch hin.

Das nächste Tuk Tuk knattert an uns vorbei und auf der Ladefläche sehen wir einen Berg von Kokosnüssen und darauf einen großen Holzkäfig mit einem apathischen Affen drin, der uns böse anglotzt.

„Armer Ulli", rutscht es mir so heraus.

„Kennste den?", fragt Pädder neugierig.

„Wen? Den Affen?"

„Ja", meint Pädder und ich schüttele nur verständnislos den Kopf.

„Däm Affe geht good", sagt Cherry, als sie mein besorgtes Gesicht beim Anblick dieses schon wieder brutal eingesperrten Tieres sieht. „Is part of de family. He is Erndehelfeh and hol de

269

Kokosnüss aas de Palm. He is trained for dät and is auf jedde Fall in gude Behandlung, believe me, gell", versichert sie noch mal und nickt dazu heftig, damit ich es auch wirklich glaube.

Na gut, wenn sie es sagt.

Aber was ist mit Ulli? Wird er auch gut behandelt? Welche Foltermethoden werden da möglicherweise im Sauerländer Knast an ihm ausprobiert? Hat Bürgermeister Blömecke schon die Streckbank eingefettet? Hat er schon die siebenschwänzige Peitsche in der Hand? Hat Ulli schon gestanden? Muss er das Schild jetzt wieder aufstellen? Muss er vielleicht ein neues malen? Ich muss später mal unbedingt in der Redaktion anrufen.

Die Leichenhalles sind heute echt sonderbar drauf. Jetzt streiten sie schon wieder.

Aber die Sonne scheint und das ist schön. Naja, eigentlich brennt sie schon jetzt nicht gerade besonders hautschonend auf uns herab und wir suchen eilig den Schatten des nahen Dschungels.

„Wer is denn Ulli?", fragt Pädder, als wir ein paar Schritte in den Dschungel hineingehen.

„Don't go to far in de Wold nei, gell?!", ruft Cherry uns besorgt hinterher. Meine Familie sitzt im Schatten unter einer Palme. Es scheint den beiden gut zu gehen. Das ist schön. Ich winke ihnen und auch Cherry lächelnd und beruhigt zu und mache allen Zeichen, dass wir gleich wieder da sind.

„Ach, Ulli ist mein Kollege in der Redaktion", sage ich jetzt zu Pädder, als wir weiter einen kleinen Pfad in den Dschungel folgen. „Der sitzt seit gestern im Knast und wird wahrscheinlich gefoltert."

„Wat?", fragt Pädder.

„Naja, Quatsch. Aber er sitzt."

Und dann erzähle ich ihm die ganze Geschichte vom Naturschutzgebiet, vom Bürgermeister, vom Hotelkasten … und wir gehen immer weiter und Pädder hört einfach nur still zu.

„Weißt du, Pädder, das muss man sich mal vorstellen. Da ist überall schönste Natur, weißt du ja selbst – ihr müsst uns übrigens unbedingt mal besuchen kommen – und da wollen die mittendrin den ganzen Wald abholzen – uralte, dicke Bäume – und so einen dämlichen Wellness-Kasten hinsetzen. Mitten auf'm Selbecker Kopp. Kennst du den eigentlich?"

„Ja, schomma da gewesen …", murmelt er in sich hinein.

„Wellness! Phh."

„Wellness iss doch suuper", sagt er dann. „Thai-Massage, Schlamm un Öl, heiße Steine …", zählt er ein paar der hiesigen Foltermethoden auf.

„Ja, sicher, von mir aus … aber nicht da, Pädder, nicht auf dem Selbecker Kopp und nicht in dieser Größe. Ulli sagt, das Ding hat gewaltige Ausmaße. Der ganze Wald muss weg für den scheiß Kasten. Das geht doch nicht! Unmöglich. Und überhaupt, Pädder: Es geht doch hier gar nicht um Wellness. Es geht um ein beschissenes Denkmal für unseren feinen Herrn Bürgermeister. Carsten Blömecke. Kennst du *den* vielleicht?"

„Jo, schomma gehört, den Namen", murmelt er wieder und bleibt ansonsten eher schweigsam. Na egal. Ich rede also weiter.

„Er sagt natürlich, er will den Tourismus fördern. Einen Scheißdreck will der! Der baut sich ein Denkmal da oben, damit er später mal sagen kann: Ich bin der große Blömecke, der damals dieses wunderbare Hotel und damit auch den ganz großen Tourismus ins Sauerland geholt hat. Und ich vermute sogar, Pädder, und jetzt pass auf: Ich vermute, dass er vielleicht auch Geld bekommen hat … oder bekommen wird. Das können wir natürlich noch nicht beweisen, aber wir sind da dran. Doch irgendwie … also, ich bin ganz sicher, dass es so ist. Und das ist dann Korruption, Pädder! Korruption!", haue ich dann das böse Wort einfach mal raus.

Pädder hört außerordentlich interessiert zu und sagt erst mal nichts weiter dazu. Tja.

Wir gehen langsam weiter und es wird immer dunkler, weil das dichte Urwaldlaub, also das ‚Urlaub', kaum noch etwas von der Sonne durchlässt. Und ich erzähle locker weiter. Tut eigentlich ganz gut, mal bei jemandem den ganzen Ärger abzuladen.

„Weißt du, Pädder, von mir aus Wellness an jeder Ecke, ist mir doch egal. Aber nicht da, mitten im Naturschutzgebiet. Das will da keiner haben. Alle sind dagegen, verstehst du?

Und jetzt hat dieser karrieregeile Bürgermeister doch tatsächlich irgend so 'n fetten Geldarsch gefunden, der seine Drecksmillionen da rein stecken will. Und wahrscheinlich wird er dreimal so viele Drecks-Millionen auch wieder rausbekommen, weil das Ganze bestimmt auch noch ein dickes Geschäft wird. Wellness-Boom und so. Ach!

So ein fieser, dreister, fetter, schmieriger Geldsack, der sowieso schon drei Hotels hat, habe ich gehört. Stell dir das mal vor. Der kriegt den Hals nicht voll, dieser Arsch, dieser … naja … Raffzahn! Geld, Geld, Geld. Geld ist doch nicht alles, Pädder! Geld ist nichts!" Ich könnte mich aufregen darüber! Na, das tue ich ja auch gerade. „Ich meine, Pädder, mal ehrlich, wenn man so reich ist, wie dieser, dieser … bräsige Goldfinger, dann is doch auch irgendwann mal gut, oder? Dann hat man doch irgendwann genug Geld. Was will der denn mit noch mehr Geld?"

„Kennze diesen … bräsigen Goldfinger?", fragt Pädder vorsichtig.

„Nä! Will ich auch nicht kennenlernen, solche Leute!"

Na, jetzt habe ich ganz schön Luft abgelassen. Interessiert ihn alles wahrscheinlich überhaupt nicht.

„Ach, Pädder, tut mir leid. Was erzähle ich dir denn da? Was hast du denn damit zu tun? Du kannst ja nun wirklich nichts dafür. Sorry, aber bei dem Thema, da könnte ich einfach ausrasten."

„Wo is dat genau?", fragt er dann aber doch.

„Selbecker Kopp. Leckede-Hintersten. Ist nicht so weit von Attendorn."

Er nickt nur. Und ich mache wie von selbst weiter. Ferngesteuert. Programmiert.

„Da ist jetzt so 'ne wahnsinnig schöne Lichtung, wo wir drei, also Steffi, Max und ich, schon so oft gesessen haben. Weißt du, Picknickkorb, Fläschchen Wein und so … und da kannst du übers ganze Sauerland gucken. Das ist ein einmaliger Platz. So was gibt's nicht noch mal. Superschön … Tiere … naja. Vielleicht finden die ja noch den Wendehals."

„Wat?", fragt Pädder. „Gottlieb?"

„Nein … das ist so 'n seltener Vogel, der da wohnen soll. Und *wenn* der da wohnt, dann ist Schluss mit Wellness. Naturschutz und so. Aber gesehen hat den noch keiner."

Wir gehen dann noch ein Stück schweigend weiter und es ist noch dunkler geworden. Dunkler, heißer und feuchter. Wir schwitzen schon enorm und Pädder hat einen knallroten Kopf.

„Alles klar mit dir, Pädder?"

„Mir geht's gut!", schnauft er und wir trotten weiter.

Die Sinfonie des Dschungels um uns herum ist was ganz Besonderes. Das ist schon wirklich verrückt, so ein paar Schritte hinter der Straße ist man hier mitten im Urwald. Von unseren Leuten ist schon längst nichts mehr zu sehen.

„Ey, pass auf!", ruft Pädder plötzlich und tatsächlich wäre ich fast über eine kleine, schon ganz überwucherte Buddha-Statue aus Beton gestolpert, die so ziemlich in der Mitte des engen Pfades steht.

„Oh! Da steht ja noch eine!"

Tatsächlich. Eine ganze Reihe dieser kleinen Beton-Buddhas wird plötzlich vor uns sichtbar. Wir folgen ihnen neugierig und sie bringen uns noch ein Stück weiter in den dichten Dschungel. Es wird dunkler und dichter und unheimlicher … und dann steht er plötzlich vor uns. In etwa zehn Metern Entfernung leuchtet er förmlich im dunklen Grün des Dschungels auf.

Ein Mann.

Er ist in ein weites orangefarbenes Gewand gekleidet, hat den Kopf kahlgeschoren und die Hände weit ausgebreitet, um uns zu empfangen. Er ruft uns ein freundliches „Sawadi Kap!" zu, das ist schon mal ein gutes Zeichen. Dann hält er seine Handflächen aneinander, wie es die Thais machen, – das nennt man den „Wai", wie Cherry uns mal erklärt hat – und deutet eine leichte Verbeugung an.

Ein Mönch. Wow.

Zunächst bleiben wir erschrocken stehen und bewundern mit angemessener Ehrfurcht diese unwirkliche Erscheinung in dieser phantastischen Kulisse, machen dann aber doch einen mutigen nächsten Schritt und kommen dem heiligen Mann vorsichtig ein gutes Stück näher. Das orangefarbene Gewand ist allerdings nicht ganz so lang, wie es die Mönche normalerweise hier so tragen, und stellt sich aus dieser etwas kürzeren Distanz auch weniger als ein Gewand, sondern eher als ein besonders weites T-Shirt dar. Naja, eigentlich ist es eher ein Trikot, würde ich sagen, und jetzt, ja, jetzt können wir in der Mitte dieses Trikots die Nummer „11" lesen. Und darunter steht „ROBBEN". Der Mönch ist Fan der holländischen Nationalkicker.

Außerdem mag er noch Superman und John Lennon, wie man an den Tätowierungen erkennen kann, die seine kräftigen Arme schmücken. Links prangt fett das Superman-Zeichen und rechts steht fein ziseliert „Imagine".

Robbens Ohren auf beiden Seiten der glänzend schimmernden Glatze hingegen werden durch eine stolze Reihe silberner Ringe geschmückt, die einer neben dem anderen schwer die großen Ohrlappen besäumen. Auch durch die breite Nase hat der seltsame Mönch sich einen Ring getrieben und an den Fingern schmückt ihn rechts ein böser Totenkopfring und an der linken Hand ein ebenfalls gewaltiges Teil mit einem wütenden Drachen. Das ist 'ne Menge Schmuck für so einen armen Fußballmönch, finde ich.

Unter seinem eindrucksvollen Schädel wuchert ein weißer, krauser und sicherlich mehrere Meter langer Bart.

Dieser Mann ist ein echtes Rätsel und wir bestaunen es ungehemmt. Er ist eindeutig kein Asiate und wahrscheinlich auch kein Mönch. Fußballer ist er sicher auch nicht. Vieles an seinem Äußeren deutet vielleicht auf den Beruf Präsident – oder vielleicht auch nur Kassierer – eines Rockerclubs hin. Anderes wiederum wäre Indiz für einen Überlebenden der Hippieära. Alles in allem sehr unentschieden. Aber irre.

Unterhalb seines weiten orangenen Trikots hat dann offensichtlich das Schmuckbedürfnis des Mannes etwas nachgelassen, denn man sieht da nur eine ehemals weiße, jetzt grau-braune, weite Hose mit einigen Rissen und nur ganz wenigen Löchern herumhängen. Kräftige Knie verbergen sich darunter.

„Hello, mej Fräntz!", sagt die Gestalt jetzt und lächelt uns überaus freundlich zu. Der Mann ist Österreicher. Eindeutig zu erkennen an dem weinerlichen, nörgelndem Akzent.

„Mej Nejm is Orun Buddhakasa Bokkhu!" oder so etwas Ähnliches höre ich zwischen dem Bartgestrüpp heraus. „Ai äm sammssing lejk se Fuhl on se Hill, ju no. Hahaha", lacht er, dass das Bartgewächs zittert und das Metall an den Ohren klimpert. Er wäre wohl so etwas wie der „Fool on the Hill", verstehe ich.

„Hau are yu, mej Fräntz?"

Jo, wie geht es uns? Pädder schaut mich fragend an und ich ihn und dann sind wir uns einig, nicken gleichzeitig und sagen zum Dschungelmann: „Thank you, alles Okay so weit."

„Ssejts Döitsche?", nörgelt er da sichtlich erstaunt und kommt uns einen großen Schritt näher. Instinktiv weichen wir einen mittleren Schritt zurück.

„I komm aus Linz", sagt er dann und jetzt steht er direkt vor uns und umarmt uns doch tatsächlich. Erst Pädder, der es etwas steif über sich ergehen lässt, und dann mich. Nun ja, wir fassen ihn auch ein wenig an dabei und stellen in dieser unerwarteten Nähe fest, dass er etwas streng riecht. Aber das muss ja nichts heißen. Hier im Urwald, bei der Hitze, sicherlich ohne Dusche und Duschgel ... is ja klar. Kein Problem.

„Ich bin Alex", sage ich fröhlich und Pädder sagt: „Pädder!"

Der österreichische Mönch sieht ihn fragend an.

„Peetäär!", verbessert Pädder seine etwas nachlässige Aussprache nicht zum ersten Mal.

„Trinkt's an Tee mit mir!", sagt die Erscheinung und weist uns den Weg ins Gestrüpp.

Tee? Mitten im Dschungel? Bei der Hitze? Warum nicht?

Wir sehen uns noch mal nickend an und folgen ihm dann ein paar weitere Schritte. Und dann stehen wir plötzlich auf einer kleinen, bezaubernden Lichtung, die nach hinten zum Dschungel hin durch einen 2CV abgeschlossen wird. Ja, eine Ente, Deuxchevaux, ein Citroën steht da, halb überwuchert und halb verrottet im saftigen Grün des Urwalds. Das gibt's doch nicht. Wie kommt eine Ente in den Dschungel?

„Hier wohn i", sagt Robben, der wahrscheinlich aber nicht so heißt.

„Wie heißen Sie?", frage ich also mutig und wir setzen uns auf die ausgebauten Stahlrohrentensitze, die von Robben zu einer gemütlichen kleinen Sitzgruppe formiert wurden.

„Sahng mer Du. I bin der …", und dann sagt er noch mal sein unaussprechliches buddhistisches Namensgebilde auf. „Aber vor longer Zejt wor i amol der Holawatsch Raimund", sagt Robben und setzt Teewasser auf. Also, er füllt Wasser aus einer Mineralwasserflasche in einen Topf und hängt ihn über das kleine Feuer, das hier gemütlich vor sich hin knistert. Als er unsere hohlen Blicke hin zur Ente bemerkt, sagt er: „I bin hier amol mit däm Wog'n lieg'n geblieb'n." Dabei zeigt er auf das Wrack des 2CVs. „Der is hier am Berg verräckt, weißt. Motorschod'n. Zu stejl. Und do bin i ejnfoch hier blieb'n, wejl's so schön is."

Interessant.

Wir trinken also heißen Tee in der schwülen Hitze des Dschungels, der aber wirklich sehr gut schmeckt und Robben, also der Holawatsch Raimund, erzählt uns, dass er jetzt Mönch sei. Also doch! Natürlich kein richtiger Mönch, das gehe ja nicht so einfach. Er habe sich eben selbst zum Mönch ernannt. Er sei jetzt überzeugter Buddhist und lebe auch streng danach. Na gut, ab und zu würde er zwar mal in den Ort laufen, um etwas Singha-Bier, Brot, Kekse, Marmelade, Wasser und Zigaretten zu kaufen, aber ansonsten lebe er hier am Rande der Straße mitten im Dschungel. Er sei Buddhist und es gehe ihm sehr gut.

Na siehste.

„Geht's dir gut … äh … Pädder?", fragt Robben besorgt, als er Pädders roten Kopf sieht.

„Alles chut", sagt Pädder und greift zu seinem silbernen Etui. Als er eine der dicken gerollten Tabakrohre herausholt, sagt Robben: „Wonn's bittschön net rauchen tätst hier in mejm Wohnzimmer."

„Ja, klar", sagt Pädder und steckt das Etui achselzuckend wieder weg.

„Wisst's ihr ejgentlich wos über den Buddhiessmus?", fragt er uns dann und ich spüre, dass er gerne etwas darüber erzählen möchte.

Wir spitzen die Mäuler und sehen wohl etwas ratlos aus.

Da geht er zu seiner Ente und holt etwas heraus, um es uns dann mit einer großen Geste zu überreichen. Es sind laminierte Din-A4-Blätter, so wie die Speisenkarten unseres Paradies-Hotels, auch etwas schmierig und genauso zerfleddert, aber das scheint keine Rolle zu spielen. Die Blätter sind sehr wichtig. Das spürt man gleich.

„Do steht ois drauf, wos ihr wiessen müsst", sagt Robben, nein, der Holawatsch Raimund. „Hier vorne da san die fünf Reg'ln des Buddhiessmus."

Soso. Und dann geht's auch schon los, ob wir wollen oder nicht.

„Erst'ns: Nicht töten!"

Ich nicke zustimmend vor mich hin und Pädder tut das auch. Töten tun wir nicht. Nö.

„Zwejt'ns: Nicht stehlen!"

Nö, tun wir auch nicht.

„Driett'ns: Kejn foischen Sex!"

Das habe ich nicht ganz verstanden. Pädder wohl auch nicht. Aber nicken kann man ja trotzdem.

„Viert'ns: Kejne Lüg'n!"

Ja. Nä.

„Und fünft'ns: Kejn Dope!"

Nä, auch nicht. Wenn Singha und Rotwein nicht dazugehören. So weit können wir also mit ihm buddhistisch völlig konform gehen.

„Und hier auf der Rückssejten", damit dreht er die buddhistische Speisekarte um, „ssan die vier Wahrhejten des Buddhiessmus. Ejns: Olles ist Lejd'n. Zwej: Der Grund des Lejd'ns ist die Gier. Drej: Die Gier muss verniechtet werd'n. Vier: Donn kimmt ma zum Nirvana, versteht's des?"

Naja, alles haben wir jetzt nicht so genau verstanden, aber so in etwa. Ja, is schon klar. Er merkt aber, dass da noch Erklärungsbedarf besteht, den er nur zu gerne befriedigen möchte.

„Olso, passt's amol auf", holt er also aus und nimmt erst noch einen Schluck Tee. „Des Ollerschlimmste is die Gier, versteht's? Dos mer d'n Hols net vollkriegt. Dos mer immer mehr hob'n wüll, versteht's? Dos mer uns immer wejter vollstopf'n mierssen, versteht's? Immer mehr Göld, versteht's? Göld, Göld, Göld! GÖLD IS NIX!"

Ja. Das verstehe ich. Ich bin Buddhist!

Auch Pädder nickt. Wenn auch etwas verhaltener. Seine Einstellung zum Geld differiert da möglicherweise etwas.

Robben doziert noch ein wenig, dass man ja viel zu viel Besitz habe, den man gar nicht braucht und der einen nur belastet, dass man dabei den Blick für das Eigentliche verliere, dass man, wenn man immer mehr und mehr will, dabei ärmer und ärmer werde und so weiter.

Ich bin Buddhist!

Wir hören interessiert zu, denn was Robben da sagt, ist alles so einfach und einleuchtend, dass man gar nicht begreift, warum wir erst hier mitten im thailändischen Dschungel direkt neben der Straße von einem Rockerpräsidenten mit Mönchsambitionen etwas sehr Einleuchtendes zu hören bekommen und warum wir nicht längst mal solche Speisekarten in die Finger bekommen haben.

Plötzlich fallen mir beim Blick auf die verrottete Ente unsere kaputten Toyotas ein.

Wie lange sitzen wir schon hier? Wir haben bei dieser Einweisung in den Buddhismus völlig die Zeit vergessen. Ein kurzer Blick auf meine Breitling sollte mir das eigentlich bestätigen, aber das fette Teil ist doch tatsächlich stehengeblieben. Verdammt aber auch.

„Pädder, ich glaube, wir müssen mal wieder los. Ich meine ... vielleicht haben wir ja inzwischen neue Autos."

„Jo", meint Pädder. „Du hass recht. Wir müss'n."

Und dann springen wir auf und wollen Raimund Halawatsch die Hand drücken, doch er macht wieder den thailändischen „Wai" und verneigt sich.

„Den Buddhiessmus dürft's mitnähmän", sagt er dann noch und meint damit die laminierten Speisekarten. „Wonn's mir vielleicht noch a por Baht dafür geb'n kennt."

Ach so, ja, natürlich. Ich wühle in meiner Tausend-Taschen-Hose und fördere einen der schwachgrünen Scheine nach oben. Tausend Baht. Fünfundzwanzig Euro etwa. Das ist für den ganzen Buddhismus ein echtes Schnäppchen, finde ich. Pädder scheint ein rötlicher Schein zu genügen. Hundert Baht. Zwei Euro fünfzig, also.

Robben scheint sehr erfreut zu sein, wenigstens über meinen Tausender, und verneigt sich noch mal dankbar. Und dann wandern wir an der Reihe der kleinen Beton-Buddhas entlang zurück Richtung Straße und Licht.

„Aaach, da soid ihr ja widdäh!", ruft Cherry, die uns schon ein Stück auf dem schmalen Pfad entgegenkommt.

„Ja, sorry", sage ich, „wir sind ein wenig aufgehalten worden von Raimund Halawatsch, aber dafür haben wir den gesamten Buddhismus mitgebracht" und winken fröhlich mit unseren Speisekarten.

„Ach, de crazy Österreischeh!" Cherry scheint Raimund Halawatsch zu kennen. „Dä is doch völlisch danebbe, dä bekiffte Käll, gell."

Dann bringt sie uns zu dem neuen Wagen, der uns jetzt endlich zu den Wasserfällen transportieren soll. Ja, es ist nur ein Wagen. Ein einziges, viel längeres Tuk Tuk als alle, die wir bisher gesehen haben. Aber dass darin insgesamt dreizehn Leute inklusive Fahrer Platz finden sollen, können wir trotzdem nicht glauben, bis wir schließlich doch alle drin sitzen. Es geht. Überladen zwar, klar, aber es geht.

Weit muss sich das arme Tuk Tuk auch nicht quälen, denn nach ein paar Metern geht es schon wieder bergab. Und das geht fast von alleine. Ich hoffe nur sehr, dass die Bremsen beim letzten Samui-TÜV noch mal richtig durchgecheckt worden sind, und auch nicht einseitig ziehen oder so, denn der Fahrer rauscht mit Überschallgeschwindigkeit an den Palmen vorbei. Wir halten uns krampfhaft an dem Gestänge fest, das die flatternde Plane über uns hält und das Ehepaar Pechstein formt lautlose Worte. Vielleicht beten sie.

„Härr, ärborme disch ünser!"

Dann dürfen wir endlich aussteigen und atmen erst mal kräftig durch. Nassgeschwitzt und totenbleich entsteigen wir dem Hochgeschwindigkeitstransporter und freuen uns über das schöne Leben. Wir sind noch mal davongekommen und die Nuamang-Wasserfälle sind fast erreicht. Na, bitte, geht doch. Nur noch ein kleiner unbedeutender, allerdings sehr steiler Aufstieg.

Didelitdidelit. Pädders Handy.

„Ja? Wat is?", keucht er. Der Aufstieg ist hart und es ist weiter, als wir gedacht haben. Dann verzieht Pädder das Gesicht, glotzt ungläubig sein Handy an, schüttelt den Kopf ... und gibt es mir.

„Schon widder für dich!"

„Oh, ja, danke." Ich nehme es verwirrt an und sage: „Nipsi?"

„Wat soll der Quatsch? Bis du dat, Alläx?", knattert mich eine bekannte Stimme an.

„ULLI! Mensch, ich freue mich so, deine Stimme zu hören."

„Wat meldes' du dich denn so bekloppt?"

„Was? Wieso? Ach so ... egal. Ulli, wie geht's dir denn nach deiner Folterhaft? Alles klar? Hat Blömecke dir wehgetan?"

„Wat? Ach so … nä, dat war doch nur, weil ich dat scheiß Schild abgesächt hatte, woll. Ach, vielleicht gibbtet 'ne Anzeige wegen Sachbeschädigung oder so. Vielleicht vergessen die die Sache aber auch. Könnte gut sein."

„Die vergessen die Sache?"

„Ja, ja", sagt er ungeduldig, „die haben nämlich getz wat anderes zu tun. Die ham schon angefangen mit den Aabait'n, weiße. Auch ohne Schild. Ab heute morg'n knattern hier die Motorsäg'n, woll?"

„Ach, du heiliger …!"

„Ja, dat kannze laut sag'n. Die Aktivist'n brems'n die zwar immer wieder aus un klau'n denen den Sprit für de Sägen un so wat, ketten sich immer widder anne Bäume, aber lange geht dat nich mehr gut, sachich dir. Der erste Baum fällt bald… Oh, ich muss wieder los, Alex. Da geht g'rade wieder 'ne Säge an."

Und im Hintergrund höre ich noch dieses furchtbare Geräusch einer Kettensäge und dann hat er aufgelegt.

Mist. Jetzt hat der ganze Zirkus also doch schon angefangen und ich klettere zu einem Wasserfall in Thailand.

Wir sind jetzt oben angekommen und schweißgebadet.

„Ganz schön heiß hoite", stöhnt Pädder, zieht sich sein Hemd über dem Kopf aus und hat jetzt nur noch eine kurze bunte Hose an. Steffi und Max liegen schon im Schatten und sind total erledigt. Ich gebe Pädder nachdenklich sein Handy zurück.

„Wat is denn mit dir?", fragt er mich, als er merkt, dass irgendwas mit mir ist.

„Ach … geht schon los, Pädder. Die ersten Bäume fallen", antworte ich ihm ärgerlich.

„Da am Selbecker Kopp? Leckede-Hintersten?"

Er hat sich doch glatt alles gemerkt.

„Ja. Die fangen schon an zu sägen."

Pädder wirkt etwas erschrocken. Die Geschichte scheint ihn also doch irgendwie zu bewegen. Ach, ich hätte ihm das gar nicht erzählen sollen. Er wischt sich den Schweiß ab und schnauft.

Dann zückt er sein Handy noch mal und flucht dann: „Kain Netz hier oben. Sonne Scheiße, woll!"

Cherry wuchtet gerade eine Kühlkiste ran, die sie zusammen mit Herrn Schlottmann den ganzen Berg raufgeschleppt hat.

„Mmh", brummt Pädder und sagt dann entschlossen und ziemlich ärgerlich: „Ich spring getz ärsma in den Taich hier, woll! Die Hitze macht ein' ja färtich."

Cherry hat die Kiste jetzt geöffnet und es gibt Getränke für alle. Ja, dann greifen wir doch mal zu. Ich nehme mir eine Dose Singha, die sogar fast noch kalt ist, und sie zischt ganz wunderbar beim Öffnen.

„Can go swimming, wann ihr wollt, gell", sagt Cherry dann an alle, „abbäh de Water is very cold. Only fifteen doitsche Grad, gell!", warnt sie uns.

Donnerwetter. Das ist ja unter Nordsee-Niveau.

„Egal, ich geh da getz rain", verkündet Pädder entschlossen und stampft auch schon los. Sein Kopf ist noch immer knallrot, sein Oberkörper auch und ich denke an all die Warnungen, die wir als Kinder immer bekommen haben, nicht ohne sich abzukühlen ins kalte Wasser zu springen. Naja, als Kinder halt. Gilt das auch immer noch für ältere Männer? Erwachsene, vernünftige, weise, ältere Männer. Ich weiß es nicht.

Pädder ist auch schon mutig ein ganzes Stück den Berg hinaufgestiefelt, um zu einem Felsen zu kommen, von dem aus einige mutige Springer sich so aus etwa zwei, drei Metern ins Wasser fallen lassen oder auch mit einem eleganten Kopfsprung dorthin begeben. Zu diesen Mutigen will er wohl auch gehören, unser Pädder. Sein Schädel kocht und dampft.

„Pädder, pass bloß auf. Fünfzehn Grad!", rufe ich ihm noch echt besorgt hinterher, weil ich mir vorstelle, wie es *mir* gehen würde, wenn ich da jetzt reinspringen würde. Vielleicht würde mein Körper es zunächst noch überleben, weil er gar nicht gemerkt hat, in welcher feindlichen Umgebung er sich befindet.

Aber dann käme der Schock, der ihn dann schon Sekunden später einfach umbringen würde.

Aber Pädder winkt nur ab. Jetzt ist er ächzend oben angekommen. Er ist schweißnass und sein Kopf und sein nackter Oberkörper geben ein grellrotes Leuchten ab, das sich im Dschungelteich spiegelt. Gespenstisch. Alle halten die Luft an und seine Hanni sich außerdem die Hand vor den Mund.

„Dat überlebt dä nich", sagt sie und lässt den Mund dann einfach offen.

Und da springt er auch schon. Es ist zu spät. Ein kurzer Anlauf nur, und dann hebt der Pädder-Körper ab und stürzt mit angezogenen Beinen und einem schrillen Kampfschrei die circa drei, vielleicht auch vier Meter in das natürliche Becken des wunderschönen Nuamang-Wasserfalles.

Wir halten immer noch die Luft an und nur etwa zwei Sekunden später klatscht der erstaunlicherweise wie eine dicke Kugel zusammengekrümmte baumlange Körper des Pädder Lotze auf das thailändische Nass, dass es kracht. Arschbombe. Es spritzt meterweit, so dass die mutig badenden Thais erschrocken an den Rand des Sammelteiches flüchten und einige voller Entsetzen dabei kreischen.

Der Körper namens Pädder taucht in einer gewaltigen Welle unter … um nicht wieder aufzutauchen. Um Gottes willen.

Sekunden verrinnen. Wir stehen wie hypnotisiert am Rande dieses dramatischen Schauspiels. Was passiert da gerade? Ich ziehe tief die heiße Dschungelluft ein und weiß, dass ich etwas tun muss. Das ist der Moment, in dem auch Indiana Jones, Harrison Ford, zwar entsetzt ist und voller Schiss bis oben hin – so sieht er jedenfalls immer aus – aber er tut etwas. Indiana Jones tut immer etwas!

Instinktiv lege ich die falsche Breitling ab, hole das Bündel Bahtnoten aus meiner Hose, gebe es Steffi wie in Trance, die plötzlich neben mir steht, nähere mich dem Rand des natürlichen Beckens und sehe noch im Augenwinkel, wie Schorsch Leichenhalle es mir gleichtut. Wir müssen da jetzt rein!

„Pädder!", ruft Hanni erschrocken und steht jetzt auch am Rand des Wassers. Hoffentlich springt sie nicht auch. Das könnte eng werden für unser kleines Rettungsteam.

Und da taucht er plötzlich wieder auf. Mit einem schweren „Schwupp" kommt der Körper Pädder wieder an die Oberfläche, sieht aus wie ein toter Wal und dümpelt in der grün-braunen, fünfzehn Grad kalten, aber ansonsten klaren Brühe herum. Doch wir sehen nur Pädders Rücken. Der Kopf, wahrscheinlich jetzt längst nicht mehr knallrot, bleibt unter Wasser. Himmel!

Ich höre nur ein lautes Klatschen und stelle fest, dass es mein eigener Körper ist, der in das eiskalte Wasser knallt. Ich bin drin. Bitterbitterkalt. Cherry hatte recht. In der Nordsee ist es meistens etwas wärmer. Aber ich habe es erst mal überlebt und kann ja hinterher zu meiner Familie in den Strandkorb flüchten und mich mit einem heißen Glühwein ein wenig aufwärmen. Neben mir höre ich einen zweiten Klatscher und ich denke mal, es ist der Bayer. Mit ein paar Zügen bin ich bei Pädder und gemeinsam mit Schorsch Leichenhalle heben wir seinen Kopf aus dem Wasser und ziehen ihn dann ans Ufer.

„Pädder, sag was!"

Er scheint bewusstlos zu sein.

Cherry springt aufgeregt zu uns hin und hat schon ihr Handy in der Hand.

„Isser escht oinfach daroin gejumpt?", fragt sie atemlos und holt dann ein paarmal tief Luft. Hanni und alle anderen kommen jetzt ebenfalls angelaufen und umstehen die dramatische Szene hilflos, entsetzt und teilweise armrudernd. Pädder liegt in unserer Mitte wie ein angeschwemmtes Meerestier auf dem Boden und es muss schon wieder etwas passieren.

Mach wat, Knippschild!

Ich knie mich neben ihn und drücke ihm erst mal auf den Brustkorb. Das habe ich schon mal gesehen und es ist mir etwas peinlich, dass ich das ausgerechnet von David Hasselhoff abgucken muss, dem großen Lebensretter in der roten Bermudabadehose. Aber vielleicht hilft es ja.

Ich drücke also noch ein paarmal und hoffe, dass das etwas bewirkt, sonst muss ich ihm Luft in die Lungen blasen. Auch das habe ich schon bei David Hasselhoff gesehen. Allerdings hatte der da natürlich ein unglaublich weibliches, blondes Körperwunder als Ertrinkungsopfer. Ist ja klar. Ich hätte jetzt nur Pädder. Egal.

Aber da quillt auch schon Wasser aus ihm heraus und er hustet. Ja, er hustet! Na, Gott sei Dank, Pädder hustet.

„Koi Netz!", ruft Cherry verzweifelt. „Schoißdreck. Koi Netz! Schoiß Insel!"

Na, na, Cherry, das sagt man aber nicht über so ein schönes Stück Erde!

Pädder hustet noch mal. Ach, wie schön.

„Pädder? Alles klar?", frage ich ihn und es ist natürlich eine ganz blöde Frage. Denn alles ist eben nicht klar. Das ist ja wohl klar. Na egal, irgendwas muss man ja fragen. Das weiß ich auch von Baywatch. Man redet mit den Opfern.

Aber jetzt mal ganz ehrlich: Wo sind denn in so einem Fall all die Regeln aus dem Erste-Hilfe-Kursus? Na, wo sind sie denn? Stabile Seitenlage, Herzmassage, Knie- oder Nackenrolle … keine Ahnung, wie? Alles weg? Da haben wir's mal wieder. Nicht für den Führerschein, sondern fürs Leben lernen wir, meine Herrschaften! Jetzt haben wir zwar einigermaßen sicher und natürlich ganz grob die wichtigsten Regeln des Buddhismus drauf, aber die nützen hier leider nichts.

„Geht schon widder", sagt Pädder jetzt röchelnd, hustet noch mal und ein erlösendes Aufatmen geht durch unsere Runde. Hanni kniet neben ihm und knetet ihm die Hände. Wir haben ihn wieder! Das sagen die Leute in den Krankenhausfilmen immer im OP nach der Sache mit diesem elektrischen Bügeleisen, das man den Herztoten gerade noch auf die Brust gedrückt hat, um ihnen ein paar lebenswichtige Verbrennungen zuzufügen.

Weg vom Tisch!

„Bring him to de Tuk Tuk!", befiehlt Cherry und macht entsprechende hektische Handbewegungen in Richtung Riesen-Rikscha-Moped unten am Berg.

Gehen kann Pädder noch nicht, also tragen wir ihn zu viert den verdammten steilen Berg wieder runter. Jeder an einer Ecke. Als wir unten ankommen, ist das Tuk Tuk bereits gestartet. Der Mopedmotor röhrt. Siebenhundert PS, sicherlich. Ich sehe, wie der Fahrer sich auf eine rasante Tour freut und schon ein paarmal aufgeregt am Handgas dreht, dass es hinten ordentlich rausqualmt.

Und dann liegt Pädder endlich quer hinten im Tuk Tuk und Hanni sitzt daneben. Cherry winkt mich und Schorsch Leichenhalle zu sich.

„Ihr boide come with me, gell!" Und zum Rest unserer Gruppe sagt sie: „Mir hol'n oisch widdäh ab very soon! Macht's oisch gemütlich inzwische! Go swimming, gell!"

Und dann brettert das Tuk Tuk in einer sagenhaften Staubwolke mit uns davon zum Samui Hospital.

Pädder kann schon wieder grinsen. Leicht gequält allerdings.

Es war wohl das Herz.

Er hätte das wohl mal lieber nicht machen sollen mit der Arschbombe ohne Abkühlung in das arschkalte Wasser. Aber er hat noch mal richtig Glück gehabt, sagt der Samui-Hospital-Doktor Dr. … Netchanok Lungnumsung, wie man auf einem kleinen Namensschild lesen kann, dann zu uns, als alles überstanden scheint. Es hätte wohl auch schlimmer kommen können und dann hätte auch der schnellste Tuk-Tuk-Fahrer der Welt Pädder vielleicht nicht mehr retten können.

So eine Fahrt hatten wir alle noch nicht erlebt, selbst Cherry war kreidebleich, als wir mit einer Vollbremsung, die das Tuk Tuk fast noch umgekippt hätte, vor dem Eingang des Samui-Hospitals notgelandet waren.

Im Hospital hing der gute Pädder dann im Handumdrehen

an allen verfügbaren Geräten und es hat gepiept und geblinkt um ihn herum wie in einem Elektronik-Laden kurz vor Weihnachten, aber zum Schluss sahen alle Weißkittel inklusive Dr. ... äh ... Net-chan-ok Lung-num-sung ganz beruhigt aus und bald ging es Pädder wieder so gut, dass er mich direkt nach seinem Handy gefragt hat, das man ihm abgenommen hatte, als wir allein im Zimmer der Klinik unter Palmen waren.

„Die ham mir dat abgenomm'n, die Tuppesse! Kuck domma in den Schrank rein, Alläx! Ich glaube, da sin meine Klamotten drin."

„Pädder, du hast sie doch nicht alle", habe ich ihm da geantwortet. „Jetzt wird nicht telefoniert! Sei froh, dass du noch lebst, Mensch!"

„Ich muss abba!", hat er da schon wieder störrisch rumgebölkt.

„Du darfst aber nicht! Ist außerdem hier verboten. Mensch, Pädder, da muss dein Puff eben heute mal ohne deine telefonischen Anweisungen auskommen. Wird doch auch mal so flutschen!"

Bei „Puff" hat er mich ziemlich blöde angestiert, als ob ich sie nicht alle hätte, aber das kann ja an der Herzgeschichte gelegen haben.

„Her mit däm Ding", hat er dann schon wieder richtig laut geböllert und da habe ich's ihm halt gegeben, bevor er sich noch mehr aufregt und das ganze Theater wieder von vorne losgeht.

„Lass mich mal 'n Momännt allaine, woll", hat er sich dann von mir gewünscht und mit den Händen gewedelt. Ich bin so lange raus auf den Flur und habe aufgepasst, dass keiner kommt.

Cherry hat inzwischen die Formalitäten mit der Einlieferung geregelt und Hanni musste vor lauter Aufregung ständig aufs Klo.

„Dat überlebt dä nich. Dat überlebt dä nich!", hat sie immer wieder gejammert. Aber er hat es eben doch überlebt. Na siehste, Hanni. Unser Pädder ist doch nicht so leicht kleinzukriegen.

Als ich dann den Doktor … äh … Netchanok Lungnumsung kommen sah, der noch mal rasch nach Pädder sehen wollte, bin ich schnell wieder rein, um ihn zu warnen.

„Schluss aus. Ich bin raus! Die Sache is gestorb'n, woll!", höre ich ihn gerade noch ins Handy röhren, als ich das Zimmer betrete. Alle Lämpchen an den Apparaten blinken nervös.

„Mach das Dings aus. Der Doktor kommt!" Und dann habe ich das Handy auch schon wieder in der Hand, als der Doktor vor uns steht.

„No telephone!", meint er. Ja, ja.

***

Zurück im Lager gehe ich dann schnell noch mal an der Rezeption vorbei und rufe im Sauerland an.

„Don Camillo, ich bin's …ins. Was gibt's Neues …eues?"

„Ach Alex … pch … dattu anrufst … pch … soll ich sagen?"

„Ja, weiß ich doch nicht …icht. Sag's doch einfach …einfach!"

Ich höre, wie Don Camillo zwischen all den Störgeräuschen ganz tief Luft holt.

„Also … pch … wierss' es nich glauben … pch … die Sägen sind wech."

„Wie habt ihr das denn geschafft …afft?"

„Ja, wir … pch … nix gemacht. Auf einmal … pch … die Brüder einfach die Kettensägen … pch … abgestellt … pch … Kram zusammengepackt … pch … sich verkrümelt. Kein … pch … Baum gefällt!"

„Das ist ja seltsam …eltsam, aber ist doch super …uper. Und alles ist noch so wie vorher …orher?"

„Ja … pch … sach ja, alle Bäume stehen noch. Der Selbecker Kopp is … pch … wie er immer war, woll … pch …"

Was Schöneres hätte er mir gar nicht sagen können.

„Aber trotzdem …otzdem können sie ja morgen wiederkommen …ommen", werfe ich mahnend ein.

„Ja klar … pch … wir sind ja auch … pch … da. Und ich will … pch … mal sehen … pch … ich rauskriegen kann. Da … pch … irgendwat passiert sein."

„Ja, sieh mal zu …alzu."

„Wann … pch … du zurück, Alex?"

„Übermorgen …orgen."

„Gut … pch … genieß dain' letzten Tach … pch …!"

„Vorletzter …etzter!

Na, das war aber mal ein aufregender Tag im Paradies.

5.1. Dreizehnter und vorletzter Tach:
Bumm! Bumm! Uzzi! Uzzi!

„Letzter Tag heute, Leute!", wecke ich meine verpennte Mannschaft.

„Na komm, vorletzter", sagt Steffi müde und sie hat ja auch recht damit. Wir haben heute noch den ganzen Tag im Paradies und fliegen erst morgen zurück ins winterliche Sauerland mit dem Selbecker Kopp mit all seinen Bäumen. Ich freue mich. Unser Flug geht auch erst am späten Nachmittag. Da kann noch viel passieren.

„Ich muss heute noch mal bei Pädder vorbei. Nachsehen, wie es ihm geht", sage ich zu Steffi. Natürlich haben sie ihn gestern dabehalten, obwohl es ihm ja eigentlich schon wieder ganz gut ging.

„Ja klar", sagt Steffi, „wir sind dann am Strand."

„Toll, dass die Sache gestoppt ist, nä, Steffi?"

Ich hab ihr natürlich sofort erzählt, was Don Camillo zu berichten wusste.

„Naja, vielleicht legen die ja wieder los", meint sie nur skeptisch. „Vielleicht war das Wetter zu schlecht … wer weiß?"

„Naja, wir werden sehen. Der Don und Ulli kriegen's raus."

Aber sie hat recht. Ist schon eigenartig. Und so plötzlich.

„Und heute Abend … du weißt ja", ruft Steffi mir noch hinterher, „Cherry will ein kleines Fest für uns machen."

Ja, das habe ich natürlich nicht vergessen. Heute Abend. Barbecue am Strand mit der ganzen Truppe. Hoffentlich kann Pädder auch dabei sein.

Als ich den Uzuk einigermaßen legal geparkt habe und Pädders Zimmer in der Klinik unter Palmen betrete, sehe ich ihn aufrecht im Bett sitzen. Um ihn herum blinkt und piept es noch wie gestern, aber recht regelmäßig, wie ich beruhigt feststelle … und der Patient daselbst hat eine fette Zigarre im Maul. Und in der Hand hält er die buddhistische Speisekarte, die wir vom Hola-watsch Raimund bekommen haben. Er studiert sie eingehend und nickt ab und zu weise mit dem Kopf dazu.

„Pädder, bist du verrückt? Was machst du denn da?"

„Tach Alläx. Wat denn? Ich denke nach."

„Du rauchst!"

„Ich rauch donnich, Alläx! Dat Ding is do gar nich an."

„Ja, aber du hast dieses Mörderteil im Maul!"

„Getz reech dich ma ab! Dat is mehr so 'ne symbolische Handlung, so 'ne Art Meditation, weiße. Yoga, wennze so wills, oder so wat. Ich brauch dat. Ich denke nur nach. Ich denke viel nach im Moment. Un dat ‚Mörderteil' hat mir Dr. … Lungnum-dingsda persönlich erlaubt, woll – ohne Feuer natürlich. So, getz weiße Bescheid. Un warum machich dat, Alläx?" Und da dreht er sich zu mir um und scheint plötzlich aufzuleuchten wie eine Er-scheinung, eine wahre Lichtgestalt, dass ich ein wenig erschrecke.

Er hat sich verwandelt, mein Pädder.

„Weil ich ab hoite 'n neues Leben beginne, verstehsse? Ges-tern wär ich fast über'n Jordan gegang'n un heute lebich widder. Dat is doch 'n guten Grund, alles ma ganz anders zu machen, oder? Der Sinn des Lebens, weiße! Vielleicht habbich ne ja gefund'n", sagt er da weihevoll und feierlich und versenkt sich für einen Moment wieder in seine Speisekarte.

„Na, ja, sicher. Vielleicht."

Vielleicht ist er ja auch einfach nur verrückt geworden.

„Un getz hol mich hier raus!"

Damit legt er die Speisekarte weg und die kalte Zigarre auf das Nachtschränkchen neben seinem elektronischen, blinken-den Bettgestell.

„Ja, ich weiß nicht", sage ich unsicher, „meinst du, das geht schon? Da müssen wir erst mal den Dr. … Lung… äh … fragen."

„Scheiß drauf! Wir gehn!"

Und schon schaltet er das erste und dann auch das zweite Pieps- und Blinkgerät einfach aus. Er ist der Herr über Leben und Tod.

„Getz is ma Schluss hier mit de lebenserhaltenden Süssteme."

Dann löst er die Verkabelung an seiner Brust und an den Armen und steht auf. „Ich brauch dat nich mehr."

Und da geht auch schon die Tür auf.

„What are you doing?", fragt der hereinkommende Doktor, äh … Net-cha-nok Lung-num-sung, wie ich wieder von seinem Schild ablesen kann, das er freundlicherweise auch heute trägt.

„Wir haun ab, Herr Dockter! We are leaving this wonderful Krankenhaus", sagt Pädder und der Doktor zuckt nur mit den Schultern. „Thank you for ev'rything, dear Doctor Lung…!"

„But you'll have to sign …"

„Ich unterschreibe alles. Her damit!", sagt Pädder und schlüpft schon in seine Sachen, die er unten aus dem Schrank rauskramt.

„Be careful, Sir Missa Lotze, no sun, no alcohol, no swimming … and NO CIGARS!", gibt ihm der Doc noch mit auf den Weg und bei „Cigars" hebt er warnend seinen Zeigefinger. Nach etwas Papierkram sind wir dann tatsächlich raus.

***

Cherry hat sich viel Mühe gegeben. Wir treffen uns gegen acht Uhr abends alle am Strand, der Grill räuchert schon munter vor sich hin und alle kommen.

Die Laokoon-Gruppe widmet sich direkt dem gemeinsamen, intensiven Wälzen im Sand hinter einer Palme, der nordische Virenforscher Dr. Mabuse und seine verstrahlte Familie gruppiert sich staunend und stolz um den fiesen Superman-Spross Osgary, der schon wieder bombentrichtergroße Löcher in den Sand gräbt. Die Fliege, Jeff Goldblum, mit seinem trostlosen

Anhang saugt irgendeinen grünen Saft in sich hinein, während die dazugehörige Fliegenfamilie orientierungslos in der Gegend herumrüsselt.

Und die beiden Pechsteins haben sich sogar richtig schick gemacht für diese kleine Abschiedsgala. Wollda trägt eine kurze, weiße Hose mit Umschlag und Bügelfalte, nach unten hin komplettiert durch Sandalen und weiße Socken. Dazu trägt er ein weißes Oberhemd mit kurzen Armen und einen gelben Strohhut. Wenn man's tragen kann. Ärigoh umweht ein luftiges Kleid mit Blümchen und ein leichter Hauch von Mottenkugeln.

Die Schlottmanns sehen aus wie immer. Bunte T-Shirts mit lustigen Sprüchen darauf zieren auch heute ihre leicht übergewichtigen Körper. Man hat sich dem Anlass entsprechend für das Thema „Grillen" entschieden. Bei ihm kann ich lesen: „Wurst für die Welt", und sie hat „Born to grill" auf der wogenden Brust. Warum nicht? Sehr originell.

Die Affenbande um King Louie erscheint lautstark singend in unserem bunten Szenenbild. Für mich hört der Gesang sich an wie eine sehr frei interpretierte Version von „Highway to hell", aber da kann ich mich auch täuschen. AC/DC. Die kommen ja auch aus Australien und sind auch sehr laut.

Auch die Familie Granderath ist eingeladen und erscheint komplett in Badekleidung. Naja, warm genug ist es ja dafür. Schorsch Leichenhalle ist eigenartigerweise alleine erschienen. Das wird er erklären müssen.

Und dann kommen auch die Lotzes. Pädder scheint guter Dinge, wirkt vollständig gesundet, und Hanni sichtlich erleichtert. Sie werden von allen mit großem Hallo begrüßt.

Ja, und wir sind natürlich auch da. Der kleine Sauerland-Clan der Nipsis. Und wir freuen uns, wenn auch etwas wehmütig, auf diesen letzten gemeinsamen Abend.

„Macht's oisch bequem, gell!", schnattert Cherry fröhlich los und kümmert sich mütterlich besorgt um den Grill. „Hier habbisch Singha for de men! Oisgeküldе Flasche, gell, versteht sisch!

Und e Ananas-Bowle for de women, gell."

Die Männer greifen beherzt und dankbar zum Singha und die meisten der Frauen vorsichtig, aber im Grunde auch recht gierig zur Bowle. Pädder schaut seufzend auf die gekühlten Singha-Flaschen, nimmt aber erst mal noch keine. Und auch das Zigarrenetui bleibt noch im Verborgenen, weil der erhobene Zeigefinger von Dr. Lungdings wohl noch Wirkung zeigt.

Ach ja, das kann doch ein netter Abend werden und ich schaue erwartungsvoll auf die verführerisch duftenden Steaks auf dem Grill!

Doch dann weht plötzlich wieder dieses kühle Lüftchen über den Strand. Man fröstelt etwas und blickt sich erschrocken um.

Die Russen nähern sich unserem Grillplatz. Zögerlich zwar und nach allen Seiten hin absichernd, aber sie kommen unaufhaltsam näher.

Wie versteinert stehen wir da und harren gebannt der Dinge, die da jetzt in unmittelbarer unsicherer Zukunft auf uns zukommen.

Wir sind bereit zu allem.

Doch wir werden überrascht.

„Hä-llo!", sagt da doch glatt einer der beiden Kantenköppe zu uns und auch der andere grunzt etwas Ähnliches. Also eine Art Grußwort sozusagen, wenn wir das jetzt richtig mitbekommen. Die beiden östlichen Damen haben sich ganz besonders herausgeputzt für diesen Abend und tragen all ihre engen güldenen Sachen auf den geschnürten Leibern, dass der russische Hüftspeck ein wenig an den Seiten herausquillt, nun gut. Sie haben alle farblichen Möglichkeiten ihrer Schminkköfferchen mit den Special Effects ausgenutzt und sie auf ihren Gesichtern sorgfältig, wenn auch sehr extrem verteilt. Doch auch aus ihnen ertönt so etwas wie ein schüchternes „Hä-llo" … und wir sind ganz begeistert. Geradezu sprachlos.

Wir sehen uns mit großen Augen an und können es kaum glauben. Die Russen haben gesprochen. Ein Wunder ist geschehen.

„Hellooo!", sagt jetzt auch Cherry fröhlich, wendet die fast fertigen Steaks und setzt sogar noch ein „Welcome Ostblogg, gell!" hinterher, das die Russen mit einem zurückhaltenden, unsicheren Gesichtsausdruck quittieren, der entfernt an ein Lächeln erinnert. Entfernt.

Wir haben die Großmacht besiegt! Nein. Wir haben sie gewaltlos … bekehrt, geläutert, einfach auf den rechten Weg gebracht. Und die buddhistischen Speisekarten haben die noch gar nicht gesehen!

„HELLOOO!", sagen jetzt auch wir alle fast im Chor und heißen unsere russischen neuen Freunde damit herzlich willkommen. Sie sind jetzt unter uns und sie gehören zu uns. Ja, so soll es sein. Das ist beschlossene Sache. One World, wir gehören zusammen, alles ist eins, wir sind alle gleich … fast kommen uns die Tränen.

„Sooo!", trötet Cherry da lauthals hinter dem Grill hervor. „De ässte Schtehks are reddy, gell!"

Oh ja. Wie schön. Bitte sehr, meine neuen russischen Freunde! Nehmt euch einen Teller und holt euch ein schönes, saftiges Steak. Bitteschön. Die größten, wenn ihr wollt. Wir lassen euch gerne vor. Wir sind nett.

Die geläuterte Großmacht rückt fast schon scheu vor und will sich zögernd bedienen. Zuerst die albern kichernden Weiber. Und dann sagt einer der beiden Kantenköppe schon wieder etwas und wir hören alle aufmerksam zu.

„You like-äh-mjussick?", fragt er.

Ja, ja natürlich mögen wir Musik. Wir lieben Musik! So ist es doch, oder? Ein Blick in die Runde auf ein allseitiges bestätigendes, wenn auch eher zurückhaltendes und unschlüssiges Nicken gibt mir recht.

„We LOVE music!", antworte ich also im Namen aller und schenke ihnen mein schönstes weltverbindendes, friedenstiftendes Lächeln, das ich drauf habe.

„Musikrescheitssesagattkebutzia" (soll heißen: „Musik löst alle Rätsel des Daseins", Tolstoi), sagt der sprechende Baumstamm da.

Ich verstehe ihn leider nicht, aber ich denke, diesmal ist es vielleicht keine Sauerei. Und dann sagt er noch: „Wann Mommänt!", und nickt dem zweiten stumm, aber bestimmt zu. Dann legen sie ihre Teller noch mal zur Seite, weil es scheinbar doch wichtiger ist, erst mal Musik zu machen, und verschwinden in Richtung der Hütten.

Wir bleiben in freudiger Erwartung der Ankunft vielleicht einer Balalaika oder eines Akkordeons zurück und freuen uns auf all die russischen Lieder voller Sehnsucht und Weite, die die beiden gleich vortragen und uns damit sicherlich die Tränen in die Augen treiben werden. Ja, die russische Seele ist groß. Ach, ist das schön.

Die Steaks sind wunderbar. Außen knusprig, innen saftig. Das kommt aus der Werbung, denke ich. Aber aus welcher? Egal. Alle mampfen zufrieden vor sich hin, das Meer rauscht seine ewige wunderbare Melodie und der Himmel ist voller Sterne, die heute für alle leuchten. Für alle Menschen dieser Welt – auch für russische tätowierte Baumstämme und ihre gülden geschnürten Weiber.

Nach einer Weile kommen unsere beiden neuen Freunde schwer bepackt zurück. Sie laden einen monströsen Ghettoblaster von nie gesehener Größe mitten auf unserem idyllischen Strandplatz ab und stellen dazu noch einen extragroßen Verstärker mit gigantischen Boxen daneben. War das alles in den riesigen Koffern, mit denen sie hier vor ein paar Tagen aufgetaucht sind? Wahrscheinlich. Wir beobachten die Installation durchaus mit ein wenig Skepsis, aber wenn sie dazu dient, dass Balalaika und Akkordeon, wenn schon nicht live und als echte Instrumente, dann wenigstens von einer CD oder so sicherlich auch besonders schön klingen werden, dann soll es uns recht sein.

Die beiden hantieren geschäftig mit Kabeln und Steckern, grunzen sich ab und zu mal etwas in dieser russischen Sprache zu, die sich leider immer etwas bedrohlich anhört, aber dafür können die beiden ja nichts. Und nur ein einziges Mal bekommt der zweite Mann im russischen Sound-Team einen krachenden Schlag vor die Fresse, weil er wohl ein Kabel falsch eingesteckt und damit möglicherweise die gesamte Musikproduktion gefährdet hat. Es fließt ein wenig Blut, aber das ist auch schon alles.

Sie postieren dann die Riesenlautsprecher so günstig wie möglich um uns herum, nach einer Weile scheint man so weit zufrieden, ein Knopf wird gedrückt ... und schon geht es los.

BUMM! BUMM! BUMM! BUMM!
UZZI! UZZI! UZZI! UZZI!
BUMM! BUMM! BUMM! BUMM!
UZZI! UZZI! UZZI! ...

Ein ohrenbetäubender Lärm erhebt sich aus der übermächtigen, mehrere Millionen Watt starken Bedröhnungsanlage, der den allabendlichen Ballermann vom Chaweng Beach dreimal in den Schatten stellt. Die beiden Männer sind überaus zufrieden und nicken sich anerkennend zu.

„RUSSKY DISCO!", brüllt der bisherige Wortführer der beiden über den Lärm und grinst übers ganze Gesicht, das mir immer breiter, kantiger, baumstämmiger, hohler, brutaler und abartiger erscheint.

Kaum hat es achtmal BUMM gemacht, da bewegen sich schon die drallen Körper mit den überlappenden, zuckenden Fettringen der in die güldenen Leibchen gezwängten Ostblockdamen im Rhythmus dieser akustischen Orgie, und die baumstämmigen Russenmänner wuchten und stampfen schwerfällig und laut lachend um sie herum, dass die Goldkettchen rasseln.

Die Fliege hält einen Moment inne, um mit den Facettenaugen alles in Bruchteilen von Sekunden abzuscannen. Und als er dann keine ernste Gefahr für sich und seine Nahrung wittert, widmet er sich wieder der Nahrungsaufnahme per Rüssel.

BUMM! BUMM! BUMM! BUMM!
UZZI! UZZI! UZZI! UZZI!

Da ist King Louie gerne dabei. Das lässt der sich nicht entgehen. Die ganze Affenbande brüllt. Voller urmenschlicher Begeisterung stürzt er sich ins wilde Getümmel, wankt ohne Rhythmus und scheinbar taub für die doch recht eindeutigen Taktangaben dieser Mucke zwischen den feindlichen Okkupatoren unserer besinnlichen Beachparty herum und grölt aus vollen Halse. Irgendwas. Ich glaube, es ist schon wieder was von AC/DC. *Hells Bells?* Ich weiß es nicht und es spielt auch keine Rolle. Auch seine Affenhorde ist durchaus nicht abgeneigt, bei diesem Spektakel kräftig mitzumischen. Schon begeben sich die ersten australischen Primaten verzückt unter die primitiv stampfende östliche Rhythmusgruppe.

Wollda und Ärigoh sind erschüttert wie wir alle und blicken entsetzt und voller Abscheu in die verbliebene Runde.

„DOS IS DOCH GEENE MÜSIK!", brüllt Wollda wütend gegen den infernalischen Lärm an. „BÜMM, BÜMM, BÜMM! DOS IS DOCH GEENE MÜSIK!"

Auch Schorsch Leichenhalle schmeckt sein Steak nicht mehr so recht und er blickt einigermaßen hilflos und kopfschüttelnd auf die gespenstische Szenerie. Die Wittener essen noch und haben wohl noch nicht so richtig begriffen, dass da gerade eine feindliche Übernahme stattfindet, und die Granderaths bewundern ihre beiden halbwüchsigen Kinder, die ebenfalls schon mit der wild zuckenden Tanzmeute verschmolzen sind.

„LASS MA ABHAUN!", brüllt Pädder durch das Getobe und damit sind wir, die Familie Nipsi, auch voll und ganz einverstanden. Max schwankt zwar noch zwischen echter Begeisterung für die fetten Russen-Beats und totaler Ablehnung des Ganzen, lässt sich aber von uns noch in die richtige Richtung manipulieren. Gott sei Dank. Er ist eben erst elf. Da geht das noch.

Cherry hat auch schon fluchtartig ihren Grillplatz aufgegeben, nachdem sie ein paarmal „ISCH GLAUB, ISCH HOB SE NET OLLE!" wirkungslos gegen den Lärm angebrüllt hat. Die Steaks sind fast alle weg und waren wirklich sehr, sehr lecker.

Vielen Dank, Cherry! Nur ein paar restliche Frischfleischlappen verwandeln sich gerade auf dem Grill in Kohle. Pädder und ich schnappen uns die beiden Kühleimer mit dem Singha. Schorsch Leichenhalle nimmt einen Salat, Cherry selbst trägt den Bowle-Topf und dann ziehn wir ab und lassen die lärmende Russky Disco hinter uns.

Gewaltloser Rückzug ohne Verluste. Kein Krieg heute. Nein, nicht am letzten Abend.

One World?!

Druff jeschissen!

Und so ziehen wir gemeinsam den Strand hinunter und verlassen das offizielle, ab heute dann auch nicht mehr so ganz sichere Urlaubsgebiet des Hotels. Der Lärm der Russen wird schwächer und das Rauschen des wunderbaren Meeres übernimmt wieder die Soundregie. Jetzt leuchten Millionen Sterne nur noch für uns. Über Russland bleibt es dunkel. Von mir aus für immer.

Ein paar Wolken ziehen auf.

Bald haben wir die ersten Hütten der Eingeborenen erreicht und werden auch schon ein wenig argwöhnisch von den dortigen Bewohnern bestaunt. Hierhin hat sich noch nie einer von den ‚Farangs‘, wie hier die Touris ja etwas abfällig genannt werden, gewagt, da bin ich sicher.

Hinter die Mauer am Hotelstrand?! Nä.

Was wollen *die* denn hier?, scheint man sich unter den jetzt auftauchenden Eingeborenen zu fragen.

Ist es gefährlich?, fragen *wir* uns. Machen wir gerade wieder mal einen schweren Fehler?

Aber wir haben ja Cherry.

Und die gibt uns Zeichen, einfach beruhigt weiterzugehen. Uns kann nichts passieren. Hier und da grüßt sie einen der Hüttenbewohner freundlich mit einem angedeuteten Wai, ohne den Bowletopf abzustellen und führt unseren kleinen Trupp sicher durch die teilweise wirklich erbärmliche Straße entlang der Hütten, gegen die unsere Urlaubsbaracken wahre Paläste sind, am wundervollen Strand entlang. Uns ist allen etwas seltsam dabei. Wir fühlen uns fast wie Eindringlinge.

Wo wollen wir hin?

Plötzlich bleibt Cherry stehen, stellt die Bowle in den Sand und weist auf eine kleine, aber ganz hübsche, bunt bemalte Holzhütte mit Blick auf den weiten Strand von Ko Samui und die Nachbarinselchen. Toller Platz!

„Hier wohn isch", sagt sie und dann zeigt sie auf eine hölzerne, recht bequem wirkende Sitzgruppe im Sand vor ihrer Hütte und sagt: „Setzt oisch!"

Und wir sind einigermaßen verblüfft. Warum eigentlich?

Naja, hier wohnt also Cherry, die Frankfurterische Thailänderin. Erst jetzt stellen wir wohl alle etwas betroffen fest, dass wir uns eigentlich nie gefragt haben, wo Cherry denn wohnen könnte, was sie überhaupt so macht, wenn sie nicht blöde Farangs wie uns durch die Gegend schleust. Wie sie denn so lebt und wer sie eigentlich überhaupt wirklich ist.

Und wenn wir ehrlich sind, dann müssen wir alle leider zugeben, dass wir niemals gedacht hätten, dass sie in einer dieser elendigen Hütten wohnt, die für die Hotelgäste ja schon im Lande der Unberührbaren zu liegen scheinen. Abgeschirmt durch sichere Mauern und hohe Hecken.

Wir wissen ja noch nicht einmal, wie Cherry eigentlich wirklich heißt. Wir wissen nichts von ihr. Sie ist, wie alle anderen Thais hier im Ko-Samuianischen Urlaubsparadies einfach immer da, immer freundlich und hilfsbereit, führt uns sicher an den gefährlichen Untiefen und Klippen eines Urlaubs am anderen Ende der Welt vorbei, sorgt für gute Laune – und vor allem sorgt sie für uns. Den ganzen Tag und jeden Tag.

Es ist eigentlich Zeit, mal etwas zurückzugeben.

Erst mal sagt keiner was, ich mache einen nachdenklichen spitzen Mund und auch Wollda und Ärigoh sehen sich ganz unsicher an.

Aber Pädder hat eine Meinung und sagt: „Klasse!" – wofür er von seiner Hanni etwas misstrauisch von der Seite angesehen wird. Und dann lassen wir uns alle mit diesen oder ähnlichen Gedanken in der hölzernen Sitzgruppe nieder. Pädder sagt noch mal: „Klasse!" und blickt dann voll erwarteter Zustimmung in die Runde. Die Zustimmung bleibt ihm aber zunächst noch verwehrt. Ja, schöner Platz, aber auch etwas unheimlich, oder?

„Ja, Loite, dat is doch klasse hier! Kuckt do ma! Dat Meer, dä Sand, die Stärne, Palmen, un so 'n nettes kleines Häusken, woll. Dat isset doch! Mehr braucht do kain Mensch. Wenn ich an unseren Vierhundert-Quadratmeter-Palast in Deutschland denke. Bäh. Nur Ärger! Nä, Hanni? Is do so?"

Hanni ist noch nicht so ganz auf seiner Linie und befürchtet vielleicht, dass er gleich entsprechende Umsiedlungspläne angeht.

„Könntes' du dir dat vorstellen, Hanni? Wir baide, hier so am Strand mit all den netten Loit'n?"

Nein, das kann Hanni sich nicht vorstellen und ich sehe, dass sie viel lieber noch den ganzen Ärger in Deutschland haben möchte.

„Hier nehmt oisch!", tiriliert Cherry und verteilt Singha. „Ei, van de Bowle gibt's a noch enough. Trinkt, Loit, trinkt", feuert Cherry uns an und dann machen wir es auch. Das Singha ist heute Abend besonders lecker und die Bowle anscheinend auch.

Ich blicke noch mal zur Hütte rüber und stelle erstaunt fest, dass sie wirklich ganz fantastisch bemalt ist. Viel bunter als alle anderen. Na, eigentlich ist diese Hütte die einzige bunte hier. Alle anderen sind einfach nur aus Brettern, Balken und Wellblech ziemlich abenteuerlich zusammengezimmert. Und ich denke an die dramatischen Regengüsse, unter denen dieses Land ja manchmal zu leiden hat. Und unser kleiner Uzuk fällt mir ein, der ja nur einen kleinen Riss in der Plane hat…

Um die Hütte ist ein hübscher Bastzaun aufgestellt, der die hölzerne Sitzgruppe und zwei Palmen mit einer Hängematte dazwischen miteinschließt. Alles sehr idyllisch. Fast wie ein deutscher Schrebergarten, denke ich. Und etwas abseits sehe ich noch eine kleinere Hütte ganz aus Bast, in deren Tür ein rot umrandetes Herz geschnitten ist. Das ist sicherlich die Toilette des kleinen Cherry-Anwesens. Ein Plumpsklo wahrscheinlich.

Hier und da blättert die Farbe der Wohnhütte zwar schon mächtig ab, aber es sind immer noch deutlich die grellen Regenbogenfarben der Rastfaris zu erkennen und ein dickes, rotes Peacezeichen schmückt die Tür der bunten Hütte.

Und da öffnet sich diese Tür und es erscheint eine schon etwas ältere, aber immer noch richtig gut aussehende Thai-Frau in einem farbenprächtigen Sarong und blickt neugierig auf unsere illustre Runde. Es könnte eine der Eingeborenen sein in traditioneller Tracht, wenn da nicht diese Baseballkappe mit dem Emblem eines roten Adlers und einem „E" in der Mitte wäre. Soweit ich weiß, ist das das Logo der Eintracht Frankfurt.

„Ah, dis is mei Muddäh, gell!", erklärt Cherry fröhlich. „Muddäh, komm setz disch!", ruft sie der Frau zu, die sich uns zwar freundlich lächelnd, aber etwas zögerlich nähert, einen Wai macht und uns mit den Worten „Hätzlisch willkomme, ihr Loit, gell!" begrüßt und dann ebenfalls auf einer Bank zwischen uns Platz nimmt.

Wir machen alle den Wai, den können wir inzwischen und ist ja nun wirklich eine Kleinigkeit nach zwei Wochen Thailand, und Cherry stellt uns vor.

„Päddeh un Hanni, Aleggs, Schdewwie un Maggs, Walldäh un Erigah un de Schorsch!"

Ich glaube nicht, dass die gute Frau Mutter das alles behalten hat, aber sie nickt jedenfalls freundlich bei jedem Namen und lächelt.

„Mei Muddäh un isch, mir lebe seit some years widdäh hier on de Beach. De Hütt hat mei doitsche Vaddäh gebaut, de Diedäh, gell. Dis was not mei real Vaddäh, abbäh der wor escht bässeh wie dä real. Mei real Vaddäh hot g'soffe un uns verlosse. Is a good so! Den hamme nie meh g'sehe. Net, Muddäh?"

Muddäh nickt und sagt: „Des versoff'ne Orschloch gonn von mir aus veregge!"

Donnerwetter. Das sind deutliche Worte.

„Dät was escht e Neddäh, de Diedäh." Und er hätte dann diese Hütte gebaut hat – und auch bemalt.

„Voll bunt ebbe. He was a aldeh Hibbie! Ha,ha,ha." Und dann lacht sie, dass das Singha in ihrer Hand schwappt. „Des Doitsch haddeh uns a beibrocht, gell."

Ja, das hört man. Und es wird jetzt immer besser. Fast ganz ohne die englischen Brocken

„Und wo ist er jetzt!?" – der aldeh Hibbie, de Diedäh –, frage ich vorsichtig.

„Jetzt lebt er nimmeh!"

Oh.

„He is in de bekiffte Kopp mit de Moppät los and do is ihm ischendwie e Zigarett in de Tank gefalle. Mer wisse net, warum un wie. Abbeh des wor's."

Oh. Das tut uns leid.

„Du hass gesacht, dat du in Deutschland studiert hass?", fragt Pädder, der sich jetzt todesmutig, trotz aller ärztlichen Warnungen, auch ein Singha genommen hat. Zum Glück greift er noch nicht nach den Zigarren.

„Jo, isch hobb e Stipendium bekomme un dann hobbisch in Fronkfott studiert some years."

„Un wat?", will Pädder noch wissen.

„Aaf Aatz!", sagt Cherry.

„Wat?"

„Doggtäh!"

„Dann bist du Frau Dr. Cherry?", fragt da auch Steffi sehr interessiert.

„Na. Noch net. Isch habb des Studium unterbresche müsse, weil der Diedäh gestobbe is un isch ästema Geld verdiene musste für misch un mei Muddäh. Un da binnisch gelandet hier in de Hotel, gell."

Pädder trinkt nachdenklich sein Bier. Es scheint ihm aber gut zu bekommen. Es sind keinerlei Abstoßreaktionen zu beobachten. Ich will ihn aber im Auge behalten.

„Es gibt hier kei Rende, you know", erklärt sie uns. „Des is net so easy hier in Dhailand, gell."

„Velleicht könn' we euch 'n bisken hällfen", meint Pädder und greift dann jetzt doch, scheinbar ganz in Gedanken, zum Silbertui mit den Zigarren. Ich bin kurz davor, einzuschreiten und ihm das Etui zu entreißen, belasse es aber dann bei einem vorwurfsvollen Blick, den er glatt übersieht.

Ach, er muss ja selber wissen, was er tut. Dann rauch doch, Pädder, und setz weiter deine Arschbomben in eiskaltes Wasser und dein Leben aufs Spiel! Mir doch egal. Hanni scheint in etwa dasselbe zu denken.

Aber wie sollen wir Cherry helfen? Klar könnten wir alle zusammen etwas Geld aufbringen, aber weit würde sie damit sicher auch nicht kommen, befürchte ich. Ja, das schöne Leben hier im Paradies hat also auch eine Rückseite, von der wir bisher keine Ahnung hatten.

Und dann geht Pädders Handy und zerstört die nachdenkliche Stille an diesem wunderbaren Ort.

Didelitdidelit.

„Scheiß Dingen!", flucht Pädder und stiert es böse an. Als er die Nummer sieht, guckt er zu mir rüber. „Hier, schon widder für dich. Von mir aus kannze dat Scheißteil gleich behalt'n. Ich brauch dat nich mehr."

Und dann reicht er es mir.

„Hallo, Alläx, ich bin's, Camillo!"

„Ah, Camillo, was gibt's …sgibts?", frage ich und entferne mich schnell von der Gruppe, um die anderen an diesem denkwürdigen Abend nicht zu stören.

„Habt ihr was rausbekommen …ausbekommen?", frage ich ihn, sehr neugierig, zu wissen, wie sich alles im Sauerland entwickelt hat. Scheiß Echo.

„Gut. Jou. Und Jou."

„Mmh …mh?"

„Also, ärstens: Et sieht gut aus, woll. Zwaitens: De Bäume stehen noch. Und dritt'ns: Wir ham wat rausgekricht", erklärt Don Camillo etwas umständlich.

„Und was …dwas?"

„Pass auf, Alläx, du glaubset nich, der Blömecke wollte tatsächlich groß abkassieren, woll. Die Wiese für die Zufahrt un Parkplatz von dem Wellness-Kasten gehört ja dem Schlüter. Weiße, ja. Der größte Schlüter der Welt. Und wenn der die verkauft hätte, dann hätte der Großkotz Schlüter ein super Geschäft gemacht, weiße ja auch. Und aus lauter Dankbarkeit, weil sein Freund Blömecke dat alles so schön eingefädelt hat, hätte der seinen dicken Anteil davon abgekricht. So sieht's aus, sacht die Ziegenhagen. Sie hätte wohl mal versehentlich ein diesbezügliches Gespräch zwischen den beiden belauscht. Dat is unsere Kronzeugin. Die sacht aus, wenn's drauf ankommt. Auch gegen den Blömecke. Der is nämlich getz damit erledigt."

„Siehste, Camillo. Da haben wir's doch. Korruption …orruption ! Ha. Steckt doch immer Geld dahinter. Geld, Geld, Geld …geldgeld! Dieser gierige Blömecke! Ich hab's gewusst …sgewusst. Ja, aber … Das hängen wir an die ganz große Glocke … oßeglocke. Der kriegt nie wieder ein Bein an die Erde …andierde." Und dann muss ich kurz nachdenken, weil ja noch nicht alles stimmt. „Aber warum hat er denn plötzlich von selber alles gestoppt …lesgestoppt?"

„Tja", sagt Don Camillo da ziemlich langgezogen und ratlos. „Dat wissenwe eben au nich genau. Aber et is wohl so, dat der Investor einfach voll auf de Bremse getreten hat. Dieser Motzke, oder so."

„Mrotzek …otzek!"

„Ja. Oder so. Is uns 'n echtes Rätsel, abba aus irgendeinem Grund hat der den Geldhahn zugedreht. Kaine Ahnung, woll? Kalte Füße gekricht, Geld alle oder plötzlich Naturfreund geworden, hahaha … ich weiset nicht. Auf jeden Fall is die Kuh vom Eis. Blömecke is erledicht, woll."

Ja. Ja. Die Zeitung hat Macht. Das geschriebene Wort regiert. Wir haben die Fäden in der Hand. Der *Sauerlandbeobachter* hat die Welt gerettet.

„Den Artikel schreib ich … eibich. Übermorgen bin ich wieder an Bord …anbord", sage ich Don Camillo und freue mich schon jetzt auf die Arbeit. Ja, das wird ein Riesendingen. Korruption im Sauerland! Watergate! Ha, und der *Sauerlandbeobachter* hat's zuerst geseh'n!

„Pass auf, Alläx, wat noch is, woll. Där Blömecke schiebt getz offiziell wohl den Wendehals vor!"

„Was …as?"

„Ja", sagt Camillo, „unseren Wendehals. Blömecke sacht, die Bauarbeiten müssten gestoppt werden, weil eben da oben am Selbecker Kopp der berühmte Vogel Wendehals wohnt. Könnte man nix machen, woll."

„Na, der wird sich wundern …ichwundern. Damit kommt der Kerl nicht durch …ichdurch!" Ich bin jetzt schon so was von wütend. Blömecke, wart's ab! Ich komme.

Aber trotzdem. Wir haben es geschafft. Endgültiger Baustopp. Toll. Und ich habe überhaupt nichts dafür tun können hier aus dem Paradies. Während meine Redaktion heldenhaft gekämpft hat, habe ich feige und faul Urlaub gemacht. Egal. Wir haben es geschafft. Der Wald bleibt und auch Leckede-Hintersten vom Wellness-Wahn erst mal noch verschont. Darüber freue mich wirklich sehr und bin überglücklich mit dieser einmaligen, positiven Wendung der Dinge.

„Alex, getz hör domma mit dem ewig'n Tällefonieren auf. Dat närvt doch nur. Tu dir ma die Ruhe an, Mensch", ruft Pädder aus der bunten Runde rüber. „Der Urlaub muss doch zu irgendwat gut gewesen sein, woll."

„Ja, ja, ich komm ja schon!"

Dann wünsche ich Don Camillo noch einen schönen Abend

und er mir auch – und einen guten Flug für morgen.

„Ging dat um deine Sauerlandbaustelle?", will Pädder jetzt merkwürdig interessiert wissen und beugt sich fast verschwörerisch zu mir herüber.

„Ja, und du wirst es nicht glauben, aber es ist alles gestoppt. Der Wald lebt!"

„Na, siehsse. Geht doch!", sagt er und nimmt fröhlich einen großen Schluck Singha.

„Der Wald lebt!", raune ich Steffi zu. „Kein Wellnesskasten am Selbecker Kopp", kläre ich sie etwas bruchstückhaft auf. Später mehr.

„Na, siehst du", sagt Steffi leicht ironisch, „dann kann der Urlaub ja jetzt ganz entspannt losgehen. Ohne Handy."

„So!", sagt Pädder, „dann lass uns doch mal bisken feiern" und zieht mit voller Kraft an seiner fetten Zigarre, dass die Glut fast explodiert und sein breit und zufrieden grinsendes Gesicht hell erleuchtet. Junge, Junge, hat der Nerven. Gestern noch halb tot mitten in der Krankenhaus-Elektronik und heute schon wieder quicklebendig an der dicken Zigarre. Er muss nicht einmal husten.

Ich nehme mir zur Feier dieses Augenblicks und dieses ganz besonderen Abends noch ein kühles Singha aus dem Eimer – die Frauen haben den Bowlekübel fast leer gemacht – und lasse es mir jetzt einfach mal gutgehen.

Alles ist gut. Wunderbar.

Ja, es stimmt, jetzt ist dieser Urlaub doch noch da gelandet, wo er immer sein sollte. Bei Entspannung, Erholung und Abschalten. Leider nur noch bis morgen.

„Das ist doch toll, oder?", sage ich zu Steffi und nuckele zufrieden an meinem Bier.

„Und wieso haben die die ganze Sache jetzt gestoppt?", fragt sich mich dann doch noch.

„Naja, also, dieser fette Geldsack von Investor, dieser Mrotzek, hat wohl den Hahn abgedreht. Irgendwas muss ihn wohl dazu gebracht haben, die Nummer abzublasen. Keine Ahnung.

Egal, Hauptsache, es wird nichts gebaut."

„Ja. Hauptsache."

Schorsch Leichenhalle sitzt etwas abseits unserer Runde und kommt nicht so recht in Fahrt an diesem wunderschönen letzten Abend, wie mir scheint. Irgendetwas bedrückt ihn oder lässt ihn zumindest nachdenken. Ich setze mich also neben ihn und frage ihn endlich mal, wo er denn seine Frau gelassen hat. Nicht, dass sie mir fehlen würde, aber seltsam ist es schon, dass er heute Abend alleine erschienen ist.

„Mir loss'n uns scheid'n!", verkündet er da lautstark und entschlossen. Und bevor ich laut „Na, bravo!" rufen kann, sagt er noch: „Dos wär nie gut ganga mit uns zwoa."

Naja, denke ich so, ihr seid doch bestimmt schon ein paar Jahrzehnte zusammen und da hätte man doch vielleicht etwas früher drauf kommen können. Aber besser eine späte Einsicht, als gar keine.

„I bleib hier!", sagt er dann noch und darüber bin ich doch einigermaßen erstaunt. Das sieht er mir wohl auch an.

„I bleib hier, Alex. Hier auf d'r Insel. I hob mi scho schlau g'mocht. Dös geht. I konn hier erst amol leben und muss holt olle zwoa bis drei Monat zur Grenzen und dann kimm i wieder rein un konn bleib'n. Wieder für zwoa, drei Monat. Des moch i erst mol und dann schau mer weiter."

Donnerwetter. Der Mann traut sich was. Und dann mit seinem Namen in diesem Land. Aber daran wird er sich sicherlich schnell gewöhnen. Ich finde es jedenfalls gut.

„Mach das, Schorsch, kannst ja immer noch nach Bayern zurück, wenn dir danach ist."

„Jo, freili", sagt er und grinst jetzt auch übers ganze bayrische Gesicht. „Des konn i!"

„Sach mal, Cherry, habbter auch so 'ne Art Toilette hier oder so wat. Ich müsste mal dringend …", bringt Pädder schon etwas unruhig vor.

„Do hinne", sagt Cherry und zeigt auf die kleine Basthütte mit dem roten Herzchen hinter der eigentlichen Hütte. „Abbäh nimm dir an Oimer Wassäh mit, gell?"

„Jo, machich", sagt Pädder, verteilt die letzten beiden Singhas aus dem einen Bier-Eimer an Walter und Schorsch und dann stiefelt er mit dem Eimer, den jetzt nur noch das Kühlwasser füllt, in Richtung Paradies-Toilette.

Die Sterne verschwinden jetzt leider hinter dichten dunklen Wolken, aber es ist herrlich warm.

„Des hot der Diedäh all's baut, gell", erfahren wir dann von Cherrys Mutter, die uns in der Folge dann noch eine ganze Menge interessante Dinge über den Frankfurter Dieter erzählt.

Das scheint ja ein irrer Vogel gewesen zu sein. Er hat erst mit seinem VW-Bus Touris über die Insel kutschiert, bis dann eines Abends bei einem Lagerfeuer mit den Touris eine der Gasflaschen explodiert und der Bus dabei abgebrannt ist und diese Geschäftsgrundlage somit nicht mehr gegeben war.

„Ei, er hot holt so viel gekifft, müsst ihr wisse."

Dann hatte er wohl einen Grillwürstchenstand am Chaweng Beach, der lange Zeit gar nicht mal so schlecht lief, bis er eines Tages mit der restlichen Glut seines Grills, die er einfach so in den Sand gekippt hatte, rein zufällig das Strandrestaurant *Siam Flames* abgefackelt hatte. Damit war auch seine Grillerkarriere beendet.

Dann verfiel er auf den wunderbaren Gedanken, eine Tankstelle zu betreiben. Und zwar so eine, an der man das Benzin in großen Flaschen kaufen kann. Das haben wir auch schon oft gesehen hier auf der Insel. Aber weil er eben so viel rauchte, der Diedeh, ging auch dieser Laden bald in Flammen auf.

Viel Pech gehabt, unser Frankfurter, und immer war es das Feuer, das ihm Probleme bereitet hat. Bis zum Schluss.

Ich blicke zur Basthütte und kann durch das rote Herzchen unseren Pädder erkennen. Die rotglühende Zigarre erhellt fast die ganze Hütte von innen.

„Ja, de Diedäh …", seufzt Cherrys Mutter und nimmt jetzt auch von der Bowle.

Und da steht Pädder auch schon wieder vor der Basthütte und nestelt noch etwas ärgerlich an seiner Hose herum. Mit beiden Händen.

Die Zigarre muss in der Hütte geblieben sein.

Der plötzliche dumpfe Knall und der grelle Blitz reißen uns von unseren Sitzmöbeln. Pädder liegt im Sand. Innerhalb einer Sekunde steht die gesamte Basthütte samt Klo-Herzchen in Flammen. Sie explodiert förmlich vor unseren entsetzten Augen. Strohtrockener Bast. Das hatte geradezu auf einen einzigen gedankenlosen Funken gewartet, um in einer meterhohen Stichflamme hochzugehen. Und ich kann mir schon denken, woher dieser Funke kam.

Pädder liegt noch immer im Sand in der viel zu gefährlichen Nähe des brennenden Klos und starrt bewegungslos mit offenem Mund auf das Feuer. Passiert ist ihm nichts. Hanni und Steffi zerren ihn todesmutig davon weg.

„Wasser!", brülle ich und habe den zweiten Biereimer schon in der Hand. Ein letztes Singha fliegt mit, als ich den Inhalt in Richtung brennende Paradies-Toilette schleudere, wo er zischend verendet. Cherry schnappt sich den Bowletopf und gießt den restlichen Inhalt in die Flammen. Das alles hilft aber nur begrenzt. Das Paradies-Klo lodert.

„Wir brauchen Wasser!", rufe ich noch mal in die größtenteils noch sehr verwirrte Runde.

„Moch mer a Ketten", brüllt Schorsch und schon schnappt er sich meinen Eimer und rennt damit zum nahen Meer. Da ist Wasser genug.

„Ich happ do bloß die Zigarre in 'n Pott geschmiss'n!", verteidigt Pädder sich. „Ich hör nämlich getz auf mit dä Raucherei, woll", sagt er dann an mich gerichtet.

„Das ist sehr vernünftig, Pädder, aber jetzt müssen wir erst mal das Feuer löschen", sage ich und entreiße ihm den zweiten

Eimer, der auch sofort in Richtung Meer wandert, während der andere und der Bowletopf schon wieder am heißen Einsatzort sind und ihren feuchten Inhalt in die Flammen ergießen.

Der Bastzaun, der sich so hübsch von der Basthütte bis um unsere Sitzgruppe gewunden hat, hat jetzt ebenfalls Feuer gefangen und brennt bis zum Himmel. Die Sitzgruppe ist in höchster Gefahr. Die darauf sitzende restliche Gesellschaft hat sämtlich die Flucht ergriffen. Ich suche Steffi und sehe sie verzweifelt Sand ins Feuer schaufeln. Das geht auch, ist aber nicht sehr effektiv. Max hilft ihr verbissen dabei.

Es dauert nur ein paar weitere Sekunden, bis sämtliche Bewohner des Hüttendorfs da sind und kräftig mithelfen, den gefährlichen Brand zu löschen. In der Enge dieser Hütten könnte so ein Feuer den Untergang der ganzen Siedlung bedeuten. Um Gottes willen!

Alle verfügbaren Behälter sind jetzt im Einsatz und ergießen in unablässiger Abfolge Meerwasser auf den Brand. Die Cherry-Hütte ist kurz davor, auch in Brand zu geraten, als wir es plötzlich hören und spüren.

Der Himmel öffnet sich und es ergießt sich der herrliche, einmalige und schon so lieb gewonnene Ko-Samuianische Scheißregen auf die gespenstische Szene. Es gießt wieder mal aus tausend Himmelskübeln und es zischt und qualmt, dass uns Hören und Sehen vergeht. Oh, wie lieben wir diesen Regen. Danke. Danke. Wer immer uns diese Flut geschickt hat, hat was verdammt Gutes getan.

Nach wenigen Minuten ist das Feuer nur noch ein schwelender Haufen, der von uns mit weiteren Eimern verächtlich und wütend zu Boden gerungen wird, bis es nur noch hier und da ein wenig qualmt. Wir haben es geschafft.

Es gibt zwar jetzt eine Toilette und einen hübschen Bastzaun weniger hier am Strand, aber dafür haben Cherry und ihre Mutter noch ihre Hütte. Sie ist trotz der gefährlichen Nähe zum brennenden Klo fast völlig unbeschadet geblieben, soweit man das jetzt schon beurteilen kann. Die Seite zum Klo hin ist halt jetzt nicht mehr so schön farbig, sondern zeigt eher ein schlichtes mattes Schwarz. Aber das kann man ja wieder ändern.

„No, do homma jo nochemol Klick gehobbt", sagt Wollda und setzt erschöpft den letzten Eimer ab. Ärigoh bewundert ihren mutigen sächsischen Fire-Fighter.

Auch wir sinken ermattet und durchnässt in den Sand und lassen uns einfach vollregnen. Ach, ist das herrlich! Prassel. Prassel. Prassel. Der warme Ko-Samui-Regen ist etwas ganz Wunderbares. Das haben wir jetzt endlich auch begriffen.

Das gesamte Dorf steht jetzt um die qualmenden Reste der ehemaligen Basttoilette herum und die allgemeine Erleichterung macht sich in einem donnernden Applaus Luft. Alle klatschen in die Hände und johlen, als wären wir am Höhepunkt einer ganz besonderen Feier angekommen.

Und das sind wir ja auch.

„Ich komm dafür auf, woll", verspricht der immer noch geschockte Pädder unserer Cherry und ihrer Mutter, die aber wie alle anderen nur erleichtert lachen und klatschen.

„Ei, es is ja nix woider passiert, gell!"

Dann, als wir wirklich sicher sein können, dass auch nichts mehr qualmt oder irgendwie irgendwo schwelt, räumen wir noch gemeinsam auf und ziehen erschöpft, nass und glücklich zu unseren eigenen Hütten.

Pädder besteht aber darauf, Brandwache zu halten. Er lässt sich nicht davon abhalten, obwohl es eigentlich gar nicht mehr nötig ist.

„Ich happ dat ganze Dorf in Gefahr gebracht", sagt er, „'ne Zigarre schmeißt man ja nich innen Plumpsklo!"

Ja, so muss es gewesen sein. Zigarre, Plumpsklo, explosive Gase. Pädder, Pädder!

Er lässt sich also in der Hängematte zwischen den beiden Palmen nieder und Cherry und ihre Mutter bringen ihm noch eine Decke für die Nacht, die jetzt schon wieder ihre Millionen Sterne zeigt.

Die Russky-Disko hat auch schon Schluss gemacht. Die beiden Baumstämme schnarchen, wahrscheinlich wodka-selig, vor der ruinierten Musikanlage, aus der seitlich das Wasser schon wieder herausläuft. Alles nass. Alles kaputt. Der Regen scheint sie wohl überrascht zu haben, oder sie haben ihn noch gar nicht bemerkt. Auf jeden Fall hat man wohl keine Zeit mehr gefunden, die gigantischen Boxen, den Verstärker und den Ghettoblaster rechtzeitig in trockene Sicherheit zu bringen. Damit wird von russischer Seite also kein Krieg mehr ausgehen.

Na, das war ja wieder mal ein aufregender Abend im Paradies. Glücklich und noch immer aufgewühlt von den Ereignissen des vorletzten Tages schlafen wir schnell ein, der Vorwurfsvogel macht noch ein paarmal „Ts, ts, ts", schüttelt den Kopf und dann schläft er auch ein.

6.1. Vierzehnter und letzter Tach: Tschüsskes, Paradies!

Ich bin früh wach. Früher als der Vorwurfsvogel und wahrscheinlich auch früher als der Wendehals, wenn es so einen Vogel überhaupt gibt. Gesehen hat ihn ja noch keiner.

Steffi und Max träumen noch und ich hoffe sehr, es sind keine Albträume wegen der leichtsinnigen Feuersbrunst des Oberbrandmeisters und Freizeitzündlers Pädder Lotze am gestrigen Abend. Es ist ja alles noch mal gutgegangen. Keiner ist verletzt und die Hütte von Cherry und ihrer Mutter steht noch. Hoffentlich. Ich werde gleich mal runter zum Strand gehen und nachsehen.

Leise schleiche ich mich also aus unserer schon so vertraut gewordenen Urlaubsbehausung, trete *nicht* auf das dritte Brett der Terrasse, weil es so fruchtbar knarrt, um meine beiden nicht zu wecken, die Türangeln habe ich inzwischen sogar mit etwas Margarine von Frühstücks-Buffet geschmiert, so dass sie auch *nicht* mehr quietscht, die größten Ritzen in der Außenwand habe ich mit einigen angetackerten Palmblättern gestopft – der Tacker war aus der Rezeption „entliehen" – und unsere Betten haben jetzt allesamt Moskitonetze *ohne* Löcher, die wir in Chaweng gekauft haben. Und sogar der Ventilator eiert *nicht* mehr ganz so stark, weil ich ein paar Schrauben wieder ordentlich fest gedreht habe. Die Hütte ist also jetzt richtig gut in Schuss, so dass man sie tatsächlich an weitere Freunde des Dschungelurlaubs vermieten könnte.

Ach, es ist doch schade. Heute müssen wir raus aus dem Paradies. Vertreibung. Obwohl wir gar nichts besonders Schlimmes angestellt haben.

Das war doch toll hier am Ende der Welt! Was haben wir alles erlebt in diesen herrlichen, unvergesslichen Tagen. Wie schön, dass Steffi ausgerechnet dieses wunderbare Domizil ausgesucht hatte. Besser hätte es doch gar nicht kommen können. Habe ich je etwas anderes behauptet? Naja, gut, kann schon sein. Aber jetzt, so im Rückblick, haben wir doch alles richtig gemacht! Danke auch noch mal an Frau Gantenbrink aus dem *Töffte*-Reisebüro.

Am Strand ist um diese Zeit noch kein Mensch. Schön ist das. Weiß und lang liegt er da, von sanften Wellen weichgespült, während die Urlaubsmaschinerie noch ruht. Ein Blick auf meine prollig-protzige neue Fast-echt-Breitling sagt mir, dass es erst sechs Uhr morgens ist. Die Uhr scheint also wieder zu gehen. Es ist noch sehr früh und ich will noch möglichst viel von diesem letzten Tag haben, jetzt, wo doch das größte Abenteuer mit dem Wellness-Hotelkasten im Sauerland siegreich überstanden zu sein scheint. Jetzt kann es doch noch ein paar schöne Stunden richtigen Urlaub geben bis heute Nachmittag. Dann fliegen wir leider zurück.

Sehen wir also erst mal nach Cherry, ihrer Mutter und Pädder, dem großen Pyromeister, der ja die ganze Nacht Brandwache halten wollte.

Ich finde ihn bei einem Frühstück in der Holz-Sitzgruppe mit Cherry und der Eintracht-Frankfurt-Muddäh.

„Mosche, Aleggs!", rufen die beiden mir zu und auch Pädder brummt schläfrig etwas Derartiges, winkt mir aber durchaus freundlich zu und schlürft ein Getränk aus seiner Tasse.

„Setz disch zu uns! Willst aach e Kawwee?"

„Ja, gerne", sage ich, „Morgen allerseits!", und setze mich. Die Sitzgarnitur ist fast unbeschadet geblieben. An den Seiten nur ganz leicht angekokelt, aber man kann immer noch gut drauf sitzen und bekommt höchstens einen schwarzen Hintern. Der Bastzaun ist allerdings nur noch eine weiße Aschespur und das Paradies-Klo ist einfach verschwunden. Sogar der hölzerne Pott, in den die glühende Zigarre gestern Nacht fachmännisch versenkt wurde, ist fast vollständig verbrannt und qualmt doch tatsächlich noch ein wenig.

Der *Kawwee* ist *rischtisch leggeh* und viel besser als auf dem verbretterten Frühstücksdeck unseres fröhlich dahindümpelnden Bananendampfers.

„Ei, da ham wir ja nochemol rischtig Glück gehobbt, gell?", sagt Cherry und bietet mir schon ein Brötchen an.

„Nutella?", frage ich erstaunt, als ich den Brotaufstrich bewundere. „Und Brötchen?"

„Jo. Isch kenn do e Loden, der des hot. Hätt isch dir zeige könne, gell. S'gibt aach Buko un Gouda-Käs."

Na, jetzt ist es zu spät dafür, aber Nutella und Brötchen, das ist natürlich Wahnsinn, und ich lasse es mir schmecken. Danke.

„Gut geschlafen, Pädder?", frage ich unseren tapferen Brandwächter.

„Fast gar nich", sagt der, „ich hab de ganze Nacht inne Sterne geguckt un viiiel nachgedacht, woll."

Pädder denkt verdammt viel nach in den letzten Tagen

„Ich bring dat in Ordnung mit der Hütte", sagt er dann plötzlich zwischen zwei Schlücken Kawwee. „Ich bring dat in Ordnung, ganz bestimmt! Verlasst euch drauf, woll."

„Es is ja woider nix passiert!", versichert Cherry noch mal und kaut fröhlich auf ihrem Brötchen. „Mir lebe ja noch!"

Auch Muddäh lässt sich das Frühstück schmecken und hat wohl den Schrecken des letzten Abends schon wieder vergessen. Das Leben ist schön und Eintracht Frankfurt steht doch im Moment auch nicht so schlecht da, oder?

Nach einem sehr ausgedehnten Frühstück und wiederholten detaillierten Ablaufschilderungen des vergangenen Abends und der Brandkatastrophe, verabschieden Pädder und ich uns dann erst mal von Cherry und ihrer Muddäh, bedanken uns für das tolle Frühstück und pilgern zu unseren Fünf-Sterne-Barackenlager zurück.

„Mer sehn uns spädeh!", ruft Cherry uns hinterher. „Um fünfe geht's los. In de Lobby, gell!"

„Alles klar!", rufen wir und wandern, vielleicht ein letztes

Mal, über den menschenleeren, wunderschönen Strand. Nein, er ist nicht ganz menschenleer heute Morgen! Neben der noch geschlossenen Strandbar unseres Paradies-Hotels sehen wir Schorsch und seine Frau Usche in heftigster Unterhaltung über ein offensichtlich brisantes Thema, über das man sich scheinbar nicht ganz einig ist.

„Donn behoid's des Haus. Mir scheißegal! Un des Göld a. I brauch nix. Am allerwenigstens dich! Damit des woaßt."

Meine Güte. Was für eine Tragödie spielt sich denn da ab? Sollen wir eingreifen? Ach nein, der Schorsch, der macht das schon. Und der Usche geschieht es doch auch recht, der alten Hippe! Und weil die beiden uns auch gar nicht sehen, gehen wir einfach weiter.

„Leckst mi am Orsch, du oide Kuh!"

„Schorsch!"

Schnell weg hier. Geht uns ja nichts an.

„Ich muss da unbedingt wat mach'n", sagt Pädder dann noch mal, als wir den Strand Richtung Straße verlassen, an die wir uns jetzt schon richtig gut gewöhnt haben. Hotel – Straße – Strand und zurück: Strand – Straße – Hotel. Heute gibt es wieder einige Pfützen. Also ist Vorsicht geboten.

„Die sin ja doch echt arm dran, nä?", fährt Pädder fort und weicht lässig und gekonnt einer Fontäne aus, die gerade ein in Lichtgeschwindigkeit vorbeirasendes, laut hupendes Tuk Tuk mit Selbstmörder-Pilot verursacht hat.

„Wenn man sich dat mal so überleecht, nä. Die wohn'n da nur in sonne Hütte un de Tochter muss dat Studium abbrechen. Medizin. Dat ist doch wat! Ich mein, so 'ne Hütte find ich ja super, aber bisken mehr Komfort könnte do ruhich sein, woll?"

Ja, da hat er natürlich recht.

„Un ich jaach denen auch noch dat Klo inne Luft. Ich muss da wat machen, Alläx. Unbedingt."

„Naja, so 'n Klo ist ja sicher nicht so teuer", meine ich.

„Ja … mal sehen, ich mach da wat. Ich mach da wat", nickt er sich selbst bestätigend zu.

Ohne großartig nass zu werden, haben wir dann die Straße der täglichen Prüfungen auch schon überquert und nähern uns der Hotelanlage und dem Frühstücksdeck. Die Japanergruppe kommt uns fotografierend und laut quietschend entgegen, wir grüßen sie freundlich, um dann umgehend von ihnen für die japanische Nachwelt festgehalten zu werden.

Es ist erst halb acht, aber Dr. Mabuse und seine Familie sind schon da, die Fliege rüsselt ein gerührtes Ei und die bediensteten Eingeborenen huschen auch schon wieder um die dickfellige Farang-Bagage herum und bringen ihnen alle Köstlichkeiten Asiens. Flei Egg, Tooss, Koffie und Orän Dschuu und so weiter. Vielleicht wohnen die alle da hinten in den Baracken hinter der Mauer. Wahrscheinlich.

Meine Familie ist noch nicht zu sehen. Hanni ist auch noch nicht da. Und so stehen wir etwas unschlüssig und orientierungslos herum. Gefrühstückt haben wir ja schon. Da sagt Pädder plötzlich: „Weißt du, wat wir getz mach'n, Alläx?"

„Nö, weiß ich nich."

„Wir machen Wällnäss!"

Ich sehe ihn wahrscheinlich an wie jemand, der gerade eine ganz schlimme Nachricht bekommen hat.

„Jawoll!", sagt er dann aber noch zur Sicherheit. „Dat mach'n we! Komm!"

„Och nä, Pädder, wirklich nicht, ich steh doch nicht auf so was. Das weißt du doch", winde ich mich, um den schrecklichen Dingen zu entgehen, die mir da möglicherweise drohen.

„Du hass doch keine Ahnung, Alex. Komm getz mit!"

Und kaum, dass ich mich erfolgreich wehren oder einfach nur schnell weglaufen kann, hat er mich mit überraschender Griffigkeit schon am Arm gepackt und führt mich ab in das Untergeschoss des Hotels, unter das Bananendeck. In den Wellness-Keller, um den ich bisher immer einen gewaltigen Bogen gemacht habe. Nur dem unglaublichen Wohlgeruch aus der Höhle der Massage-Göttinnen hat man nicht entgehen können.

„Da ist doch jetzt noch keiner", versuche ich mich vielleicht doch noch zu retten, als wir uns der Eingangstür nähern, die durch dicke Bambusrohre rechts und links und eine thailändische Buchstabengruppe dekoriert ist, die wir leider nicht entziffern können. Alles erinnert mich insgesamt ein wenig an den Eingang zum *House of Horrors*, das letztens auf der Finnentroper Kirmes aufgebaut war und so eine Art Geisterbahn mit einer Menge schrecklicher Dinge drin war. Von im Dunkeln hängenden Medizinbällen, gegen die man mit dem Kopf stieß, über halb verweste Leichen, die einem entgegenstürzten, bis hin zu Wasser und ekligem Schleim, den man ins Gesicht oder auf die Kleidung gespritzt bekam, war eigentlich alles dabei. Eine Erfahrung, die ich nicht noch ein weiteres Mal machen möchte.

Aber es gibt auch noch ein Schild für uns Farangs, und das Schild sagt eindeutig: „Massage from 9 am to 6 pm". Jo, neun ist es gleich.

„Ach, komm, Pädder, lass uns noch 'n Kaffee trinken und dann gehen wir noch mal an den Strand oder so."

„Nix. Du bleibst hier", befiehlt Pädder und scheint keine Gnade walten lassen zu wollen.

Und da kommt sie auch schon. Eine dieser hübschen jungen Thai-Frauen mit diesem besonderen wippenden, eleganten Gang, den sie wahrscheinlich schon drauf hatte, als sie eben das Dorf hinter der Mauer verlassen hat. Vielleicht haben wir sie gestern Abend schon gesehen – und sie uns: die dämlichen Farangs, die glühende Zigarren in Plumpsklos schmeißen. Wie doof kann man eigentlich sein? Trotzdem ist sie freundlich wie alle und sagt lächelnd: „Good molning, Sir, good molning, Sir. Waiting for me?"

„Oh, no, no …", sage ich. Wir sind hier nur rein zufällig … Aber es nutzt mir nichts. Pädder sieht mich streng an und schüttelt sehr deutlich den Kopf. Freundlich lächelnd schließt die kleine Frau die Tür des Houses of Horrors auf und lässt uns mit einer kleinen Verbeugung und einer entsprechenden Handbewegung vor ihr eintreten. Es ist alles dunkel, gleich knallen einem die Medizinbälle an den Kopf, ein paar Leichen stürzen uns entgegen und es spritzt Schleim.

Gleich. Erst mal umströmt uns ein gewaltiger Duft von allem Möglichen. Es riecht nach ... nach ... Lavendel, Rosen, Lotus ... ach, was weiß ich ... aber es riecht gut. Richtig gut.

„One moment, pliess!", flötet die Frau, schaltet eine Lampe an, die ganz warmes, weiches Licht verbreitet und startet eine CD mit wunderbaren Klängen, die uns schon ganz toll glücklich machen. Das würde mir so alles eigentlich schon reichen. Dann verschwindet sie noch mal kurz und lächelnd in einem der hinteren Räume, um dann in einem wundervollen Sarong vor uns zu erscheinen und wieder mit einer kleinen angedeuteten Verbeugung zu fragen: „What you want?"

„Massage!", antwortet Pädder für uns beide. Aber so einfach geht's ja nicht.

„Many Massad here. Pliess look!", sagt die freundliche Frau zu ihren frühen Kunden und zeigt auf eine Tafel mit allen wunderbaren Angeboten der magischen Behandlungen im House of Horrors.

Full Body, Foot and Joint, Pressure Point, Reflex Regions ...

All das ist möglich und befindet sich irgendwo an unseren Körpern und muss gedrückt, geknetet oder besprochen werden, vielleicht auch mit Nadeln angepikst, um Wohlgefühl zu erzeugen. Oder so ähnlich. Keine Ahnung, was das werden soll. Aber ich komme ja nicht mehr aus der Nummer raus. Der lange Pädder hat seinen Einsfünfundneunziger-Körper strategisch geschickt vor der Tür postiert, als erwarte er einen plötzlichen, verzweifelten Ausbruchsversuch meinerseits.

„Ev'ryssing!", befiehlt Pädder und ich bereue, den Ausbruch nicht wenigstens probiert zu haben.

Ev'rything? Ist der verrückt geworden? Hier kommen wir doch nie mehr lebend raus. Kann man denn nicht einfach erst mal so 'ne kleine Probemassage bekommen. Vielleicht am dicken Zeh, oder so? Ach, ich weiß nicht. Es ist mir irgendwie sowieso eine seltsame Vorstellung, andere, fremde Menschen an meinem Körper herumfummeln zu lassen. Das darf doch sonst nur Steffi. Aber Pädder bleibt knallhart.

„Ev'ryssing!"

„Ev'rything is fourtousand Baht and take two hour", verkündet die freundliche Frau und lächelt schon wieder.

„Zwei Stunden! Nä, Pädder, ich hau ab. Das geht doch nicht."

Mein panischer Ausbruchsversuch verwirrt ihn einen kleinen Moment, ich hätte fast eine reelle Chance gehabt, doch dann hat er sich wieder im Griff und versperrt mir brutal den Weg in die Freiheit.

„Setz dich widder hin!", sagt Mister Gnadenlos Lotze und als er mich dann wieder unter Kontrolle hat, zählt er lächelnd viertausend Baht auf die Theke des Ladens. Donnerwetter. Wo er doch sonst immer nur die rötlichen, kleineren Scheine herausgegeben hat. Und auch die nur ungern.

„Evryssing!"

Eine weitere junge Thai-Frau betritt jetzt etwas atemlos das duftende Gewölbe. Sie hat sich wohl etwas verspätet und lächelt uns trotzdem freundlich zu. „Hello, good molning!"

„Good Molning!", sagen auch wir artig, ich aber eher in mein Schicksal ergeben.

Und dann geht's auch schon los. Pädder und ich entledigen uns in einem jeweils eigenen Umkleideraum unserer Sachen und kommen nur mit einem Paradies-Bademantel und so einem albernen Papierhöschen darunter gemeinsam zurück in die Folterkammer. Unsere Liegen stehen direkt nebeneinander und dann soll die Show wohl beginnen.

Morituri te salutant. Die Todgeweihten grüßen dich.

Die beiden Damen, immer noch sehr freundlich lächelnd, weisen auf die Liegen und machen uns deutlich, dass sie uns jetzt gerne da liegen hätten. Den Kopf bitte vorne auf den Holzklotz, damit der Scharfrichter auch schön knackig zuhauen kann.

Wir lassen uns also bäuchlings auf den Hinrichtungsplätzen nieder und legen unsere Gesichter in die dafür vorgesehene ovale Öffnung im oberen Teil, damit wir in dieser erniedrigenden Haltung nicht auch noch ersticken.

Ja. Gut. Kein Holzklotz, also.

So kann man es ganz gut aushalten, bis der Tod eintritt. Man könnte sich sogar bis dahin unterhalten, was ich mir aber noch nicht so recht vorstellen kann. Aber vor allem sieht man nicht, wie die Folterdamen zum ersten Schlag ausholen werden. Das ist ganz beruhigend.

Also los, ich bin bereit. Alles egal jetzt. Es lässt sich ja nun nichts mehr ändern. Ich bin schuldig. Ich schließe ergeben die Augen und will auch gar nicht sehen, wie die beiden Damen sich jetzt hinter unseren Rücken wahrscheinlich die schwarzen Henkersmasken aufziehen und noch einmal die Schärfe des Fallbeils kontrollieren. Ich will gar nicht sehen, wie sie sich noch mal gehässig grinsend ein Auge kneifen und sich lustig machen über die leichte Beute, die da vor ihnen auf dem Vollstreckungstisch liegt. Ich warte einfach nur sehr angespannt auf den ersten Angriff.

Aaah!

Sie packt mich an. Sie drückt mit beiden Händen fest auf meinen Hintern und knetet, nein, sie drückt mehr so mit den Fingerspitzen …

Ooooh! Was für Stellen sie da findet!

Und dann drückt sie mir ein paar andere Stellen im Rücken, von denen ich auch nicht wusste, dass sie da sind. Mit den Daumen, mit den Fingerknöcheln, den Fingerspitzen … ach, eigentlich will ich gar nicht wissen, was für Folterinstrumente sie gerade benutzt.

Aaah! Nicht schlecht. Es tut … nein, nein, nicht weh, es tut … gut? Ja. Irgendwie tut es gut. Und sie knetet und drückt und schiebt und zieht und dreht und klopft. Ich weiß gar nicht mehr, wo sie überall ihre Hände hat.

Dann packt sie mich von hinten an den Armen und zieht mich sehr überraschend hoch – das muss wohl gleich das Ende sein – und ich kann Pädder sehen, der neben mir gerade heiße Steine auf den Rücken gelegt bekommt.

„Oooh!", stöhnt er.

Das will ich auch gleich. Ja. Her damit! Heiße Steine. Glühende Kohlen. Brennzangen.

Jetzt folgt aber erst mal die nächste Demütigung. Sie knickt eins meiner beiden Beine – rechts oder links, ich hab gerade den Überblick verloren – ganz nach oben und setzt sich irgendwie drauf. Ich weiß nicht, warum ich sie nicht sofort wieder runterschmeiße, aber … ich will es auch gar nicht. Es gefällt mir sogar. Ja, es tut richtig gut, obwohl es eigentlich ganz schön heftig ist. Und dreist dazu. Ich bin das berühmte Wachs in ihren Händen. Sie kann machen, was sie will.

Und sie hat Kraft. Diese kleine zierliche Frau walkt und knetet jetzt meinen Rücken rauf und runter und entdeckt dabei schon längst nicht mehr benötigte Körperpartien, die sich freuen und rufen: „Ja, genau, wir sind auch noch da!"

Pädder stöhnt und ächzt. Er ist für meine Begriffe völlig weggetreten. Er lässt sich total gehen. Ich sehe ihn jetzt nicht mehr, weil ich wieder in dem Gesichtsloch meiner Matratze verschwunden bin, aber ich kann ihn hören.

„Oooh! Aaah! Uaah!" Wie ein wildes Tier. Widerlich.

„Pädder? Alles klar?"

„Is dat nich häärlich, is dat nich häärlich?", höre ich nur.

Und ich muss zugeben, dass er nicht ganz unrecht hat. Es ist wirklich nicht so übel.

Als die Brenneisen kommen, bin ich schon nicht mehr bei mir und die Streckbank erlebe ich nur in völliger Besinnungslosigkeit. Auch die Daumenschrauben, die Schädelquetsche und das Würgeisen bekomme ich nur noch am Rande mit und irgendwann hören wir dann nur noch die schöne Musik, sind ölverschmiert von oben bis unten – und restlos zufrieden.

„Evlyssing leddy now!", höre ich noch, was wohl bedeuten soll, dass die Damen fertig sind.

„Alläx, komm hoch! Dat war's!"

Ich hebe meinen Kopf aus dem Gesichtsloch und grinse Pädder blöd an.

„Na, war dat gut?"

„Nicht schlecht, Pädder!", muss ich zugeben.

Dann bedanken wir uns bei den beiden Wunderkneterinnen mit einem fast perfekten Wai und irgendwann wanken wir dann noch immer ganz benommen dem Ausgang entgegen.

„Na siehsse", sagt Pädder, „Wällnäss, dat is klasse, dat is die Zukunft, sachich dir."

„Tja", sage ich erschöpft, „so was müsste man zu Hause im Sauerland in der Nähe haben!"

Und als wir beide lachend das House of Horrors verlassen, begegnet uns eine sehr attraktive Frau, die mir gleich ins Auge fällt. Und jetzt erkenne ich sie auch. Es ist Steffi im braunen Paradies-Bademantel. Steht ihr gar nicht schlecht, der Lappen. Ob sie mich wohl auch erkennt, der ich gerade erst neu aus Knetmasse geformt wurde?

Ja. Sie erkennt mich … und Pädder auch.

„Was macht IHR denn hier?", fragt sie berechtigterweise, wenigstens was mich, den Wellness-Verächter, angeht.

Ich zucke nur mit den Schultern.

„Pädder meinte … ja, und du?", frage ich dann aber zurück.

Sie wirkt ebenfalls ertappt und sucht nach Ausflüchten, sagt aber dann: „Naja … ich wollte doch hier nicht wieder wegfahren, ohne wenigstens EINmal …"

Ja, da hat sie verdammt recht. Beinahe wären wir hier wieder abgehauen, ohne überhaupt zu *ahnen,* was der Wellness-Keller zu bieten hat.

„Steffi, mach das! Nimm ‚evryssing'!"

***

Der Nachmittag kommt schneller, als wir alle denken. Die Schrankkoffer sind gepackt, Max sucht noch nach dem Ladekabel für seinen Game Boy und dann sind wir bereit zur Abreise aus dem Paradies. Schade. Jetzt könnte es eigentlich erst mal richtig losgehen, denken wir, glaube ich, alle. Naja …

In der Lobby erwartet uns schon Cherry und gibt Kommandos für den geordneten Rückzug. Die anderen sind auch schon da und bevölkern lauthals den Rezeptionsbereich.

Es werden immer weitere Koffer angeschleppt und dann steht man einigermaßen hilflos in der Gegend herum.

Da geht Pädders Handy noch mal. Didelitdidelit.

„Ach du Scheiße", sagt er. „Getz donnich." Ohne das Teil überhaupt eines Blickes zu würdigen, reicht er es einfach an mich weiter.

„Hier", meint er, „is sowieso widder für dich."

Ich nehme es mit Achselzucken entgegen. Aber, naja, er könnte ja recht haben.

„Wendehals!", melde ich mich und finde es für den Moment ganz witzig.

Am anderen Ende der langen Leitung höre ich erst mal nichts außer Rauschen und ein paar Störungen.

„Haalloo, wer ist denn daa?", rufe ich hinein. Erst nach ein paar weiteren Sekunden, in denen ich eigentlich schon fast die Geduld verliere und das Gespräch einfach wegdrücken will, sagt eine Stimme an anderen Ende der Welt: „Äh … also, mein Name ist Blömecke, woll."

BLÖMECKE?

„Ich bin wahrscheinlich falsch verbunden, woll. Ich wollte eing'klich Herrn Mrotzek sprech'n."

MROTZEK?

„Wer? Wen?", stammele ich in das Handy.

„Blömecke. Ich wollte Peter Mrotzek sprechen. Is dat nich seine Nummer?"

Blömecke! Mrotzek! Der berühmte Groschen, der jetzt gerade ganz, ganz langsam bei mir fällt, und den es in unserer jetzigen Währung ja gar nicht mehr gibt, erzeugt beim Aufprall ein Klingeln, dass es mir in den Ohren weh tut. Aber die Maschine ist in Gang gesetzt. Es arbeitet in mir.

Blömecke. Mrotzek! Da hab ich doch jetzt glatt unseren Sauerländer Bürgermeister an der Strippe ... und der da, mein Pädder, ist dann dieser ... das gibt's doch alles nicht!

Ich nehme das Handy vom Ohr weg und starre es eine ganze Weile ziemlich blöde an. Steffi sieht neugierig zu mir rüber.

„Haallooo!", ruft das Handy in meiner Hand. „Ist da niemand mehr?"

„Doch!", sage ich dann wieder zu Herrn Blömecke im Handy, „hier ist jemand. Aber da haben Sie den total Falschen an der Strippe, mein Lieber. Hier spricht der Wendehals, verstehen Sie, ... Herräh ..."

„Blömecke", sagt das Handy schüchtern.

„Ja, Herräh ... Da haben Sie sich aber mal ganz schwer vertan dieses Mal, mein Lieber. Das ging aber mal so was von daneben, Sie, ja? Da haben Sie aber mal so richtig TIEF IN DIE KACKE GEFASST, WAS, HERRÄH ...?"

„Blömecke", sagt das Handy kaum mehr hörbar.

Man blickt schon wieder interessiert zu mir rüber und erwartet möglicherweise eine letzte bemerkenswerte Abschiedsvorstellung des großen Unterhaltungskünstlers Alex Knippschild alias Dick Holliday.

„HIER GIBT ES KEINEN HERRÄHN ..."

„Mrotzek."

„NÄ", sage ich, „hier gibt es nur den WENDEHALS! Und das bin ich! Und wo der Wendehals ist, da ist kein Platz für Korruption und Schmiererei. Haben Sie das kapiert, Herräh ..."

„Blömecke", sagt das Handy noch ein letztes Mal und dann schalte ich es aus. So! Gar kein Echo dieses Mal.

Lange noch stiere ich das silberne Teil an und kann es immer noch nicht glauben. Ein leichtes Zittern ergreift von mir Besitz. Blömecke. Pädder Lotze ... dat gibbet nich!

Ich sehe zu Pädder rüber, der gerade von einer größeren Folkloretruppe der Bediensteten des Paradies-Beach-Resorts umgeben ist und seine eigene neue Freizügigkeit entdeckt hat. Er verteilt gut gelaunt und lachend an jeden der bunten Lumpen-Folklore-Bande grünliche Baht-Scheine, die sie alle hocherfreut entgegennehmen. Sind ja immerhin jeweils (Max?!) fünfundzwanzig Euro! Genau!

Ich gehe langsam auf ihn zu, habe ihn dabei fest im Blick, und als ich vor ihm stehe und ihm das Handy zurückgeben will, sieht Pädder mich an und hat dabei einen Blick drauf, der mir sagt, dass er merkt, dass ich merke, dass er was gemerkt hat.

„Wat is?", fragt er also vorsichtig.

„War nich für mich, Pädder … und auch nicht für dich", sage ich tonlos und gebe ihm das Handy zurück. „War so 'n Kerl, der sich Blömecke nannte und einen gewissen Peter Mrotzek sprechen wollte. Aber das bist du ja nicht."

Plötzlich setzt ein ganz tiefer, lauter, fast drohender Ton ein, den nur wir beide hören.

Pädder und ich. Zwanzig Kontrabässe spielen das tiefste E, das sie kriegen können. Und eine wehmütige Mundharmonika spielt im weiten Hall ein paar schwere Schicksalstöne. Um uns herum werden alle Geräusche der lärmenden Lobby weggeblendet, wir starren uns an und die Zeit bleibt für einen Moment stehen. Der Wind weht einen staubigen Busch durchs Bild.

Showdown.

…

…

…

„Nä!", sagt Pädder dann und das Leben geht plötzlich weiter, als wäre nichts passiert, „dat binnich nich!"

Und dann lächelt er verlegen und irgendwie ertappt und sieht erst sein Handy und dann mich lange und nachdenklich an.

Dann nimmt er das Handy fest in die rechte Hand und wirft es in hohem Bogen weit über die halbhohen Hecken in den Pool hinter der Lobby, wo es ohne weiteres Aufsehen mit einem leisen Platscher versinkt.

„Mrotzek. Dat war doch dieser fette, schmierige, geldgierige Raffzahn, der sein' Hals nie vollkriecht, der sein Drecksgeld in so 'n übles Wellness-Hotel stecken wollte, um damit noch mehr Drecksgeld zu mach'n. War der dat nich?"

„Jou", sage ich, „dat war der."

„Der 'n ganzen Wald abholzen wollte, damit er seinen scheiß Kasten dahin setzen konnte, ohne an die Bäume und die Natur, die Menschen un die Vögel und so zu denken. War der dat nich?"

„Jou, genau", sage ich wieder, „dat war der."

„Nää", sagt er dann noch mal, „dat binnich nich! Ich bin doch Pädder Lotze, abba dat weißt du doch, Alläx Nipsi!"

Ich sehe ihn kopfschüttelnd an und muss grinsen. Übers ganze Gesicht.

„Jou, Pädder, dat weiß ich!"

Pädder grinst jetzt auch und breitet unschuldig seine Arme aus. „Na, siehste."

„Dann hast du die ganze Zeit ... und dann von hier aus ...?"

„Jou!", sagt Pädder.

„Danke!"

Ich kann es immer noch nicht glauben.

Dann greife ich in meine Tausend-Taschen-Hose, um auch ein paar der übrig gebliebenen Geldscheine an die freundliche Hotel-Besatzung zu verteilen, als ich ganz unten in einer bisher unentdeckten Nebentasche auf etwas Merkwürdiges stoße. Als ich es herausziehe, halte ich das Ladekabel für mein Handy in der Hand.

Na, bitte. Nix vergessen!

Doch. Den roten Teppich haben wir doch glatt in der Baracke liegen lassen. Ich muss schon wieder schelmisch grinsen.

Schorsch kommt plötzlich auf uns zu. Er will sich von uns

allen verabschieden. Ja. Er bleibt tatsächlich hier, wie er es angekündigt hat. Seine Usche ist schon Richtung Parkplatz abgedampft.

„Tja, dann, mach's gut, Schorsch! Du machst es auf jeden Fall richtig", sage ich, „alles Gute wünschen wir dir!", und drücke den wuchtigen Bayern an mich. Ein wenig beneide ich ihn sogar.

„Dankschön und pfüat euch!"

Wollda und Ärigoh werden heute ein letztes Mal abgeholt und dann geht's wieder zurück nach Leipzsch.

„Wor doch 'n scheener Uarlaup. Mer ham viel ärlääbt! Kummt uns doch mo bessuch'n in Leipzsch!"

Ja, vielleicht. Warum nicht.

Am Rande des Bildes tauchen die russischen Usurpatoren auf und ich kann hören, wie einer von ihnen sagt: „Pokajessdeschissenjesstescheisstier!" (soll heißen: „Solange Leben da ist, gibt es auch Glück!", Tolstoi)

Na bitte. Schon wieder so eine schmutzige Schweinerei-Bemerkung. Na, mir soll's egal sein. Ich bin weg.

Und dann kommt Unruhe auf. Auf dem Parkplatz fährt ein Bus vor und die Koffer werden bewegt. Ein Scharren und Rufen geht durch die ehemaligen Urlauber und Cherry gibt Kommandos.

„Hier rübbeh, Loide, hier rübbeh. Gloisch geht's los, gell! Vorsischt mit de Koffeh. Einsteische, einsteische, dä Bus fährt gloisch ab." Und dann klatscht sie in die Hände und sagt: „So, Loide, des wors, gell. DÄ ULLAUP IS VOBBEI!"

7.1. Wieder zu Hause: Leckede-Hintersten

Zehntausend Kilometer und etwa einen ganzen Tag und eine ausgeschlafene Nacht später sitze ich schon wieder in der Redaktion meines kleinen tapferen *Sauerlandbeobachters*. Man hat mich überaus freudig begrüßt, sich über meine gesunde Hautfarbe gewundert und mir 'ne ganze Menge Komplimente gemacht. Ich bedanke mich höflich und geschmeichelt. Sie scheinen zu spüren, dass die wütende Bestie, der Kotzbrocken, der ich einmal war, im Urlaub geblieben ist.

Später werde ich ihnen dann mal die ganze Wahrheit über diesen Urlaub im Paradies erzählen, aber jetzt bringe ich erst mal meinen Artikel zu Papier. Schon im Flugzeug habe ich alles durchdacht und entworfen und jetzt ist er fertig.

Das wird eine Bombe.

Das Sauerland wird beben!

Gleich ist Redaktionssitzung, ich bin wieder der Chef im Ausguck des *Sauerlandbeobachters* und habe meinen Leuten eine Menge zu erzählen. Na, die werden sich wundern.

Tja, da war mein Freund Pädder doch tatsächlich dieser … naja. Nicht zu glauben. Und ich hatte keine Ahnung. Ich hab ihm ja alles erzählt über den Selbecker Kopp und er hat dann alles gestoppt. Weil er Speisekarten-Buddhist geworden ist. Sachen gibt's. Ich muss schon wieder grinsen. Das muss ich übrigens öfter in den letzten Tagen und das tut auch ganz gut und man lächelt freundlich zurück.

Nächste Woche werden uns Pädder und seine Hanni mal, wie abgemacht, besuchen. Ich habe ihnen versprochen, dass wir dann alle zusammen auf den Selbecker Kopp gehen, durch den herrlichen winterlichen Wald spazieren, vielleicht ein kleines Winterpicknick machen und dann von ganz oben einmal den Berg runter Schlitten fahren. Liegt nämlich 'ne Menge Schnee hier.

Ach, ist doch schön hier.

Wieder zurück im Sauerland!

Ja, der Pädder ...

Er denkt jetzt tatsächlich daran, alles zu verkaufen und ohne Handy und Generve irgendwo in einer Hütte am Strand zu wohnen, wo's einfach nur schön ist. Geld genug hat er dafür ja. Naja, so ganz kann ich mir das bei ihm noch nicht vorstellen. Aber, wer weiß... Seine Hanni ist auf jeden Fall noch nicht so weit.

Für seine Zigarrennummer in Cherrys Plumpsklo hat er allerdings sehr, sehr großzügig und tief in seine Taschen gegriffen. Er hat Cherry und ihrer Mutter eine Wahnsinnshütte bauen lassen – wir haben das Foto gesehen – mit Solaranlagen und allem Pipapo. Vor allem einer Super-Toilette. Und er hat ihr so viel Geld geschickt, dass sie jetzt gerade wieder nach Frankfurt fliegt, um ihr Medizinstudium fortzusetzen. Dann will sie uns auch mal besuchen.

Dat hasse gut gemacht, Pädder!

„Sag mal, Pädder", hab ich ihn im Flugzeug zurück nach Düsseldorf doch noch gefragt, „warum habt ihr euch denn so ein heruntergekommenes Barackenlager als Urlaubdomizil ausgesucht? Da wär doch mehr drin gewesen. Du host doch die digge Gohle!"

„Ach weiße, Alläx, man muss dat Geld ja nich zum Fenster rausschmeißen", hat er da noch mal gesagt. „Immer schön au'm Teppich bleiben. Weiße, ich happ jeden Euro, den ich besitze, selbs hart verdient, un da pass ich getz auch 'n bisken drauf auf, woll."

Ja, sicher.

„Aber deine Uhr ...?"

„Die is echt. Für Uhren habbich wat übber."

Siehste. Meine Breitling hat den Geist jetzt endgültig aufgegeben, aber ich hab sie trotzdem nicht weggeworfen. Ist doch 'ne schöne Erinnerung.

„Un außerdem", hat er dann noch gesagt, „isses dat doch eigentlich, Alläx: Weg mit dem Luxus un dem ganzen Gedöne, wat man sowieso nich braucht und wat nur Ärger macht, woll – nur dat ganz einfache Leben. Mehr brauchenwe donnich! Sonne, Strand, Palmen!"

Recht hat er.

***

Drei Monate später hat sich der Wirbel um die Korruptionsaffäre in Leckede-Hintersten ein wenig gelegt. Carsten Blömecke musste natürlich seinen Posten als Bürgermeister zur Verfügung stellen und ist abgetaucht. Hoffentlich für immer.

Das Autohaus Schlüter hat seine nächste Anzeige dann bei der WAZ geschaltet und nicht bei uns, und ist dann auf einmal mit großem Brimborium in die Pleite gerutscht. Tja, so kann's kommen, Schlüter, du Großkotz.

Nur der *Sauerlandbeobachter* ist wie immer auf dem Posten.

„Jetzt guck dir das an!", sagt Steffi eines Tages zu mir und stellt das Fernsehen lauter. Ich schaue interessiert hin und sehe doch glatt ein bekanntes Gesicht.

„Herr Blömecke", sagt der Reporter gerade, „Sie als Vorsitzender der Tourismusförderung Sauerland haben da etwas ganz Besonderes zu vermelden. Erzählen Sie doch mal."

Ich glaube es ja nicht. Der Blömecke.

„Wissen Se", sagt Blömecke, „ich sach ja immer, wir sollt'n uns mehr um dat kümmern, wat wir zu biet'n hab'n. Natur, Umwelt un de Schönheit der sauerländischen Landschaft. Wir müss'n wech von neuen Hotelburgen un noch mehr Beton un noch mehr Straßen, woll."

Das gibt's ja nicht!

Der Reporter nickt zustimmend.

„Und Sie haben doch auch etwas ganz Besonderes entdeckt, Herr Blömecke, erzählen Sie doch mal."

„Ja, gern. Also, ich happ den äußerst seltenen Vogel Wendehals entdeckt. In unseren heimisch'n Wäldern lebt er, au'm Selbecker Kopp, einem der schönsten Fleck'n im Sauerland, woll,
un da soll er auch bleiben, woll. Dafür werdich sorgen. Un ich
möchte auch nomma darauf hinweis'n, dat ICH schließlich den
wunderschön' Selbecker Kopp vor eim' schrecklichen Wellness-
Hotelkast'n bewahrt habe, weil eben dieser Vogel da wohnt, ja?
Ich happ ihn gegen einen der skrupellosesten Investoren verteidigt, den ich jemals erlebt habe, un der unsere schöne Heimat
aus reiner Geldgier verschandeln wollte, woll!"

„Aber, Herr Blömecke, waren SIE da nicht auch irgendwie in
diese Sache verw...?"

„Nä, nä, nä, dat war'n böse Verleumdung'n un 'ne ganz üble
Kampagne gegen mich. Dat dürf'n Se nich glaub'n, woll."

Ich glaube es ja nicht!

„Nur de Natur!", sagt er dann noch als so eine Art Schlachtruf
seines Tourismusvereins und dann ist die Einblendung auch
schon zu Ende.

„Das gibt's doch nicht!", will ich mich aufregen. „Dieser Blömecke!"

Doch dann schaltet Steffi den Fernseher einfach ab und reicht
mir einen bunt bebilderten Prospekt.

Sonne, Strand, Palmen.

Ja.

Heute Nachmittag sind wir bei Frau Gantenbrink von *Töffte*
Reisen. Diesmal wollen wir früh genug hingehen und nicht so
lange warten, bis ich mal wieder so richtig die Faxen dicke habe.

Tja, das Leben bleibt spannend, woll.

Erst mal:
Ende!

Eins noch!

Waren Sie mal auf Ko Samui? Oder im Sauerland? Beide Ziele sehr zu empfehlen, obwohl es natürlich gewisse bemerkenswerte Unterschiede gibt. Aber: Es gibt auch eine Menge erstaunlicher Gemeinsamkeiten. Beides sind Inseln und beide liegen mittendrin. Ko Samui im Golf von Thailand und das Sauerland im herrlichen Nirgendwo. Und beide Inseln sind ziemlich grün. Fichte, Tanne oder Palme. Egal. Viel Wald überall, jede Menge Eingeborene, jede Menge Touris.

Ko Samui ist ein ganz wunderbares Stück Land, wenn da nicht die vielen Touristen wären. Was wollen die alle da? Klar, es gibt einiges zu bestaunen: den Pimmelfelsen, die Mumienleiche, Elefanten, Chaweng … alles da. Man muss aber nicht alles sehen. Im Sauerland könnte man den Kahlen Asten bekucken oder die Bigge-Talsperre und die Dechenhöhle, wenn's plästert. Das tut es übrigens auf beiden Inseln, und auf Ko Samui manchmal viel schlimmer. Aber es ist dort ein warmer Regen. Im Sauerland eher nicht.

Ich war mal da … im Paradies. Im Sauerland und auf Ko Samui. Und ich sage Ihnen, es kommt ja immer drauf an, was man selbst draus macht. Aus dem Urlaub unter Palmen oder eben aus dem Sauerland – gilt übrigens auch für's ganze Leben. Für manche kommt beides überhaupt nicht in Frage und für andere ist es eben … das Paradies.

Diese ganze Geschichte ist natürlich frei erfunden. Das fängt ja schon bei Leckede-Hintersten an. Chibbt et char nich, wie der Sauerländer sagt. Und auch den Selbecker Kopp gibt es nicht. Könnte es aber. Bürgermeister Blömecke gibt es aber bestimmt … irgendwo, und den tapferen *Sauerlandbeobachter* auch. Vielleicht heißt er nur anders. Ja, es könnte alles ganz genau so sein, wie es in *DIE FAXEN DICKE* beschrieben wird.

Auch das Paradise Rock Resort gibt es nicht in echt, aber fast. Ich war mal da mit meiner kleinen Familie! Zwei Wochen in einer Holzhütte zwischen Palmen mit leichtem Renovierungsstau. Ohne Minibar. Ohne TV. Ohne deluxe. Aber am Ende war's wunderbar. Wir haben es genossen – auch die Massage.

Die Urlaubsbesatzung des alten Bananendampfers Paradise Rock Resort ist natürlich auch frei erfunden und wild und munter zusammengesetzt. Aber auch diese Typen gibt es ja. Man muss nur genau hingucken.

Und sie kommen aus allen Ecken der Welt. Aus Finnland oder Finnentrop, aus Witten, Bayern, Sachsen oder Russland.

Oh, ich weiß, die Russen kommen leider sehr schlecht weg bei mir. Dabei habe ich natürlich üüüberhaupt nichts gegen Russen, noch nicht einmal gegen Wittener oder Bayern. Nein, ich habe nur was gegen Blödmänner. Und die gibt es leider überall auf der Welt. In *DIE FAXEN DICKE* habe ich das Vorurteil gegen Russen, die sich im fernen Urlaub schlecht benehmen, sicherlich etwas überstrapaziert. Das möge man mir bitte mal durchgehen lassen. Alles nicht so gemeint.

Und am Ende merkt doch dann hoffentlich jeder, dass alle im Grunde ganz töfte Typen sind, wenn man sie erst mal kennenlernt.

So, das war's. Ich freue mich auf's nächste Abenteuer!

Reiner Hänsch

Als der erste Entwurf dieses Buches entstand, war Thailand und seine wunderbaren Inseln noch ein echtes Paradies mit seinen traumhaften Landschaften und freundlichen Menschen.

In den letzten Jahren ist es allerdings politisch unruhiger geworden und als dieses Buch in Druck ging, war das Land gerade in einem Umbruch, von dem man nicht weiß, wie er endet.

Es ist wirklich zu hoffen, dass aus Thailand schnell wieder das wird, was es eigentlich ist: ein wunderbares und freundliches Land mit zufriedenen Menschen.

Danke ...

… diesmal an die bunten Urlaubskataloge, die mich immer wieder in die weite Welt locken und mich auf die schöne Idee für dieses Buch gebracht haben. Danke auch an das Sauerland, das mich immer so herzlich empfängt, wenn ich es mal wieder besuchen und meine Geschichten erzählen darf.

Danke an den WOLL-Verlag, der mir bei Gestaltung und Ausführung meiner Geschichten immer recht freie Hand lässt und sich mit viel Energie dafür engagiert.

Danke an meine Familie, die mich ermuntert, weiter zu schreiben, an meine Frau Anke für ihre (Un)Geduld und die immer kritische und sehr verlässliche erste Rezension der Geschichten ... und an die vielen Menschen, die ich weiter beobachten und beschreiben darf, ohne dass sie mir hinterher böse sind, sondern herzhaft drüber lachen.

Danke!

Guck mal lieber nach!

Die härtesten Dialekt und Fremdsprachen-Übersetzungen

Eigentlich muss man es ja nur so lesen, wie es da steht. Es ist immer eine Laut-schrift, aber manchmal darf man auch mal nachgucken. Bitteschön!

S. 49
„tännäclock ey ämm" „ten o'clock a.m."

S. 53
„Melli Klissmä! Hau ah ju, Sir Missa Nipsi. Gutt molning, Madam Missi Nipsi. Hello Boy, wott jo nehm? Jo Bläckfäss-Kuhponns, pliess" „Merry Christmas! How are you, Sir Mister Knippschild. Good Morning, Madam Mrs. Knippschild. Hello Boy, what's your name. Your Breakfast Coupons, please"

S. 54
„Koffie, tii, tooss, sklämbel ägg, boil ägg, flei ägg, orän dschuu." „Kaffee, Tee, Toast, Scrambled Eggs, Fried Eggs, Orange Juice"

S. 88
„Na, oisch hat abbäh velly bös erwischt, gell?" „Na, euch hat's aber sehr böse erwischt, nicht wahr?"

„At night on de Terrass oig'schlofe?" „Nachts auf der Terrasse eingeschlafen?"

„My Vaddäh was a Fronkfotter and isch hobb mol do studiert in Fronkfott, gell." „Mein Vater war ein Frankfurter und ich hab mal da studiert in Frankfurt, gell."

„Ab mosche witt bessäh!" „Ab morgen wird's besser!"

„Doschfoll!" „Durchfall!"

S. 112
„No gugge mol do!" *„Seid's ihr middäm Audo do?"* „Na, sieh mal an! Seid ihr mit dem Auto da?"

S. 113
„Dis Weh! Dis Weh, gell!" „This way! This way, gell!"
„Follo mi! Follo mi! Gloisch simma do, gell." „Follow me, follow me, gleich sind wir da, gell."

S. 120
„Die hom üns forgäss'n, mir wullt'n jo noch Goh Bonggohn, ob'r die hom ons forgäss'n, gor nisch obgehölt." „Die haben uns vergessen, wir wollten nach Ko Pangan, aber die haben uns vergessen, gar nicht abgeholt."

S. 123
„*Diss wann, twänti ssausen*" „This one twenty thousand"

S. 124
„ *Wott ju pay?*" „What do you pay?"

S. 166
„*Mer wollt'n heut noch Gorrel Eilönd, abor do wor's Bööt kabütt*" „Wir wollten heute nach Coral Island, aber da war das Boot kaputt"

„*Schonn wied'r geene Duur hoide, mer kriesch'n nischts zu sähn vunn da Insöll.*" „Schon wieder keine Tour heute, wir kriegen nichts zu sehen von der Insel."

„*Räh Bänn? Loische? Muhmsche?*" „Ray Ban? Leiche? Mumie?"

S. 169
„*Tschimmy Praun, dos wor een Seemonn, und dos Härz wor ihm so schwär, doch es blieb'n ihm zwei Froiiinde, die Gidorre und dos Määr*". „Jimmy Brown das war ein Seemann, und das Herz war ihm so schwer, doch es blieben ihm zwei Freunde, die Gitarre und das Meer."

S. 170
„*Hundott Monn unt een Bäfähl, unt een Wäg, dän gein'r wüll.*" „Hundert Mann und ein Befehl und ein Weg, den keiner will."

S. 171
„*Jungä, gomm bollt wied'r, bollt wied'r noch Haoous, Junge, fohr nie wied'r, nie wied'r hinaoous. Isch moch mir Sorgähn, Sorgähn um disch, dänk ooch on morgähn, denk ooch on misch.*" „Junge, komm bald wieder, bald wieder nach Haus, Junge, fahr nie wieder, nie wieder hinaus. Ich mach mir Sorgen, Sorgen um dich, denk auch an morgen, denk auch an mich."

„*Isch weeß noch wie die este Fohrt vorlief, isch schlisch misch hoimlisch fott, ols Mudda schlief. Ols sie orwochte, wor ich ouf däm Määr, im esten Prief stond: Gomm doch bollt wied'r hääär*". „Ich weiß noch, wie die erste Fahrt verlief, ich schlich mich fort, als Mutter schlief. Als sie erwachte, war ich auf dem Meer, im ersten Brief stand: Komm doch bald wieder her."

„*Gönnt mer fleisch mol onhold'n, Oläggs?*" „Könnten wir vielleicht mal anhalten. Alex?"

S. 173
„*Gonnst jo nischt dofür!*" „Kannst ja nichts dafür!"

„*Woine nischt wänn d'r Rägän fällt. Domm, domm. Domm, domm*". „Weine nicht, wenn der Regen fällt. Damm, damm. Damm, damm."

S. 177
„*Vordommt'r Träck!*" „Verdammter Dreck!"

S. 179

„*Kenna help you?*" „Can I help you?"

S. 183

„*Där Äläfond hot die Gohle!*" „Der Elefant hat die Kohle!"

S. 186

Nu hod där Moggs die Gohle. Nun hat der Max die Kohle.

S. 196

„*Des kriesch mer schon hin! Bring mer se nuff! Gonn jo mol bossier'n.*" „Das kriegen wir schon hin. Bringen wir sie rauf. Das kann ja mal passieren."

S. 221

„*Wuist a no Ko Tao?*" „Willst du auch nach Ko Tao?"

S. 224

„*Hom mir denn a wirggli heut 'bucht?* „Haben wir denn auch wirklich heute gebucht?"

S. 225

„*Ei … wos hobbt ihr dann gebooked?*" „Ja … was habt ihr denn gebucht?"

S. 226

„*Ihr … ähm, also, ihr hobbt for mosche Ko Tao gebooked, gell*" „Ihr … äh, also, ihr habt für morgen Ko Tao gebucht, gell."

S. 227

„*Ab'r d'r Bus is jo scho weck, du Depp!*" „Aber der Bus ist ja schon weg, du Depp!"

S. 230

„*Kamm luck, velly tschiep!*" „Come look, very cheap!"

„*Almani, Lolex, Bleitli, Caltjee … eveliting, eveliting. Luck, luck.*" „Armani, Rolex, Breitling, Cartier … everything, everything. Look, look!"

S. 250/251

„*Nu reischt's ob'r! Gibbt's d'n in Russland nüscht zu fräss'n?*" „Jetzt reicht's aber! Gibt's denn in Russland nichts zu fressen?"

S. 255

„*Ma loochen vor Modogoskor, ünt hotten die Päst an Bott!*" „Wir lagen vor Madagaskar und hatten die Pest an Bord!"

S. 262

„*De Elefants are wergglisch okay here. Schaut, dey are de only, what de Mahouts have, gell. And dey are escht voll expensive, gell? De Mahouts earn money mit dene – for de Family and for de animals selbs, natüllisch. What you think, how much fresse de Elefants?! And de pfleg de Tier wergglisch good. And hier as Transboddäh for de Tourists dey have good life, net schlescht, müsst ihr wisse. In Bangkok se wedde getribbe dosch de Chaos Strasevekähr. Velly often se weddäh verletzt and are psychisch fäddisch, gell. Here, dis is really Ullaup for de Elefants.*" „Die Elefanten sind wirklich O.K. hier. Seht mal, sie sind das Einzige, was die Mahouts haben. Und sie sind wirklich sehr teuer. Die Mahouts verdienen Geld mit denen – für die Familie und für die Elefanten selbst, natürlich. Was meint ihr, wieviel die Elefanten fressen? Und die pflegen die Tiere wirklich gut. Und als als Touristentransporter haben sie ein gutes Leben, nicht schlecht, müsst ihr wissen. In Bangkok werden sie durch das Chaos von Straßenverkehr getrieben. Werden oft verletzt und sind psychisch fertig, Hier, das ist richtig Urlaub für die Elefanten.

S. 262
„*Okay, maybe dere is wergglisch sometimes de oine oddeh andre Hage hänge geblibbe, abbeh de grose Ohrlabbe are not very empfindlisch. Believe me, dene geht escht good hier, gell?*" „Okay, vielleicht ist da manchmal wirklich der eine oder andere Haken hängengeblieben, aber die Ohrlappen sind nicht sehr empfindlich. Glaubt mir, denen geht es echt gut hier, nicht wahr?"

S. 267
„*Wos globbert'n do sö?*" „Was klappert denn da so?"

S. 268
„*Ös globbert die Mühle om rauschendön Boch, glibb, glabb.*" „Es klappert die Mühle am rauschenden Bach, klipp, klapp."

S. 269
„*Dös gonn doch oinen Sseemonn nischt orschütt'rn. Goine Ongst, goine Ongst, Roussmorie!*" „Das kann doch einen Seemann nicht erschüttern, keine Angst, keine Angst, Rosmarie!"

S. 269/270
„*Däm Affe geht good. Is part of de family. He is Erndehelfeh and hol de Kokosnüss aas de Palm. He is trained for dät and is auf jedde Fall in gude Behandlung, believe me, gell*" „Dem Affen geht's gut. Er ist Teil der Familie. Er ist Erntehelfer und holt die Kokosnüsse aus den Palmen. Er wird dafür traniert und ist auf jeden Fall in guter Behandlung, glaubt mir."

S. 280
„*Härr, ärborme disch ünser!*" „Herr, erbarme dich unser!"

S. 284
„*Isser escht oinfach daroin gejumpt?*" „Ist er echt einfach da rein gesprungen?"

S. 286
„*Ihr boide come with me, gell! Mir hol'n oisch widdäh ab very soon! Macht's oisch gemütlisch inzwische! Go swimming, gell!*" „Ihr beiden kommt mit mir! Wir holen euch bald wieder ab. Macht's euch gemütlich inzwischen. Geht schwimmen!"

S. 303

„Ah, dis is mei Muddäh, gell! Muddäh, komm setz disch!" „Ah, das ist meine Mutter. Mutter, komm setz dich!"

„Mei Muddäh un isch, mir lebe seit some years widdäh hier on de Beach. De Hütt hat mei doitsche Vaddäh gebaut, de Diedäh, gell. Dis was not mei real Vaddäh, abbäh der wor escht bässeh wie dä real. Mei real Vaddäh hot g'soffe un uns verlosse. Is a good so! Den hamme nie meh g'sehe. Net, Muddäh?" „Meine Mutter und ich, wir leben seit einigen Jahren wieder hier am Strand. Die Hütte hat mein deutscher Vater gebaut, der Dieter, gell. Das war nicht mein richtiger Vater, aber der war echt besser als der richtige. Mein richtiger Vater hat gesoffen und uns verlassen. Ist auch gut so. Den haben wir nie mehr gesehen. Nicht wahr, Mutter?"

S. 304

„Des versoff'ne Orschloch gonn von mir aus veregge!" „Das versoffene Arschloch kann von mir aus verrecken!"

„Dät was escht e Neddäh, de Diedäh." „Das war echt ein Netter, der Dieter."

„Voll bunt ebbe. He was a aldeh Hibbie! Ha,ha,ha. Des Doitsch haddeh uns a beibrocht, gell." „Voll bunt eben. Er war ein alter Hippie. Hahaha. Das Deutsch hat er uns beigebracht, gell."

„He is in de bekiffte Kopp mit de Moppät los and do is ihm ischendwie e Zigarett in de Tank gefalle. Mer wisse net, warum un wie. Abbeh des wor's." „Er ist im bekifften Kopf mit dem Moped los und da ist ihm irgendwie eine Zigarette in den Tank gefallen. Wir wissen nicht, warum und wie. Aber das war's."

„Jo, isch hobb e Stipendium bekomme un dann hobbisch in Fronkfott studiert some years." „Ja, ich hab ein Stipendium bekommen und dann hab ich in Frankfurt studiert."

„Aaf Aatz!" „Doggtäh!" „Arzt" „Doktor"

„Na. Noch net. Isch habb des Studium unterbresche müsse, weil der Diedäh gestobbe is un isch ästema Geld verdiene musste für misch un mei Muddäh. Un da binnisch gelandet hier in de Hotel, gell." „Nein. Noch nicht. Ich hab das Studium unterbrechen müssen, weil der Dieter gestorben ist und ich erst mal Geld verdienen musste für mich und meine Mutter. Und da bin ich hier im Hotel gelandet."

S. 305

„Es gibt hier kei Rende, you know", erklärt sie uns. *„Des is net so easy hier in Dhailand, gell."* „Es gibt keine Rente hier, wisst ihr." Das ist nicht so leicht hier in Thailand."

S. 313

„No, do homma jo nochemol Klick gehobbt." „Na, da haben wir ja noch mal Glück gehabt."

„Ei, es is ja nix woider passiert, gell!" „Ach, es ist ja nichts weiter passiert, nicht wahr!"

S. 318
„Donn behoid's des Haus!" „Dann behalt das Haus!"

„Leckst mi am Orsch, du oide Kuh!" „Leck mich am Arsch, du alte Kuh!"

S. 324
„Evlyssing leddy now!" „Everything ready now!"

Udo Poetsch – Wahre Fälle eines Sauerländer Amtsrichters

WOLLVerlag | ISBN 9-78394368138-3 | 17,90 EUR

In diesem Buch plaudert Amtsrichter Udo Poetsch humorvoll aus dem Nähkästchen. Mit seinen kleinen Geschichten und Anekdoten aus dem amtsgerichtlichen Alltag bringt er seine Leser zum Schmunzeln und Lachen.

Ulrich Drilling – NachspielZEIT

WOLLVerlag | ISBN 9-78394368137-6 | 14,90 EUR

n Buch über die Liebe zum Fußball und über das Älterwerden. Ein
ch für Männer und über Frauen. Ein Buch wie eine Party, gespickt
mit einer ordentlichen Portion Rock'n'Roll!

Herbert Knappstein – Ja, bin ich denn der Leo?

WOLLVerlag | ISBN 9-78394368101-7 | 12,90 EUR

Mit dem Buch beweist Herbert Knappstein seine Liebe zum Sauerland und zu seinen Bewohnern. Lange war er unterwegs, um möglichst viele und typische Ausdrücke und Sprüche zusammenzutragen. Dabei ist nebenher auch ein beachtenswertes Vokabular an typischen, aber auch allgemeinen Schimpfworten zum Vorschein gekommen. Besonders die dazu gehörigen Erklärungen sollte man nicht überlesen. Der Leser wird aus dem Schmunzeln nicht wieder heraus kommen.

Herbert Knappstein
Ich glaub', mich tritt ein Pferd!
WOLLVerlag

ISBN 9-78394368108-6

12,90 EUR

Ein Buch über das Zusammenleben im Sauerland, über Orte und Besonderheiten, voller Humor, aber auch Gemeinheiten, Derbheiten und Ruppigkeiten